ラテン語原典訳付

イソポ物語

―『エソポのハブラス』―

東京図書出版

Esopono Fabulas with the Latin original and translation
Edited, transliterated, translated, and introduced
Copyright © 2024 by Ryusaburo Harasawa
All rights reserved
Published in Japan in 2024 by Tokyo Tosho Shuppan
ISBN: 978-4-86641-741-7 C3298
Printed in Japan

目　　次

はじめに

　『イソポ物語』または『エソポのハブラス』と呼ばれている本書は、安土桃山時代、豊臣秀吉による天下統一の 3 年後に当たる 1593（文禄 2）年に九州天草のイエズス会学林において刊行された稀書で、わが国における「西洋文学翻訳の嚆矢」とされるものである。加えて、それがローマ字で記述された日本語であったことから、多くの音読漢字で記述された『万葉集』と並び、国語学、特に音韻史の分野において特別の地位を占め、学術的にも極めて貴重なものとなっている。

　本書の原本は、幕末から明治にかけて日本に駐在していた英国外交官アーネスト・サトウが入手したもので、彼の帰国と共に英国に渡り、英国図書館の所蔵となったが、1908（明治 41）年頃にその「世界残存の唯一孤本」を少壮の新村出が同博物館に日参して書写したことにより、その内容がわが国に再紹介されることとなった。その後、多くの研究者により精力的に校訂・解釈が進められ、本書もそれらの先行研究に基づくものであるが、その詳細については参考文献に譲らざるを得ない。

　このように学術研究的には成熟を迎えている本書を、改めて刊行しようと考えることには、幾つかの理由がある。第一には、本書は原本がローマ字で記述されたにもかかわらず、やや読みづらい原本の写真版を除き、入手の容易なローマ字による刊本がないことである。本書が音韻史的にも重要であることを考えればこれは変則的であり、正統な『万葉集』研究が所謂白文（読み下し、当て字のない漢字原文）から始まると言われるのと同様に、本書にも正確なローマ字原文が必要と思われた。

　即ち、上代の万葉仮名文献においては、一部の母音に二類の漢字（万葉仮名）の使い分けがあることを、江戸時代に本居宣長が気づき、石塚龍麿がその実例を収集整理した。明治に至り橋本進吉がその本質を明らかにし、上代語語彙・音韻研究に一時代を画した（上代特殊仮名遣）。わが国初のローマ字表記の日本語であ

る本書においても、例えば、屈折的なア行未然・イ行連用などに代えて、膠着的な助動詞アヌ・イヌなどを検証するような、多くの可能性が秘められている。

　第二の理由は、翻字（ローマ字を和文に移すこと）に係る。新村出に始まる先行研究における翻字に共通することは、これを安土桃山時代の上方における音便を除き、歴史的仮名遣いによることである。これは本書が古典文献であることを考えれば妥当な措置であり、編者もその業績を高く評価するものだが、一方で本書は宣教師の言語学習のために編纂された口語文献であること考えると、その口語的表記が問題となる。

　本書では、翻字バージョンの一つの試みとして、概ね現代かなづかいに準じた表音式仮名遣いを採用した。即ち、助詞の「を」「は」「へ」と長音の「う」を除き、全ての音節を表音式に表記するものである。とは言っても、当時はジ・ヂ・ズ・ヅの区別があり、オ段長音にも開音アウと合音オウがあったので、これらの違いをローマ字の表記に従ってそのまま翻字する一方で、母音エ・オ、音節セ・ゼ、ハ行子音は、当時の発音が現代とは少し異なっていたと考えられるが、表記はそのままとした。

　第三に、これが最も大きな課題であるが、わが国における西洋文学翻訳の嚆矢といわれる本書の、翻訳の元となった原典は何か、どの程度正確に翻訳されたのか、などに関する研究が近年になり進んできたものの、その原典とされる文献の現代的な翻訳が未だ存在しないことである。本書では、これまでの先行研究の成果に基づいて、16 世紀の宣教師たちが参照したであろうと思われるラテン語文献を、当時の二つの原典から編集・復刻し、それに対訳を付すこととした。

　勿論、キリシタン文書にその元となった原典の記述があるわけではないので、後述のとおり、16 世紀の欧州における出版事情、記載内容の対応性とその記述順序などを勘案して原典を推定している。従って、絶対的なことは言えないが、その内容（エソポの「生涯」と「作り物語」）の全てについてその原型らしきものを確かめることができるし、「生涯」では省略された内容すら承知することができる（但し、「作り物語」に対応しない他の

寓話は、省略せざるを得なかった)。

　思うに、国語・国文学者にとって中世ラテン語は最も遠い世界であろうし、ラテン語に通暁する学者は、多くの場合、哲学、古典古代、教会史などの専門家であって、わが国古典は興味がないか、または口を挟むことのできない世界であろう。そこで、このような世界には、編者のようなディレッタントの出番があるのかも知れないが、イソポ物語でいえば「鳥と獣のこと」のコウモリとは違って、元々どちらにも属さない編者は、どちらの陣営からも酷い目に遭わされないことを願いたい。

　上記に加えて、本書では所謂ペリー番号（本書では［Ae］で示す）を全ての寓話に付した。これも本書の新機軸といえよう。ペリー番号は、B. E. Perry（1952）に記載された全 725 話のイソップ的寓話の整理番号で、現在でもイソップ寓話研究における標準として機能している。Perry（1952）の邦訳（中務哲郎訳、岩波文庫、ギリシア語 471 話のみ、ラテン語 254 話を欠く）には対照表が付されており、『エソポのハブラス』にとどまらず、シャンブリ本などの整理番号が対比されている。

　本書の構成を予め述べると、本書は四編より成る。第一編はエソポの生涯、第二編はエソポの作り物語［上巻］、第三編はエソポの作り物語下巻、第四編は解説である。初めの三編は『エソポのハブラス』（以下、「ハブラス」という）どおりの構成であるが、第一編エソポの生涯は、解説で述べるドルピウス本のエソポの生涯［M1〜26］を先に置き、その小節に沿ってハブラスのエソポの生涯［A1〜22］を対応させる。これは物語の展開上、ドルピウス本の順序を優先するためである。

　第二編は、ハブラスのエソポの作り物語［B1〜25］を先に置き、それぞれにシュタインヘーヴェル本の寓話［E 23話、F、G各1話］を対応させる。第三編も同様に、ハブラスのエソポの作り物語下巻［C1〜45］を先に置き、それぞれにこちらはドルピウス本の寓話［N 11 話、O 19 話、P 9 話、Q 2 話、S 1 話、T 4話］を対応させる。ドルピウス本の寓話が 1 話多いのは、ハブラスの［C25］「カメとワシのこと」に、ドルピウス本の寓話［O12］と［S2］の両者を対応させたためである。

第四編では、上記の種々の事項に関する簡単な解説を試みている。第一章は、西欧におけるイソップの「生涯」と「寓話」の伝承とそれに関する文献の概略を述べる。ハブラスがわが国に招来される前の、二千年紀にわたる来歴である。第二章は、ハブラスの原典となったと見られるシュタインヘーヴェル本およびドルピウス本について検討する。両本共に、それまでに存在した諸本の集成本なので、本書では、それぞれの諸本毎に新たにアルファベット記号を付して整理している。

　第四編第三章は、上述したハブラスの翻字の詳細と、数は多くないが原典の修正を施した箇所および方法について述べる。宣教師たちによるローマ字表記は、極めて綿密に行われたことが分かる。また、安土桃山時代に成立したハブラスを原文のまま読むために有用と思われた文法などを一般的な読者のためにまとめた。注釈としては、翻字をローマ字に対し副次的なものと考える本書の立場から、翻字部分に ［ ］ で囲んで編者による最小限の注釈を加えた。

　加えて、本書では所謂「言葉の和らげ」と「バレト私注」というハブラスへの注解を付録として掲載した。ハブラスの解釈に当たっては、これらと『日葡辞書』が必須であるといわれており、大部な『日葡辞書』はともかく、これらが手許にないのは不便である。本書に掲載するに当たっては、原典のアルファベット順を維持（但し、見出し語は ［ ］ 内に翻字した）するともに、ポルトガル語の説明も存置（但し、［ ］ 内に翻訳を付した）するなど、極力原典を尊重した形とした。

　一般的に、イソップ寓話を子供向けの物語と考え、その翻訳においても子供向けの言い回しを用いることが広く行われているが、その内容は、理性的に正義が勝つ、というよりは、理屈なく強者が勝つ、というような趣があり、とても子供向けとも思われない。思うに、語彙の易しいイソップ寓話が中世欧州で子供向けのラテン語教育に用いられたために、このような誤解が生じたのではないか。ハブラスと同様に、編者の原典訳では、子供向けの言い回しは用いないこととした。

　口語文体の『エソポのハブラス』に対して、文語文体の国字本

『伊曽保物語』があり、この両者に共通する邦訳「祖本」の存否が学会で争われている。一般的にものの不存在を証明することは不可能であるから、何らかの僥倖により「祖本」が発見されない限りこの論争は決着しそうにない。これは国文学史上のロマンとしておくのが適当だろう。なお、シュタインヘーヴェル本は、国字本『伊曽保物語』の殆どの部分の典拠となりうるが、『エソポのハブラス』の典拠とするには不足する部分がある。

　『エソポのハブラス』は、わが国における西洋文学翻訳の嚆矢であると同時に、趣が深い近世口語文体の名文でもある。この翻訳には、宣教師のみならず多くの優れた人々が関与したことであろう。現代の我々が、これを現代語訳することなく直接味わうことができるのは、誠に有り難いことである。加えて、読者が宣教師たちの翻訳作業の礎となったと見られる原典訳を参照し、これが『エソポのハブラス』の全体像把握のために参考となるのであれば、編者としてこれに優る幸せはない。

ESOPO NO
FABVLAS.

Latinuo vaxite Nippon no
cuchito nasu mono nari.

[Figura.]

IEVS NO COMPANHIA NO
Collegio Amacusani voite Superiores no gomen-
qiotoxite coreuo fanni qizamu mono nari.
Goxuxe yori M. D. L. X X X X I I I.

5

DOCVIVNO FITOYE TAIXI-
TE XOSV.

Sôjite fitoua mimonaqi tauamuregotoniua mi-
miuo catamuqe, xinjitno qeôqeuoba qiquni tai-
cut suruni yotte, mimigicaqi cotouo atçume, cono
monogatariuo fanni qizamucoto, tatoyeba jumo-
cuuo aisuruni cotonarazu; sonoyuyeua vyeqiniua
yeqinaqi yedafa vouoxito iyedomo, sono nacani
yoqimi aruvomotte yedafauo muyôto vomouanu-
ga gotoqu nari. Carugayuyeni Superioresno vôxe
vomotte cono monogatariuo Latinyori Nipponno
cotobani yauarague, iroirono xenzacuno nochi,
fanni firacaruru nari. Core macotoni Nipponno
cotoba qeicono tameni tayorito naru nominarazu,
yoqi michiuo fitoni voxiye cataru tayoritomo na-
rubeqi mono nari.

5

10

15

ESOPO の FABULAS

Latin を和して日本の口 [言葉] となすものなり。

[図版]

IEVS [IESVS？] の COMPANHIA [会] の Collegio [学林]
天草においてSuperiores [長老達] のご免許として
これを板に刻むものなり。ご出生より 1593。

読誦の人へ対して書す

　総じて人は、実もなき戯れ言には耳を傾け、真実の教化 [教え] をば聞くに退屈する [嫌になる] によって、耳近き [理解しやすい] ことを集め、この物語を板に刻むこと、例えば樹木を愛するに異ならず。その故は、植木には益なき枝葉多しといえども、その中によき実あるをもって、枝葉を無用と思わぬがごとくなり。かるが故に Superiores の仰せをもって、この物語を Latin より日本の言葉に和らげ [翻訳し]、色々の穿鑿 [調査] の後、板に開かるるなり。これ真に日本の言葉稽古 [練習] のために便り [方便] となるのみならず、よき道を人に教え語る便りともなるべきものなり。

［第一編］エソポが生涯の物語略

E S O P O G A X O-
gaino monogatari riacu.

第一編　エソポが生涯の物語略　目次

第一編　エソポが生涯の物語略　目次（続）

［注］＊ 参照文献に従い順序を変更。† 原典にある目次項目。

[M0] A E S O P I   F A B U L A T O R I S   V I T A, [3]
A   M A X I M O   P L A N U D E   C O M P O S I T A,
a Graeco Latina facta.

[A0] E S O P O   G A   X O- 409
gaino monogatari riacu.
C O R E V O   M A X I M O   P L A N V D E
toyŭ fito Gregono cotobayori Latinni fon-
yacu xerarexi mono nari. 5

[M1a] [3] Rerum humanarum naturam persecuti sunt et alii, et
posteris tradiderunt: Aesopus vero videtur non absque divino
afflatu, cum moralem disciplinam attigisset, magno intervallo
multos eorum superasse. Etenim neque definiendo, neque ratio-
cinando, neque ex historia, quam ante ipsius aetatem tulit
tempus, admonendo, sed fabulis penitus erudiendo, sic audien-
tium venatur animos, ut pudeat ratione praeditos facere, aut
sentire, quae neque aves, neque vulpes: et rursus non vacare
illis, quibus pleraque bruta tempore prudenter vacasse fingun-
tur: ex quibus aliqua pericula imminentia effugerunt, aliqua
maximam utilitatem in opportunitatibus consecuta sunt.

[M1b] Hic igitur, qui vitam suam philosophicae reipsa
imaginem proposuerat, et operibus magis quam verbis
philosophatus, genus quidem traxit ex Ammonio oppido
Phrygiae, cognomento Magnae, sed fortuna fuit servus. Quare
et magnopere mihi videtur Platonis illud in Gorgia pulchre
simul et vere dictum: "Plerunque enim haec," inquit, "contraria
inter se sunt, natura simul, ac lex." Nam Aesopi animum natura
liberum reddidit: sed hominum lex [4] corpus in servitutem
tradidit. Potuit tamen ne sic quidem animi libertatem
corrumpere. Sed quamvis ad res varias, et in diversa loca
transferret corpus, a propria tamen sede illum traducere non
potuit.

[M0]　　　　Maximus Planudes により作られ、　　　　[3]
　　　　Graecum から Latina に訳された、
　　　　寓話作家 Aesopus の生涯。

[A0]　　　ＥＳＯＰＯ が 生涯（しゃうがい）の物語略。　　　[409]
これを MAXIMO PLANUDE と云（い）う人
Grego の言葉より Latin に翻訳（ほんやく）せられしものなり。

[M1a][3]《他の人々は人事全般の本質を探究し、後世の人々に伝えた。しかし Aesopus が道徳的な教義に触れた時には、彼は神の霊感によらずに、彼らの多くを大幅に陵駕したと見られる。何故なら彼は、定義づけることや、省察することや、時が彼の時代の前にもたらした歴史から想起することなしに、寓話によって完全に教えることで、理性を備えた者たちが行いまたは感じることを恥ずかしく思うように、聞く者たちの心を得ようと努力するからだ。その理性は鳥たちやキツネたちではなく、逆に彼らに欠けるものでもない。彼らは概ね理性によって重苦しい時間を欠くように賢く発案する。彼らは理性によって何らかの方法で差し迫った危険を逃れ、好機を最大限に活用した。》

[M1b]故に、自らの生涯を哲学者の姿そのものとして示した彼は、言葉よりは行動によって哲学的に思索した。Phrygia の村Ammonium［Amorium］出身の種族で、族名は Magnae というが、運命により奴隷であった。《それ故に、Plato の *Gorgias* の中にある「自然と法律とは、一般にお互いに相反する」というのは、私には非常に優美にかつ正しく言っていると思われる。何故なら自然は Aesopus の精神を自由にしたが、人間の法律は［4］彼に隷属の体を与えたからだ。しかし、このようにしても彼の精神の自由を破壊することは全くできなかった。如何なる種々のことごとくにより、如何なる異なる場所等に彼の体を運んだところで、彼自身のいる場所から彼を連れ去ることはできなかったのだ。》

Fuit autem non solum servus, sed et deformissimus omnium suae aetatis hominum. Nam acuto capite fuit, pressis naribus, depresso collo, prominentibus labris, niger (unde et nomen adeptus est: idem enim Aesopus, quod Aethiops), ventrosus, valgus, et incurvus, fortasse et Homericum Thersiten turpitudine formae superans. Hoc vero omnium in eo pessimum erat tardiloquentia et vox obscura simul et inarticulata. Quae omnia etiam videntur servitutem Aesopo parasse. Etenim mirum fuisset, si sic indecenti corpore potuisset servientium retia effugere. Sed corpore sane tali, animo vero sollertissimo natura exstitit, et ad omne commentum felicissimus. Possessor igitur ipsius tanquam ad nullum domesticum opus commodum, ad fodiendum agrum emisit. Ille vero digressus alacriter operi incumbebat.

[A1] [Esopono xŏgaino coto.]   409

Evropa no vchi Phrigiatoyŭ cunino Tro-
ia toyŭ jŏrino qinpenni Amoniato yŭ satoga
vogiaru. Sono satoni nauoba Esopoto yŭ-
te, yguiŏ fuxiguina jintaiga vogiattaga, sono jidai
Europano tencani cono fitoni masatte minicui mo-   10
nomo vorinacattato qicoyeta. Mazzu cŏbeua toga-
ri, manacoua tçubô xicamo dete, fitomino saqiua
tairacani, riŏno fôua tare, cubiua yugami, taqe-
ua ficŭ, yocobarini, xeua cugumi, faraua fare,
taredete cotobaua domoride vogiatta. Corerano   15
sugata vomotte minicuicoto tenca busŏde atta goto
qu,chiyeno taqeta monomo cono fitoni narabu co-
toua vorinacatta.

Arutoqi xujin Esopoga vyeuo vomouaruru yŏ-
ua: cugaino sabaqi, aruiua naixôno toriatçucai na-   20
doua icanimo niyŏmajijto miyureba, xemete nônin
no xosauo naritomo ategauŏzuto vomoi sadame,
nôguuo coxiraye atayete denbacuye yararureba,   410
Esopomomata cocoroyŏgueni sono xosauo nai-
ta. /...

　しかし彼は奴隷であったのみならず、彼の時代の全ての人々の中で最も醜い人であった。何故ならば、頭は尖り、鼻はつぶれ、首は埋まり、唇は突き出して、黒く（ここから彼の名が得られた。即ち、Aesopus は Aethiops と同じ）、腹は大きく、蟹股で、内側に曲がっていて、多分、容姿の醜さで Homeros の Thersites を陵駕していた。しかし彼の全ての中で最も悪かったのは、どもりと同時に不可解で不明瞭な発音だった。これらの全てのことが、Aesopus に隷属の身を準備したと見られる。何故ならば、もしかかる不適当な体で彼が奴隷たちの罠から逃れることができたとすれば、それは驚くべきことであったからだ。しかし彼は、自然によって体がかくも健康で、精神が最も聡明であったことにより、全ての企画において最も恵まれた者として出現した。かくて彼の所有者は、彼が家の仕事には不適と考えて、百姓として田畑に送った。彼は赴くと、快活に作業に没頭した。

［A1］［Esopo の生涯のこと］　　　　　　　　［409］

　EUROPA の内 Phrigia ［現在のトルコ中部地域にあった古代国家］と云う国の Troia と云う城裡の近辺に、Amonia と云う里がおぢゃる。その里に名をば Esopo と云うて、異形不思議な仁体［高貴な人］がおぢゃったが、その時代 Europa の天下にこの人に勝って醜い者もおりなかったと聞こえた。まづ頭は尖り、眼はつぼう［狭く細い］、しかも出て、瞳の先は平らかに、両の頬は垂れ、首は歪み、丈は低い横張りに、背は屈み、腹は腫れ、垂れ出て、言葉はどもりでおぢゃった。これらの姿をもって醜いこと、天下無双であったごとく、知恵の長けた者も、この人に並ぶことはおりなかった。

　ある時主人、Esopo が上を思わるる様は、「公界［おおやけ］の捌き、あるいは内証［うちのこと］の取り扱いなどは、如何にも似合うまじいと見ゆれば、せめて農人の所作をなりとも宛がわうず」と思い定め、［410］農具を拵え与えて田畑へやらるれば、Esopo もまた快うげにその所作をないた。

[M1c] Profecto vero aliquando et hero ad agros, ut inspectionem operarum faceret, agricola quidam ficos egregias decerptas dono tulit. Ille vero fructus delectatus pulchritudine, Agathopodi ministro (hoc enim erat nomen puero) servare iussit, ut sibi post balneum apponeret. Cum vero ita evenisset, atque Aesopus ob quandam necessitatem ingressus esset in domum, occasione capta Agathopus consilium huiusmodi conservo cuidam offert, "Impleamur, si placet, ficubus heus tu: et si herus noster has requisierit, nos contra Aesopum testificabimur ambo, quod in domum ingressus sit, ficus-[5]que clam comederit: et super vero fundamento, videlicet quod domum ingressus sit, multa mendacia struemus. Neque enim quicquam poterit unus contra duos, praesertim cum sine probationibus ne muttire quidem audeat."

Viso vero hoc, ad opus accesserunt, et ficus devorantes, dicebant in singulis cum risu, "Vae tibi infelix Aesope." Cum igitur herus redisset a lavacro, et ficus petisset, audivisset autem quod Aesopus eas comedisset, Aesopum cum ira iubet vocari, et vocato, ait, "Dic mihi, o execrande, ita me contempsisti, ut in penarium ingredereris, et paratas mihi ficus comederis?" Ille audiebat quidem, et intelligebat, loqui autem nullo modo poterat ob linguae tarditatem. Cum iam verberandus esse et delatores vehementiores instarent, procumbens ad heri pedes, ut sustineret se parum orabat. Cum autem cucurrisset, et tepidam aquam attulisset, eam bibit: et digitis in os demissis, humorem solum reiecit: nondum enim cibum attigerat. Orabat igitur ut idem et accusantes facerent, quo manifestum fieret, quisnam ficus dissipasset. Herus autem ingenium hominis admiratus, sic facere et alios iussit. Illi autem deliberaverant bibere quidem aquam, non tamen demittere in guttur digitos, sed per obliqua maxillarum eos circunferre. Vixdum autem biberant, cum tepida illa aqua nausea potis inducta, effecit ut sponte fructus redderetur. Tunc igitur ante oculos posito maleficio ministro-

［M1c］ある日、主人が仕事の点検をするために田畑に行くと、ある農夫が摘み取った選り抜きのイチジクを贈物として持参した。彼は果物の美しさを喜んで、従者 Agathopus（それがこの奴僕の名前だった）に、入浴の後に自身に提供するために保管するように命じた。丁度その時、Aesopus がある必要があって家に入ると、この機会を捕らえて Agathopus は、ある奴隷仲間にこのような相談をした。「もしよければ、我らでイチジクを飽食しよう。もし我らの主人がこれを求めたら、我らは二人で Aesopus に負わせて証言し、彼が家に入り、[5] 密かにイチジクを食べたこと、その基礎の上で明らかに家に入ったことなど、我らは沢山の嘘を積み重ねよう。何故ならば、誰も一人では二人に対抗できないだろうし、特に証拠がない時に、彼が敢えて何か呟くことは決してないだろうからだ」。

このように意図すると彼らはこの作業に賛同して、イチジクを貪り、笑いながら夫々いうには、「ああ、哀れな Aesopus よ」。そして主人が入浴から帰って、イチジクを求め、Aesopus がそれを食べたと聞くと、主人は怒って Aesopus を呼ぶように命じた。彼が来ると、「私に言ってみろ、憎むべき奴め、食品庫に入り、私のために用意されたイチジクを敢えて食べる程、お前は私を侮ったのか」という。Aesopus はその言葉を聞き理解したが、言葉が遅れてどうしても話すことができなかった。密告者たちが彼をむち打ちにすべしと更に激しく迫った時に、彼は主人の足許に平伏し、少し待つように懇願した。彼は走って行ってぬるま湯を持ってくると、それを飲み、口に指を沈めて体液だけを吐いた。何故ならば、まだ食物に触れていなかったからだ。誰がイチジクを浪費したかが明らかとなるように、彼は告訴者たちも同じようにすることを懇願した。主人はこの人間の機知に驚嘆し、そうするように他の者たちにも命じた。彼らは、水は飲むが、指は喉に沈めず、指を頬の側面に回すことを考えた。しかし彼らがぬるま湯を飲むや否や、それが吐き気を誘う力があったので、自発的に果物を吐き戻すことになった。その時主人は、奴僕の悪事と讒訴を目の前に提示されたので、彼らを裸にして笞で打つ

rum et calumnia, herus iussit eos nudos flagris caedi. Illi vero cognoverunt manifeste dictum illud: "Qui in alterum dolos struit, sibi inscius malum fabricat."

[A2] [Caqiuo toqiacu suru coto.] 410

.../ Xicareba fodofete cano xujin sono denbacu uo mimaini ideraretareba, aru fiacuxŏ jŏjŏno jucuxi-
uo motteqite xujinni sasagureba, irocamo ychi- 5
dan yôte migotoniattani yotte, yorocobi nanome
narananda: tadaima xŏquan xôzuredomo, furoye
ireba, sono furoagarino tameni tacuuaye voqeto
atte; soba chicŏ tçucauaruru nininno coxŏni azzu-
qevocare, sonomiua furoni irareta. Xicarutocoroni 10
Esopo fataqeyori cayeriqureba, cano caqiuo azzu-
catta monodomo vomô yŏua: yoi saiuaigia, iza cono
caqiuo riŏninxite toricŭte sono togameno arŏzuru
toqiua, cuchiuo soroyete Esoponi coreuo iy vôxete,
cochiua soravso fuite yte, arecoso sono jucuxiuoba 15
tabetareto fanecaqeôzuruni, nanno xisaiga arŏzoto
dancŏ xite totte xocuxita.

Sate xocuxi vouatte nochi, tagaini mefajiqi xite
yŭ yŏua: satemo buquafôna Esopo cana! icasama cono
tatariga arŏzuto sasayaqimauatta. Sate xujin furo- 20
cara agari, cudanno caqiuo yuagarini mottecoi to
iuarureba, miguino nininno monodomoga voca
sanu cauode mŏsuua: soreuoba Esopocoso nusunde
tabetegozare: sonotoqi cano xujin ua farani tatexi-
cotte Esopouo mexiyoxe iuaruruua: icani chicu- 411
xŏna michirenai itazzuramono, miga xŏquan xôto
vomoiqitte ytasono jucuxiuoba nanto vomôte tot-
te curŏtazoto qexiqiuo cayete xicararureba; sonotoqi
Esopo coreuo qijte funbetua xitaredomo, guanrai 5
domori giani, mata sono xicararuni qimouo tçubui-
tareba, monoyŭcotomo canauaide, cauo vchiaca-
mete tochimequniyotte, xujin sarebacoso magai-
monai arega totte curŏta mono gia: sore chôŏchacu

ように命じた。彼らは、「他の者に奸計を企てる者は、知らない
うちに自らに不幸をもたらす」と言われていることを明らかに
知った。

［A2］［柿を吐却すること］　　　　　　　　　　　［410］

　しかれば程経て、かの主人その田畑を見舞いに出でられたれ
ば、ある百姓上々の熟柿を持って来て、主人に捧ぐれば、色
香も一段ようて見事にあったによって、喜び斜ならなんだ［非
常だった］。「只今、賞翫［賞味］せうずれども、風呂へ入れば、
その風呂上がりのために貯え置け」とあって、傍近う使わるる
二人の小姓に預け置かれ、その身は風呂に入られた。しかるとこ
ろに、Esopo 畑より帰り来れば、かの柿を預かった者ども思う様
は、「よい幸いぢゃ。いざこの柿を両人して取り食うて、その
咎めのあらうずる時は、口を揃えて Esopo にこれを言い負うせ
て、こちは空嘯いて［そらとぼけて］いて、あれこそその熟柿
をば食べたれと撥ね掛け［おしつけ］うずるに、何の子細［差支
え］があらうぞ」と談合して取って食した。

　さて食し終わって後、互いに目弾きして［目で知らせて］云
う様は、「さても無果報な［運の悪い］Esopo かな！如何さまこ
の祟りがあらうず」と囁き廻った。さて主人風呂から上がり、
「件の柿を湯上がりに持って来い」といわるれば、右の二人の
者どもが犯さぬ［従順そうな］顔で申すは、「それをば Esopo こ
そ盗んで食べてござれ」。その時かの主人は、腹に立てし［411］
こって［さかんに立てて］、Esopo を召し寄せいわるるは、「如何
に畜生な、みちれない［いやしい］徒者、余が賞翫せうと
思い切っていたその熟柿をば、何と思うて取って喰らうたぞ」と
気色を変えて叱らるれば、その時 Esopo これを聞いて、分別は
したれども、元来どもりぢゃに、またその叱らるに肝を潰した
れば、もの云うことも叶わいで、顔うち赤めてとちめく［あわて
ふためく］によって、主人、「さればこそ紛いもない。あれが取

23

xeito iytçuqeraruru fodocosoare, tçuye bŏuo vottot 10
te nisannin fodo tachicacari, tachimachi chŏchacu
xôto suruni nozonde, xujinno aximotoni firefuxi
domoridomori tçuxxinde mŏsuua: tatoi goxeccan
arutomo, ima xibaracu mataxerarei tanomitatema
tçuru: vaga fucuchŭuo firugayeite vomeni caqeôto 15
iysamani, namanurui yuuo ippai vôgiauanni mot-
teqite xujinno mayede nomi, yubiuo nodoni saxi
irete toqiacu xite, sono jippuuo misuruni, asafarano
coto nareba, toqiacusuredomo, tan yori focaua bet
nifaqidasananda tocorode, Esopo xujinni mucŏte 20
yŭyŏua: soregaxiua sudeni conobunde gozareba,
gofunbet arecaxi: saaraba mata soregaxini cono zan-
guenuo mŏxicaqeta fitobitonimo vatacuxiga goto-
quni tçucamatçureto vôxetçuqerarei caxi: xicaraba
xocuxita fitoua canarazu arauaremaraxôzuruto mŏ- 412
xeba, sonotoqi xujin Esopoga saicanna cotouo vo-
doroqi, cano nininni Esopoga xomŏno gotoqu iy-
tçuqeraruereba, riŏninno monodomo vomôyŏua,
nuruyuuoba nomutomo, nodoni yubiuo saye irezu- 5
ua, curuxicarumajijto vomôte, yppaizzutçu fiqivqe
fiqivqe nomuni, vsoamai monouo curŏta vyenareba,
nanicaua yocarŏ, gojenni fabacarufodo toqiacu xita
reba, nanno yê ̂monŏ baqega arauareta. Sonotoqi
xujin Esopouoba yuruxi, cano nininuo fadacani na- 10
xi, tachimachi chŏchacu saxerareta. Corevomotte
chiuo fucunde fitoni faqeba, mazzu sono cuchi qega
ruto yŭcotoua imacoso vomoixirareta.

[M2] Sequenti vero die hero in urbem revecto, Aesopo vero [6]
fodiente, quemadmodum iussus fuerat, sacerdotes Dianae, sive
alii quipiam homines cum a via aberrassent, Aesopum nacti, per
Iovem hospitalem obsecrabant hominem, ut quae in urbem
duceret, viam ostenderet. Ille cum sub umbram arboris viros
adduxisset prius, et frugalem apposuisset cenam, inde et dux
factus ipsis, in quam quaerebant viam induxit. Illi autem tum ob
hospitalitatem, tum quod dux eorum fuisset, mirum in modum

って喰らうたものぢゃ。それ、打擲せい」と言いつけらるる程こそあれ、杖・棒をおっ取って二三人程たち掛かり、たちまち打擲せうとするに臨んで、主人の足許にひれ伏し、どもりどもり謹んで申すは、「仮令ご折檻あるとも、今暫く待たせられい。頼み奉る。我が腹中を翻いてお目に掛けう」と言いさまに、生温い湯を一杯大茶碗に持って来て主人の前で飲み、指を喉にさし入れて吐却して、その実否を見るに、朝腹［朝食前の胃］のことなれば、吐却すれども、痰より外は別に吐きださなんだところで、Esopo 主人に向かうて云う様は、「某は既にこの分でござれば、ご分別あれかし。さあらば、また某にこの讒言を申し掛けた人々にも私がごとくに仕れと仰せ付けられいかし。しからば［412］食した人は必ず現れまらせうずる」と申せば、その時主人 Esopo が才漢な［賢い］ことを驚き、かの二人に Esopo が所望のごとく言い付けらるれば、両人の者ども思う様は、「温湯をば飲むとも、喉に指をさえ入れずは、苦しかるまじい」と思うて、一杯づつ引き受け引き受け飲むに、薄甘いものを食らうた上なれば、何かはよからう、御前に憚る程吐却したれば、何のようもなう化けが現れた。その時主人 Esopo をば許し、かの二人を裸になし、たちまち打擲させられた。これをもって、「血を含んで人に吐けば、まづその口汚る」と云うことは、今こそ思い知られた。

［M2］《翌日、主人が町に帰り、Aesopus が［6］畑を耕していると、命じられていたかのように Diana［Artemis。Isis とする文献もある］の司祭たちが Aesopus に遭遇し、誰か他の人々が道に迷った時のように、Iupiter 神にかけて親切な男が町へ導く道を示すように切願した。彼は先ず男たちを木陰に導き、質素な食事を出すと、そこから彼は彼らを先導し、彼らが求めた道へ連れて行った。彼が彼らを先導したという親切によって、彼らは不思議な形で彼と固く結ばれたので、彼らは手を天に上げると善行

25

viro devincti, manus in caelum elevarunt, et precibus benefac-
torem remunerati sunt. Aesopus vero reversus, inque somnum,
lapsus ob assiduum laborem et aestum, visus est videre
Fortunam astantem sibi et solutionem linguae sermonisque
cursum, et eam, quae fabularum est, doctrinam largiri. Statim
igitur excitatus ait, "Papae ut suaviter dormivi: sed et pulchrum
somnium videre visus sum. Ecce, expedite loquor, bos, asinus,
rastrun. Per deos intellego unde mihi bonum accesserit hoc:
quoniam enim pius fui in hospites, propitium numen consecutus
sum. Ergo benefacere, bona plenum est spe." Sic igitur Aesopus
laetatus facto, rursum coepit fodere.

Praefecto agri (Zenas erat ipsi nomen) ad operarios profecto,
et horum unum, quoniam leviter erraverat in opere, virga
verberante, Aesopus statim exclamavit, "Homo, cuius gratia,
cum qui nullam iniuriam fecit, sic verberas? Et omnibus temere
plagas ingeris cotidies, omnino renuntiabo haec hero." Zenas
autem haec ab Aesopo audiens, obstupuit non mediocriter,
secumque ait, "Quod Aesopus loqui coeperit, nulla mihi utilitas
erit: praevertam igitur ipse, et accusabo eum coram domino,
ante quam hoc ipsum faciat, et me herus procuratione [7]
privet." His dictis, in urbem vectus est ad dominum. Ceterum
turbatus cum accessisset: "Salve," inquit, "here." Ille vero:
"Quid perturbatus ades?" inquit. Et Zenas, "Res quaedam
monstrosa in agro contigit." At herus, "Nunquid arbor praeter
tempus fructum tulit, aut iumentum aliquod praeter naturam
genuit?" Et ille, "Non ita, sed Aesopus, qui antea erat mutus,
nunc loqui coepit." Ad haec herus, "Sic tibi nihil boni fiat hoc
existimanti monstrum esse." Ille autem: "Sane," inquit: "nam
quae in me contumeliose dixit, sponte praetereo, here, in te
autem et deos intolerabiliter conviciatur." His ira percitus herus
Zenae ait, "Ecce tibi traditus est Aesopus, vende, dona, quod vis
de eo fac." Cum Zenas autem in potestate sua accepisset
Aesopum, quodque in eum haberet imperium, ei renuntiasset:

を行った者に祈りをもって返礼した。Aesopus は畑に戻ると、勤勉な労働と灼熱によって眠りに落ち、Fortuna［運命の女神］が現れて自身の側に立ち、流暢な言葉と会話の解放と、寓話に関する学識を許し与えるのを見た。そこで直ちに眠りから覚めると、「ああ、何と甘美に眠ったことか。何と美しい夢が現れるのを見たことか。見よ、私は障りなく話す。ウシ、ロバ、鋤の如くだ。神々にかけて私は何処からこの幸福を付与されたのかを理解している。何故ならば、私は賓客に敬虔であったし、慈悲深い神威に従ったからだ。だから、親切にすることは、良い希望に満ちているのだ」という。このように喜ぶと Aesopus は再び畑を耕し始めた。

　田畑の管理人（Zenas が彼の名であった）が人夫たちのところに来ると、仕事で軽く誤った彼らの一人を笞で打った。Aesopus が直ちに叫んでいうには、「ああ、何の不正もしなかった人をどんな理由でそのようにむち打つのか。貴方は毎日理由なく全員に殴打を加えている。私はこの全てを主人に知らせよう」。Zenas がこれを Aesopus から聞き、半端なく驚いて内心いうには、「Aesopus が話し始めたことは、私に何の利益にもなるまい。彼が私を非難して、主人が私の職務を奪うより前に、先に行って主人の面前で彼を非難しよう」。[7] こういうと、町の主人のところに馬で乗り付け、騒がしく近づくと、「ご主人様、今日は」という。そこで主人は、「何に狼狽して来たのか」という。そして Zenas が、「ある奇怪なことが田畑で起こりました」というと、主人は、「樹木が季節の前に果実をつけたか、駄馬が自然より前に子を産んだのか」という。Zenas が、「そうではなく、以前は無言だった Aesopus が今、話し始めました」というと、主人は、「それが奇怪と思うほどに、お前には何も良いことがないのか」という。彼が、「そうです。彼が私を侮辱することを言ったことは、私は自発的に放置しました。しかし、ご主人、彼は貴方も神々も堪えがたく誹謗します」という。それで主人が怒りに激して Zenas にいうには、「いいか、Aesopus はお前にやる。売るなり、遣るなり、彼について好きなようにしろ」。Zenas は Aesopus を彼の権限の中に収めると、その旨を彼に伝えたが、彼

ille, "Quodcunque visum tibi fuerit," inquit, "effice."

[M3] Accidit autem, cum vir, quidam iumenta vellet emere, et propterea per agrum illum iter faceret, Zenam rogavit. Ille, "Iumentum," inquit, "mihi vendere non licet: sed mancipium masculum, quod si vis emere, adest." Cum vero mercator iussisset ostendi sibi servulum, et Zenas Aesopum arcessisset, mercator videns ipsum, et cachinnatus: "Unde tibi," inquit ad Zenam, "haec olla? Utrum truncus est arboris, an homo? Hic nisi vocem haberet, ferme videretur uter inflatus. Quare mihi iter interrupisti huiusce piaculi gratia? His dictis, iter suum prosequebatur.

Aesopus vero insecutus ipsum: "Mane," inquit. Ille autem conversus: "Abi," inquit, "a me sordidissime canis." Aesopus autem, "Dic mihi, cuius rei causa huc venisti?" Et mercator, "Sceleste, ut aliquid boni emerem: te quod inutilis et [8] marcidus sis, non egeo." Aesopus contra, "Eme me, et si qua est fides, multum te iuvare potis sum." Ille, "Quam re a te iuvari possem, cum sis odium penitus?" Et Aesopus, "Nonne adsunt tibi pueruli domi turbulenti et flentes? His praefice me paedagogum: omnino eis pro larua ero." Ridens igitur de hoc mercator inquit Zenae, "Quanti malum hoc vendis vas?" Ille vero, "Tribus," inquit, "obolis."

Mercator autem statim tres obolos soluit, dicens, "Nihil expendi, et nihil emi." Cum igitur iter fecissent, ac pervenissent in suam domum, pueruli duo, qui adhuc sub matre erant, Aesopo viso perturbati exclamaverunt. Aesopus autem statim mercatori inquit, "Habes meae pollicitationis probationem." Ille vero ridens ingressus inquit, "Saluta conservos tuos." Introgressum autem, ac salutantem videntes illi, "Quodnam malum nostro hero," inquiunt, "contigit, ut servulum adeo deformem emerit? Sed ut videtur, pro fascino domus hunc emit."

は、「貴方の好きなようになさい」という。》

［M3］《駄馬を買いたかったある男が、そのためにその田畑を通る道を行き、偶然 Zenas に尋ねるということが生じた。Zenas がいうには、「私は駄馬を売ることはできないが、もし貴方が買いたければ、ここに男の奴隷がいる」。商人が奴隷を見せるよう命じた時に、Zenas は Aesopus を呼び、商人が彼を見ると哄笑して Zenas にいうには、「何処からこの壺はお前のところに来たのか。それとも木の幹かまたは人間か。もし彼が声を欠けば、殆ど膨らんだ革袋に見えただろう。こいつの贖罪のためにお前は私の行程を中断したのか」。このようにいうと、彼はその行程を続けた。

　Aesopus が彼を追って、「お待ちなさい」というと、商人が振り向いて、「不潔なイヌめ、私から去れ」という。そこで Aesopus が、「どんな理由でここに来たのか」というと、商人は、「悪党め、何か良いものを買うためだ。お前は役立たずで ［8］無力なので、私は要らない」という。対して Aesopus が、「私を買いなさい。本当に、私は色々と貴方を助けられる」というと、商人は、「私はお前が完全に嫌いなのに、何でお前が私を助けられるのか」という。Aesopus は、「貴方の家に騒いで泣く子供たちはいませんか。私を教師にすれば、完全に彼らに対して幽霊の代わりになる」という。これに笑った商人が Zenas に、「この悪い壺はいくらか」というと、彼は、「三オボルス」という。

　商人は、「払わずして購入なし」と言って直ちに三オボルスを支払った。そこで行程を進めて彼の家に着くと、母親の後ろにいた二人の子供たちが、Aesopus を見るなり取り乱して大声を上げた。直ちに Aesopus が商人にいうには、「私の約束が証明されましたね」。商人は笑って中に入ると、「お前の奴隷仲間に挨拶しなさい」という。しかし、彼らの間に入って挨拶した彼を見た彼らがいうには、「我らの主人がここまで醜い奴隷を買ったとは、如何なる不幸が彼を捕らえたのか。見るところ、家を守る妖術のためにこれを買ったのか」。》

[M4] Non multo vero post et mercator ingressus, apparari res ad iter servis iussit, quod postridie in Asiam profecturus esset. Illi igitur statim vasa distribuebant. At Aesopus rogabat levissimum onus sibi concedi, tanquam nuper empto, et nondum ad haec ministeria exercitato. His autem et si nihil tollere velit, veniam praebentibus, ille non oportere dixit omnibus laborantibus, se solum inutilem esse. His quod attollere vellet permittentibus, huc et illuc cum circumspexisset, et vasa congregasset diversa, saccos, et stramenta, et canistros, unum canistrum panis plenum, quem duo baiulare debebant, sibi imponi iubet. Illi autem ridentes, et nihil esse stultius vili hoc scelesto inquientes, [9] qui cum paulo ante levissimum postularat tollere onus, nunc omnium gravissimum elegisset: oportere tamen desiderium eius explere: sublatum canistrum imposuerunt Aesopo. Ille vero umeris onere gravatis huc et illuc dimovebatur. Hunc videns mercator, admiratus est, et inquit, "Aesopus cum ad laborandum promptus sit, iam suum pretium persoluit. Iumenti enim onus sustulit." Cum vero hora prandii divertissent, Aesopus iussus panes dispensare, semivacuum canistrum multis comedentibus fecit. Unde etiam post prandium leviore onere facto alacrius incedebat. Verum vespere quoque illic, quo diverterunt, pane distributo, postera die vacuo omnino in umeros sublato canistro, primus omnium ibat, ut et conservis, qui hunc animadverterent praecurrentem, dubium faceret, utrum putridus esset Aesopus, an quis alius: et illi cum cognovissent eum esse, admirarentur, quod denigratus homuncio sollertius omnibus fecisset, quoniam, qui facile absumerentur, panes sustulisset, cum illi stramenta, et reliquam supellectilem baiularent, quae ea non sit natura, ut sic absumatur.

[A3a]   [Nimot uo moţçu coto.] 412

Arutoqi Esopoga xujin tabiuo xeraruruni voyô-
de, guenindomoni nimotuo vôxeraruru tocoroni,   15
Esopo nibuguiŏni yŭua: soregaxiua mada sayŏno co

[M4] それからあまり経ずに商人が入って来ると、Asia へ翌日出発するので、旅行物資を準備するよう奴隷たちに命じた。そこで彼らは直ちに行李を分配した。Aesopus は、いわば最近買われて、まだこの役目に習熟していないので、最も軽い荷を自身に渡すように頼んだ。もし彼が何も取りたくなければ、許可を与えるところだったが、彼は全員が働いているのに自身だけが役立たずであるのは適当でないと言った。彼は自分の好きなものを取ることを許されて、あちこちを見回し、色々な行李、袋、敷きわら、かごなどを集めたが、二人で運ばなければならないパンを満載した一つのかごを自身に載せるように命じた。彼らは笑って、この安い悪党より愚かな者はいないという。[9] 彼は少し前に最も軽い荷を取ることを要求したにも拘わらず、今、全ての中で最も重いものを選んだからだ。しかし彼らは、彼の欲望を満足させるのが適当だろうと、かごを取ると Aesopus に負わせた。実際彼は、肩に荷を載せると、あちこちに揺り動かされた。これを見た商人が驚嘆していうには、「Aesopus は労働を進んでするので、彼の対価は既に元が取れた。何故ならば、彼は駄馬の荷を引き受けたからだ」。昼食の時間となって道を外れると、Aesopus はパンを分配するように命じられ、沢山の昼食者たちによってかごを半分空にした。そこで食事の後で荷が軽くなると、彼は更に快活に歩みを進めた。夕刻に再び彼らが道を外れたところでパンを分配すると、その後の日には全てが空のかごを肩に背負って、彼は全ての人々に先行した。先に走る者に気付いた奴隷仲間は、それが無力な Aesopus かまたは他の人かと疑ったが、それが彼であることを知ると、中傷された弱者が誰よりも巧みであったことに驚嘆した。何故ならば、彼は簡単に消費されるパンを取り、彼らはこのように消費される性質ではない敷きわらその他の装備を運んでいたからだ。

[A3a] [荷物を持つこと]　　　　　　　　　　　　　　[412]

　ある時 Esopo が主人旅をせらるるに及うで、下人どもに荷物を課せらるるところに、Esopo 荷奉行に云うは、「某はまだ

toni naremaraxenu fodoni, cogarui niuo cudasareito
yŭta tocorode, buguiŏno yŭua: iya soreni voyo-
banu: sochiua tada qitemo daijimonaizoto yŭta.
Saredomo Esopoua soreua sarucotode gozaredomo,   20
fitonamini nanzo mochimaraxeideuato yŭtaga, so-
coni fiŏrŏuo ireta vôqina niga attauo, Esopo coreuo
motŏto iyeba, iya coreua amari vomoi nizoto iye-
domo, xiqirini coivqete motta. Soreuo najenito
yŭni, Esopoga funbetniua coreua tŏji vomoquto-   413
mo, yagate carŭ naru monogiato vomôte sonobunni
xita. Annogotoqu, ychiyaniua carŭ nari, fitoasaniua
mata feri, sŏsŏ suru fodoni, nochiniua naniuomo mo
taide te vchifutte, vodottçu fanetçu xite yorocôde   5
michiuo aruita. Soreniyotte xujinuo fajimete fôbai
mo Esopoga funbetno tocorouo mina fometato
mŏsu.

[M5a] Mercator itaque cum esset Epheso, alia quidem mancipia
cum lucro vendidit: remanserunt autem ei tria, Grammaticus,
Cantor, et Aesopus. Cum vero quidam ex familiaribus ei
suasisset, in Samum ut navigaret, tanquam ibi cum maiore lucro
divenditurus servulos, persuadet. Cum autem mercator perve-
nisset in Samum, Grammaticum quidem et Cantorem, utrunque
nova veste indutum statuit in foro: sed Aesopum quoniam nulla
ex parte poterat ornare (totus enim erat mendosus) veste ex
sacco ei cir-[10]cumposita, medium inter utrunque constituit, ut
et videntes stuperent dicentes, "Unde haec abominatio, quae et
alios obscurat?" Aesopus autem quamvis a multis morderetur,
stabat tamen audacter in ipsos intuens. Xanthus vero philo-
sophus habitans tunc Sami, profectus in forum, et videns duos
quidem pueros cum ornatu astantes, medium vero horum
Aesopum, admiratus est mercatoris commentum: namque
turpem in medio collocaverat, ut appositione deformis, pulchri-
ores seipsis adolescentuli apparerent. Propius autem astans
percontatus est Cantorem, cuias esset. Et is, "Cappadox." Tum

左様のことに慣れまらせぬ程に、小軽い荷を下されい」と云うた
ところで、奉行の云うは、「いやそれに及ばぬ。そちはただ［そ
のまま］来ても大事もないぞ」と云うた。されども Esopo は、
「それはさることでござれども、人並みに何ぞ持ちまらせいで
は」と云うたが、そこに兵糧を入れた大きな荷があったを、
Esopo、「これを持たう」と言えば、「いやこれはあまり重い荷ぞ」
といえども、頻りに乞い受けて持った。それを何故にと［413］
云うに、Esopo が分別には、「これは当時［今］重くとも、軈て
軽うなるものぢゃ」と思うて、その分にした。案の如く、一夜に
は軽うなり、一朝にはまた減り、然然する程に、後には何をも持
たいで、手うち振って、踊りつつ跳ねつして喜うで道を歩いた。そ
れによって、主人を始めて傍輩［同僚］も、Esopo が分別のとこ
ろを皆褒めたと申す。

［M5a］商人は Ephesus にいた時に、利益を得て他の奴隷を売
ったが、教師と歌手と Aesopus の三人が残った。彼のある知人
が Samos へ航海することを勧め、あたかもそこで大きな利益を
得て奴隷を売れるかのように説得した。商人が Samos に着いた
時に、教師と歌手の両者に新しい衣服を着せて広場に立たせた。
しかし、Aesopus は（全てが失敗作なので）どの部分も飾ること
ができず、袋で作った衣服でくるんで、［10］両者の間に立たせ
た。それで見る者たちが狼狽していうには、「他の者を隠すこの
醜悪はどこから来たのか」。Aesopus は大勢の者に苦しめられた
が、彼らを見つめて勇敢に立っていた。当時 Samos に住んでい
た哲学者 Xanthus が広場に来て、衣服を着け立っている二人の
奴僕と彼らの間の Aesopus を見た時に、商人の策略に驚嘆し
た。何故ならば、見苦しいものを中心に置いて醜さと対比する
ことで、青年たちが自身より美しく見えたからである。彼は更に近
くに立って歌手に出身を尋ねると、彼は、「Cappadocia 人」とい
う。Xanthus が、「何ができるのか」というと、彼は、「全てでき

Xanthus, "Quid igitur scis facere?" Hic, "Omnia." Atque ad haec Aesopus risit. Discipuli vero, qui cum Xantho una erant, ut viderunt ipsum risisse, et ostendisse dentes, statim aliquod monstrum videre arbitrati sunt. Uno autem dicente, "Certe hernia est, dentes habens:" Alio vero, "Quidnam videns risit?" Alio, "Non risisse, sed riguisse:" omnibus autem volentibus cognoscere cur risisset, unus ipsorum accedens Aesopo inquit, "Cuius rei gratia risisti?" Et is, "Abscede, marina ovis." Illo vero confuso funditus eo sermone, repenteque secedente, Xanthus inquit mercatori, "Quanto pretio Cantor?" Illo autem mille obolis respondente, ad alterum ivit immenso audito pretio. Atqui et hunc rogante philosopho, cuiasnam foret, et audito Lydum esse, rursusque rogante, "Quid ergo scis facere?" et illo dicente, "Omnia," iterum risit Aesopus. Ex scholasticis autem quodam dubitante, "Quidnam hic ad omnes ridet?" Alius ei dixit, "Si vis et tu marinus hircus vocari, roga." Xanthus autem rursus rogavit mercatorem, "Quan-[11]to pretio Grammaticus?" Et ille, "Tribus millibus obolorum," respondit. Aegre tulit philosophus immensum pretium, et aversus discedebat. Scholasticis autem petentibus, an non placuerint ei servuli: "Nae," inquit, "sed decretum est, non emere mancipium pretiosum." Unus autem ipsorum dixit, "Si haec ita se habent, igitur turpem hunc quin emas, nulla lex vetat: idem enim et hic ministerium afferet, et nos pretium huius impendemus." Ad haec Xanthus ait, "Ridiculum esset, vos soluisse pretium, me autem servum emisse: alioqui et uxorcula mea munditiae studiosa, non ferret a deformi servulo serviri sibi." At scholastici rursus dixerunt. "In promptu est sententia, ne pareatur feminae." Tunc philosophus, "Faciamus prius periculum, an sciat aliquid, ne et pretium incassum pereat." Adiens igitur Aesopum: "Gaude," inquit. Et ille, "Num nam tristabar?" Et Xanthus, "Saluto te." Ille autem, "Et ego te." Xanthus una cum aliis inexpectato, et prompto responso stupefactus rogavit, "Cuias es?" Ille,

ます」という。Aesopus はこれを聞いて笑った。Xanthus と一緒
にいた生徒たちは、彼が笑い、歯を見せるのを見た時に、直ちに
ある種の怪物を見たと信じた。一人がいうには、「確かに彼は歯
があるコブだ」。他の者は、「彼は何を見て笑ったのか」。更に他
の者は、「彼は笑ったのではなく、硬直したのだ」。全員何故彼が
笑ったのか知りたかったので、彼らの一人が Aesopus に近づい
ていうには、「どんな理由で笑ったのか」。彼は、「海のヒツジ［愚
か者］、去れ」。この学生が彼の言葉に酷く混乱して突然退くと、
Xanthus が商人にいうには、「歌手は幾らだ」。商人が千オボルス
と答えると、法外な値段を聞いて他の者のところへ行った。これ
に哲学者がどこの出身か尋ねて、Lydia 人と聞くと、再び尋ねて、
「何ができるのか」といい、彼が、「全てできます」というと、
Aesopus は再び笑った。しかし学生たちの一人が疑問に思い、
「なぜこれは全てを笑うのか」というと、他のある者がいうに
は、「もし君が海のヤギと呼ばれたいなら、尋ねてみろ」。しかし
Xanthus が商人に、［11］「教師は幾らだ」というと、彼は、「三
千オボルス」と答えた。法外な値段を不快に思った哲学者はそっ
ぽを向いて去った。しかし学生たちが、あの奴隷たちは彼の気に
召さなかったのかと言い寄ると、彼は、「そうだ。高価な奴隷は
買わないという規則がある」という。それで彼らの一人が、「そ
うだとすれば、なぜ誰よりも醜い彼を買わないのか。どの法律も
禁じていない。彼は同じ奴役を提供するだろうし、我々は彼の対
価を提供しよう」という。これに対して Xanthus は、「君たちが
対価を支払い、奴隷を私に送るというのは馬鹿げている。かつま
た私の妻はとても繊細で、このような奴隷に仕えられることに
耐えないだろう」という。学生たちが再びいうには、「女に屈服
されるなという原則は明白です」。そこで哲学者は、「危険を冒す
前に、彼が何かできるか、払った対価が消えないかを評価しよ
う」という。そこで Aesopus のところに行き、「喜べ」というと、
彼は、「それでは即ち、私は悲しんでいましたか」という。Xanthus
が、「お前に挨拶している」というと、彼も「私も貴方に」とい
う。予想しなかった抜かりのない返答に他の者と一緒に呆然と
して、Xanthus が尋ねるには、「お前はどこの出身だ」。彼は、

"Niger." Ei Xanthus, "Non hoc inquam, sed unde natus sis." Et is, "Ex ventre matris meae." "Non hoc dico, sed in quo loco natus sis." Et ille, "Non renuntiavit mihi mater mea, utrum in sublimi loco, an in humili." Et philosophus, "Quid vero facere nosti?" Ille, "Nihil." Et Xathus, "Quomodo?" "Quoniam hi omnia nosse professi sunt, mihi autem reliquerunt nihil." Atque his scholastici vehementer delectati, "Per divinam providentiam," dixerunt, "valde bene respondit: nullus enim est homo, qui omnia norit: et propterea scilicet risit." Rursus igitur Xanthus inquit, "Vis emam te?" Et Aesopus, [12] "Me hac in re consultore eges? Urum tibi videtur melius, aut emere, aut non, fac: nullus enim quidquam vi facit, hoc in tua positum est voluntate: et si volueris, crumenae ianuam aperiens, argentum numera: sin vero minime, ne cavillare." Rursus igitur scholastici inter se dixerunt, "Per deos superavit praeceptorem." Xanthus vero cum dixisset, "Si emero te, fugere voles?" ridens Aesopus ait, "Hoc si volvero facere, nullo modo utar te consultore, ut et tu paulo ante, me." Et Xanthus, "Bene dicis, sed deformis es." Et ille, "Mentem inspicere oportet, o philosophe, et non faciem." Tunc mercatorem adiens Xanthus, inquit, "Quanti hunc vendis:" Et ille, "Ut vituperes meas merces, ades, quoniam te dignis omissis pueris, deformem hunc eligis: alterum horum eme, hunc autem auctarium accipe." Et Xanthus, "Non certe, sed hunc." Et mercator, "Sexaginta obolis eme." At scholastici confestim collatos exposuerunt: Xanthus autem possedit. Itaque publicani venditione cognita, aderant indignantes, quis vendiderit, quis emerit: at cum puderet utrunque se pronuntiare propter vilitatem pretii, Aesopus stans in medio exclamavit, "Qui venditus est, ego sum: qui emit, hic: qui vendidit, ille. si vero ipsi tacuerint, ego igitur liber sum." Publicani vero diffusi gaudio, donato Xantho vectigali, abierunt.

「黒い」という。Xanthus が彼に、「それは聞いていない。どこで生まれたか」というと、彼は、「私の母の腹から」という。「それは聞いていない。どの場所で生まれたのか」。彼は、「私の母は、尊い場所か卑しい場所か私に知らせなかった」という。哲学者が、「お前は何ができる」というと、彼は、「何もできない」という。Xanthus が、「何故だ」というと、「何故なら、彼らが全てできると申告したので、私には何も残らなかったからだ」という。学生たちが大いに喜んでいうには、「神の摂理に誓って、彼は大変よく答えた。全てをできる者はいない。そのため彼は笑ったのだ」。再び Xanthus が、「お前は私に買って欲しいか」というと、Aesopus は、［12］「このことで私に助言者を求めるのか。買うか買わないか、貴方により良く思われる方を。誰も貴方に強制していないし、このことは貴方の意思の中にある。もし欲しければ、財布を開けてお金を数えなさい。そうでなければ、からかわないように」という。再び学生たち同士でいうには、「神に誓って、彼は先生を陵駕した」。Xanthus が、「私が買ったら、お前は逃亡するか」と言った時に、Aesopus は笑って、「もし私がそうしたければ、少し前の貴方のように、私は貴方を助言者としない」という。Xanthus が、「お前のいうとおりだ。それにしても、お前は醜い」というと、彼は、「哲学者殿、容姿ではなく、知性を検査すべきだ」という。そして Xanthus が商人のところに行き、「これは幾らで売るか」というと、商人は、「貴方は私の商品を非難するためにいるのか。貴方は価値のある奴僕を省き、この醜い者を選ぶ。他のものを買いなさい。これはその添え物として受け取りなさい」という。Xanthus が、「そうではなく、これだ」というと、商人は、「六十オボルスで」という。生徒たちが直ちに寄付を用立て、Xanthus は所有した。売買が認知されると、誰が売主で誰が買主であれ、無価値と思う収税吏が現れた。両者が値段の安さのために名乗るのを恥じていた時に、Aesopus が間に立って叫ぶには、「売られたのは私、買ったのはこちら、売ったのはあちらです。もし彼らが黙っているなら、それ故に私は自由の身です」。収税吏たちは喜びに満ちて、Xanthus に租税を免除すると立ち去った。

[A3b] **[Xantho tono mondǒ.]** 413

Soreyori nochini cano Esoponi ima nininuo
caisoyete Samoto yǔ tocoroye yuita. Sonotocoroni 10
Xantho toyǔ gacuxǒga attaga, cano aqiǔdoni yuqi
mucǒte, mazzu nininno nôgueiuo tazzuneraruruni,
riǒnintomoni, nandemoare zonjenu cotoua naito
cotayeta. Sonotoqi Esopo cano nininno iyyǒuo vô-
qini azaqetta tocorode, Xantho Esoponi touaruruua; 15
sochiua nanto xita monozo? Esopoga yǔua: va-
reua ninguen de gozaru. Xantho ayaxǔde iuaru-
ruua. Vareni soreuoba touanu: nantaru tocoroni
vmareta monozo? Esopo cotayete yǔua: fauano
tainai carato: Xantho mata iuaruruua: miua sono to- 20
corouomo touanu sochiua docode vmaretazo? Eso
po cotayete mǒsuua: vyeni vndaca xitani vundaca
zonjenuto yǔte naguenoqetareba, sonotoqi Xan-
tho sochito mondǒuo suru naraba, vouarifatega aru
mai. Mazzu sonofǒua nanigotouo xitta zoto iye- 414
ba, nanigotouomo zonzenuto yǔ tocorode: Xan-
tho mata najeni vonuxiua naniuomo xiranuto yǔzo
to iuarureba: Esopo cudanno riǒninga cotogotocu
zonji tçucuitani yotte, vatacuxiga zonzuru tameni 5
nanimo nocorimaraxenuto cotayeta tocorode, Xan
tho coreua qeôgattamono giato cocoroyete, mata
iuaruruua: sochiuo cauǒto vomôga, nanto arǒzoto:
Esopoga cotayete yǔua: tareca sono cotouo xijte
susumuruzoto: Xanthono iuaruruua: cǒte cara nochi 10
ni, niguê to vomôca? nantoto: Esopoga yǔua: vare
niguêto vomouôzuru toqiua, gofenye sono guioy
uoba yemajij: xoxen tǒuani qeôgarumono giani yot-
te, sucoxino ataini caitotte, sono atarino xeqiyano
mayeuo touoraruruni, yguiǒ fuxiguina sugatauo 15
fagite, xeqimoriga coreuo ayaximureba, aqiǔdo-
mo, Xanthomo ninin tomoni vaga jǔnindeua naito
iuaretareba: sonotoqi Esopo vareniua xujinga nai,
jiyǔno mi giato yǔte yorocobeba, fagiuomo cayeri-
mijde, Xanthomo, aqiǔdomo coreua vaga xojǔgiato 20
iuareta. Tocǒxite Xantho vaga tachini Esopouo

［A3b］［Xantho との問答］

　それより後に、かの Esopo にいま［もう］二人を買い添えて、Samo と云うところへ行いた。そのところに Xantho と云う学匠があったが、かの商人に行き向かうて、まづ二人の能芸を尋ねらるるに、両人ともに、「何でもあれ、存ぜぬことはない」と答えた。そのとき Esopo かの二人のいい様大きに嘲ったところで、Xantho Esopo に問わるるは、「そちは何としたものぞ」。Esopo が云うは、「我は人間でござる」。Xantho 怪しうで言わるるは、「われ［お前］にそれをば問わぬ。何たるところに生まれたものぞ？」。Esopo 答えて云うは、「母の胎内から」と。Xantho また言わるるは、「余はそのところをも問わぬ。そちは何処で生まれたぞ？」。Esopo 答えて申すは、「上に産んだか下に産んだか存ぜぬ」と云うて投げ退けたれば、その時 Xantho、「そちと問答をするならば、終わり果てがある［414］まい。まづその方は何ごとを知ったぞ」と言えば、「何ごとをも存ぜぬ」と云うところで、Xantho また「何故にお主は何をも知らぬと云うぞ」と言わるれば、Esopo「件の両人がことごとく存じ尽くいたによって、私が存ずるために何も残りまらせぬ」と答えたところで、Xantho「これは興がった［風変りで奇異な］者ぢゃ」と心得て、また言わるるは、「そちを買わうと思うが、何とあらうぞ」と。Esopo が答えて云うは、「誰かそのことを強いて勧むるぞ」と。Xantho の言わるるは、「買うてから後に、逃げうと思うか？何と」と。Esopo が云うは、「我逃げうと思おうずる時は、御辺［貴方］へその御意をば得まじい」。所詮［結局］答話に興がるものぢゃによって、少しの値に買い取って、そのあたりの関屋の前を通らるるに、異形・不思議な姿を恥ぢて、関守がこれを怪しむれば、商人も Xantho も二人ともに「我が従人ではない」といわれたれば、その時 Esopo、「我には主人がない。自由の身ぢゃ」と云うて喜べば、恥をも顧みいで Xantho も商人も、「これは我が所従ぢゃ」といわれた。兎角［かれこれ］して Xantho 我が館に Esopo を

tçurete cayerarete atta.

[M5b] Aesopus igitur sequebatur in domum euntem Xanthum. Cum meridianus autem aestus esset, Xanthus inter deambulandum pallium trahendo mingebat. Quod videns Aesopus, vestibus illius apprehensis retro, ad seipsum traxit, atque inquit, "Quam celerrime me vende, quoniam fugiam." Et Xanthus, "Quamobrem?" "Quoniam," inquit, "non pos-[13]sem tali servire hero. Si enim tu, qui herus es, et neminem times, tamen relaxationem non praebes naturae. sed eundo mingis: si obtigerit servum me ad aliquod mitti ministerium, et inter eundum tale quid exigat natura, necesse omnino fuerit volando cacare." Et Xanthus, "Hoc te turbat? Tria mala volens evitare, eundo mingo." Et ille, "Quae?" Et hic, "Stanti mihi, caput perus-sisset sol: pedes vero terrae solum torridum: lotii autem acrimonia, olfactum offendisset." Tunc Aesopus, "Vade, persuasisti mihi."

[M6] Postquam autem domi fuerunt, Xanthus iubens Aesopo manere ante vestibulum, quoniam elegantiusculam esse sibi mulierculam sciebat, neque oportere ilico talem turpitudinem ei ostendi, antequam aliquis ipsi urbana diceret: ipsi ingressus dicit, "Domina, non etiam posthac obiicies ministerium, quod mihi tuae pedisequae praestant: iam enim et ego puerum tibi emi, in quo videbis pulchritudinem, qualem nunquam vidisti, qui et iam ante vestibulum stat: et ille, quidem haec." Pedisequae autem vera existimantes, quae dicta fuerant, inter se non mediocriter contendebant, cuinam ipsarum sponsus nuper emptus futurus sit. Xanthi vero uxore intro vocari novitium iubente mancipium, una ex aliis magis accelerans, et ut arrabonem vocationem arripiens, novitium servum egressa arcessebat. Et illo dicente, "Ecce ego adsum:" stupefacta, "Tu," inquit, "es?" Et hic, "Nae." Et illa, "Sine invidia, ne ingrediaris

連れて帰られてあった。

［M5b］《そこで Aesopus は家に帰る Xanthus に従った。昼には灼熱があったが、Xanthus は歩きながら外套を引き寄せると放尿した。これを見た Aesopus は、後ろで彼の衣服を掴み、自身の方に引き寄せ、「私は逃亡するので、なるべく早く私をお売りなさい」という。Xanthus が、「何故だ」というと、Aesopus がいうには、「私は［13］このような主人に仕えることができないからだ。主人であり恐れるもののない貴方は、自然に休憩を与えずに歩きながら放尿する。もし奴隷の私が何かの奴役にたまたま送られて、途中で自然がそのようにそれを放出することを求めたら、絶対に飛びながら排便する必要があるだろう」。Xanthus が、「これはお前を悩ますか。私は三つの不都合を避けたいので、歩きながら放尿する」というと、前者は、「それらは？」という。後者が、「立っている私の頭を太陽が焦がす、灼熱の大地が足を焦がす、最後に尿の鋭い臭いが嗅覚を不快にする」という。そして、Aesopus は、「貴方は私を納得させた」という。》

［M6］《その後、彼らが家に着くと、Xanthus は、彼の女が繊細なことを知っていて、何か上品なことを話す前にかくも悪いものをその場で彼女に見せるのは適当でないとのことから、Aesopus に玄関の前で待つように命じ、部屋に入って彼女にいうには、「令夫人、お前の召使たちが私に味方すると、お前が今後更に奴役を非難することはないだろう。お前がかつて見たこともないような美しさのある奴僕を、私は既にお前のために買ったからだ。彼は既に玄関の前にいる。まさにそこにいる彼だ」という。召使たちは、言われたことは真実と思い、最近買われた者は彼女たちの誰と結婚するかと、普通でなくお互いに対抗した。Xanthus が妻に新参の奴隷を中に呼ぶように命じると、彼女たちの一人がすごく急いで招待の手付金を奪うかのように出て、新参の奴隷を呼び寄せた。そして彼が、「私です」というと、彼女は呆然として、「貴方なの」という。彼が、「違いますか」というと、彼女がいうには、「悪口なしに、貴方が中に入らなくて

intro, omnes alioqui fugient." Alia tamen egressa, eumque intuita, "Cedatur tua," inquit, "facies, et huc ingredere, sed ne appropinques mihi." Ingressus stetit coram domina: quae cum eum vidisset, oculos a-[14]vertit ad virum, inquiens, "Unde mihi hoc monstrum attulisti? Abiice ipsum a facie mea." Et ille, "Satis tibi, domina: ne meum submorde novitium servum." Haec autem, "Videris, Xanthe, me perosus, aliam inducere velle: et forte dum pudet dicere mihi ut tua domo abscedam, canicipitem mihi hunc apportasti, ut eius aegre latura ministerium fugiam. Da igitur mihi dotem meam, atque ibo." Ad haec Xantho increpante Aesopum, tanquam in itinere urbana quaedam locutum de mictu inter eundum, nunc vero mulieri nihil dicentem, Aesopus ait, "Proiice ipsam in barathrum." Et Xanthus, "Tace, scelus, an nescis me hanc, ut meipsum, amare?" Et Aesopus, "Amas mulierculam?" Et ille, "Admodum quidem, fugitive." Ad haec Aesopus, pulsato medio pede, valde exclamavit, "Xanthus philosophus uxorius est." Et versus ad suam dominam ait, "Tu, o domina, velles philosophum emisse tibi servum iuvenem, bono habitu vigentem, qui te nudam in balneo spectaret, et tecum luderet in dedecus philosophi? O Euripides, aureum ego tuum inquam os, talia dicens,

> Multi impetus fluctuum marinorum,
> multi fluminum, et ignis calidi flatus:
> dura res paupertas, dura et alia infinita:
> tamen nihil aeque durum, ut mulier mala.

Tu vero, o domina, philosophi uxor, a pulchris adulescentulis tibi ut ministretur noli, ne quo pacto contumeliam viro tuo inflixeris." Ila haec audiens, cum nihil contradicere posset, "Unde vir," inquit, "pulchritudinem hanc venatus es? sed et loquax putridis hic videtur, et facetus: reconciliabor igitur ei." Tum Xanthus, "Aesope, reconciliata est tibi tua hera." Et Aesopus ironice loquens, [15] "Magna res," inquit, "placare mulierem:" Et Xanthus, "Tace posthac: emi enim te ad

も皆逃げるわ」。他の者も出てきて彼を見ると、「貴方の顔はどう
なったの。私に近づかないようにここに入って」。彼が入って女
主人の面前に立ち、彼女が彼を見た時、[14] 夫に目を転じてい
うには、「どこからこの怪物を私に連れてきたの。私の前からこれ
を連れて行って」。彼は、「令夫人、私の新参の奴隷に噛み付か
なければ十分だ」というが、彼女は、「Xanthus、貴方は私を大い
に憎んで他の女を入れたいと見える。私に貴方の家を出て行く
ようにいうのを多分恥じて、私がかの奴役を不快に思って逃げ
出すように、この犬のような頭でっかちを連れて来た。私に私の
持参金を渡しなさい、そうすれば私は出て行きます」という。こ
れに対し Xanthus は Aesopus が町への路次では歩きながらの
放尿について何か言ったのに、今は女に何も言わないと罵ると、
Aesopus は、「彼女を深淵に投げ出しなさい」という。Xanthus が、
「黙れ、悪党め。私が彼女を私自身のように愛するのを知らない
か」というと、Aesopus は、「この女を愛しますか」という。Xanthus
が、「逃亡奴隷、その通りだ」というと、これに対し Aesopus は
片方の足で床を叩いて、「哲学者 Xanthus は妻に弱い」と大声で
叫び、女主人に向かい、「令夫人、浴場で貴方の裸を見、哲学者
の恥辱となる遊びをするような、若くて外観が良く元気な奴僕
を、哲学者が買ったらよかったのですか。ああ、Euripides、かく
語る汝の口を我は黄金という。

> 海岸の波浪の衝撃は数多あり、
> 奔流の衝撃と熱い火の呼吸も数多あり、
> 困窮は苛酷であり、他の無数のものも苛酷だが、
> 悪い女と同等に苛酷なものは何もない。

令夫人、哲学者の妻である貴方は、どんな方法でも貴方が夫に不
名誉を加えることのないように、美しく若い人たちに自分が仕
えられることを欲するな」。彼女はこれを聞くと、反駁すること
もできず、「貴方はこの優秀なのをどこで狩ってきたの。これは
お喋りで臭いけれど機知があるようなので、私は彼と和解しま
す」という。その時 Xanthus が、「Aesopus、お前は女主人と和
解した」というと、Aesopus は皮肉に、[15]「女を宥めるのは大
仕事だ」という。Xanthus は、「後は黙れ。私がお前を買ったの

serviendum, non ad contradicendum."

[M7] Postera die Xanthus Aesopo sequi iusso, ad hortum quendam ivit empturus olera. Cum vero olitor fasciculum olerum messuisset, accepit Aesopus. Xantho autem soluturo iam hortulano pecuniam hortulanus, "Sive," inquit, "here, unum problema a te desidero." Et Xanathus, "Quidnam?" Tum ille, "Quid ita, ut quae a me plantantur olera, quamvis diligenter et fodiantur, et irrigentur, tardum tamen suscipiunt incrementum: quibus vero spontanea e terra pullulatio, et si nulla cura adhibetur, iis tamen celerior germinatio?" Xanthus igitur (licet philosophi quaestio foret) cum nihil aliud sciret dicere, "A divina providentia et hoc inter cetera gubernari," inquit. Aesopus vero (aderat enim) risit. Ad quem philosophus, "Ridesne, an derides?" Et Aesopus; "Derideo," inquit, "sed non te, verum qui te docuit. Quae enim a divina providentia fiunt, haec a sapientibus viris solutionem sortiuntur: oppone itaque me, et ego solvam problema." Interim itaque Xanthus conversus, inquit olietori, "Minime omnium decens est, o amice, me, qui in tantis auditoriis disceptaverim, nunc in horto solvere sophismata: puero autem huic meo, qui consequentia multorum callet, si proposueris, solutionem consequeris quaesiti." Et olitor, "Hic turpis litteras novit? o infelicitatem. Sed narra, o optime, si quaesiti declarationem nosti." Et Aesospus, "Mulier," inquit, "cum ad secundas nuptias iverit, liberis ex priore viro susceptis, si virum quoque invenerit filios ex priore uxore genuisse, quos ipsa filios adduxit, [16] horum mater est: quos invenit penes virum, horum est noverca. multam igitur in utrisque ostendit differentiam: nam quos ex se genuit, amanter et accurate nutrire perseverat, alienos vero partus odit, et invidia utens, illorum cibos diminuens, suis addit filiis. Illos enim natura quasi proprios amat: odio autem habet, qui viri sunt, quasi alienos. Eodem modo et terra, eorum quae ipsa ex

は、お前が仕えるためで、反駁するためではない」。》

　［M7］翌日、Xanthus は、Aesopus に従うように命じると、ある農園に野菜を買うために出かけた。菜園師が野菜の小束を刈り取ると、Aesopus が受け取った。Xanthus が金額を庭師に支払うと、庭師がいうには、「ご主人、できれば貴方に一つの問題をお願いします」。Xanthus が、「何か」というと、彼がいうには、「何故に、私に植えられた野菜は、如何に入念に掘り返し給水しても、生育が遅いのに、大地から自から発芽し、何の世話もされないものはより速く成長するのですか」。Xanthus が（哲学的な問題であったにも拘わらず）他にいうことを知らなかったので、「これは優れて神の摂理により支配されている」というと、Aesopus は（そこにいたので）笑った。Xanthus が彼に、「お前は笑うのかまたは馬鹿にするのか」というと、 Aesopus は、「私が馬鹿にするのは、貴方ではなく、貴方に哲学を教えた人だ。神の摂理により生じるものは、賢人たちにより問題が解決されるからだ。私にお任せなさい。そうすれば私が問題を解決しましょう」という。Xanthus は菜園師の方を向くと、「友人よ、多くの講堂で討論した私が、庭園で詭弁を解くのは最も相応しくない。しかし、ここにいる私の奴僕は多くのことの結論を知っているので、もし貴方が提示すれば、貴方は疑問の解決を得るだろう」という。庭師は、「この醜い者は文字を知っているのか。何という不運か。しかし、最良の者よ、お前が質問の説明を知るなら、述べよ」という。Aesopus が彼にいうには、「前の夫の子供を持つ女が再婚した時に、もしも前妻から生まれた息子たちがある夫に出会ったとすると、彼女は、自身の連れて来た息子たち［16］には母となり、夫の側に出会った者たちには継母となる。その両者には色々な差を示すが、自身が生んだ者は愛らしく念を入れて育てることを堅持するが、他から生まれた者は憎み、嫉妬を示し、彼らの食事を減らす一方、自身の息子たちには増やす。彼女は自然の者たちをあたかも自身のように愛し、夫の者たちをあたかも他人のように嫌うからだ。同様に、大地は自らから生まれたものには母であり、貴方が植えたものには継母になる。このた

se genuit, mater est: quae autem tu plantas, horum est noverca: huius rei gratia, quae sua sunt, ut legitima magis nutrit, ac fovet: a te autem plantatis ut spuriis non tantum alimenti tribuit." His delectatus olitor, "Credideris mihi," inquit, "quod me gravi solicitudine hac garrulitate levaris. Abi gratis ferens olera, et quoties tibi his opus est, tanquam in proprium hortum vadens, accipe."

[A4] [Nôninno fuxinno coto.]   414

Arutoqi Xãtho yŭranno tameni Esopouo tçurete
deraruruni, fiacuxǒ ychinin Xanthoni fuxinuo nasu-
ua; jinenni xǒzuru tocorono sǒmocuua yaxinai soda   415
tçuru cotoga naqeredomo, vôqini fanjǒ xi, goco-
cuno ruiua yǒicu suredomo, sacayuru cotoua sucu-
naiga cono guiua nantoto: Xantho coreua betno xi-
saideua nai, tada tentǒno jinengiato cotayeraretare-
ba, sonotoqi Esopo conotçureno fenjiua denbu   5
yajinno mǒsu guigiato iyeba: saraba vonore cota-
yeito atte, cano nôninni vaga yatçuconi toyeto iua-
rureba, nônin Esopouo mite arefodo iyaxŭ tçuta-
nai mide, nattoxite cono fentǒniua voyobǒzoto vô-
qini varǒta. sonotoqi Esopoga yŭua: sôjite fitoua   10
focano sugatavomotte jefiuoba ronjenu monogia:
tada chiyeno arinaxini coso yorǒzure: mazzu tada-
imano fuxinua itoyasui guigia: tatoyevomotte sono-
fǒni ximesǒzu: fitono narainiua jixxiuoba nengoro   15
ni yaxinayedomo, mamacouoba teineini xenu mono
gai: sonogotoquni jinenni xǒzuru sǒmocuua xi-
daino tameniua jixxigia : coreniyotte ninguenno
yǒicuuo caraide xeigiǒxi faye xigueru. Sonofocano
gococu ygueua xidaino tameniua mamacono co-   20
corogiani yotte, yaxinaiuo tçuguini suruto icanimo
ariarito cotayeta.

[M8a] Post dies aliquot rursus in balneum proficiscitur Xanthus. Quibusdam autem amicis ibi inventis, ad Aesopum loquitur, ut in domum currat, et lentem in ollam iniectam

め、自らのものは嫡子としてより良く養育し愛護するが、貴方に
植えられたものは庶子としてあまり多くの養分を与えない」。こ
れに喜んだ菜園師は、「私を信じてほしいが、お前は私から重大
な心配をこの能弁で除いてくれた。無料の野菜を持って行きな
さい。そしてこれらのものが必要な度に、あたかも自分の農園に
来るように、受け取りなさい」という。

［A4］［農人の不審のこと］　　　　　　　　　　　　　　［414］
　　あるとき Xantho 遊覧［遊び］のために Esopo を連れて出ら
るるに、百姓一人 Xantho に不審をなす［質問をする］［415］
は、「自然に生ずるところの草木は、養い育つことがなけれど
も、大きに繁盛し、五穀の類は養育すれども、栄ゆることは少
ないが、この儀はなんと」と。Xantho、「これは別の子細ではな
い。ただ天道の自然ぢゃ」と答えられたれば、その時 Esopo、「こ
の類の返事は、田夫野人の申す儀ぢゃ」といえば、「さらば、お
のれ答えい」とあって、かの農人に、「我が奴に問え」といわる
れば、農人 Esopo を見て、「あれ程卑しう拙い身で、何としてこ
の返答には及ばうぞ」と大きに笑うた。その時 Esopo が云うは、
「総じて人は、外の姿をもって是非をば論ぜぬものぢゃ。ただ知
恵のありなしにこそ依らうずれ。まづ只今の不審は、いと易い儀
ぢゃ。譬えをもってその方に示さうず。人の習いには、実子をば
懇ろに養えども、継子をば丁寧にせぬものぢゃ。そのごとくに、
自然に生ずる草木は四大［地水火風］のためには実子ぢゃ。こ
れによって、人間の養育を借らいで生長し生え茂る。その外の五
穀［米麦粟黍稗］以下は、四大のためには継子の心ぢゃによって、
養いを次にする」と、いかにも在り在りと答えた。

［M8a］《数日後、再び Xanthus は浴場に出掛ける。そこである
友人たちに出会うと、Aesopus に家に走って行って、レンズマメ
［lentem］を釜に入れて料理しろという。Aesopus は家に帰りレ

coquat. Ille abiens, granum unum lentis in ollam iactum coquit.
Xanthus ergo una cum amicis lotus vocavit hos compransuros,
praefatus tamen et quod tenuis esset futura cena, utpote ex lente,
quodque non oporteret varietate ferculorum amicos iudicare,
sed probare voluntatem. His vero profectis, et in domum
ingressis, Xanthus inquit, "Da nobis a balneo bibere, Aesope."
Illo vero ex defluxu balnei accipiente et tradente, Xanthus
foetore repletus: "Hem quid hoc," inquit, "Aesope?" Et ille, "A
balneo, ut iussisti." Xanthus autem praesentia amicorum iram
compescente, et pelvim sibi apponi iubente, Aesopus pelvi
apposita stabat. Tunc et Xanthus, [17] "Non lavas?" Tum ille,
"Iussum est mihi ea facere, quae iusseris: tu nunc non dixisti,
'Iniice aquam in pelvim, et lava pedes meos, et pone soleas,' et
quaecunque deinceps." Ad haec igitur amicis Xanthus ait,
"Num enim servum emi? nullo modo, sed magistrum."
Discumbentibus itaque ipsis, et Xantho Aesopum rogante, an
cocta sit lens, cocleari acceptum ille lentis granum tradidit.
Xanthus accipiens, ac ratus gratia faciendi periculum coctionis
lentem accepisse, digitis conterens ait, "Bene cocta est, affer."
Illo solum aquam vacuante in scutellas, et apponente, Xanthus,
"Ubi est lens?" inquit. Et is, "Accepisti ipsam." Et Xansthus,
"Unum granum coxisti?" Tum Aesopus, "Maxime: lentem enim
singulariter dixisti non lentes, quod plurative dicitur." Xanthus
ergo prorsus consilii inops, "Viri socii," ait, "hic ad insaniam
me rediget."

[M8b] Deinde conversus ad Aesopum ait, "Sed ne videar,
improbe serve, amicis iniurius, abiens eme pedes porcinos
quatuor, et perceleriter coctos appone. Festinus hoc peragit: ac
dum pedes coquerentur, Xanthus iure volens verberare
Aesopum, cum esset in re aliqua ad usum occupatus, unum ex
pedibus ex olla clanculum auferens, occulit. Paulo post autem
et Aesopus veniens, et ollam perscrutatus, ut tres solos pedes

ンズマメ一粒を釜に入れて料理する。友達の一人と入浴した Xanthus は会食予定者を招いたが、食事はレンズマメなので質素であろうことと、料理の多彩さで友達を判断せずにその意図を吟味すべきであることを先に述べた。そこで彼らは出発して家に入ると、Xanthus がいうには、「Aesopus、我々に浴室からの飲み物を与えなさい」。彼が実際に浴室の流れからそれを受け取って渡すと、Xanthus は悪臭に満たされたので、「Aesopus、これは何だ」というと、彼は、「貴方が命じた通り浴室から」という。Xanthus は友達の前なので怒りを抑えて、自身に鉢を据えるよう命じると、Aesopus は鉢を据えて立っていた。そこで Xanthus が、[17]「お前は洗わないのか」というと、彼がいうには、「私は、貴方が私に命じたことを行えと命じられている。貴方は、『鉢に水を入れ、私の足を洗い、サンダルを置け』などと何であれ連続しては言わなかった」。これに対し、Xanthus が友人たちに向かっていうには、「私は決して奴隷を買ったのではなく、先生だ」。彼らが食卓に横臥し、Xanthus がレンズマメは煮えているかと尋ねると、彼は匙に載せたマメの一粒を渡した。Xanthus は受け取ると、マメが煮え具合を試すために渡されたと思って、マメを指で潰すと、「よく煮えている。持って来い」という。Aesopus が単に水を酒杯に入れて供すると、Xanthus は、「レンズマメはどこだ」という。彼が、「貴方はもう受け取った」というと、Xanthus は、「お前は一粒を煮たのか」という。Aesopus は、「その通り。貴方言ったのは単数の lentem で複数の lentes ではなかった」という。そこで Xanthus は全く方策に窮して、「仲間の皆さん、彼は私に狂気を強いるだろう」という。》

[M8b]《そこで、Aesopus の方に向くと、「悪い奴隷め、私が友達に不当と見られないように、行ってブタの足を 4 本買い、急いで料理して供えろ」という。彼が急いでそれを済ますと、足が料理される間に、Xanthus は Aesopus を正当にむち打ちたかったので、彼が他のことの仕事に忙しくしている間に、鍋から足 1 本を密かに取り、隠した。少しして Aesopus が来て鍋を吟味すると、鍋に足を 3 本だけを見つけ、ある奸計が彼になされたこ

vidit, cognovit insidias sibi aliquas factas: et accurrens in stabulum, saginati porci unum ex quatuor cultro amputans, et pilis nudans in ollam iecit, ac coxit cum ceteris. Xanthus vero veritus ne Aesopus subreptum pedem non inveniens, fugeret: rursus in ollam ipsum iniecit. Aesopo autem in patinam pedes evacuante, ac quinque his apparentibus, Xanthus, "Quid hoc," inquit, "Aesope, quomodo [18] quinque?" Et ille, "Duo porci quot habent pedes?" Et Xanthus, "Octo." Tum Aesopus, "Sunt ergo hic quinque, et saginatus porcus inferius tripes pascitur." Xanthus admodum moleste ferens, amicis inquit, "Nonne paulo ante dixi, quod celerrime hic me ad insaniam rediget?" Et Aesopus, "Here, nosti id quod ex additione et subductione in quantitatem secundum rationalem summam colligitur, non esse errorem." Xanthus igitur nullam causam honestam inveniens verberandi Aesopum, quievit.

[M9a] Postridie autem ex scholasticis quidam sumptuosam apparans cenam, cum aliis discipulis et Xanthum invitavit. Cenantibus igitur, Xanthus partes ex appositis accepit electas, et Aesopo pone stanti dedit. "Abi," inquit ei, "benevolaeque meae haec trade." Ille vero decedens secum cogitabat, "Nunc occasio est ulcisci meam dominam, propterea quod me, cum novitius veni, cavillata est: videbit igitur an hero meo bene velit." Profectus itaque in domum, sedit in vestibulo: et hera accita sportulam partium coram ipsa posuit, ac inquit, "Hera, haec omnia herus misit, non tibi, sed benevolae." Cumque canem vocasset, atque dixisset, "Veni Licaena, comede: tibi enim herus haec iussit dari:" particulatim cani omnia proiecit. At post hoc ad herum regressus, et rogatus an benevolae dederit omnia, "Omnia," inquit, "et coram me omnia comedit." Illo vero iterum rogante, "Et quidnam edens ait?" Et is, "Mihi quidem nihil quidquam dixit, sed secum tibi gratias habebat." Uxor tamen Xanthi eam rem calamitosam esse arbitrata, nempe

とを知り、家畜小屋に走って行き、飼育されているブタの足 4 本から 1 本を刀で切り出すと、皮を剥いで鍋に入れ、他のものと一緒に料理した。Xanthus は、Aesopus が忍ばせた足を発見しないと逃亡するのではないかと実は恐れて、再び鍋に足を投入した。Aesopus が深皿に足を空けると、5 本の足が現れたので、Xanthus が、「Aesopus、これは何だ。どうして［18］5 本か」というと、彼は、「 2 匹のブタには何本の足があるか」という。Xanthus が、「 8 本だ」というと、Aesopus は、「ここに 5 本あるので、下で肥やされているブタは、3 本足で飼育されます」という。Xanthus が非常に苦しんで友達にいうには、「少し前に、彼は最も早く私に狂気を強いるだろう、と言わなかったか」。Aesopus は、「ご主人、理性に従い加算と減算により合計の数量が計算され、これが誤りでないことを貴方は知っている」という。それ故、Xanthus は Aesopus をむち打つ綺麗な理由を見つけられずに、黙った。》

［M9a］次の日に、学生たちの一人が豪華な食事を用意し、他の生徒と共に Xanthus を招待した。Xanthus は供えられた食事の中から一部を選んで受け取り、後ろに立っていた Aesopus に渡して、「行って私の大切なものにこれを渡しなさい」という。Aesopus は立ち去りながら、「私が新参で来た時に私を皮肉ったのだから、私の女主人に復讐するには今が機会だ。そして彼女が私の主人に大切なものかどうかも分かるだろう」と内心考えた。そこで家に着くと、玄関に座り、女主人を呼んで食物の小かごを彼女の面前に置いていうには、「令夫人、これら全てはご主人が、貴方にではなく、大切なものに送った」。そして犬を呼び、「Licaena、来てお食べ。ご主人がこれをお前に与えるよう命じたから」というと、犬に全てを個別に投げ与えた。この後、主人のところに戻り、大切なものに全てのものを与えたかと問われると、「はい、全てを。私の面前で全てを食べた」という。前者が再び問い、「食べながら何か言ったか」というと、後者は、「私には何も言わなかったが、彼女は貴方に感謝していた」という。しかし、Xanthus の妻は、このことを不幸に思い、彼女が夫にお

accusata, quod vel caniculae benevolentia in virum cederet, ac
subdens sese non amplius in posterum [19] cohabitaturam cum
eo, ingressa cubiculum plorabat.

[A9a]   [Xanthono nhôbŏno coto.] 420

Arutoqi Xanthouo chijnno motoye xŏdai xitani,
sono zade Xantho tçumano cotouo vomoijdaxi, Eso
pouo yobiyoxe, zaxiqini atta chinbutuo torisoroye
te, coreua izzuremo xŏquanno monogia fodoni, mot
te yte, vaga fisŏ taixetni surumononi xocusaxeito i-   421
uarureba, Esopo coreuo qiqi, nhôbŏno cotouo iuaru-
rutoua funbet xitaredomo, cano fitono Esoponi ata
rizamaga varŭte iyaximerarecuruni yotte, docodega
nafenpôuo xôto vomoiyru jibunde attaniyotte,   5
vorini saiuaigia: ima conotoqi fenpôuo xeideua
izzureno toqifiuo matŏzoto vomoi, soratoboqe xi-
te cano zaxxŏuo motte Xanthono iyeni cayeri, Xan-
thono icanimo fisŏ xeraruru coinuga attauo giochŭ
nomayeni yobidaxi, cano zaxxŏuo sono inuni sona   10
yete (cuuaxeba tadamo cuuaxei caxi) icanimo yô qi-
qe, nangiuo Xanthono fucŏtaixetni vomouaxeraru
rucotoua narabu cataga naizo: sono xôcoua corezo
to yŭte cuuaxe, yagate faxecayeri Xanthoni mucŏte
vôxeno gotoquni tçucamatçuttato fenjiuo xita to-   15
corode: Xantho iuaruruua: sate soreuo vqetotte cara nã
tomo soreua iuanandacato touarureba: naniuomo
mŏsucotoua gozanacattaredomo, cocorono vchi
niua ychidanto fucai gotaixetno fodouo yorocobu
teiga miyete gozattato mŏxita. Sate sono atoni gio-   20
chŭua cono cotouo tçucuzzucuto anjite netamino
cocoroga vocori, satemo qiocumo nai vaga tçuma
cana, inunimo vareuo vomoicayerarurucana, cano
chinbutuoba vareni coso vocurareô cotoga fongui
giani, sauanŏte nanzoyo imano inuni cureyŏua?   422
conoyŏna fitouo imaua tçumato tanôdemo nanini
xôzo? tottenoite cono vramiuo vomoixiraxôzurumo
nouoto vomôcocoroga tçuita. /...

ける大切さにおいて小犬に劣後したことや、今後の彼との共同生活において自身を不十分に下に置いていることを明らかに責め、[19]寝室に入って悲嘆した。

［A9a］［Xantho の女房のこと］　　　　　　　　　　　　［420］

　ある時 Xantho を知音のもとへ請待［招待］したに、その座で Xantho 妻のことを思い出し、Esopo を呼び寄せ、座敷にあった珍物を取り揃えて、「これはいづれも賞翫のものぢゃ程に、持っ[421]て行て、我が秘蔵大切にするものに食させい」といわるれば、Esopo これを聞き、女房［夫人］のことを言わるるとは分別したれども、かの人の Esopo に当たり様［人を扱う様態］が悪うて卑しめらるるによって、どこでがな返報をせうと思いいる時分であったによって、「折に幸いぢゃ。今この時返報をせいでは、いづれの時日を待たうぞ」と思い、空とぼけしてかの雑餉［酒や食物の贈物］をもって Xantho の家に帰り、Xantho のいかにも秘蔵せらるる子犬があったを、女中［夫人］の前に呼び出し、かの雑餉をその犬に供えて（喰わせば、ただも喰わせいかし）「いかにもよう聞け、汝を Xantho の深う大切に思わせらるることは、並ぶかたがないぞ。その証拠はこれぞ」と云うて喰わせ、やがて馳せ帰り Xantho に向かうて、「仰せのごとくに仕った」と返事をしたところで、Xantho 言わるるは、「さてそれを受け取ってから、何ともそれは言わなんだか」と問わるれば、何をも申すことはござなかったれども、心の内には一段と深いご大切［愛］の程を喜ぶ体が見えてござった」と申した。さてその後に女中はこのことをつくづくと案じて妬みの心が起こり、「さても曲もないわが夫かな。犬にも我を思い替えらるるかな。かの珍物をば我にこそ贈られることが本義[422]ぢゃに、さはなうて何ぞよ今の犬にくれ様は？このやうな人を今は夫と頼うでも何にせうぞ？取って退いて、この恨みを思い知らせうずるものを」と思う心が付いた。

[M9b] [19] Potu autem procedente, et quaestionibus alternis propositis, ac uno ex ipsis ambigente, quando futura esset ingens inter homines turbatio, Aesopus pone stans ait, "Cum resurrexerint mortui repetentes quae possederint." Et scholastici ridentes dixerunt, "Ingeniosus est novitius hic." Alio vero rursus proponente, "Quamobrem ovis ad caedem tracta, non exclamet, sus autem quam maxime vociferetur:" Aesopus rursus ait, "Quoniam ovis assueta mulgeri, aut etiam velleris onus deponere, tacite sequitur, ideo etiam pedibus arrepta, et ferrum videns, nihil grave suspicatur, sed illa usitata et solita videtur passura: sed sus, ut que neque mulgetur, neque tondetur, neque novit ad horum aliquid trahi, sed carnes suas tantum usui esse, merito vociferatur." His sic dictis, discipuli rursus laudaverunt ipsum versi in risum.

[M10] Finito convivio, et Xantho in domum reverso, et uxorem pro more aggresso alloqui, illa ipsum aversata, inquit, "Ne mihi propinquus fias, da mihi dotem meam, et abibo, non enim manserim tecum posthac: tu autem abiens cani adulare, cui misisti partes." Et Xanthus stupefactus ait, "Omnino mali mihi aliquid rursum attulit Aesopus." Et uxori inquit, "Domina, num me poto, tu ebria es? cui partes misi? nonne tibi?" "Non per Iovem, mihi quidem minime," inquit illa, "sed cani." Xanthus Aesopo accito inquit, "Cui dedisti partes?" Et ille, "Benevolae tuae." Et uxori Xanthus, "Nihil accepisti?" Et illa, "Nihil." Et Aesopus, "Cui enim iussisti, here, partes dari?" Et ille, "Benevolae meae." Et Aesopus cane vocata, "Haec tibi," inquit, "bene vult: nam mulier [20] etsi bene velle dicatur, tamen minima quaque recula offensa contradicit, conviciatur, abit: canem tamen verberato, expellito, non tamen discedet, sed oblita omnium, statim benigne blanditur et cum gratia hero. Oportebat igitur dicere, here, 'Uxori has partes ferto,' et non 'benevolae.'" Et Xanthus, "Vides, domina, non meam esse

［M9b］［19］《さて、飲み物が進み、お互いに問題を提出すると、彼らの一人が、将来に人間の間で大きな不安があるのは何時かということを設問とした。彼らの後ろに立っていた Aesopus がいうには、「復活した死者が所有していたものを求めた時」。学生たちが笑って、「この新参者は才能がある」という。そこで他の者が再び設問して、「何故、ヒツジは屠殺に引かれても叫ばず、ブタは最大限声高に叫ぶのか」というと、Aesopus が再びいうには、「何故ならば、ヒツジは通常乳を搾られ羊毛を刈られることに慣れているので黙って従い、そのため足を掴まれ刀を見ても何も悪いことを疑わず慣れたものとして耐えるだろう。しかしブタは乳を搾られず、毛を刈られず、一体何処へ引かれるかも知らず、ただその肉が使われるだけなので、正当に声高に叫ぶからだ」。このようにいうと、生徒たちは笑い出して、再び彼を褒めた。》

［M10］会食が終わり、Xanthus が家に戻り、襲いかかるそぶりで妻に話しかけると、彼女が彼を避けていうには、「私に近づかないで。私の持参金を返しなさい。今後貴方のところには留まらず、私は去ります。貴方は行って、食事を送った犬に諂いなさい」。Xanthus が呆然として、「確かに、Aesopus は私に何らかの悪をまたもたらした」というと、妻に、「令夫人、私は飲んでいるが、お前も酔っているのか。誰に食事を送ったか、お前ではないか」という。彼女は、「神に誓って、決して私にではなく、犬にです」という。Xanthus が Aesopus を呼び、「誰にあの食事を与えた」というと、彼は、「貴方の大切なものに」という。妻に、「何も受け取らなかったのか」というと、彼女は、「何も」という。そこで Aesopus が、「ご主人、誰に食事を与えよと命じたか」というと、彼は、「私の大切なものに」という。Aesopus が犬を呼んでいうには、「これが大切なものだ。女は［20］大切にすると言われても、何か最小の瑣事で不快であれば反駁し、罵り、去ります。犬はむち打ち、追い払っても離れず、全てを忘れて直ちに好意と感謝をもって主人に媚びます。故に、ご主人、貴方は、『大切なものに』ではなく『妻に食事を持って行け』というべき

culpam, sed eius qui tulit? Tolera itaque, nec deerit mihi
occasio, qua eum verberem." Illa vero non credente, verum
clam ad suos parentes regressa, Aesopus inquit, "Non recte dixi,
o here, canem tibi magis bene velle, quam meam heram?"
Diebus autem aliquot praeteritis, et uxore irreconciliata
manente, et Xantho affines quosdam ad ipsam, ut reverteretur
domum, mittente: illa, cum cedere nollet, ac proinde Xanthus in
maerore esset, Aesopus adiens eum, inquit, "Ne te afflictes,
here, ego enim eam cras venire sponte et citissime faciam ad
te." Accepta pecunia Aesopus in forum proficiscitur: ac emptis
anseribus, et gallinis, et aliis quibusdam ad convivium idoneis
ambulans, domos circuibat: transibat igitur et ante domum
parentum herae suae ignorare simulans illorum esse, et in ea
heram manere. Cumque in quendam ex domo illa incidisset,
rogabat, an aliquid ad nuptias utile domestici possent sibi
vendere. Ille autem rogitat, "Cui est opus his?" "Xantho,"
inquit, "philosopho: cras enim uxori copulandus est." Eo vero
ascendente, et uxori Xanthi haec, ut audivit, renuntiante, illa
cursim, et propere ad Xanethum ilico pergit, contra ipsum
clamat, dicens inter alia et haec, "Non me vivente, o Xanthe,
alteri uxori coniungi poteris." Sicque [21] mansit in domo per
Aesopum, quemadmodum propter illum discesserat.

[A9b]   [Esopoga tacumivomotte nacanauori.]   422

...../ Sŏaru tocoroye Xan-
tho qitacu xite giochŭni mucŏte, reinogotoqu, coto   5
bauo caqeraruredomo, catçute nhôbŏua fenjinimo
voyobazu tçuccusunde ytaga, faracoso tattçurŏ: icani
Xantho voqiqiare, sonatato vareua yen coso tçuqi-
tçurŏ, imayorixiteua vottotomo tanomimarasumai,
matatçumatomo vomouaxeraruruna: vareni ataru   10
zaifôuoba itomatoxite tamŏre: vaga cauariniua sa-
qini zaxxŏuo vocuriatta inucara chôai xeraresaxera-
rei toyŭni yotte, sonotoqi Xantho conocotouo qijte
qimouo qexi, coreua nanigotozo? satemo cocoroye

でした」。Xanthus が、「令夫人、分かるか、これは私ではなく運んだ者の咎だった。だから耐えなさい。私には彼をむち打つ機会があるだろう」というと、彼女はこれを信じず、本当に密かに両親の許に戻ったので、Aesopus は、「ご主人、貴方により大切なものは女主人ではなく犬である、と私は正しく言いました」という。数日が過ぎも、妻は和解しなかったので、Xanthus は彼女が家に帰るようにある親戚の者たちを送ったが、彼女は従いたくなく、それで Xanthus は悲嘆に暮れていたので、Aesopus が彼に近づいていうには、「ご主人、憔悴しないで。私が明日、彼女が自発的に大急ぎで貴方の所に来るようにしましょう」。Aesopus はお金を受け取ると広場に行ってガチョウとニワトリと宴会に適当なそれ以外の物を買い、歩いて家々を回った。彼の女主人の親の家でそこに女主人が留まっているとは知らないようなふりをしてその前を過ぎた。彼はその家の者に出会うと、家族の婚礼に便利なものを彼に売れないかと尋ねた。男が、「これは誰のための仕事だ」と繰り返し問うたので、彼は、「哲学者 Xanthus だ。彼は明日妻と結ばれる予定だからだ」。男が飛び上がり、Xanthus の妻に聞いた通りに知らせると、彼女は駆け足で急いで Xanthus のところへ直ちに出発し、彼に対してなかんずくいうには、「Xanthus、私が生きている間は、貴方は他の妻と結ばれ得ない」。かくして［21］彼女は、Aesopus のために家を離れたように、彼によって家に留まった。

［A9b］［Esopo が巧みをもって仲直り］　　　　　　　　［422］

　さうあるところへ Xantho 帰宅して女中(ぢょちゅう)に向かうて、例のごとく言葉を掛けらるれども、かつて女房(にょうばう)は返事にも及ばずつっくすんで［とても重々しく笑わずに］いたが、腹こそ立つつらう、「いかに Xantho お聞きあれ、そなたと我は縁こそ尽きつらう。今よりしては夫(おっと)とも頼みまらすまい。また妻とも思わせらるるな。我に当たる［相当する］財宝をば暇として賜うれ。我が代わりには先に雑餉(ざっしゃう)を贈りあった犬から寵愛せられさせられい」と云(ゆ)うによって、その時 Xantho このことを聞いて肝を消し、「こ

nu cotocana! coreua sadamete reino Esopoga xiuaza   15
niyotte cacunogotoqu giato vomoi, giochŭni iuaru
ruua: icani tçuma, tadaxi vonmimo, varemo suiqiŏca?
yumetomo vtçutçutomo voboyenu monocana! saqi
no zaxxŏuoba sonatani coso vocuttare, betniua tare
nimo yaranu monouoto iuaruredomo, nhôbŏxu   20
ua coreuo macotoni vqeide, soreua imacoso sa vô-
xerarurutomo, ychiyen sonobundeua nacatta: tada
inunicosoto yŭniyotte, Esopouo yobiyoxe, saqino
vocurimonouoba tareni atayetazoto touarureba, E-
sopo ynauori mŏsuua: soreua conatano gotaixetni   423
vomouaxeraruru mononi vataitegozaruto cotaye,
jnuuo yôde corecoso vonmiuo taixetni vomô mo-
nonare: najenitoyŭni vonnaua vottouo taixetni vo
môtoiyedomo, xinjitdeua gozanai: soreniyotte su   5
coximo qizacaino cotoga areba, cuchigotayeuo xi,
farauo tate, mino fomurauo moyaite soxirimauatte
nauo tannu xeneba, tottenojte sochiua sochi, co-
chiua cochito furumŏ monogia. Sarinagara inuua vt-
temo tataitemo cuchigotayemo xezu, soxirazu,   10
tottenoqu cotomo gozarazu, yagate tachinauoreba,
vouo furi, aximotoni qite neburitçuqi, caburitçuqi
xite xujinno qiuo toru monode gozaru fodoni, tai-
xetno monoto vôxeraruruua feijei gofisŏ nasaruru
cono inuno cotode gozarŏzuruto zŏjite, saqino mo   15
nouo vataitaua soregaxiga figacotode gozaruca? so
novye camisamaye tçucauasaruru naraba, aqiracani
camisamayeto vôxerareide, tada vaga taixetni vo-
mômonoto vôxeraretani yotte, cacunogotoqu tçu-
camatçuttato mŏxita. Sonotoqi Xantho tçumani mu   20
cŏte, sarebacoso voqiqiare, vaga ayamarideua nacat
taua, tada tçucaiuo xita monono qiqichigayede atta:
mata qiqichigaye nareba, xeccan surunimo voyoba
nu cotogia: tocacu riuo maguete cannin mesareito
iyedomo, sucoximo xôin xeide, qenmo fororoni   424
iyfanaite xinruino motoye ytte noqeta. Socode E
sopo Xanthoni yŭua: yôcoso saqiua mŏxitare, gorŏjera
rei: inuua sutemajijqeredomo, camisamaua sutesa-

れは何ごとぞ？さても心得ぬことかな！これは定めて例の
Esopo が仕業によって、かくのごとくぢゃ」と思い、女中に言
わるるは、「いかに妻、ただし御身も我も酔狂か？夢とも現つ
とも覚えぬものかな！先の雑餉をばそなたにこそ贈られ、別に
は誰にもやらぬものを」といわるれども、女房衆［ここでは単数］
はこれを真に受けいで、「それは今こそ然仰せらるるとも、一円
［少しも］その分ではなかった。ただ犬にこそ」と云うによって、
Esopo を呼び寄せ、「先の贈物をば誰に与えたぞ」と問わるれば、
E-［423］sopo 居直り申すは、「それは、こなたのご大切に思わ
せらるる者に渡いてござる」と答え、犬を呼うで「これこそ御身
を大切に思うものなれ。何故にと云うに女は夫を大切に思うと
言えども、真実ではござない。それによって、少しも気逆い［嫌
な思い］のことがあれば、口答えをし、腹を立て、身の炎を燃
やいて謗り回って、なお足んぬ［満足］せねば、取って退いて、
そちはそち、こちはこち、と振る舞う者ぢゃ。さりながら、犬は
打っても叩いても、口答えもせず、謗らず、取って退くこともご
ざらず、やがて立ち直れば、尾を振り、足許に来て、舐りつきか
ぶりつきして、主人の気を取るものでござる程に、大切のものと
仰せらるるは、平生ご秘蔵なさるるこの犬のことでござらうず
ると存じて、先のものを渡いたは、某が僻事［不条理なこと］
でござるか？その上、上様［奥方］へ遣わさるるならば、明らか
に上様へと仰せられいで、ただ我が大切に思うものと仰せられ
たによって、かくのごとく仕った」と申した。その時 Xantho 妻
に向かうて、「さればこそお聞きあれ、我が誤りではなかったは。
ただ使いをした者の聞き違えであった。また聞き違えなれば、折
檻［罰、咎め］するにも及ばぬことぢゃ。とかく理をまげて堪忍
めされい」と［424］言えども、少しも承引［心を同じく］せい
で、けんもほろろに言い放いて親類のもとへ行って退けた。そこ
で Esopo、Xantho に云うは、「ようこそ先は申したれ。ご覧ぜら
れい。犬は捨てまじいけれども、上様は捨てさせられて、この分

xerarete conobunni gozaruto yŭtaredomo, Xantho 5
ua yevomoiqiraide, xinruiuo tanôde futatabi cayeri
auareito tçumauo tanomaruredomo, corenimo dô-
xin xeneba, Xanthoua vomoino amarini sudeni qi-
uo vazzurauaxeraruru yŏni attani yotte, socode
Esopoga mŏsuua: sucoximo goqizzugkai arareso: ta- 10
yasŭ vonacauo nauoximaraxôzuruto yŭte, sonote-
dateuo tacunda: soreto yŭua, mazzu Xanthoni guin-
suuo côte, machi tçujiuo mauatte caimonouo xita-
ga, cano tçumano comori irareta iyeno atariye itte
cocomotoni ganya, camoua naica? cauŏzuto yŭte, 15
doximequni yotte, sono nhôbŏno xinrui coreuo
mite nanigoto nareba, qexicaranu sacanadŏguno
caiyŏzoto ayaximureba, Esopoga yŭua: iya sateua
mada gozonjinaica? soregaxiga tanôda fitoua cono-
goro meôtoisacaiuo mesaretani yotte, nhôbŏxuno 20
totte vonoqiattauo xujuni vabiraruredomo, tçui-
ni voqiqiaranuni yotte, imaua faya xencatanai, yo-
ni nhôbŏua arebacarica, yono tçumauo mucayô-
toyŭte, sudeni yomeiriga conmiŏnichino vchini aru:
saruniyottecoso cono sacanauomo totonoye aruqe 425
to macotoxiyacani yŭni yotte, cano fito iyenifaxiri
cayette, xicaxicato catareba, nhôbŏ coreuo qijte, gue
ni soreua sazo arurŏ, cŏxite irusaye farano tatçuni, va
ga meno mayede, betno tçumanadouo motaxeteua 5
arareô monoca? tocacu yono nhôbŏuo Xanthono
iyeye iretateteua narumai: tada iqeto iysamani toru-
monomo toriayezu, faxiri gidameite iyeni cayeri ica-
ni Xantho, vaga mada iqite yru vchini betno tçuma
uoba nantoxite vomochiarŏzo? vomoimo yoranu co
togia, canŏmajijto yŭte, sonotoqini voyôde fito- 10
mo nauosanu nacauo nauorareta. Esopoga xiuaza
vomotte nacauo tagauareta gotocu, mata Esopoga
tacumivomotte nacanauori xerareta.

[M11] Rursus post dies aliquot, invitans Xanthus discipulos ad
prandium, Aesopo inquit: "I, eme optimum quodque et prae-
stantissimum." Ille inter eundum secum dicebat, "Ego docebo

にござる」と云うたれども、Xantho は得思い切らいで、親類を頼うで「再び帰りあわれい」と妻を頼まるれども、これにも同心せねば、Xantho は思いの余りに、既に気を煩わせらるる様にあったによって、そこで Esopo が申すは、「少しも御気遣いあられそ。たやすうお仲を直しまらせうずる」と云うて、その手立てを巧んだ。それと云うは、まず Xantho に銀子［銀貨］を乞うて、町辻を廻って買物をしたが、かの妻の籠もり居られた家のあたりへ行って、「ここ許に雁や鴨はないか？買わうず」と云うて、どしめく［騒動する］によって、その女房の親類これを見て、「何ごとなれば、怪しからぬ肴道具の買い様ぞ」と怪しむれば、Esopo が云うは、「いやさてはまだご存知ないか？某が頼うだ人はこのごろ婦夫諍い［夫婦喧嘩］を召されたによって、女房衆の取ってお退きあったを種々に詫びらるれども、ついにお聞きあらぬによって、『今ははや為方ない。世に女房はあればかりか、余の妻を迎よう』と云うて、すでに嫁入りが今明日の内にある。［425］さるによってこそ、この肴をも調え歩け」と真しやかに云うによって、かの人家に走り帰って、然然と語れば、女房これを聞いて、「げにそれはさぞあるらう。かうしているさえ腹の立つに、我が目の前で、別の妻などを持たせてはあられうものか？とかく世の女房を Xantho の家へ入れ立ててはなるまい。ただ行け」といいさまに、取るものも取りあえず、走りぢだめいて［足で地面を叩き騒いで］家に帰り、「いかに Xantho、わがまだ生きている内に別の妻をば何としてお持ちあらうぞ？思いも寄らぬことぢゃ。叶うまじい」と云うて、その時に及うで人も直さぬ仲を直られた。Esopo が仕業をもって仲を違われたごとく、また Esopo が巧みをもって仲直りせられた。

［M11］再び数日後、Xanthus が生徒たちを昼食に招待して Aesopus にいうには、「行って、最良かつ最も優れた食料を買ってこい」。Aesopus が行きながら内心いうには、「私は、主人が愚

herum non stulta mandare." Cum linguas igitur solum suillas emisset, et apparasset discumbentibus, linguam assatam singulis cum salsamento apposuit. Discipulis laudantibus ut philosophicum primum ferculum, propter linguae ad locutionem ministerium, rursus elixas Aesopus linguas apposuit: atque iterum etiam ferculo alio, atque alio petito, ille nihil aliud quam linguas proponebat. Discipuli autem eodem subinde cibo repetito indignati, "Quousque linguas?" inquiunt, "quippe nos per diem linguas edendo, nostras doluimus." Xanthus inquit iratus, "Nihil aliud tibi est, Aesope?" Et his, "Non certe." Tum ille, "Nonne mandavi tibi, sordidissime homulle, optimum quodque, et praestantissimum obsonari?" Et Aesopus, "Multas habeo tibi gratias, quod me philosophis praesentibus increpaveris. Quid igitur fuerit lingua melius et praestantius in vita? Omnis enim doctrina et philosophia per ipsam monstratur ac traditur; per ipsam dationes, acceptiones, fora, salutationes, benedicentiae, musa omnis; per ipsam celebrantur nuptiae, civitates eriguntur, homines servantur. Et, ut breviter dicam, per ipsam tota vita nostra consistit; nihil ergo lingua melius." Ob haec discipuli Aesopum recte loqui dicentes, aberrasse vero magistrum, abiere singuli in domum.

Postridie rursus accusantibus ipsis Xanthum, ille respondebat, non secundum voluntatem suam [22] haec facta fuisse, sed inutilis servi nequitia, hodie autem permutabit cenam, et ipse praesentibus vobis cum eo colloquar. Ac vocato eo vilissimum quodque, et pessimum obsonari iubet, quo discipuli secum forent cenaturi. Ille autem nihil mutatus, rursus linguas emit, apparatas discumbentibus apposuit. Hi inter se submurmurabant, "Porcinae rursus linguae." Et mox iterum linguas apposuit. Et valde iterum, atque iterum. Xanthus autem iniquo animo ferens, "Quid hoc," inquit, "Aesope? Num rursus mandavi tibi optimum quodque, et praestantissimum obsonari, ac non potius vilissimum quodque, et pessimum?" Ille autem,

かなことを命じないように教えよう」。彼はブタのタン［舌］だけを買い、食卓に横臥する人々に給仕をした時に、炙ったタンに魚醤だけを添えて供した。生徒たちが、発言での舌の役目から、第一の料理が哲学的だと称賛すると、Aesopus は再び煮たタンを供した。そして再び重ねて他の料理を求められても、彼はタン以外は何も提供しなかった。生徒たちは、同じ食事がすぐ後に繰り返されたことに腹を立てて、「何時までタンですか。何故ならば、我らは一日中タンを食べて苦しんだ」という。Xanthus が怒って、「Aesopus、他のものはないのか」というと、彼は、「全く何もない」という。すると彼は、「最も不潔な小人め、お前には最良かつ最も優れたものを買い入れろと命じなかったか」という。そこで Aesopus がいうには、「貴方が哲学者たちの前で私を叱責したので、私は貴方に大変感謝している。要するに、人生において舌よりも良くかつ優れたものは何だろうか。全ての教義と哲学はそれにより教えられ、伝えられるからだ。それにより、譲与、納受、市場、挨拶、祝福、全ての詩歌も同じだ。それにより婚礼が挙行され、都市が建立され、人々が助けられる。簡単に言えば、それにより我らの人生の全てが成り立っており、故に舌より良いものは何もない」。このために、学生たちは Aesopus が正しく話し、先生が間違ったと言って、夫々家に帰った。

　翌日、彼らが再び Xanthus を非難すると、彼は答えて、自身の意思に従って [22] ではなく、役立たずの奴隷の悪い品性によってそれがされたので、その日は彼が食事を変えるように、彼らの前で彼と話すと答えた。そして Aesopus を呼ぶと、生徒たちが自身と共に食事をするために、最も安価で最悪の食料を買うように命じた。しかし、彼は何も変えずに再びタンを買い、食卓に横臥する人たちに用意したものを供した。彼らがが囁き合うには、「またブタのタンか」。そして程なくして再度タンを供した。そして確かに再び、更に再び。Xanthus が敵意をもっていうには、「Aesopus、これは何だ。私はお前に、むしろ最も安価で最悪の食料ではなくて、最良かつ最も優れた食料を買ってこいと再び命じたか」。しかし、彼は、「ご主人、かつて舌より悪かった

"Et quid unquam peius lingua o here? Nonne urbes per ipsam corruunt? non homines per ipsam interficiuntur? non mendacia omnia, et maledicta, et periuria per ipsam perficiuntur? non nuptiae, et principatus, et regna per ipsam evertuntur? non, ut summatim dicam, vita omnis per ipsam infinitorum errorum referta est?" Haec Aesopo dicente, quidam ex una discumbentibus Xantho inquit, "Hic, nisi valde teipsum munieris, non dubia erit insaniae causa tibi: qualis enim forma, talis et anima." Et Aesopus ad eum, "Tu mihi videris, o homo, pravus quidam, et curiosus esse, herum irritans contra servum."

[A5] [Qedamonono xitano coto.]   415

Arutoqi Xantho Esoponi vaga daiichito vomouŏ
chinbutuo caimotomete coito guegixeraruruni, xo-
nin zani tçuranatte yru tocoroye qedamonono xita-   416
bacariuo totono yete daita. Xantho vôqiniayaximete
Esopouo mexite, nangiua najeni xita bacariuoba
côte quruzoto iuarureba: Esopo cotayete yŭua: dai
ichito vomouŏ chinbutuo côte maireto vôxeraruru   5
niyotte, cŏ tçucamatçutta: soreuo najenito mŏsuni,
tencano jenacuua xita sanzunno sayezzuruni aruto
yŭ cotoga gozaru. Xicareba tenca, coccano anpu
mo xitani macasuru coto nareba, nanicaua coreni ma
sarŏzuruzoto mŏxita. Xicaraba mata daiichino axij   10
monouo côte coito guegiuo xerarureba, Esopo ma-
ta xitabacariuo côte qitauo, Xantho coreua nani-
gotozoto ayaximerarureba: xitaua core vazauaino
cado narito mŏsu cotouazaga gozareba, corenisugui
ta axijmonoua gozarumajijto cotayetato mŏsu.   15

[M12] Xanthus autem ad haec, causam cupiens verberandi hominem, "Fugitive," inquit, "quoniam curiosum dixisti amicum, ostende mihi incuriosum hominem adductum." Egressus igitur postridie in plateam Aesopus, et eos, qui praeteribant, circumspiciens, videt quendam in loco quodam diu sedentem,

ものは何だろうか。町はそれにより滅亡しないか。人々はそれにより殺されないか。全ての虚偽、悪口、偽証はそれにより完成しないか。婚姻、王位、王国はそれにより転覆されないか。要して言えば、全ての生涯はその無数の誤解に満ちていないか」という。Aesopus がこれをいうと、食卓に横臥している人々の一人が Xanthus にいうには、「もし貴方がご自身を守らなければ、彼は間違いなく貴方の狂気の原因になるだろう。何故ならば、彼はその容貌のように、精神も醜いから」。Aesopus はその男に、「貴方は、奴隷に対して主人を怒らせる、全く不条理なお節介のように私には見える」という。

［A5］［獣の舌のこと］　　　　　　　　　　　　　　　［415］

　ある時 Xantho、Esopo に「我が［お前が］第一と思わう珍物を買い求めて来い」と下知せらるるに、諸［416］人座に列なっているところへ、獣の舌ばかりを調えて出た。Xantho 大きに怪しめて Esopo を召して、「汝は何故に舌ばかりをば買うて来るぞ」と言わるれば、Esopo 答えて云うは、「第一と思わう珍物を買うて参れと仰せらるるによって、かう仕った。それを何故にと申すに、天下の善悪は舌三寸の囀るにあると云うことがござる。しかれば、天下・国家の安否も舌に任することなれば、何かはこれに勝らうずるぞ」と申した。「しからば、また第一の悪しいものを買うて来い」と下知を せらるれば、Esopo また舌ばかりを買うて来たを、Xantho、「これは何ごとぞ」と怪しめらるれば、「舌はこれ禍の門なりと申す諺がござれば、これに過ぎた悪しいものはござるまじい」と答えたと申す。

　［M12］《Xanthus はこれに対し、人間をむち打つ理由が欲しくて、「逃亡奴隷め、私の友人がお節介だと言ったのだから、お節介でない人間を連れて来て私に示しなさい」という。翌日、Aesopus は街路に出て、通る人々を見回すと、ある場所に長く座っている男を見た。その男が暇で単純であると内心判断すると、

quem iudicans secum otiosum et simplicem esse, accedens inquit, "Herus te invitat secum pransurum." Rusticus ille nihil sciscitatus, neque [23] quis esset a quo invitaretur, ingressus est in domum, et cum ipsis calceis, ut erant viles, discubuit. Rogante autem Xantho, "Quis hic?" Aesopus ait, "Incuriosus homo." Et Xanthus uxori in aurem dicit ut sibi obsequeretur, et quod ipse iusserit faceret, ut plagas Aesopo honesta ratione inferret. Deinde coram omnibus inquit, "Domina aquam in pelvim iniice, et pedes hospitis lava." Cogitabat enim secum omnino hospitem recusaturum, Aesospum vero, quod ille curiosus esset, verberibus caesum iri. Ila igitur iacta aqua in pelvim, ibat pedes hospitis lotura. At ille cognoscens hanc esse domus dominam, secum loquebatur, "Honorare me omnino vult, atque huius rei gratia suis manibus pedes meos vult lavare, cum ancillis queat hoc mandare." Extensis igitur pedibus, "Lava," inquit, "hera:" ac lotus discu-buit. Xanthus autem iubente vinum hospiti dari, quod biberet, rursus ille considerabat secum "ipsos ante oportere bibere: sed quia sic ipsis visum est, non opus mihi haec inquirere." Accipiens igitur bibit. Prandentibus vero, et ferculo quodam hospiti apposito, atque illo suaviter comedente, Xanthus cocum, quod male hoc condivisset, criminabatur, atque etiam nudum verberibus afficiebat. Rusticus autem secum dicebat, "Fercu-lum quidem optime coctum est, et nihil ei deest, quominus recte paratum sit, si autem absque causa vult suum servum flagellare paterfamiliás, quid ad me?" Xantho autem aegreferente, neque iucunde affecto, quoniam nihil hospes curiose inquirebat, tandem placentae allatae sunt. Hospes, vero tanquam nunquam placentam gustasset. convolvens, et accipiens, ipsas ut panes comedebat. Xanthus [24] autem pistorem accusavit, dixitque ei, "Cur nam, o exsecrande, absque melle ac pipere placentas praeparasti?" Ille inquit, "Si cruda est, o here, placentas, me verbera: Si vero non, ut oportebat, praeparata est, non me sed

近づいて、「私の主人が一緒に昼食するように貴方を招いている」という。その田舎者は［23］誰が彼を呼んだのかなど何も尋ねずに家に入ると、とても安物であった彼の靴を履いたまま、食卓に横臥した。Xanthus が「これは誰だ」と尋ねると、Aesopus は、「お節介でない人間だ」という。Xanthus は、まともな理由で Aesopus に殴打を与えるために、妻に耳打ちして、彼女が自らに従って、自らの命じることを行うようにいう。その上で全員の面前でいうには、「令夫人、水を鉢に入れ、賓客の足を洗いなさい」。これは、客が確かに拒絶するであろうから、それで彼がお節介だったことになり、Aesopus は笞で打たれるだろう、と彼が心中考えたからだ。彼女は水を鉢に入れ、客の足を洗おうとした。彼は彼女が家の女主人であると知り、内心いうには、「彼女は、私に名誉を与えたいので、女奴隷に命じることもできたのに、そのために自らの手で私の足を洗いたいのだ」、そして足を伸ばすと、「令夫人、洗いなさい」といい、洗われてから食卓に横臥した。更に Xanthus が彼が飲むべきワインを客に与えるように命じると、彼は、「彼らが先に飲むべきだが、これがそのように彼らに見られているのだから、それを私が聞く必要はない」と心中考え、受け取ると飲んだ。昼食者たちと客にある料理が供され、彼が快く食べていると、Xanthus はこの味付けが悪いと料理人を非難し、裸にされた彼を笞で打った。しかし田舎者が心中いうには、「この料理は最高に調理されている。正しく用意されたことに欠けるところはない。しかし、もし家長が彼の奴隷を理由なくむち打ちたいならば、私に何の関係があろう」。Xanthus は心が沈み楽しくなかった。何故ならば、客が何もお節介に尋ねずに、ついに菓子が出されたからだ。しかし、田舎者はあたかもかつて菓子を食べたことがなかったかのように、これを丸めて受け取ると、パンのように食べた。Xanthus［24］がパン職人を非難していうには、「呪われ者、何故ハチミツとコショウなしで菓子を準備したのか」。パン職人が、「ご主人、もし菓子が生なら、私をむち打ちなさい。もし菓子が然るべく準備されていないのなら、私でなく女主人を責めなさい」というと、Xanthusは、「も

heram accusa." Et Xanthus, "Si a mea hoc factum est uxore, vivam ipsam nunc comburam." Atque iterum uxori innuit, ut sibi obsequeretur propter Aesopum. Cum igitur iussisset sarmenta in medium afferri, pyram succendit, et arreptam uxorem prope pyram egit, ita ut crederetur ipsam in ignem esse immissurus: differebat autem aliquo modo, et circumspiciebat rusticum, si quo modo assurgens, a tali audacia prohibere ipsum aggrederetur. Sed is secum rursus considerabat, "Cum nulla adsit causa, quidnam sic irascitur?" Deinde inquit, "O paterfa-milias, si hoc iudicas oportere fieri, expecta me parumper, dum digressus adducam et ipse meam ex agro uxorem, ut ambas simul conburas." Haec a viro Xanthus audiens, et huius sinceri-tatem ac generositatem admiratus, Aesopo inquit, "Ecce vere homo incuriosus, habes accepta praemia victoriae, o Aesope: Satis est tibi decetero dein vero libertatem tuam assequeris."

[M13] Postridie autem Xanthus iussit Aesopo in balneas ire, et scrutari, an multa adesset turba, velle enim lavari. Abeunti autem Praetor occurrens, et Xanthi ipsum esse cognoscens, interrogavit quonam iret. Quod cum se is negasset scire: existimans Praetor interrogationem suam flocci pendi, in carcerem ipsum abduci iubet. Cum igitur abduceretur Aesopus, clamavit, "Vides, o Praetor, quemadmodum recte responderim? quae enim non expectavi, et occurri tibi, et in carcerem iam trahor." Tum Praetor stupefactus responsi promptitudine, sinit abire. [25] Aesorpus autem profectus in balneas, multam turbam in ipsis intuitus est, sed et lapidem videt in medio in-gressu positum, in quem singuli ingredientes et egredientes offendebant: hunc autem unus quispiam ingrediens ut lavaretur, sublatum transposuit. Reversus igitur ad herum, "Si vis," inquit, "here, lavari, unum hominem in balneis vidi." Xanthus profectus, ac multitudinem lavantium videns, dixit, "Quid hoc, o Aesope? Nonne unum hominem dixisti te vidisse?" Aesopus,

しこれが私の妻によって作られたならば、私は今、生きたまま彼女を焼き殺そう」という。そして再び妻に、Aesopus のために自身に従うように目配せをした。中央に柴を持って来るように命じると、積んだ薪に火を点け、妻が火の中に送り込まれるだろうと信じられるように、彼女を捕らえて積み薪の近くに連れて行ったが、別のところで待たせた。彼は、田舎者が如何に起き上がり、かかる無謀を彼に禁じるように切願するかを観察した。しかし、彼は再び、「理由もなく、何故彼はこのように怒っているのか」と心中考えると、「家長殿、もしこれが行われるべきとお考えなら、二人同時に焼き殺せるように私の妻を田畑から連れて来るまで、すこしお待ちなさい」という。Xanthus が男からこれを聞き、彼の誠実さと寛大さに驚嘆して Aesopus にいうには、「この男は、確かにお節介でない。ああ、Aesopus、お前の勝ちだ。お前は勝利の特典を得るだろう。実にお前は今後お前の自由を得るに足りる」。》

[M13] 翌日、Xanthus が Aesopus に、入浴したいので、浴場に行き大勢の群集がいるか観察するように命じた。途中、彼が Xanthus の奴隷であることを知っている長官が彼に行き合い、どこに行くのかと尋ねた。彼が知らないというと、長官は自らの質問が瑣事と見做されたと思い、彼を牢屋に連行するように命じた。Aesopus が牢屋に連行される時に、彼が叫んでいうには、「長官殿、ご覧の通り、貴方に出会い、私が牢屋に連行されるとは予想しなかったので、そのように正しくお答えしました」。長官は、回答の迅速さに呆然として、立ち去ることを許した。[25] それで Aesopus が浴場に着くと、そこに多数の群集がいるのを一瞥し、入口の真中に石が置いてあって、夫々入る人と出る人がぶつかるのを見た。しかし、入浴に来たある人がそれを持ち上げて置き換えた。そこで主人のところに戻っていうには、「ご主人、もし入浴したければ、浴場にはただ一人の人間を見ました」。Xanthus が出掛けて多数の入浴者を見て、「Aesopus、これは何だ。お前は一人の人間を見たと言わなかったか」というと、Aesopus

"Certe," inquit: "nam lapidem illum (manu oftendens) ante ingressum positum reperi, in quem ingredientes omnes et exeuntes offendebant: unus vero quidam antequam illideret, elevatum transposuit. Illum igitur unum hominem dixi vidisse: pluris faciés quam alios." Tum Xanthus, "Nihil apud Aesopum tardum est ad responsionem."

[A6] [Furono coto.]   416

    Arutoqi mata Xantho Esoponi furoni yuite fito-
no taxôuo mite coito yararureba: furoye yuqu roxi-
de xucurŏ vareua docoye yuquzoto tôni, miua zon-
jenuto cotayetareba, sonofito coreua rŏjeqixigo-
cuna yatçu giato yŭte, sudeni rôxani nasŏto suruto-   20
corode, Esopoga yŭua: vatacuxiga tadaima xiranu
to mŏxita cotoua: cayŏni rôxa xerareôcotouo vaqi-
mayenandaniyotte, xiranutoua cotayetegaozaruto yŭ
tareba: socode fitobitomo vôqini varŏte yurui-
te yareba, sorecara Esopo furoni itte miru tocoroni,   417
sono furo yano mayeni surudona ixiga fitotçu dete at
taga, deirino fitono axiuo yaburi, qizuuo tçuqeta-
uo arufitoga cano ixiuo totte caxiconi suteta toco-
rode, Esopo coreuo mite tachicayette, furoniua   5
tada ychinin ymarasuru to yŭtareba: sunauachi Xan-
tho yorocôde furoni irŏto vomomucaruruni, fitoga
cozotte axiuo fumiireôzuru tocoromo nacattaniyot
te, Xantho Esoponiicatte iuaruruua: vonoreua furo-
ni tada fitori aruto yŭtaga, cono cunjuua tçune yori-   10
mo vouoiua nanigotozoto: Esopo cono furoyano
iricuchini togatta ixiga atte, deirino fitono atato
nattauo taremo torisuteide fitogotoni tçumazzuqi
tauoruredomo, cayeriminandauo arufito ychinin qi-
tetotte sutetegozareba, chibunno fodono tada ychi-   15
ninna cotouo mŏxitato cotayete vogiaru.

[M14] [25] Cum aliquando Xanthus ex latrina rediret, interro-
gavit Aesopum, "Quid ita homines post cacationem, ventris

は、「確かに。何故ならば、私はあの石（手で示す）が入口の前に置かれていて、全ての入る人と出る人がぶつかるのを見た。足を打ちつけたある一人の人が、それを持ち上げて置き換えた。それで私は彼のことを、多数の他の者にはない性質として、一人の人間を見たと言ったのだ」という。Xanthus がいうには、「Aesopus において、返答に遅れるということはない」。

［A6］［風呂のこと］ ［416］

　ある時また Xantho Esopo に「風呂に行って人の多少を見て来い」と遣らるれば、風呂へ行く路次で宿老 [老人]「ワレは何処へ行くぞ」と問うに、「余は存ぜぬ」と答えたれば、その人「これは狼藉至極な［この上なく失礼な］奴ぢゃ」と云うて、既に牢者になさう［投獄しよう］とするところで、Esopo が云うは、「私が只今知らぬと申したことは、かやうに牢者せられうることを弁えなんだによって、知らぬとは答えてござる」と云うたれば、そこで人々も大きに笑うて赦し［417］てやれば、それから Esopo 風呂に行って見るところに、その風呂屋の前に鋭な石が一つ出てあったが、出入りの人の足を破り、傷を付けたを、ある人がかの石を取って、かしこに捨てたところで、Esopo これを見て、たち返って、「風呂にはただ一人居まらする」と云うたれば、すなわち Xantho 喜うで風呂に入らうと赴かるるに、人が挙って［集まり］足を踏み入れうずるところもなかったによって、Xantho、Esopo に怒って言わるるは、「おのれは風呂に唯一人あると云うたが、この群衆［密集すること］は常よりも多いは何ごとぞ」と。Esopo「この風呂屋の入口に尖った石があって、出入りの人の仇となったを、誰も取り捨ていで、人ごとに躓き倒るれども顧みなんだを、ある人一人来て取って捨ててござれば、知分の［知を巡らす］程のただ一人なことを申した」と答えておぢゃる。

　［M14］［25］《ある時、Xanthus が便所から戻ると、Aesopus に尋ねて、「何故人々は排便の後に腹の排泄物を注視するのか」と

excrementa aspiciunt?" Ile ait, "Antiquis temporibus vir
quidam delicatius vivens multo tempore prae deliciis in latrina
sedebat, ut et sua illic immorans cacaverit praecordia. Ex illo
tempore igitur timentes ceteri homines, ventris inspiciunt
sordes, ne quo modo et ipsi hoc patiantur. Sed tu, here, ne time:
non enim sunt tibi praecordia. [Ae380]"

[M15a] Die autem quodam celebrato convivio, Xanthus cum
aliis philosophis discumbebat, et potu iam invalescente, crebrae
quaestiones inter hos versabantur: atque Xantho incipiente
turbari, Aesopus adstans ait, "Here, Bacchus tria possidet
temperamenta, primum voluptatis, secundum ebrietatis, tertium
contumeliae. Vos igitur poti iam, et laetati, quae reliqua sunt
omittite." Tum Xan-[26]thus iam ebrius, ait, "Tace, inferis
consule." Et Aesopus, "Igitur et in infernum distrahere." Ex
discipulis autem quidam subebrium iam Xanthum videns, et ut
in universum dicam, temulentum, "O praeceptor," inquit,
"potestne homo aliquis ebibere mare?" Et ille, "Admodum
quidem: ego enim ipse hoc ebibam." Discipulus, "At si non
poteris, quamnam tibi multam irrogabo?" Tum Xanthus,
"Domum meam depono totam." Atque interim depositis anulis
pacta firmaverunt, tum discesserunt. Postridie diluculo, excitato
Xantho, ac faciem lavante, anulum inter lavandum non vidit.
Aesopum de eo interrogat. Ille, "Nescio," inquit, "quidnam
factum fuerit: sed unum scio tantum, quod a domo decideris tua.
Tum Xanthus, "Quamobrem?" Aesopus, "Quoniam heri ebrius
pepigisti mare ebibere, atque in pactis deposuisti et anulum." Et
is, "Tum quomodo maius fide opus potero? Verum te nunc rogo,
si qua cognitio, si qua prudentia, si qua experientia, praesto sis,
ac opem porrige, ut vincam, aut pacta dissolvam." Aesopus
autem, "Vincere quidem haud licet, sed ut solvas pacta,
efficiam. Cum hodie rursus in unum conveneritis, nullo modo
videaris timere, verum quae pactus es ebrius, eadem sobrius

いうと、彼がいうには、「古代にあるとても享楽的な人いて、享楽のために長い間便所に座っていたので、そこにかかずらって彼の正気を排便した。この時から他の人々は恐れをなして、彼らがどうにかこれを被ることのないように、腹の汚物を覗き込む。しかし、ご主人、貴方は恐れないように。何故ならば、貴方は正気を持っていないから」。》

［M15a］《またある日、賑やかな宴会で、Xanthus が他の哲学者たちと食卓に横臥し、既に飲み物を重ねると、彼らの間で多様な問題が追求された。Xanthus がかき乱され始めると、そこに立っていた Aesopus がいうには、「ご主人、酒には三つの節度があります。第一は快楽の、第二は酩酊の、第三は侮辱のです。貴方方は、既に飲んで楽しくなり、残ることは止めることです」。すると既に酩酊している Xan-［26］thus が、「黙れ、冥府の執政官」というと、Aesopus は、「それでは冥府で引き裂かれなさい」という。》ある生徒が、Xanthus が既に酩酊しているのを見て、一般的に言えば泥酔者に、「先生、誰か海を飲み干すことができる人間はいますか」というと、彼は、「全くその通り。例えば、私自身が海を飲み干そう」という。生徒が、「もし飲めなかったら、先生に何を課しましょうか」というと、Xanthus は、「私の家全てを出す」という。そこで、取り敢えず指輪を預けて契約を固め、彼らは家を去った。翌朝黎明に、Xanthus が起こされて顔を洗い、洗う間に指輪がないのを見ると、そのことを Aesopus に尋ねた。彼は、「何が起きたのか知らない。ただ一つ確かに知っているのは、貴方は家から離されることです」という。Xanthus が「何故だ」というと、Aesopus は、「昨日、酩酊して海を飲み干す約束をし、契約に指輪を預けた」。彼が、「どうすれば良いのだろう。今、本当に頼むから、もしお前の何らかの知識、洞察、経験が役立つならば、私が勝つか、または契約を解除するように、動いてくれ」というと、Aesopus は、「勝つことはできないが、契約を解除するようにしよう。今日、貴方方が再び一所に集まったら、決して恐れていると見られないように。実は酩酊して約束し

quoque dic. Iube itaque stramenta et mensam in littore poni, et
pueros paratos cum poculis porrigere tibi marinam aquam. Cum
autem omnem videris turbam concurrisse ad spectaculum, ipse
discumbens iube ex mari impleri poculum: atque hoc accepto
omnibus audientibus, dic pactis praefecto, 'Quaenam apud nos
foedera inivimus?' Atque is respondebit tibi, quod pepigeris
mare ebibere. Conversus igitur tu ad omnes, sic dicito, 'Viri Sa-
[27]mii, scitis et vos penitus quamplurimos fluvios prorumpere
in mare, ego autem pepigi mare solum ebibere, non etiam
exeuntia in ipsum flumina. hic itaque scholasticus prius
coerceat flumina omnia, deinde statim mare solum ebibam,'"
Xanthus autem futuram ex hoc pacti solutionem cognoscens,
vehementer laetatus est. Populus igitur ad littus confluit ad
spectaculum eius, quod faciendum erat: cumque Xanthus quae
edoctus fuerat ab Aesopo fecisset, ac dixisset, Samii admirati,
acclamaverunt, ac ipsum laudarunt: Scholasticus autem, Xanthi
pedibus obvolutus, et victum se confitebatur, et pacta rogabat
dissolui: quod et fecit Xanthus exorante populo.

[A7] [Xanthoga caisuiuo nomu coto.] 417

Arutoqi Xantho chinsui xite yraruru tocoroye, fito
ga qite daicaino vxiuouo fitocuchini nomi tçucusa-
ruru michiga arŏcato tôni, Xantho tayasŭ nomŏzu-
ruto rẽðjŏuo xerareta toqi, sono fitono yŭua: moxi   20
nomitçucusaxerarezuua nantoto: Xanthoua canara-
zu miŏnichi nomŏzu: moximata nomisonzuruni
voiteua, ycqeno zaifôuo cotogotocu mainaini xinjô
zuto iyeba, aitemo sonobun yacusocu xite, tagaini
yubiganeuo toricauaita. Sono fitoga cayerisatte saqe   418
samete nochi, Esopouo maneqiyoxe, miga yubiga-
neua doconi aruzoto touarureba, Esopoga yŭua: con-
nichimadeua cono iyeno vonuxi naredomo, miŏ-
nichiua nanto naraxerareôcato yŭte: saqino arasoi   5
uo catattareba: Xanthoua vôqini vodoroite, sate
nanto xôzo? fitoyeni nangini macasuruzo: co-
no cotouo nantozo qeiriacu xite miyoto iuaretareba,

ましたが、しらふでそうしたと言いなさい。敷きわらと食卓を浜辺に置き、杯と共に準備した奴僕に海の水を貴方に供するように命じなさい。全ての群集が見物のために集まってきたのを見たら、食卓に横臥し、海から杯を満たすように命じ、これを受け取ると、全員が聞いているところで、契約について、『我々は一体どんな契約をしたのか』と言いなさい。すると彼は、海を飲み干すと約束した、と答えるでしょう。貴方は、全員に向かってこのように言いなさい。『Samos の諸君、[27] 諸君は非常に多くの川が海に流れ込んでいることを確かにご存知だ。しかし、私が飲み干すと約束したのは海だけで、そこに出て来る川は含まない。従って、この学生が先ず全ての川を抑えたら、私はその後直ちに海だけを飲み干そう』』。Xanthus は、これが契約の解決になるだろうと考えて、すこぶる喜んだ。なされるべき彼の光景をめざして、大衆が海岸に結集し、Xanthus が Aesopus に教えられたように行いかつ話した時に、Samos 人は驚嘆して叫び立て、彼を賞讃した。学生は、Xanthus の足許に伏して自身が負けたことを認め、契約が解除されるように求めた。Xanthus は、大衆が懇願するので、そのようにした。

［A7］［**Xantho 海水を飲むこと**］　　　　　　　　　［417］

　ある時 Xantho 沈酔（ちんすい）していらるるところへ人が来て、「大海（だいかい）の潮を一口に飲み尽くさるる道があらうか」と問うに、Xantho「たやすう飲まうずる」と領掌（りゃうじゃう）をせられた［承知された］時、その人の云うは、「もし飲み尽くさせられずは、何と」と。Xantho は「必ず明日（みゃうにち）飲まうず。もしまた飲み損ずるにおいては、一家（いっけ）の財宝をことごとく賂（まいない）に進ぜうず」といえば、相手もその分約束して、互いに［418］指金（ゆびがね）を取り交わいた。その人が帰り去って、酒醒めて後、Esopo を招き寄せ、「余が指金は何処にあるぞ」と問わるれば、Esopo が云うは、「今日（こんにち）まではこの家のお主なれども、明日（みゃうにち）は何とならせられうか」と云うて、先の争いを語ったれば、Xantho は大きに驚いて、「さて何とせうぞ？偏（ひとえ）に汝（なんぢ）に任するぞ。このことを何とぞ計略してみよ」といわれたれば、Esopo

Esopoga yŭua: vare cono nanguiuonogaresaxera-
reôzuru cotouo voxiyemaraxôzu: xicaraba vaga-   10
miuo jiyŭninasaxerareito: Xant[h]o sonodanua ito ya-
sui coto giato yacusocu xite, facaricotouo Esoponi
voxiyerare, yocujit caifenni dete, daicaiuo nomŏto
arasô fodoni, qenbutno qixen vmino fotorini ichi
uo naita. Sonotoqi Xantho vtçuuamononi vxiuouo   15
cunde, cŏzani nobotte yŭua: vare qinôno yacusocu
no gotoqu, vmino mizzuuo cotogotocu nomitçucu
sŏzu: xicaredomo mazzu moromorono cauano na-
gareuo xeqitomerarei: sononochi vmiuo cotogo-
tocu nomŏzuruto yŭtareba, sonotoqi arasôta fito   20
ua monjin xite Xanthono aximotoni firefuxi, jefini
voyobanu reôjiuo mŏxita, miguino caqemonouo
ba goxamen areto tanomuniyotte, sono tocoroni
faxeatçumatta banminmo tomoni yurusareito coi
vquruni yotte sunauachi xamen xerareta.   419

[M15b] Profectis autem ipsis in domum, Aesopus adiens
Xanthum, inquit, "Per omnem vitam tibi gratificatus sum,
nonne dignus sum, o here, consequi libertatem?" At Xanthus
obiurgando ipsum, repulit, dicens, "An nolo ipse hoc facere?
sed exi ante vestibulum, et speculare: et si videris duas cornices,
renuntia mihi: bonum enim augurium hoc, quod si unam videas,
hoc malum." Accedens igitur Aesopus, cum duas forte ita
cornices super quadam vidisset arbore sidentes, accedens
Xantho renuntiavit. Exeunte autem Xantho, altera harum
evolavit: et Xanthus alteram solam videns ait, "Nonne dixisti
mihi, execrande, duas vidisse te?" Et is, "Ita, sed altera evola-
vit." Tum Xanthus, "Deerat tibi, fugitive, me ut deluderes?"
Iubet igitur eum denudatum verberari. At dum Aesopus
verberabatur, praefectus quidam invitavit ad cenam Xanthum,
Aesopo inter verbera exclamante, "Hei mihi misero: ego enim
qui duas vidi cornices, verberor: tu vero, qui unam tantum, in
convivium abis: [28] vanum itaque fuit augurium." Tum
Xanthus solertiam eius admiratus, cessare iubet verbera.

が云うは、「我この難儀を遁れさせられうずることを教えまらせ
うず。しからば、我が身を自由になさせられい」と。Xantho「そ
の段はいとやすいことぢゃ」と約束して、謀を Esopo に教え
られ、翌日海辺に出て、大海を飲まうと争う程に、見物の貴賤、
海のほとりに市をないた［集まった］。その時 Xantho 器物に潮
を汲んで、高座に昇って云うは、「我昨日の約束のごとく、海の
水をことごとく飲み尽くさうず。しかれども、まづ諸々の川の流
れを堰き止められい。その後、海をことごとく飲まうずる」と云
うたれば、その時、争うた人は問訊［道理に詰められて認めるこ
と］して、Xantho の足許にひれ伏し、「是非に及ばぬ聊爾［物を
ゆるがせにすること］を申した。右の賭物をばご赦免あれと頼む
によって、そのところに馳せ集まった万民もともに「赦されい」
と乞い［419］受くるによって、すなわち赦免せられた。

［M15b］《彼らが家に帰ると、Aesopus が Xanthus の許に行っ
ていうには、「全ての生涯を通じて私は貴方の望みを叶えた。ご
主人、私は自由を得て当然ではないか」。Xanthus が彼を非難し、
押し返していうには、「私がそれをすることを欲しないかどう
か。玄関の前に出て観察しろ。もしお前が二羽のカラスを見たら
私に報告しろ。それは良い前兆だからだ。もしお前が一羽を見た
ら、それは悪い」。Aesopus が近づいて偶然にある木の上に二羽
のカラスを見た時に、Xanthus に近づいて知らせた。しかし、
Xanthus が外に出ると、うち一羽は飛び去った。Xanthus がただ
一羽のカラスを見て、「呪われ者、お前は二羽を見たと言わなか
ったか」というと、彼は、「しかし、一羽は飛び去った」という。
Xanthus は、「逃亡奴隷、お前は私を欺いて、不幸を招いた」と
いうと、彼を裸にしてむち打つように命じた。Aesopus がむち打
たれている間に、Xanthus を昼食に招いた人が来たが、Aesopus
がむち打ちの間に叫んでいうには、「何という不幸か。二羽のカ
ラスを見た私はむち打たれ、一羽だけを見た貴方は宴会に行く。
［28］前兆は空虚だ」。Xanthus は彼の怜悧に驚嘆し、むち打ち
を止めるように命じた。》［［M16］は欠番］

[M17] Non multis autem post diebus philosophos et rhetores cum invitasset Xanthus, iussit Aesopo ante vestibulum stare, et nullum indoctum ingredi sinere, sed doctos solos. Hora autem prandii clauso vestibulo, Aesopus intus sedebat. Ex invitatis autem quodam profecto, et ianuam pulsante, Aesopus intus ait, "Quid movet canis?" ille putans canis vocari, irastus discessit: sic ergo unus quisque veniens revertebatur iratus, putans iniuria affici, Aesopo eadem omnes interrogante. Cum autem unus ex ipsis ostium pulsasset, interrogatus quid moveret canis, respondit, "Caudam et aures:" Aesopus ipsum recte iudicans respondisse, aperta ianua ad herum duxit, ac inquit, "Nullus philosophus ad convivium tuum venit, o here, praeter hunc solum." Xanthus igitur valde tristatus est, deceptum se existimans ab invitatis. Postridie cum venissent invitati ad litterarium ludum, accusabant Xanthum, dicentes, "Ut videris, o praeceptor, cupiebas quidem ipse contemnere nos: sed veritus, putridum in vestibulo constituisti Aesopum, ut nos iniuria afficeret, et canes vocaret. Et Xanthus, "Insomniumne id est, an vera res?" Tum illi, "Nisi stertimus, vera res." Confestim arcessitus Aesopus, et rogatus cum ira, cuius rei gratia amicos ignominiose amolitus esset, ait, "Non tu mihi, here, mandasti, ne quem vulgarem ac indoctum hominem permitterem in tuum convenire convivium, sed solos doctos?" Tum Xanthus, "Et quales hi, nonne docti?" Et Aesopus, nullo pacto: "Ipsis etenim pulsantibus ianuam, et me intus rogitante quidnam moveret canis, nullus eorum intellexit sermonem. [29] Ego igitur cum indocti omnes viderentur, nullum ipsorum introduxi, nisi hunc, qui docte respondit mihi." Sic igitur cum Aesopus respondisset, recte omnes dicere ipsum confirmarunt.

[M18] Ac post dies rursus aliquot Xanthus sequente Aesopo, ad monumenta accessit, et quae in arcis erant epigrammata legens se ipsum delectabat. At Aesopo in quadam ex ipsis insculptas

［M17］《数日後、Xanthus が哲学者と雄弁家を招待した時、Aesopus に玄関の前に立って、識者だけを入れ、無教養な者は誰も入ることを許すなと命じた。昼食の時間に、Aesopus は閉じた玄関の中に座った。招待者のうちある者が門を叩くと、中の Aesopus が「イヌが何を動かす」という。その人は自分がイヌと呼ばれたと思い、怒って去った。このように来るものは誰でも、全て Aesopus が同じことを尋ねるので侮辱されたと思い、怒って引き返した。しかし、彼らの中の一人が入口を叩き、イヌが何を動かすと問われた時、彼は、「尾と耳」と答えた。Aesopus は彼が正しく答えたと判断して、門を開けて主人のところに導いていうには、「ご主人、この人一人を除き、哲学者は貴方の宴会に誰も来ませんでした」。それで、Xanthus は招待者たちに騙されたと考えて、大いに悲しんだ。しかし翌日、招待者たちが読み書き競技に来ると、Xanthus を非難していうには、「先生、貴方は我らを侮りたかったと見られています。即ち、我らを侮辱しイヌと呼ぶように、事実、臭い Aesopus を玄関に駐屯させました」という。Xanthus が、「それは夢か真か」というと、彼らは、「我らがいびきをかかない限り、真実です」。直ちに呼び寄せられた Aesopus が、如何なる理由で友達を恥ずかしくも取り除いたのかと、怒をもって尋ねると、その時にいうには、「ご主人、貴方の宴会に来た者の中で、陳腐で無教養な人間ではなく、識者だけを入れろと私に命じたのは、貴方ではないか」。そこで Xanthus が、「何故彼らは識者ではないのか」というと、Aesopus が訳もなくいうには、「何故ならば、門を叩いた者たちに、イヌが何を動かすかと私が中から尋ねると、彼らの誰もその言葉を理解できず、［29］故に私には全員が無教養と見られたので、学者らしく答えた者を除き、私は彼らの誰も中に入れなかった」。このように Aesopus が答えた時に、全員が彼が正しく話したことを確認した。》

［M18］再び数日後に、Xanthus が Aesopus を従えて墓標に近づき、棺にあった銘を読んで楽しんだ。Aesopus がある棺に α、β、δ、o、ε、θ、χ という文字が刻まれているのを見ると、Xanthus litteras has vidente, α, β, δ, ο, ε, θ, χ, ostendenteque Xantho, atque rogante, an hasce novisset: diligenter ille scrutatus, non potis fuit harum invenire declarationem, ac fassus est dubitare omnino. Tum Aesopus, "Si per hanc columnulam, o here, thesaurum ostendam tibi, qua re me remunerabis?" Et is, "Confide, accipies enim libertatem tuam, atque dimidium auri."

Tunc Aesopus distans a cippo passus quatuor, et fodiens, accepit thesaurum, et tulit hero, dicens, "Da mihi promissum, cuius gratia invenisti thesaurum." Et Xanthus, "Non, si et sapiam, nisi et sensum litterarum mihi dixeris: nam scire hoc multo re inventa mihi pretiosius." Et Aesopus, "Qui thesaurum infodit hic, ut vir eruditus litteras insculpsit has, quae et inquiunt, α, ἀποβάς. β, βήματα. δ, τίοσαρα. ο, ὀρύξας. ε, εὑρήσεις. θ, θησαυρόν. χ, χρυσίς."

Xanthus autem, "Qui ita solers es, et astutus, non accipies tuam libertatem." Et Aesopus, "Renuntiabo dandum aurum, o domine, regi Byzantinorum: illi, enim reconditus est." Et Xanthus, "Unde hoc nosti?" Et ille, "Ex litteris: hoc enim inquiunt, α, ἀπόδος. β, βασιλῆι. δ, διονυσίω. ο, ὄν. ε, εὖρες. θ, θησαυρόν. χ, χρυσίς."

Xanthus audiens regis esse aurum, Aesopo ait, "Accepto dimidio lucri, taceto." Et ille, "Non tu mihi nunc hoc praebes, sed qui aurum hic infodit, ac quemadmodum, audi: hoc [30] enim dicunt litterae, α, ἀνελόμενοι. β, βαδίσαντες. δ, διέλεσθε. ο, ὄν. ε, εὕρετε. θ, θησσαυρόν. χ, χρυσίς."

At Xanthus, "Venias," inquit, "in domum, ut et thesaurum dividamus, et tu libertatem accipias. Profectis ergo, Xanthus timens Aesopi loquacitatem, in carcerem ipsum iussit iniici. Cum abduceretur Aesopus, sic inquit, "Huiusmodi sunt promissa philosophorum? non solum enim non accipio meam libertatem, sed et in carcerem iubes iniici me." Xanthus igitur

に示し、これらが分かるかと尋ねた。彼は勤勉に吟味したが、その説明を見つけられなかったので、全く迷っていると告白した。そこで Aesopus が、「ご主人、もし私がこの指図によって貴方に宝を示したら、貴方は何によって私に返済するか」というと、彼がいうには、「信用しろ。お前はお前の自由と黄金の半分を受け取るだろう」。

　その時、Aesopus は墓石から四歩離れ、そこを掘ると財宝を認めて、それを主人に持って行き、「ご主人、約束によって財宝を発見したのですから、私に約束したものを下さい」という。Xanthus は、「お前は単に文字の意味を私に話せばよい。私には、それを知る方が発見したものより貴重なのだ」という。Aesopus がいうには、「学識者がこの文字を刻んだので、ここに財宝を埋めた人がこれでいうのは、α『上る』、β『歩数』、δ『四つ』、o『掘る』、ε『汝は発見する』、θ『財宝を』、χ『黄金の』です」。

　しかし、Xanthus が、「かくも聡明で老獪なお前は、自由を得ない」というと、Aesopus は、「ご主人、私は黄金が Byzantini の帝王に与えられるべきことを報告しよう。これは帝王のために隠されたのだ」という。Xanthus が、「何処から分かるのか」というと、彼がいうには、「文字から。ここでいうのは、α『引き渡せ』、β『帝王に』、δ『Dionisius に』、o『それを』、ε『汝が発見した』、θ『財宝を』、χ『黄金の』です」。

　財宝が帝王のものと聞いた Xanthus が Aesopus に、「儲けの半分を受け取って、黙れ」というと、Aesopus がいうには、「私ではなく黄金をここに埋めた人に、それを差し出します。何故ならば、[30] これらの文字がいうには、α『奪う時』、β『汝らが来て』、δ『分けよ』、o『それを』、ε『汝らが発見した』、θ『財宝を』、χ『黄金の』です」。

　そこで、Xanthus は、「我々が財宝を分け、かつお前が自由を得るために、家に行きなさい」という。彼らが着くと、Xanthus は Aesopus の能弁を恐れて、彼を牢屋に入れるよう命じた。Aesopus が連れ去られる時にいうには、「哲学者たちの約束とはこのようなものか。私は私の自由を得ないのみならず、貴方は私を牢屋に入れるように命じるのだ」。それで Xanthus は彼を解き

iussit ipsum solui, et ait ei, "Nimirum recte inquis, ut parta
libertate, vehementior sis, contra me accusator." Tum Aesopus
dixit, "Quodcunque mihi potes facere, fac malum: omnino vel
invitus liberabis me."

[A8]   [Quanno monjino coto.]   419

Arutoqi Xantho Esopouo tçurete facadocoroye vo
momucaruruni, sono tocoroni quanno attani, nana
tçuno monjiuo qizŏda. Soreto yŭua: Yo, Ta, A, Fo,
Mi, Co, Vo, coregia: Esopo Xanthoni yŭua; tono   5
ua gacuxade gozareba, cono monjiuoba nanto va-
qimayesaxeraruruzoto: Xantho xibaracu cufŭuo xe-
raruredomo, sarani vaqimayerareide, cono quanua
xŏconi tçucuttareba, monji imaua vaqimayegatai:
nangi xiraba iyeto yuareta: Esopoua motoyori sono   10
jimenuo yô cocoroyete Xanthoni yŭua: vareua yuareuo
vaqimayete gozaru, cono tocoroni quabun
no zaifŏga gozaru. soreuo arauaximaraxitaraba, na-
nitaru govonxŏnica azzucarŏzoto: Xantho cono mu
neuo qijte nangi coreuo arauasuni voiteua, fudaino to   15
corouo xamen xite, sonovyeni zaifô fanbunuo a-
tayôzuruto yacusocu xererareta. Sonotoqi Esopo mŏ
jino yuareuo yomiarauaite mŏsuua: Yo toyŭua, yo
tçutoyŭ cotogia: Ta toyŭua, tantotoyŭ coto: A toua,
agarŏzuruto yŭgui: Fo toyŭua, foretoyŭcoto: Mi   20
toua, miyotoyŭgui: Co toua, coganetoyŭgui: Vo to
yŭua, voquto yŭguigiato fanzureba, fotte miruni,
monjino gotoqu, quabunno vŏgonga miyeta. Xan
tho coreuo mite tonyocuga niuacani vocotte, Esopo
ni yacusocucuo tagayôto xeraretareba: mata sono   420
vocuna ixini itçutçuno monjiga attauo Esopoga
mite yŭua: xoxen cono vŏgonuoba Xanthomo tora
xerarena: sonoyuyeua coconi mata ixini goji caite
gozaru: soreto yŭua, Vo, Co, Mi, Te, Va to atta: co-   5
no cocoroua: Vo toyŭua, voquto yŭgui, Co to-
yŭua, coganeto yŭgui: Mi toua, mitçuquruto yŭgui,
Te toyŭua, teivŏto yŭgui: Va toyŭua, vataxitatema
tçureto yŭguide gozaru. Xicareba cono tacaraua co-

放つよう命じ、彼に、「確かにお前は正しく話すが、自由を得れば更に激しくなって私を非難しよう」というと、Aesopus がいうには、「貴方は私に何でもできるが、悪事を働いたところで、全く不本意に私を自由にすることだろう」。

［A8］［棺の文字のこと］　　　　　　　　　　　［419］

　ある時 Xantho、Esopo を連れて墓所へ赴かるるに、そのところに棺のあったに、七つの文字を刻うだ。それと云うは、ヨ、タ、ア、ホ、ミ、コ、オ、これぢゃ。Esopo、Xantho に云うは、「殿は学者でござれば、この文字をば何と弁えさせらるるぞ」と。Xantho しばらく工夫をせらるれども、さらに弁えられいで、「この棺は上古に作ったれば、文字今は弁え難い。汝知らばいえ」といわれた。Esopo は元よりその字面をよう心得て、Xantho に云うは、「我は謂れを弁えてござる。このところに過分の［多くの］財宝がござる。それを現しまらしたらば、何たるご恩賞にか預からうぞ」と。Xantho この旨を聞いて、「汝これを現すにおいては、譜代［奴隷の身分］のところを赦免して、その上に財宝半分を与えうずる」と約束せられた。その時 Esopo、文字の謂れを読み現いて申すは、「ヨと云うは四つと云うことぢゃ。タと云うはたんと［多量に］と云うこと、アとは上がらうずると云う義、ホと云うは掘れと云うこと、ミとは見よと云う義、コとは黄金と云う義、オと云うは置くと云う義ぢゃ」と判ずれば、掘ってみるに、文字のごとく、過分の黄金が見えた。Xantho これを見て、貪欲がにわかに起って、Esopo ［420］に約束を違おうとせられたれば、またその奥の石に五つの文字があったを、Esopo が見て云うは、「所詮この黄金をば Xantho も取らせられな。その故は、ここにまた石に五字書いてござる。それと云うは、オ、コ、ミ、テ、ワ、とあった。この心は、オと云うは置くと云う義、コと云うは黄金と云う義、ミとは見付くると云う義、テと云うは帝王と云う義、ワと云うは渡し奉れと云う義

cuvŏni sasagueôzuru monogiato yŭta tocorode, Xan   10
tho vôqini vodoroite, fisocani Esopouo chicazzuqe,
cono cotoga focaye qicoyenu yŏni xei: iyeni cayet-
te sono vaqebunuoba atayôzuto bacari iuarureba,
Esopo fudaino yuruxino torisataua nacattani yotte,
Xanthoni mucŏte yŭua cono caneuo cudasaruru co-   15
toua vonni nite vonde nai: xisaiua sŏnŏte canauanu
cotogia. Miguino voyacusocuno gotoqu fudaino to
corouo yurusaxerareideua qiocuga nai: tatoi tŏjiua
iroironi vôxerarurutomo, jicocuvomotte jefini fon-
mŏuo taxxôzuruto mŏxita.   20

[M19a] Ea vero tempestate huiusmodi res Sami obtigit. Cum
publice festum celebraretur, repente aquila devolans, et
publicum rapiens anulum, in servi sinum demisit. Itaque Samii
perterriti, cum ob hoc prodigium incidissent in multum maero-
rem, in unum coacti, coeperunt rogare Xanthum, quod primus
civium esset, et philosophus, ut sibi iudicium prodigii manifes-
taret. At ille omnino ambigens tempus petiit. Profectus igitur
domum, tristis erat admodum, et solicitudinibus immersus, ut
qui nihil iudicare posset. Aesopus vero, maerore Xanthi
cognito, adiens ait, "Qua causa, o here, sic perseveras tristari?
Mihi committe, vale dicto maerori. Cras in forum profectus dic
Samiis, 'Ego neque prodigia soluere didici, neque augurari: sed
puer mihi est multarum rerum peritus, ipse vobis quaesitum
solvet.' Et si ipse consecutus fuero solutionem, here, tu gloriam
reportabis, tali utens servo: sin minus fuero consecutus, mihi
soli erit dedecus." Persuasus igitur Xanthus, postero die in
theatrum pro-[31]fectus, et astans in medio, iuxta monita
Aesopi concionatus est iis, qui convenerant. Illi vero statim
rogabant Aesopum acciri. Qui cum venisset, staretque in medio,
Samii facie ipsius considerata, deridentes clamabant, "Haec
facies prodigium solvet? ex deformi hoc quid unquam boni
audiemus?" Ita ridere coeperunt. At Aesopus extenta manu

でござる。しかれば、この宝は国王に捧げうずるものぢゃ」と云うたところで、Xantho 大きに驚いて、密かに Esopo を近づけ、「このことが外へ聞こえぬ様にせい。家に帰ってその配け分をば与ようず」とばかりいわるれば、Esopo 譜代の赦しの取沙汰［取扱い］はなかったによって、Xantho に向かうて云うは、「この金を下さるることは、恩に似て恩でない。子細は然うなうて叶わぬことぢゃ。右のお約束のごとく、譜代のところを赦させられいでは曲がない［すべきことをしない］。仮令、当時はいろいろに仰せらるるとも、時刻をもって是非に本望を達せうずる」と申した。

［M19a］その頃、実にこのようなことが Samos で偶然起こった。公の祝祭が挙行された時に、突然ワシが急降下して公の指輪を持ち去り、奴隷の胸の中に落とした。これに Samos 人は全く驚いて、この予兆に対し大きな憂鬱に落ち込み、一つに集まって、第一の市民で哲学者であった Xanthus に予兆の解釈を彼らに明らかにするよう尋ね始めた。彼は全く逡巡して時間を求めた。そこで家に着くと、何も解釈することができなかったので、完全に意気消沈し、不安に沈んだ。Aesopus が Xanthus の憂鬱を知ると、近づいていうには、「ご主人、どんな理由で意気消沈し続けているのか。私に打ち明けて、憂鬱を話し元気を出しなさい。明日、広場に着いたら、Samos 人にこのように言いなさい。『Samos の皆さん、私は予兆を解釈したり予言することを学ばなかったが、私の奴僕は多くのことを経験し、皆さんの疑問を解くだろう』。もし私が解答を得れば、ご主人、貴方はかかる奴隷を用いたことで栄誉を持ち帰る。もし私が得なければ、私だけが不名誉となる」。Xanthus は説得されて、翌日、演技場に着くと［31］中央に立ち、Aesopus の忠告と同様に、集まった人々に演説した。彼らは直ちに Aesopus を呼び寄せるよう求めた。彼が来て中央に立った時、Samos 人は彼の外観を観察すると、嘲笑い叫んでいうには、「彼はこの外観で予兆を解くのか。我々はこの醜さから何か良いことを聞くのだろうか」。このように彼らは

silentio petito, inquit, "Viri Samii, quid faciem meam cavil-
lamini? non faciem, sed animum respicere oportet: saepe enim
in turpi forma bonum animum natura imposuit. An vos exteri-
orem testarum formam consideratis, ac non potius interiorem
vini gustum?" Haec ab Aesopo cum audissent omnes, dixerunt,
"Aesope, si quid potes, dic civitatí." Ille igitur audacter ait, "Viri
Samii, quoniam fortuna, quae contentionis studiosa est, gloriae
certamen proposuit domino et servo, si servus inferior videatur
domino, verberibus caesus abibit, sin autem praestantior,
nihilominus et sic verberibus lacerabitur. Si vos per meam
libertatem, loquendi mihi fiduciam indulseritis, ego nunc vobis
intrepide quaesitum narrabo. Tunc populus uno ore clamabat ad
Xanthum, "Libertate dona Aesopum, obtempera Samiis, largire
libertatem eius civitati." At Xantho non annuenti, Praetor ait
Xantho, "Si tibi non placet auscultare populo, ego hac hora
Aesopum libertate donabo, et tunc tibi aequalis fuerit." Tunc
igitur Xanthus necessario libertatem reddidit, et praeco
clamavit, "Xanthus philosophus liberum Samiis largitur
Aesopum," atque interim fidem sermo Aesopi accepit dicentis
Xantho, "Vel invitus me libertate donabis." Aesopus itaque
libertatem consecutus, stans in medio, ait, "Viri Samii, aquila,
ut scitis, regina [32] avium est. Quoniam autem imperatorium
annulum haec raptum demisit in servi sinum, hoc significare
vult, quendam ex iis, qui nunc sunt, regem velle vestram
libertatem in servitutem redigere, atque sanctas leges irritas
facere. His auditis Samii maerore repleti sunt.

[A10] [Samono daifôyeno coto.] 425

Arutoqi mata Samoto yŭtocoroni daifôyeno gui 15
ga atte, tacaimo iyaxijmo cunjusuru: sonobani to-
corono qenyacuga zaxeraretani, vaxi fitotçu tonde qi
te cano xugono yubiganeuo fucunde izzucutomo
xirazu, tobisatta tocorode, sonozani ariyŏta ban-
min coreuo ayaximi, coreua tadacotodeua naito 20
yŭte, fôyeno guixiqimo qeôsamete, vonovono co-

86

笑い始めた。Aesopus が手を伸ばして静粛を求めていうには、「Samos の皆さん、何故私の外観を嘲笑うのか。観察すべきは、外観ではなく精神だ。何故ならば、天性は醜い外観の中に良い精神を置いたからだ。貴方方は、土器の外観よりは、内部の酒の味を考察しないか」。全員がこれを Aesopus から聞いた時に、「Aesopus、もし君が何かできるなら、市民に言ってみよ」という。そこで彼が大胆にいうには、「競争を好む運命の神が、主人と奴隷の間に栄誉の試合を公示したのだから、もし奴隷が主人に劣っていると見られれば、彼は笞で打たれて去るだろう。しかし、彼が優っていても、彼は笞で引き裂かれるだろう。もし私の解放によって、貴方方が私が話すことへの信頼に配慮するならば、私は今、恐れずに皆さんに疑問を説明する」。その時、民衆は異口同音に Xanthus に叫んで、「Aesopus に自由を与えよ。Samos 人の言うことを聞け。市民に彼の自由を施せ」という。Xanthus が承諾しないので、長官が Xanthus にいうには、「もし貴方が民衆に聴従することを喜ばないならば、私が今、Aesopus に自由を与えよう。それで彼は貴方と平等となるだろう」。その時、Xanthus はやむを得ず自由を与え、伝令使が叫んで、「哲学者 Xanthus は、Samos 人に自由な Aesopus を施す」といい、かくして「不本意に私を自由にする」と Aesopus が Xanthus に言った言葉が信認を得た。そこで、自由を得た Aesopus が中央に立っていうには、「Samos の皆さん、ご存知の通りワシは鳥たちの帝王 [32] だ。しかし、ワシが持ち去った長官の指輪を奴隷の胸の中に落としたことは、今いる帝王たちの誰かが、貴方方の自由を隷属に戻し、神聖な法律を無効にしようとしていることを示す」。これを聞いた Samos 人は憂鬱に満たされた。

［A10］［Samo の大法会のこと］　　　　　　　　　　［425］

　ある時また Samo と云うところに大法会の儀があって、高いも卑しいも群集する。その場に所の検役［＝守護か］が座せられたに、ワシ一つ飛んで来て、かの守護の指金［指環］を含んで、いづくとも知らず、飛び去ったところで、その座にあり会うた万民これを怪しみ、これは只事ではないと云うて、法会の儀式も興

no cotouo xengui suru nomide atta. Gigueno xu-
curŏ jacufaino mono made conoguiua Xanthoyori
focani xiru fitoga arumajijto yŭte, sonomune uo ai-
tazzunureba, cono cotoua asacaranu fuxin gia fodo-   426
ni, xianou xite cotayôzuruto yŭte iyeni cayeri, co
corouo tçucuite anzuredomo, sarani vaqimayuru mi
chiga nacattaniyotte, anjivazzurŏte yraruru teiuo
Esopo mite Xanthoni tôua: nanigotouo anjisaxerare-   5
te canaximaxeraruruzoto iyeba, Xantho vare cono
fodo anjivazzurŏ cotoua coregiato atte, cano yp-
penuo catatte, nangi coreuo vaqimayetacato iuaru-
reba, Esopo xicaraba cono satono quaixode vaga
rŏdô cono cotouo vaqimayetareba, mexijdaite vo-   10
toiareto vôxerarei: soregaxi mŏxiateta naraba, xo
nin vonmiuo sôqiŏ itasŏzu: mĕo̱xi mĕo̱xi sonzuru-
tomo, vatacuxi ychininno fucacude coso gozarŏzu
reto iyeba, conogui mottomogiato atte Xantho to-
corono fitobitoni sonobun mŏsarureba, vonovono   15
vôqini yorocôde Esopouo mexiidasuni, sonozani tçu
ranaru fodono fito satemo corefodo minicui mono-
ua dococara detazoto varaiyŏtareba, Esopo suco-
ximo vocuxita qixocumo nŏ, xoninno nacauo vo-
mezu fabacarazu, fumicoye fumicoye saxitouotte   20
cŏzani nauori, tadaima vonovono vatacuxiuo aza
mucaxeraruru cotoua sono iuarega nai: yabureta
yxŏuo qita cunximo ari, varayano vchini qininno
zaxeraruru cotomo arumonoto iyeba, vonovono dŏri
giato yŭte, monoyŭ monomo nacatta. Sonotoqi   427
Esopo tadaima soregaxi vaxino xisaiuo mŏsŏto su-
redomo, fitono gueninto xite xucunno mayede jiyŭ
ni monomŏsucotomo fabacari nareba, conozani
vaga xŭ Xanthono gozarucoto nareba, foxijmamani   5
mŏsarenu: tadaima vaga fudaino tocorouo xamen
araba, sono inyenuo danjôzuruto yŭta. Saredomo
Xantho sucoximo dôxin nŏte, catçute arumajiicoto-
giato fachiuo farauaretaredomo, tocorono xugo ana
gachini xamenuo couaruruniyotte, chicarani voyo-   10
baide banminno mayede connichi yoriua Esoponi
itomauo torasuruzoto iuareta. Sonotoqi Esopo ta-

さめて、各々このことを詮議［談合］するのみであった。地下の［土着の］宿老若輩の者まで「この儀は Xantho より外に知る人があるまじい」と云うて、その旨をあい［426］尋ぬれば、「このことは浅からぬ不審ぢゃ程に、思案をして答ようずる」と云うて家に帰り、心を尽くいて案ずれども、さらに弁ゆる道がなかったによって、案じ煩うていらるる体を Esopo 見て、Xantho に問うは、「何ごとを案じさせられて、悲しませらるるぞ」といえば、Xantho、「我この程案じ煩うことはこれぢゃ」とあって、かの一篇［全て］を語って、「汝これを弁えたか」といわるれば、Esopo、「しからば、この里の会所で『我が郎等、このことを弁えたれば、召し出いてお問いあれ』と仰せられい。某申しあてたならば、諸人御身を崇敬いたさうず。もし申し損ずるとも、私一人の不覚でこそござらうずれ」といえば、「この儀もっともぢゃ」とあって、Xantho、所の人々にその分申さるれば、各々大きに喜うで、Esopo を召し出すに、その座に列なる程の人、「さてもこれ程醜い者はどこから出たぞ」と笑い合うたれば、Esopo 少しも臆した気色もなう、諸人の中を怖めず憚らず［気おくれせず気がねせず］、踏み越え踏み越え、さし通って高座に直り、「只今各々私を欺かせらるる［侮られる］ことは、その謂れがない。破れた衣裳を着た君子もあり、藁屋の内に貴人の座せらるることもあるもの」といえば、各々「道理［427］ぢゃ」と云うて、もの云う者もなかった。その時 Esopo、「只今某、ワシの子細を申さうとすれども、人の下人として主君の前で自由にもの申すことも憚りなれば、この座に我が主 Xantho のござることなれば、ほしいままに申されぬ。只今我が譜代のところを赦免あらば、その因縁を談ぜうずる」と云うた。されども Xantho 少しも同心なうて、「かつてあるまじいことぢゃ」と蜂を払われたれども［全く承引されなかったが］、所の守護あながちに赦免を乞わるるによって、力に及ばいで万民の前で、「今日よりは Esopo に暇を取らするぞ」といわれた。その時 Esopo、「只今の音声は澄

daimano vonjŏua sumiyacani xoninno mimini vo-
chigataito yŭte, betnin vomotte Xanthono cotobano
gotoquni cŏxŏni saqebaxe, sate sononochi sancouo   15
xizzumesaxete vaxino xisaiuo nobeta. Cano vaxi
xugono yubiganeuo vbaitorucotoua, yono guideua
nai: vaxiua xochôno vŏgia, tano cunino teivŏcara
cono satouo vŏriŏxerare, sono chocumeino xitani
narŏzurutoyŭ guigiato yŭte satta. /...   20

[M19b] [32] Sed non multo post tempore et litterae a Croeso
Lydorum rege venerunt ad Samios,iubentes eis ut in posterum
tributa sibi penderent: sin minus obtemperassent, ut ad pugnam
se pararent. Consultabant igitur universi. Timuerunt enim
subditi fieri Croeso, conducibile tamen esse et Aesopum
consulere. Et ille consultus, ait, "Cum principes vestri senten-
tiam dixerint de tributo dando obtemperandum esse regi:
consilium iam minime, sed narrationem vobis afféram, et scietis
quid conducat. Fortuna duas vias ostendit in vita, alteram
libertatis, cuius principium accessu difficile, sed finis planus:
alteram servitutis, cuius principium facile et accesibile, finis
autem laboriosus. [Ae383]" His auditis, Samii exclamaverunt,
"Nos cum simus liberi, servi esse gratis nolumus," et oratorem
infecta pace remiserunt.

[M20a] His ergo cognitis, Croesus decrevit bellum in Samios
movere. Sed legatus retulit, "Non poteris Samios debellare
quandiu est apud eos Aesopus," et consilia suggerit. "Potes
autem magis," ait, "o rex, legatis missis, petere ab ipsis
Aesopum, pollicitus eis et gratias alias relaturum, et remis-
sionem iussorum tributurum: tunc forte poteris eos superare."
Croesus his persuasus, legato misso dedi sibi petebat Aesopum.
Samii autem hunc tradere decreverunt. Quo cognito, Aesopus
in media concione stetit, ac inquit, "Viri Samii, et ego permulti
facio ad regis pedes profis-[33]cisci: volo autem vobis fabulam

みやかに［明瞭に］諸人の耳に落ち難い」と云うて、別人をもって、Xantho の言葉のごとくに高声に叫ばせ、さてその後三戸［目耳口］を静めさせて、ワシの子細を述べた。「かのワシ、守護の指金を奪い取ることは、余の儀ではない。ワシは諸鳥の王ぢゃ。他の国の帝王からこの里を押領せられ［力ずくで取られ］、その勅命の下にならうずると云う儀ぢゃ」と云うて去った。

［M19b］［32］少しの時間を置き、Lydia 人の帝王 Croesus の手紙が Samos 人に到来し、以後彼らが彼に貢納を支払うこと、もし従わないならば、彼らが戦争の準備をすることを命じた。そこで全員で相談した。彼らは Croesus に服従させられると思い、Aesopus に相談するのが有利とした。相談された彼がいうには、「貴方方の高官たちが貢納を支払って帝王に従うべきとの意見を言う時に、私はそれを全く忠告せず、それが何を導くかを知るように貴方方にお話をしよう。運命は人生における二つの道を示す。一つは、自由の道で、それに近づくのは最初は困難だが、最後は平坦だ。もう一つは隷属の道で、最初は容易で近づくことができるが、最後はとても重荷となるものだ」。これを聞いてSamos 人は叫び立てて、「我々は自由人である限り、無報酬で奴隷であることは望まない」といい、和平を結ばずに代理人を送り返した。

［M20a］これを知った Croesus は Samos 人に対して戦争を起こすことに決めた。しかし使者が答えて、「Aesopus が Samos 人に付いている間は、王様が彼らを征服することはできません」といい、助言していうには、「しかし王様、むしろ使者を送り、彼らに何らかの恩寵と命じた貢納の免除を約束して、彼らからAesopus を求めれば、その時恐らく彼らを征服できるでしょう」。これに説得された Croesus は、使者を送り、Aesopus を彼に引き渡すよう求めた。Samos 人は彼を引き渡すことに決めた。それを知った Aesopus が集会の中央に立っていうには、「Samosの皆さん、私は私が帝王の足許に出発［33］することを多としま

dicere, 'Quo tempore animalia inter se loquebantur, lupi bellum
ovibus intulerunt. Una vero cum ovibus canibus proeliantibus
ac lupos arcentibus, lupi legato misso dixerunt ovibus, si
voluerint vivere in pace, et nullum suspicari bellum, ut canes
sibi traderent. Ovibus ob stultitiam persuasis, et canibus traditis,
lupi et canes dilacerarunt, et oves facillime occiderunt. [Ae153]'
Samii igitur fabulae sensu cognito, decreverunt apud se detinere
Aesopum.

[A11]   [Lidia yori chocuxino coto.]   427

...../ Soreyori yaga   20
te Lidiano cunino Cressoto mõsu teivõ yori chocu-
xiuo taterare, sono satocara toxigotoni quanbunno
mitçuqimonouo sasaguetatematçure: cono chocu-
giõuo somucaba, cotogotocuuo xemetorareõzuruto
no guide atta. Coreniyotte tocorono fitobito cono   428
chocugiõuo somuqumajijto cuchiuo soroyete, dô-
uonni guigiõ coto vouatteatta. Saredomo toxitaqe
ta fitobitoua mazzu Esoponi dancõ xite vofenjiuo
mõsõzuruto atte, icanito toyeba, Esopo cotayeteyǔ
ua yssai ninguẽno Naturano voxiyeniua, jiyǔuo yô   5
cotomo, mataua fitoni tçucauareõ cotomo, sonomi
no funbetni aru coto nareba, tadaima soregaxi izzure
uo toraxerareitoua mõsuni voyobanu: tomo ca
cumo sônamini macasaxerareito mõxita. Soco-
de tocorono fitobito Esoponi chiyeuo tçuqerare, vo   10
novono sono funbetuo naite, mitçuqimonouo sasa-
gueõ cotoua sono iuarega naitoyǔte, chocugiõuo so
muquni yotte, chocuxicayette cono yoxiuo sôxi,
tada guifeivomotte xemesaxerareôcotomo catacarõ-   15
zu: x[s]ono xisaiua, cano tocoroni Esopotoyǔ gacuxa
ga ychinin qiogiǔ tçucamatçuru, coreuo mesarenufo
do naraba, tayasǔ xemefuxerareõ cotoua catõgoza-
rõzuto mõxeba, casanete chocuxiuo tatesaxerare, so
no tocoroni qiogiǔsuru Esopouo mairaxei: xicara   20
ba mitçuqimonouo yurusaxerareõzu, Esopouo mai
raxenu naraba, taigunvomotte xemesaxerareõzuto
vôxerareta. Sonotoqi sono satono fitobitoua mazzu

すが、私は貴方方に寓話をお話ししたい。『動物がお互いに話をした時代に、オオカミたちがヒツジたちを攻撃した。ヒツジがイヌたちと共に戦い、オオカミを遠ざけると、オオカミはヒツジに使者を送り、もし平和に暮らし、どんな戦争も予定したくないならば、イヌを彼らに引き渡せと言った。ヒツジが愚かに説得されてイヌを引き渡すと、オオカミはイヌを引き裂き、簡単にヒツジを殺した』。かくて Samos 人は寓話の意味を理解し、Aesopus を自らの許に引き留めることに決めた。

［A11］［Lidia より勅使のこと］　　　　　　　　［427］

　それよりやがて Lidia の国の Cresso と申す帝王より勅使を立てられ、「その里から年ごとに過分の［十分すぎる］貢物を捧げ奉れ。この勅定を背かば、ことごとくを攻め取られうずる」と［428］の儀であった。これによって所の人々、「この勅定を背くまじい」と口を揃えて同音に議定こと［定めること］終わってあった。されども年長けた人々は、「まづ Esopo に談合してお返事を申さうずる」とあって、「如何に」と問えば、Esopo 答えて云うは、「一切人間の Natura［自然］の教えには、自由を得うことも、または人に使われうことも、その身の分別にあることなれば、只今某いづれを取らせられいとは申すに及ばぬ［できない］。ともかくも総並みに［皆と同じに］任せさせられい」と申した。そこで所の人々、Esopo に智恵を付けられ、各々その分別をないて、「貢物を捧ぐことはその謂れがない」と云うて、勅定を背くによって、勅使帰ってこの由を奏し、「ただ義兵［兵士］をもって攻めさせられうことも難からうず。その子細は、かの所に Esopo と云う学者が一人居住つかまつる。これを召されぬ程ならば、たやすう攻め伏せられうことは難うござらうず」と申せば、重ねて勅使を立てさせられ、「その所に居住するEsopoを参らせい。しからば貢物を赦させられうず。Esopo を参らせぬならば、大軍をもって攻めさせられうず」と仰せられた。その時その

sono nanuo nogareôtote, Esopouo tatematçurŏzuru
tono dancŏ nacabade attatocoroni, mazzu sonomi   429
niicagato toyeba, tatoyeuo nobete yŭua: mucaxi
toriqedamonono monouo yŭta toqi, vôcame fitçu
jiuo curauŏto sureba, fitçujiua sono nanuo nogareô
tote inuuo yatôte qeigo saxeta. Sonotoqi vôcame   5
ga cocoroni vomôyŏua, buriacuvomotte taburacasŏ
niua xiqumajijto; fitçujini mucŏte yŭua: menmen-
no sobani vocareta inudomouo vataxi atayeraruru
naraba, imayoriygo nangirani gaiuo nasu cotoua aru
majijzoto: fitçujiua coreuo macotocato cocoroyete   10
sunauachi inuuo vataxiyareba, sonotoqi vôcame, mo-
toyori tacunda coto nareba, mazzu inudomouo xŏ-
gai xite, sononochi fitçujiuo curai fataitato iyvouatte,
cano chocuxito tçurete Lidiano cuniye vomomui-
ta.   15

[M20b] Ille vero non tulit, sed cum legato una solvit, et ad
Croesum se contulit. Profectis autem ipsis in Lydiam, rex ante
se stantem Aesopum videns, indignatus est dicens, "Vide qualis
homuncio impedimento mihi ad tantam insulam subigendam
fuit." Tum Aesopus, "Maxime rex, non vi, neque necessitate
coactus ad te veni, sed sponte adsum, sustine autem me
parumper audire. 'Vir quidam cum locusts caperet, occideret-
que, cepit et cicadam: cum et illam vellet occidere, inquit
cicada: "O homo, ne me frustra occidas: ego enim neque spicam
laedo, neque alia in re quapiam iniuria te afficio: motu vero,
quae in me sunt, membranularum, suaviter canto, delectans
viatores: praeter igitur vocem in me amplius nihil invenies." Ille
his auditis, permisit abire. [Ae387]' Et ego itaque, o rex, tuos
pedes attingo, ne me sine causa occidas, non enim possum
iniuria quenquam afficere, sed in vili corpore generosum loquor
sermonem." Rex autem miratus simul et miseratus ipsum, ait,
"Aesope, non ego tibi largior vitam, sed fatum: ergo quod vis,
pete, et accipies." Et ille, "Rogo te, o rex, reconciliare Samiis."
Cumque rex dixisset, "reconciliatus sum," procidens in terram,

里の人々は、まづその難を逃れうとて、Esopo を奉らうずる［429］との談合なかばであったところに、まづその身に「如何」と問えば、譬えを述べて云うは、「昔、鳥獣のものを云うた時、オウカメ、ヒツジを喰らわうとすれば、ヒツジはその難を逃れうとて、イヌを雇うて警護させた。その時オウカメが心に思う様は、『武略をもって誑かさう［騙そうとする］にはしくまじい』と。ヒツジに向かうて云うは、『面々の傍に置かれたイヌどもを渡し与えらるるならば、今より以後汝らに害をなすことはあるまじいぞ』と。ヒツジはこれを真かと心得て、すなわちイヌを渡しやれば、その時オウカメ、元より巧んだことなれば、まづイヌどもを生害して［殺して］、その後ヒツジを喰らい果たいた」といい終わって、かの勅使と連れて Lidia の国へ赴いた。

［M20b］しかし、彼は従わず、使者と共に発ち、Croesus のところへ行った。彼らが Lydia に着いて、帝王が自身の前に立っている Aesopus を見た時、憤激していうには、「征服されるべき多くの島々での私の障碍が、如何なる小人であったかを見よ」。そこで Aesopus は、「偉大なる帝王よ、私が王様の許に参ったのは、力または必要に強いられてではなく、自発的にだ。少しの間、私のことを聞くことに耐えよ。『ある男がイナゴを捕らえて殺そうとした時に、セミを捕らえた。それを殺そうとした時に、セミがいうには、「人よ、貴方は無益に私を殺すな。何故ならば、私は穂を傷つけず、貴方の如何なるものも害さず、私の中にある小さな膜を震わせて甘く歌い、道行く人を喜ばす。だから私の声に優るものは何もない」。これを聞くと彼はセミが去ることを許した』。王様、私は貴方の足に触れる。私を理由なく殺さないように。何故ならば、私は何も害さないが、か弱い体で気高い言葉を話す」という。その時、帝王が驚くと同時に彼に同情していうには、「Aesopus、朕ではなく運命がお前に生命を与える。故に、お前が欲しいものを求めよ。さればお前は受け取ろう」。彼は、「王様、私は貴方が Samos 人と和解することを求めます」という。帝王が、「朕は和解した」と言った時に、彼は地に伏して、［34］

[34] gratias ei agebat. Et post haec suas conscripsit fabulas, quas in hunc usque diem extantes apud regem reliquit. Acceptus autem ab ipso litteris ad Samios, quod Aesopi gratia eis reconciliatus fuerit, atque muneribus multis, navigavit in Samum. Samii igitur hunc videntes, et coronas ei intulerunt, et choreas eius gratia constituerunt. Ille autem et regis litteras legit, et ostendit quod sibi donatam a populo libertatem, libertate rursus remuneratus fuerit.

[A12] [Esopo Lidiaye yuku coto.]   429

Esopo fodonŏ Lidiano cunini macaritçuqi, Cresso no vomayeni xicô itaxeba, cocuvŏ Esopouo yeirã atte: satemo cacaru miguruxij yatçuga xoyvomotte Samono monodomo vaga meiuo somuitacato vô qini icaraxeraretareba, sonotoqi Esopo yeiriouo saxxite tçuxxinde icani teivŏno nacano teivŏ nite gozaru vonmi, sucoxino voitomauo cudasareba, sômŏ   20
mŏsŏzuru cotoga gozaruto mŏxeba, sunauachi voyuruxiuo cudasareta. Sonotoqi Esopoga noburu to corono tatoyeniua: arufinja inagouo torŏzuruto yu   430
qu roxini voite xemiuo mitçuqe, sunauachi coreuo totte corosŏto suru tocorode, cano xemino mŏsuyŏ ua: saritoteua vareuo corosaxerareô coto foinai guigia: soreuo najenito mŏsuni: gococu sŏmocuni sauaritoua narazu, saxiteua fitonimo atauo nasucotoua   5
gozanai: qeccu cozuyeni nobotte sayezzuri vomotte natçuno atçusauo nagusamemarasuru tocoroni, rifujinni corosaxeraruru cotoua nanigotozoto cotouo vaqete mŏxeba, sonomono dŏrini xemerarete   10
tachimachi xamen itaita. Xicaraba inixiyeno xemito, tadaimano soregaxiua sucoximo fedatega gozanai: vatacuxiua sôjite fitoni atauo tçucamatçurazu, tada dŏrino vosu tocorouo fitoni voxiyuru bacaride gozaru: dŏriuo mamoru toqiua, tencamo tai   15
feini, cocudomo yasŭ vodayacani, tamino camado mo niguiuŏcotoua tçuneno fŏde gozaru. Vatacuxiua cono michiuo voxiyuru yori foca, betno vocaximo gozanai: voyuruxi nasareba, cuni satouo ama-

帝王に感謝した。その後、彼はその日までにあった自らの寓話を
書き上げ、帝王の許に残した。そして Aesopus のために Samos
人と和解したという彼ら宛ての帝王の手紙を受け取った彼は、
沢山の贈物を携えて Samos へ航海した。かくして Samos 人は
これを見ると、彼に花輪を捧げ、彼のために輪舞を用意した。彼
は帝王の手紙を朗読し、民衆により彼に自由が与えられたので、
彼はその自由に対して返報したことを明らかにした。

［A12］［Esopo、Lidia へ行くこと］　　　　　　　　　［429］

　Esopo 程なう Lidia の国にまかり着き、Cresso のお前に伺候
いたせば、国王、Esopo を叡覧あって、「さてもかかる見苦しい
奴が所為［仕業］をもって、Samo の者ども我が命を背いたか」
と大きに怒らせられたれば、その時 Esopo 叡慮を察して、謹ん
で「いかに帝王の中の帝王にてござる御身、少しのお暇を下され
ば、奏聞まうさうずることがござる」と申せば、すなわちお赦し
を下された。その時 Esopo が述ぶると［430］ころの譬えには、
「ある貧者イナゴを取らうずると行く路次においてセミを見つ
け、すなわちこれを取って殺さうとするところで、かのセミの申
す様は、『さりとては、我を殺させられうこと本意ない［残り多
い］儀ぢゃ。それを何故にと申すに、五穀草木に障りとはならず、
さしては人にも仇をなすことはござない。結句［むしろ］梢に上
って囀りをもって夏の暑さを慰めまらするところに、理不尽に
［理由もなく］殺させらるることは何ごとぞ』とことを分けて申
せば、その者道理にせめられて、たちまち赦免いたいた。しから
ば、いにしえのセミと只今の某は、少しも隔てがござない。
私は総じて人に仇を仕らず、ただ道理の推すところを人に教
ゆるばかりでござる。道理を守る時は、天下も太平に、国土も安
う穏やかに、民の竈も賑わうことは常の法でござる。私はこ
の道を教ゆるより外、別の犯し［罪］もござない。お赦しなされ

necu faiquai itasŏzuruto sôsureba, cocuvŏ conosô-   20
monuo canjisaxerarete, nangini togaga nai, tentŏmo
coreuo yurusaxerarureba, varemomata xamen suru-
zo: sonofoca xomŏ araba, mŏxi agueito vôxeraru-
reba: soregaxi betno negaimo gozanai: tada fitotçu
no nozomiga gozaru: soretomŏsuua, vaga fisaxŭ qio   431
giŭ tçucamatçutta Samoni voite fitono fiquanto nat
te iroirono xinrŏuo tçucamatçuru tocoroni, sono sa-
tono fitobito itomauo coivqete jiyŭuo yesaxerare
tareba, icadecacoreuo fôjatçucamatçuru cocoroza-   5
xiga nŏteua gozarŏzo? auogui negauacuua cano to
coroye vôxecaqerareta mitçuqimonouo yurusaxerare
ba, firuimo nai govonde gozarŏzuruto sôsureba,
teivŏ sono yasaxij cocorozaxiuo canjisaxerarete, go-
xamen nasaruruto vôxeraretareba, sorecara ychiquã   10
no xouo tçucutte micadoye coreuo tatematçuttare-
ba, yeican nanomenaraide quabunno zaifôni Samo
no voyuruxino rinxiuo soyete cudasaretareba, /...

[A13]   [Esopo Samoye cayeru coto.]   431
                              .../ Esopo
coreuo itadaite vobitataxij funeuo cazaritate, coreni
notte Samoye tocai sureba, Samono banmin cono yo   15
xiuo qiqi, jŏgue banmin yorocobi mini amari, axino
fumidomo voboyeide chisô fonsôuo xite qeccôni
funeuo cazari, bugacuuo sôxi, ito taqeuo xirabe, mu
netono rŏnhacu mucaini dete, cano Esopouo mote-
naita. Sate cono funedomo minatoni tçuqeba, cŭ-   20
den rôcacuuo cazarivoita tacai vtenani nobotte yŭ
ua: somosomo cono tocorono fitobito vagamivo ji-
yŭni nasaxerareta sono govonxŏno catajiqenasauo
itçunoyoni vasureôzo? sono govonuo fôjô tameni,
conotabi Lidiano cocuvŏno chocusatuo coconi   432
motte maittato yŭte, rinxiuo firaite tacaracani yo-
meba, sono tocorono xugouo fajimeto xite, rêŏ̀-
nhacu nannho yorocobino mayuuo firaqi, ando xita
arisamaua, macotoni tatoyeuo toruni tameximo nai
fodoni attato mŏsu.   5

ば、国里をあまねく徘徊いたさうずる」と奏すれば、国王この
奏聞を感じさせられて、「汝に咎がない。天道もこれを赦させら
るれば、我もまた赦免するぞ。その外所望あらば、申し上げい」
と仰せらるれば、「某、別の願いもござない。ただ一つ［431］
の望みがござる。それと申すは、わが久しう居住仕った Samo に
おいて、人の被官［家来］となっていろいろの辛労を仕るところ
に、その里の人々暇を乞い受けて、自由を得させられたれば、い
かでかこれを報謝［返礼］仕る志がなうてはござらうぞ？仰
ぎ願わくは、かの所へ仰せ掛けられた貢物を赦させられば、比
類もない御恩でござらうずる」と奏すれば、帝王その優しい志を
感じさせられて、「ご赦免なさるる」と仰せられたれば、それか
ら一巻の書を作って帝へこれを奉ったれば、叡感斜めならい
で過分の財宝に Samo のお赦しの綸旨を添えて下されたれば、
［A13 に続く］

［A13］［Esopo、Samo へ帰ること］　　　　　　　　［431］

　Esopo これを頂いて、夥しい船を飾り立て、これに乗って
Samo へ渡海すれば、Samo の万民この由を聞き、上下万民喜び
身に余り、足の踏みども覚えいで馳走奔走［歓待］をして、結構
に船を飾り、舞楽を奏し、糸竹［琴と笛］を調べ、宗旨の［主だ
った］老若迎いに出て、かの Esopo を賞いた。さてこの船ども
も港に着けば、空殿楼閣を飾りおいた高い台に上って云うは、
「そもそもこの所の人々、わが身を自由になさせられたそのご
恩賞の忝さをいつの世に忘れうぞ？その御恩を報ぜうため
に、［432］この度 Lidia の国王の勅札をここに持って参った」
と云うて、綸旨を開いて高らかに読めば、その所の守護を始めと
して、老若男女喜びの眉を開き［喜び］、安堵したあり様は、真
に譬えを取るに例もない程にあったと申す。

[M21a] [34] Post haec vero ab insula decedens, circuibat orbem ubique cum philosophis disputando. Profectus et in Babylonem, et suam ipsius doctrinam demonstrando, magnus apud regem Lycerum evasit.. Illis enim temporibus reges invicem pacem habentes, atque delectationis gratia quaestiones vicissim sophisticas scribendo mittebant: quas qui solverent, tributa pacta a mittentibus accipiebant: qui vero non, aequalia praebebant. Aesopus igitur quae mittebantur problemata Lycero intelligens dissolvebat, et clarum reddebat regem, et ipse Lyceri nomine altera itidem regibus remittebat: quae cum remanerent insoluta, tributa rex quam plurima exigebat.

[A14] [Esopo xococuuo meguru coto.] 432

Sononochi Esopo xococuye vatari, michiuo to qivoxiyureba, Babiloniatoyŭ taicocuno Lyceroto mŏsu teivŏ cono Esopouo chôaiatte catajiqenaqu-mo vonmi chicŏ mexivocaxerareta. Sonocoro 10
xococucuno teivŏ yori tagaini fuxinvno chocusatuo vo-curi, sonofuxinuo firacaneba, arufodono tacarauo tatematçuraruru cataguiga gozatta. Xicareba Babilo niaye xococucara caquru fuxinuoba Esopoga chiria-cuvomotte tayasŭ firaite yari, Babiloniacara caqe- 15
raruru fuxinuoba tacocucara firaqu cotoga mareni attato qicoyeta. Saareba Babiloniaua motoyori tai-cocuto iy, chiriacuto iy, cunino iqiuoimo tanicotoni atte, cunimo fucuyŭni, tamimo yutacani, teivŏno fo maremo xicaini auogaresaxerarureba, Esopomo mata 20
quan, curaini susumuru cotomo nanomenarananda.

[M21b] Aesopus autem cum non genuisset filios, nobilem quendam Ennum nomine adoptavit, atque ut legitimum filium regi allatum, commendavit. Non multo autem post tempore Ennus cum adoptantis concubina rem habuit: hoc sciens Aesopus expulsurus erat domo Ennum, qui in illum ira correptus, epistolamque fictam ab Aesopo scilicet ad eos, qui sophismatis cum Lycero certabant, quod ipsis paratus esset

［M21a］［34］その後、島から立ち去ると、彼は哲学者たちと討議しながら地球を回った。Babylonia に着き、そこで彼の教義を明示しながら、偉大な彼は帝王 Lycerus のところに現れた。というのは、この時代に帝王たちはお互いに平和を保つために、慰みにお互いに詭弁的な問題を書き送り、それを解けた者は送ったものから約束された貢納を受け取る一方、解けなかった者は同じものを差し出した。そこで、Aesopus は Lycerus に送られた問題を認識するとそれらを解き、帝王を著名にした。更に、Lycerus の名において他の問題を同様に帝王たちに送り、それらは解かれずに残ったので、帝王は最も多くの貢納を回収することになった。

［A14］［Esopo 諸国を巡ること］ ［432］

　その後 Esopo 諸国へ渡り、道を説き教ゆれば、Babilonia と云う大国の Lycero と申す帝王、この Esopo を寵愛あって、忝（かたじけな）くも御身近う召し置かせられた。そのころ諸国の帝王より互いに不審の勅札（ちょくさつ）を送り、その不審を開かねば、ある程の宝を奉らるる形儀（かたぎ）［風習］がござった。しかれば、Babilonia へ諸国から掛くる不審をば Esopo が智略をもってたやすう開いてやり、Babilonia から掛けらるる不審をば他国から開くことが稀にあったと聞こえた。さあれば、Babilonia は元より大国といい、智略といい、国の勢いも他に異にあって、国も福裕（ふくゆう）に、民も豊かに、帝王の誉れも四海に仰がれさせらるれば、Esopo もまた官・位に進むることも斜（なの）めならなんだ。

［M21b］Aesopus は子を産んでいなかったので、名が Ennus というある貴族を養子にとり、彼を帝王に法的な子と届けて推薦した。あまり時を置かずして、Ennus は養子にとった人の妾と事をなした。これを知った Aesopus は、Ennus を家から追い出そうとしたが、Ennus は彼への怒りに駆られて、偽りの Aesopus の手紙を彼の指輪で調印して帝王に渡した。明らかに Lycerus と張り合う者たちに宛てられたその手紙は、Aesopus が Lycerus

adhaerere magis quam Lycero, regi dedit Aesopi signatam
anulo. Rex et sigillo [35] credens, atque inexorabili ira percitus,
statim Ermippo iubet, nulla examinatione facta, tanquam
proditorem occideret Aesopum. At Ermippus et amicus fuerat
Aesopo, et tunc se amicum ostendit: in sepulchro enim quodam
nemine sciente occultavit hominem, et secreto nutrivit. Ennus
autem regis iussu omnem Aesopi administrationem suscepit.

[A15] [Esopo yŏjiuo sadameru coto.]   432

Saredomo Esopoua mada xisonuo motanandani
yotte, Ennoto yŭ quanninno couo yaxinaigoto sada
mete, yagate cono yoxiuo mŏxiague, sonomino sô
riŏto firôxita. Arutoqi Enno tçumiuo vocasu cotoga   433
attatocorode, moxi cono cotouo Esopoga xiraba, sada
mete sômon mŏsŏzu: sonotoqiua cuyuru tomo cai
ga arumajijto vomôte, facaricotouo naite bôxouo
tçucuri, Esopo conogoro yaxinuo cuuatate taco-
cuye vtçuri,cono cuniuo catamuqeôto tçucamatçu   5
ruto cocuvŏye sôxita, Saredomo teivŏ cono yoxi
uo qicaxerarete jippuuo imada qexxi saxerarenanda
reba, canete Enno taqumivoita coto giani yotte, co-
coni xôjeqiga aruto mŏxite, fitotçuno maqimono
uo sasagueta. Teivŏ coreuo goranjerarete, imaua vta   10
gŏ tocoromo naito vôxerare, Ermippotoyŭ xinca
ni vôxetçuqerarete zaiquani voconayetono guide at
ta. Ermippo sunauachi Esopouo mexi imaximete
xingiŭni vomouaruruua: satemo xejŏni nauo yeta co   15
no gacuxauo corosŏ cotoua foinai: xoxen mini tçu
miuo cŏmurutoyŭtomo, inochiuo tçugŏzuruto vo
moisadame, fisocani aru catauaqina quanni irete vo-
qi, sudeni chŭbat tçucamattato sômon xerareteatta.
Sate cano Esopoga atoxiqiuoba ronzuru monomo   20
nŏ, cano yŏjiga coreuo xindai itaita. /...

[M22a] [35] Quodam post tempore Nectenabo rex Aegyptio-
rum audiens Aesopum mortuum esse, mittit Lycero statim
epistolam, architectos sibi mittere iubentem, qui turrim

よりも彼らとより強くつながる用意があることを示していた。帝王は封印を [35] 信頼し、問答不要の怒りに激昂して、直ちに Ermippus に命じて、何ら審査もせずに、あたかも反逆者のように Aesopus を殺させた。Aesopus に好意的だった Ermippus は、この時明白に彼の友人となった。即ち、彼は誰も知らない墓所にその人を隠し、秘密に世話をした。一方、Ennus は、帝王の命令により、Aesopus の全ての財産を受け入れた。

［A15］［Esopo 養子を定めること］　　　　　　［432］

　されども Esopo はまだ子孫を持たなんだによって、Enno と云う官人（くわんにん）の子を養子（やしないご）と定めて、やがてこの由（よし）を申（まう）しあげ、その身の総 [433] 領（りやう）［相続人］と披露した。ある時 Enno、罪を犯すことがあったところで、「もしこのことを Esopo が知らば、定めて奏聞申（さうず）。その時は悔ゆるとも甲斐があるまじい」と思うて、謀（はかりごと）をないて謀書（ぼうしょ）［偽書］を作り、「Esopo このごろ野心［謀反］を企（くわた）て他国へ移り、この国を傾けうと仕る」と国王へ奏した。されども帝王この由を聞かせられて、実否をいまだ決しさせられなんだれば、かねて Enno 巧みおいたことぢゃって、「ここに証跡（せうぜき）［証拠］がある」と申して、一つの巻物を捧げた。帝王これを御覧ぜられて、「今は疑うところもない」と仰せられ、Ermippo と云う臣下に仰（おう）せ付けられて、「罪科（ざいくわ）に行え」との儀であった。Ermippo すなわち Esopo を召し縛（いまし）めて、心中に思わるるは、「さても世上（せじゃう）に名を得たこの学者を殺すことは本意（ほい）ない。所詮身に罪を被（かうむ）ると云うとも、命を継がうずる」と思い定めて、ひそかにある片脇な棺（くわん）に入れて置き、「既に誅罰（ちうばつ）つかまった」と奏聞（そうもん）せられてあった。さてかの Esopo が跡式（あとしき）［遺産］をば論ずる者もなう、かの養子がこれを進退（しんだい）いたした。

　［M22a］［35］ある時間が経ってから、Aegyptii 人の帝王 Nectenabo は、Aesopus が死んだと聞いて、直ちに Lycerus に手紙を送り、その手紙で天にも地にも触れない塔を建てることが

aedificent, que neque caelum, neque terram attingat, et aliquem qui semper respondeat ad omnia quaecumque rogaverint: quod si fecisset, tributa exigeret: sin minus, solveret. His lectis Lycerus maerore affectus est, cum nullus ex amicis posset quaestionem de turri intelligere. Rex vero et columnam sui regni dicebat interisse Aesopum.

[A16]   [Nectenabo teiuŏ fuxinno coto.]   433

...../ Sate Esopoua
xiqio xita yoxiga ringocuua mŏsuni voyobazu, touoi
cuni mademo cacurega nacatta tocorode, Egyptono
cunino Nectenaboto mŏsu teivŏ Esopoga xeiqio xi-
tatoyŭ cotouo qicaxerare, saarunivoiteua, fuxinuo   434
caqerareôzuruto atte, fuxinno giôgiôuo caqiuocura
reta. Sono vomomuqiua: ima vare tennimo, chini-
mo tçucanu cŭden rôcacuuo fitotçu conriŭ xôtono
nozomigia: negauacuua sono cunicara sacuxa ychi-   5
ninuo tçucauasare, fuxinno yŏuomo firacaxetaraba,
nanno saiuaica coreni xicŏzo? cono cotoga jŏju itasa
ba, coreyori mainen tacarano curumauo vocurŏzu:
sanaimono naraba, sonofŏ yorimainen tacarauo ta
mauareto cacareta. Sŏarutocorode Lycero cono fu   10
xinuo qicaxerarete cocuchŭno gacuxa, xucurŏdo-
mouo mexiyoxerare, cono cotouo icanito touaxera-
ruredomo, fitoritoxite aqiramemŏsu monoga nacatta
niyotte, teivŏ voncocorouo nayamasaxerare, naguei-
te vôxeraruruua: cuniuo foroboxi, iyeuo yaburu co-   15
toua fitouo vxinayebato aru cotoba, ima mino vyeni
xirareta: nantaru temma fajunga vaga cocoroni iri-
cauatte cano Esopouo gaixitaca? qenvŏua sugureta
ru xincano foroburu cotouoba, teaxiuo mogaruru go
toquni voxigaruto arumo corerano cotode arŏzu: 20
Esopo sayemo aru naraba, cono fuxinuo tayasŭ fira
qi, vaga fomareuomo cacayacaxi, cunino chiriacu
uomo agueôzuruni, cuyuruni cainai votdouo xitato
vonnamidauo nagasaxerarureba, /...

できる大工と、常に彼らの如何なる質問にも答えることかできる人を送ることを命じ、もし彼がそれをすれば貢納を回収するが、そうでなければそれを支払うこととした。これを読んだ Lycerus は、友人たちの誰もが塔の質問を理解することができなかったので、憂鬱になった。実に帝王は、Aesopus と共に自らの王国の柱が滅びたと言った。

［A16］［Nectenabo 帝王、不審のこと］　　　　　［433］

　さて Esopo は死去した由が隣国は申すに及ばず、遠い国までも隠れがなかったところで、Egypto の国の Nectenabo と申す帝王、Esopo が逝去し［434］たと云うことを聞かせられ、「さあるにおいては、不審を掛けられうずる」とあって、不審の条々を書き送られた。その趣は、「今我、天にも地にも付かぬ宮殿楼閣を一つ建立せうとの望みぢゃ。願わくはその国から作者一人を遣わされ、不審の様をも開かせたらば、何の幸いかこれに如かうぞ? このことが成就いたさば、これより毎年宝の車を送らうず。さないものならば、その方より毎年宝を賜われ」と書かれた。さうあるところで、Lycero この不審を聞かせられて、国中の学者・宿老どもを召し寄せられ、このことを「如何に」と問わせらるれども、一人として明らめ申す者がなかったによって、帝王御心を悩まさせられ、嘆いて仰せらるるは、「国を滅ぼし、家を破ることは人を失えばとある言葉、今身の上に知られた。何たる天魔波旬［欲界第六天の魔王］がわが心に入り替わってかの Esopo を害したか? 賢王は勝れたる臣下の亡ぶることをば、手足をもがるるごとくに惜しがるとあるも、これらのことであらうず。Esopo さえもあるならば、この不審をたやすう開き、わが誉れをも輝かし、国の智略をもあげうずるに。悔ゆるに甲斐ない越度［誤り］をした」と御涙を流させらるれば、/...

[M22b] Ermippus autem dolore regis ob Aesopum cognito, adiit regem, et vivere illum renuntiavit, addiditque ipsius causa Aesopum non peremisse, sciens quod paeniteret aliquando regem sententiae. Rege autem vehementer his laetato, Aesopus sordens, ac squalens totus, adductus est. Cumque rex ut eum vidit, illacrimasset, atque ut lavaretur, aliaque cura afficeretur, iussisset, Aesopus post hoc et de quibus accusatus fuerat, causas confutavit: ob quae cum rex Ennum esset occisurus, Aesopus ei veniam petiit. Post haec autem rex Aegypti epistolam Aesopo dedit legendam. At ille statim solutione cognita quaestionis, risit, ac rescribere iussit: cum hiems praeterisset, missum iri et qui turrim essent aedificaturi, et aliquem qui responderet ad rogata. Rcx igitur Aegyptios [36] legatos remisit, Aesopo autem pristinam administrationem tradidit omnem, deditum ei tradens et Ennum.

[A17]   [Ermippo Esopoga cotouo sôsuru coto.]   434

.../ Ermippo cono yo-
xiuo mitatematçuri, icani qimi, cano Esopouo xei-   435
bai itaxeto xenjiuo cudasareta toqi, amari foinasani,
aru quanni irevoite gozareba, mada zonmei tçuca-
matçurucotomo arǒzuruto sôsureba, teivǒ vôqini
canji yorocobaxerarete, Ermipponi toritçucaxerare, nã-   5
givareni vǒguiǒeǒuo saicô xita: fitoyeni cono cunino yo
uo vosame, tamiuo nazẓurucotoua nangiga fũbetni no
cottato vôxerarete, yorocobino vonamidauo naga-
saxerare, isogui Esopouo mexiyoxeito vôxeraruru
niyotte, Esopo futatabi xixeide soxei tçucamatçuri,   10
sandai itasuua fuxiguigia. Motoyori suguet quanno
vchini comoriyta coto nareba, sugatamo votoroye
yquanmo yatçurete, itodo sono samaua miguruxǔ
natta tocorode, cocuvǒ cono sugatauo goran nasarete
yquanuo aratame, macarideyoto vôxeraruruni yotte,   15
icanimo socutaichiguitte macarizzureba, sunauachi
cano Egypto yorino chocusatuo mixesaxerareta. E-
sopo coreuo fiqen xite xibaracu anjite mǒxitaua:

　［M22b］しかし、Ermippus は、Aesopus のための帝王の悲嘆を知ると帝王に近づき、彼が生きていることを知らせて、何時か帝王が宣告を後悔するだろうと思ったので、彼のために Aesopus を殺さなかったと付け加えた。帝王はこれに歓喜を表し、不潔で全て荒れ果てた Aesopus が引き寄せられた。帝王は、彼を見ると涙を流し、入浴させてその他の世話をするように命じた。その後、Aesopus は彼が告訴されたことに関し、その原因に反駁した。このことから帝王は Ennus を殺そうとしたが、Aesopus は彼の免罪を請い求めた。この後、帝王は Aesopus に Aegyptus の手紙を読むように渡した。そこで彼は直ちに問題の解決を認識すると笑い、そして返信を命じた。即ち、冬が過ぎれば、塔を建てるだろう者と、どんな質問にも答えるだろう者を送るだろう、と。このようにして帝王は、Aegyptus の［36］使者を送り返し、Aesopus に以前の全ての財産を引き渡して、彼の愛着している Ennus を委ねた。

［A17］［**Ermippo、Esopo がことを奏すること**］　　　［434］

　.../ Ermippo この由［435］を見奉り、「いかに君、かの Esopo を成敗［処刑］いたせと宣旨を下された時、あまり本意なさに、ある棺に入れ置いてござれば、まだ存命仕ることもあらうずる」と奏すれば、帝王大きに感じ喜ばせられて、Ermippo に取り付かせられ、「汝我に王業を再興した。ひとえにこの国の世を治め、民を撫づる［慈しむ］ことは汝が分別に残った」と仰せられて、喜びのお涙を流させられ、「急ぎEsopoを召し寄せい」と仰せらるるによって、Esopo 再び死せいで蘇生仕り、参内いたすは不思議ぢゃ。元より数月棺の内に籠もりいたことなれば、姿も衰え衣冠もやつれて、いとぞその様は見苦しうなったところで、国王この姿を御覧なされて、「衣冠を改め、罷り出よ」と仰せらるるによって、いかにも束帯いちぎって［装束を着まくって］罷り出れば、すなわちかの Egypto よりの勅札を見せさせられた。Esopo これを披見して、しばらく案じて申したは、「これは

coreua sarani mutçucaxij fuxindemo gozanai: fuyu
suguite sono zŏyeino tameni, sacuxauomo tçucaua   20
xi, mataua fuxinno giôgiôuomo firaite motte mai
rŏzuruto vôxecayesareito sôsureba, sunauachi sono
fenjiuo saxeraretato mŏsu.

[M23] [36] At Aesopus acceptum Ennum nulla in re tristitia
affecit, sed ut filium, rursus receptum inter cetera his admonuit
verbis, "Fili, ante omnia cole deum. Rege honora. Inimicis tuis
terribilem te ipsum praebe, ne te contemnant: amicis facilem, et
communicabilem, quo longe benevolentiores tibi sint. Item
inimicos male habere precare et esse pauperes, ne te possint
offendere: at amicos in omnibus bene valere velis. Semper uxori
tuae bene adhaere, ne alterius viri periculum facere velit: leve
enim mulierum est genus, ac delenitum adulatione minus male
cogitat. Velocem at sermonem ne posside auditu. Linguae
continens esto. Bene agentibus ne invide, sed congratulare:
invidens enim te ipsum magis offendes. Domesticorum tuorum
satage, ut te non solum ut dominum timeant, sed etiam ut
benefactorem venerentur. Ne pudeat discere semper meliora.
Mulieri non unquam credas secreta: nam semper armatur, quo
modo tibi dominetur. Cotidie in diem crastinum reconde: melius
enim mortuum inimicis relinquere, quam viventem amicorum
indigere. Salutato facile, qui tibi occurrunt, sciens et catulo
caudam panen comparare. Bonum esse ne paeniteat. Susurro-
nem virum eice domo tua, nam quae a te dicuntur, ac fiunt, aliis
communicabit. Fac, quae te non maestificent. Contingentibus
ne tristare. Neque prava ineas unquam consilia; neque mores
malorum imiteris." His ab Aesopo Ennus admonitus, tum
sermone, tum sua conscientia, ut sagitta quadam percussus
animum, paucis post diebus e vita discessit.

さらにむつかしい［解きがたい］不審でもござない。冬過ぎてその造営のために、作者をも遣わし、または不審の条々をも開いて、もって参らうずると仰せ返されい」と奏すれば、すなわちその返事をさせられたと申す。

［M23］［36］Aesopus は受け入れた Ennus に何も苛酷なことはせずに、子として再び受け入れて、取り分けこれらの言葉で忠告した。［i］わが子よ、全てにまして神を敬え。王を尊べ。［ii］お前の敵には、お前を侮らないように恐ろしい自らを示せ。友には、彼らがお前に長く更に親切であるように、懇ろに協調的であれ。同様に、敵には、お前を害せないように、彼らが哀れで貧しいことを祈れ。全てにおいて友がよく栄えることを思うように。［iii］お前の妻には、他の男の試みに応じることを欲しないように、常によくつながれ。女たちの性は儚く、媚びによる誘いを悪く思わないからだ。［iv］聴くより速い言葉を持たず、舌を抑えるように。［v］よく生きる者たちは、彼らを羨まず、むしろ祝福しろ。彼らを羨めば自らを害するからだ。［vi］お前の奴僕たちは、お前を主人として恐れ、かつ善人として尊ぶように満足させろ。［vii］常により良いものを習うことを恥じるな。［viii］お前は決して女に秘密を委ねないように。女は常にそれにより武装し、お前を支配しようとするからだ。［ix］生きて友にものを求めるよりも、死んで敵にものを残す方がよいのだから、毎日、翌日のために取り置け。［x］尾を振る子イヌはパンを得ることを知り、お前が出会う人々に快く挨拶しろ。よいことを後悔しないように。［xi］呟く男は、お前が話し行うことを他の者に伝えるだろうから、お前の家から追い払え。［xii］お前を悲しませないことを行え。起こったことを悲しむな。そして不正な計画に決して入るな。悪人たちの習慣を真似るな」。Aesopus からこれらの忠告を受けた Ennus は、その教義あるいは彼の良心により、あたかも胸に矢が刺さったかのように、数日の後、命を絶った。

[A19] ESOPO YOIINI QEOCVNNO 437
giôgiô.

Coni mucŏte mŏsuua: nangi taxicani conoguiuo
qijte mimini fasame: fitoni yoi cotouariuo voxiyu-
ru tomo, sonomini mamorazuua, tocusano mono 15
uo nameracani migaite, vonoreua sosŏna gotoqu-
gia. Mata tentŏno vatacuxi nai cotouo caganmi, ban
jiuo tçutçuximi, tenni xe cugumari, chini nuqiaxi
suru cocorouo mote: fitoua banbutno reichŏde aruzo:
soreniyotte fitoto, banbutno xabetuo vocazuua, chô- 20
rui, chicuruini dôjen gia. Conoyŏna mononiua ten
bat touôua arumajij: banjini tçuite nangui nangan
xutrai xôzu: soreuo cocorocara cannin xei, sono cã 438
ninvomotte banji cotogotocu cocoroni canauŏzu:
xitaxjiuomo vtoiuomo vacatazu, biŏdôni varaigauo
uo fitoni arauaxe: tçumani cocorouo yurusuna: fei-
jei yqenuo cuuayei: sôbet vonnaua youaini yotte, 5
acuniua iriyasŭ, jenniua itarigataizo: qendon fŏit
na monouo tomoni suna acuninno yxei fucqiuo vra
yamuna: dŏrino vyecarade naitoqiua, fucqiua cayet
te narisagaru motoizo: vaga iuŏzuru cotobauo vo-
xitodomete, taninno yŭ cotouo qiqe, gongoni yoco 10
xima nacaretoyŭ cutçuuauo tçunenifucume: mida
regauaxŭ monouo yŭcotouo fonto suru tocorode
ua nauo sono taxinamini yurucaxeuo suna: yoi michi
uo xuxôzuruniua, jincô guaibunuo fabacaruna: gacu-
monuo xeide cocorono itaruto yŭ cotouanaicotozo: 15
vareyori xitano mononi sôqiŏ xerareô yorimo, ca-
mitaru fitoni isameraruru cotouo yorocôde majiua-
riuo naxe: daijiuo tçumani morasuna: vonnaua chi
ye asŏ, buyenrionani yotte, tani moraite atato na-
ruzo: bongueno monouo iyaxime anadoruna, ca- 20
yette renminuo cuuayei: coreua sunauachi tenno vo
auaremiuo cŏmuru michizo: banjiuo tçutome vo-
conauanu mayeni, cocorouo tçucuite xiriouo cuua-
yei: gocuacuno fitoni yqenuo nasuna: yamomeno
tameniua fino ficariga cayette atani naraŏzu: biŏjaua 439
rŏyacuuo bucuxite iye, bonninua yqenuo vqete jen-
nintomo naruzo.

［A19］ Esopo 養子に教訓の条々　　　　　　　　　［437］

　子に向かうて申すは、「汝 たしかにこの儀を聞いて耳にはさめ。人によい 理 を教ゆるとも、その身に守らずは、木賊［砥草］のものを滑らかに磨いて、おのれは粗相なごとくぢゃ。[i] また天道の 私 ないことを 鑑 み、万事を謹み、天に 跼 り［背を屈め］、地に 蹐 する［忍び足する］心を持て。[ii] 人は万物の 霊 長 であるぞ。それによって、人万物の 差別 を置かずは、鳥類、畜類に同然ぢゃ。この様なものには天罰遠うはあるまじい。万事について難儀・難艱［438］出 来せうず。それを心から堪忍せい。その堪忍をもって、万事ことごとく心に叶わうず。[iii] 親しいをも疎いをも分かたず、平 等 に笑い顔を人に現せ。[iv] 妻に心を許すな。平生［常に］異見を加えい。総別［総じて］女は弱いによって、悪には入りやすう、善には到り難いぞ。[v] 慳貪［貪欲］放逸な者を友にすな。[vi] 悪人の威勢富貴を 羨 むな。道理の上からでない時は、富貴は却って成り下がる 基 ぞ。[vii] わがいわうずる言葉を押し止めて、他人の 云 うことをきけ。言語に 邪 なかれと云う 轡 を常に含め。乱れがわしいものを云うことを本とするところでは、なおその 嗜 みに 緩 をすな。[viii] よい道を修せうずるには、人口［人の物言い］外 聞 を 憚 るな。学文［勉強］をせいで心の至ると云うことはないことぞ。[ix] ワレより下の者に 崇 敬せられうよりも、上たる人に 諫 めらるることを喜うで交わりをなせ。[x] 大事を妻に洩らすな。女は知恵浅う、無遠慮な［思案もない］によって、他に洩らいて 仇 ［損害］となるぞ。[xi] 凡下の［卑しい］者を卑しめ侮るな。却って 憐 憫を加えい。これはすなわち、天のお 憐 みを 蒙 る道ぞ。[xii] 万事を勤め行わぬ前に、心を尽くいて思慮を加えい。極悪の人に異見をなすな。病目の［439］ためには、日の光が却って仇にならうず。病者 は良薬を服して癒え、凡人は異見を受けて善人ともなるぞ。」

[M24a] Aesopus au-[37]tem aucupes omneis arcessivit, atque aquilarum pullos quatuor ut caperent, iubet: sic itaque captos nutrivit, ut dicitur, ac instruxit (cui rei non magnam fidem adhibemus) ut pueros in sportis ipsis appensis gestando in altum volarent, atque ita obedientes pueris essent, ut quocunque illi vellent, volarent, sive in altum, sive in terram deorsum: praeterito vero hiemali tempore, ac vere arridente, cum ad iter omnia parasset Aesopus, et pueros accepisset et aquilas, discessit in Aegyptum multa imaginatione, et opinione ad stupefactionem illorum hominum usus. Sed Netenabo audito adesse Aesopum, "Insidiis circunventus sum," inquit, "amicis, quia intellexeram Aesopum mortuum esse." Postridie autem iussit rex, ut omnes magistratus candidis circundarentur vestibus, ipse ἐρέαν induit, et coronam, ac gemmatam κίταριν. Cumque sedens in alto solio, Aesopum introduci iussisset, "Cui me assimilas (ingredienti inquit), Aesope, et eos qui mecum sunt?" Et ille, "Te quidem, Soli verno: qui vero te circunstant, maturis aristis." Et rex admiratus ipsum, et donis eum prosecutus est. Postero autem die rursus rex candidissimam togam indutus, amicis purpureas iussis accipere, ingredientem Aesopum iterum rogavit. Et Aesopus, "Te," inquit, "comparo Soli: hos autem qui stant circùm, radiis solaribus." Et Nectenabo, "Puto nihil esse Lycerum prae meo regno." Et Aesopus subridens, "Ne facile de illo sic loquere, o rex: nam genti vestrae vestrum regnum collatum, instar solis lucet: at si Lycero comparetur, nihil aberit quin splendor hic, tenebrae appareant". Et Nectenabo apposita verborum responsione stupefactus, "At-[38]tulisti nobis," ait, "qui turrim aedificent?" Et ille, "Parati sunt, si modo ostendas locum." Postea egressus extra urbem rex in planitiem, ostendit dimensum locum. Adductis igitur Aesopus ad ostensos loci angulos quatuor, quatuor aquilis una cum pueris per sacculos appensis, ac puerorum manibus datis fabrorum instrumentis, iussit evolare:

　［M24a］さて、Aesopus は［37］全ての捕鳥者たちを呼び寄せ、四羽のワシのヒナを捕らえるよう命じた。そのように捕らえたものを飼育し、それらに付けたカゴの中の子供たちを運んで空に飛び、そのように子供たちに従順になったら、空へであれ下の地へであれ、彼らの望むままに飛ぶように謂わば教育した（そのことに我々はあまり大きな信頼をおかないが）。実際に冬の季節が過ぎ、微笑む春を迎えると、Aesopus は旅行の全ての支度を済ませ、子供たちとワシを受け取って、Aegyptus の人々の驚愕への大きな想像と期待をもって、Aegyptus へ発った。Nectenabo は Aesopus が現れたと聞くと、「朕は友人の陰謀に陥れられた。Aesopus は死んだと思っていたのだ」という。翌日、帝王は全ての長官たちに純白の衣服を着るよう命じ、自らは司祭服と王冠と宝石製の頭飾りを着けた。そして高い玉座に座り、Aesopus に入るよう命じた時に、（入って来た彼にいうには、）「Aesopus、朕と朕と共にいる者たちを何に例えるか」。彼が、「貴方はまさに春の太陽に、貴方を取り巻く人々は稔った穂に例えます」というと、帝王は彼に驚嘆して、贈物で彼への敬意を表した。次の日に、再び純白のトーガを着けた帝王は、友人たちに紫のトーガを受け取るよう命じ、入って来た Aesopus に繰り返し尋ねた。Aesopus が、「私は貴方を太陽に、取り巻く人々を太陽の光線に比します」というと、Nectenabo は、「朕の王国に比べれば Lycerus には何もないと思う」という。Aesopus が微笑みながらいうには、「王様、容易に彼をそのように言わないように。貴方の種族を一つにした貴方の王国は太陽のように輝き、この光輝には何も欠けるところがないので、もし Lycerus が対比されれば、彼らは暗闇に見える」。Nectenabo が言葉を加えた返答に驚嘆して、「我々に［38］塔を建てる者たちを連れて来たか」というと、彼は、「彼らは用意されています。今、もし貴方が場所を示せば」という。その後、帝王は町の外の平地へ出て、測量された場所を示した。かくして導かれた Aesopus は、その場所に示された四つの角に、小袋で子供たちと一緒になった四羽のワシを分配し、その子供たちの手に職人の道具を与えると、飛び上がるように命じた。宙に浮いた彼らは、「私たちに石材を下さい。

illi vero sublimes, "Date nosbis," clamabant, "lapides, date
calcem, date ligna, et alia, quae ad aedificationem apta sunt."
Sed Nectenabo visis pueris ab aquilis in altum sublatis, ait,
"Unde mihi volucres homines?" Et Aesopus, "Sed Lycerus
habet: tu autem homo cum sis, vis cum aequo diis regi
contendere." Et Nectenabo, "Aesope, victus sum: percontabor
autem te, tu responde."

[A18] EGYPTO YORINO FVXINNO   436
    giôgiô.
   Esopo cocuvŏni sôsuruua: Griphotoyŭ vôqina to
riuo yotçu iqedotte cano torino axini cagouo yui-
tçuqe, sono cagoni varambeuo ireuoqi, torino yeuo   5
motaxe saxiagueba, torimo vyeni agari, sagueba to-
rimomata sagaru yŏni narauaxete, cano yotçuno to
rino vyeni sono zŏyeiuo itasŏzuruto yŭte Esopoua
Egyptoni vomomuita. Cano cunino fitodomo
Esopouo mite, varai azaqeru cotoua caguiriga nacatta   10
redomo, Esopoua coreuo monotomo xezu: dairini
maitte, cocuvŏuo raifai xite caxicomattauo cocuvŏ
goranjerarete: sate cŏrôno sacuxaua nantoto touaxe-
rarureba, vonovono mexiguxite gozaru: izzureno
tocoroni conriŭ tçucamatçurŏzoto sôsureba, tocoro   15
uo saite voxiyesaxerareta tocorode, cocudono qi-
xen jŏgue qenbut xôto detatçucoto caguirimo nŏ-
te, amassaye teivŏ qisaqi mademo curumauo tatena
rabete cocouo xendoto qenbut saxeraretani, Esopo
ua, canete tacŭda coto nareba, cudanno Griphouo yo   20
tocoroni voita. Sonotoqi teivŏ sacuxaua tarezoto
touaxerarureba, cagono vchina varambega maitte
yppŏno teniua torino yeuo mochi, ma ippŏniua co-
teuo totte cano torino yeuo saxiaguetareba, cano to   437
ri farucani tobiagatta toqi, varambe izzucuno fodoni
cano gozŏyeiuoba arŏzoto iyeba, sonofenni tatei-
to vôxerararureba, varambe cotayete mŏsuua: xica-
raba ixito, tçuchitouo facobaxerareito iyeba, ca-   5
mi ychininyori ximo banmin fenjini tçumatte mono
yŭ monomo nacattani yotte, Esopoga saichino fodo

石灰を下さい。木材や建築に有用な他のものを下さい」と叫んだ。子供たちがワシによって空に支えられているのを見た Nectenabo がいうには、「どこから朕に翼のある人間を連れて来たのか」。Aesopus が、「Lycerus のものです。人間である貴方は、神々と同等である帝王と対抗したいですか」というと、Nectenabo は、「Aesopus、朕の負けだ。しかし、朕はお前に尋ねることがあろうから、お前は答えなさい」という。

［A18］ Egypto よりの不審の条々　　　　　　　［436］

　Esopo 国王に奏するは、「Gripho［神話上の半獅半鷲の怪物 Gryps］と云う大きな鳥を四つ生け捕って、かの鳥の足に籠を結い付け、その籠に童を入れ置き、鳥の餌を持たせ、さし上げば鳥も上に上がり、下げば鳥もまた下がる様に習わせて、かの四つの鳥の上にその造営をいたさうずる」と云うて、Esopo は Egypto に赴いた。かの国の人ども Esopo を見て、笑い嘲ることは限りがなかったれども、Esopoはこれをものともせず、内裏に参って、国王を礼拝して畏まったを、国王御覧ぜられて、「さて高楼の作者は何と」と問わせらるれば、「各々召し具してござる。いづれの所に建立仕らうぞ」と奏すれば、所を指いて教えさせられたところで、国土の貴賎上下、見物せうと出立つ［着飾って出掛ける］こと限りもなうて、剰え帝王・后までも車を立て並べて、ここを先途［専ら］と見物させられたに、Esopoは、かねて巧んだことなれば、件の Gripho を四所に置いた。その時帝王、「作者は誰ぞ」と問わせらるれば、籠の内な童が参って一方の手には鳥の餌を持ち、ま一方には鏝［壁を塗る匙状のもの］［437］を取って、かの鳥の餌をさし上げたれば、かの鳥遥かに飛び上がった時、童、「いづくの程にかのご造営をばあらうぞ」といえば、「その辺に建てい」と仰せらるれば、童答えて申すは、「しからば、石と土とを運ばせられい」といえば、上一人より下万民、返事に詰まってもの云う者もなかったによって、

uo vôqini fomerare, teivŏmo, xincamo, sonofoca
xitajitano monodomomo cono fitouo xito xezuua,
tarebitoca xini xôzoto canji auaretato mŏsu.   10

[M24b] Et ait, "Sunt mihi feminae hic equae, quae cum au-
diverint eos, qui in Babylone sunt, equos hinnientes, statim
concipiunt. Si tibi ad hoc est doctrina, ostende." Et Aesopus,
"Respondebo tibi cras, ô rex." Profectus vero, ubi hospitabatur,
felem iubet pueris comprehendi, et captum publice circunduci
verberando. Aegyptii autem illud animal colentes, cum sic
ipsum male tractari viderent, concurrerunt, et filem e manu
verberantium eripuerunt, ac rem celeriter renuntiarunt regi. Qui
vocato Aesopo, "Nesciebas," inquit, "Aesope, tanquam deum a
nobis coli felem? quare igitur hoc fecisti?" At ille, "Lycerum
regem iniuria affecit, ô rex, praeterita nocte hic felis. Gallum
enim eius occidit pugnacem, et generosum, praeterea et horas
ei noctis nuntiantem." Cui rex, "Non pudet te mentiri, Aesope?
Quonam modo una nocte felis ab Aegypto ivit in Babylonem?"
Tum ille subridendo inquit, "Et quomodo, ô rex, Babylone [39]
equis hinnientibus, hic aeque feminae concipiunt?" Rex autem
his auditis, prudentiam Aesopi felicem esse dixit.

[A20] NECTENABO TEIVO ESOPO   439
  ni gofuxinno giôgiô.   5
  Greciano cunicara amatano zŏyacuuo fiqiyoxeta
ga, Babiloniano cunini comaga ibayeba, canarazu
cono cunino zŏyacuga faramu cotoga aru: sono co-
coroua nantoto touaxerarureba, Esopo cono tŏua
uoba miŏnichi gonjŏ tçucamatçurŏzuru tote, vaga   10
yadoni cayeri, Esopo sonoyo iyeno necouo sanzan
ni chŏchacu xerareta tocorode, Egyptono cuniua
Gĕtiode necouo sôqiŏsuruni yotte, rioxucuno teixu
ga cono yoxiuo sômon sureba, yeiriouo nayamasa
re, Esopouo mexite nangiua najeni necouo chŏ-   15
chacu suruzoto, touaxerarureba: Esopo mŏsu-

Esopo が才智の程を大きに褒められ、帝王も臣下も、その外下々の者どもも、「この人を師とせずは、誰人か師にせうぞ」と感じ合われたと申す。

[M24b]［Nectenabo が、］「朕はここに雌ウマを所有するが、Babylonia にいる雄ウマが嘶くのを聞くと、直ちに妊娠する。もしこれに学識があれば、示しなさい」というと、Aesopus は、「王様、明日、お答えします」という。泊地に帰ると、奴僕にネコを捕らえるよう命じ、捕ったネコを公にむち打ちながら連れ回した。Aegyptii 人はこの動物を崇めていたので、このように酷く扱われるのを見ると、群がり集まってネコをむち打つ者たちの手から奪い取り、速やかに帝王に知らせた。Aesopus を呼び寄せた帝王が、「Aesopus、我々の間ではネコが神のように崇められるのをお前は知らなかったのか。お前は何故これをしたのか」というと、Aesopus は、「王様、このネコは昨夜 Lycerus 帝王を害した。遠くまで夜の時刻を彼に告げた、高貴な闘鶏を殺したのだ」という。帝王が彼に、「Aesopus、お前は嘘を恥じないのか。どうして一晩でネコが Aegyptus から Babylonia へ行ったのか」というと、彼が微笑んでいうには、「王様、同様に Babylonia にいる[39]雄ウマの嘶きで、何故ここの雌ウマが妊娠するのか」。帝王は、これを聞いて、Aesopus の知恵は幸いだと言った。

[A20] Nectenabo 帝王、Esopo にご不審の条々　　　　　[439]

　［Nectenabo 帝王、］「Grecia の国からあまたの雑役をひき寄せたが、Babilonia の国に駒［牡馬］が嘶えば、必ずこの国の雑役［牝馬］が孕むことがある。その心は何と」と問わせらるれば、Esopo、「この答話［返事］をば明日言上仕らうずる」とて、わが宿に帰り、Esopo その夜、家の猫を散々に打擲せられたところで、Egypto の国は Gentio［異教徒］で、猫を崇敬するによって、旅宿の亭主がこの由を奏聞すれば、叡慮を悩まされ、Esopo を召して、「汝はなぜに猫を打擲するぞ」と問わせらるれば、Esopo 申すは、「Babilonia の禁中の鶏を、この猫が夜前喰らい殺

ua: Babiloniano qinchŭno niuatoriuo cono necoga
yajen curaicoroitani yotte, fuxônagaramo soregaxi-
ua Lycero teivŏno xinca ychibunde gozareba, chŏ
chacu tçucamatçuttato mŏxeba, Egyptono teivŏ qi   20
caxerarete, farucano sacaina Babiloniaye nanto xi-
te cono necoga ychiyano vchini yuqiqiuo xôzoto
vôxerarureba, von vmayani mexivocareta zŏyacu   440
ga Babiloniano comano ibŏuo qijte farŏde gozaru
gotoqu, cano necomo vŏfen tçucamatçuttato sô-
sureba: qidocuna tŏua giato atte canjisaxeraretato
mŏsu.   5

[M25] Post haec autem cum accivisset ex Heliopoli viros
quaestionum sophisticarum peritos, atque de Aesopo cum eis
disputasset, invitavit una cum Aesopo ad convivium. Discum-
bentibus igitur ipsis, quidam Heliopolita inquit Aesopo,
"Missus sum a deo meo quaestionem quandam rogaturus te, ut
ipsam solveres." Cui Aesopus, "Mentiris. deo enim ab homine
nihil opus est discere: tu autem non solum te ipsum accusas, sed
et Deum tuum." Alius rursus ait, "Est templum ingens, et in eo
columna, duodecim urbes continens, quarum sinsgulae triginta
trabibus fulciuntur, quas circuncurrunt duae mulieres." Tum
Aesopus ait, "Hanc quaestionem apud nos solvent et pueri.
Templum enim est hic mundus. Columna, annus: Urbes,
menses. Et trabes, horum dies. Dies autem et nox, duae
mulieres, quae vicissim sibi succedunt."

Postridie convocatis amicis omnibus, Nectenabo inquit,
"Propter Aesopum hunc debebimus tributa regi Lycero." At ex
his unus ait, "Iubebimus ei quaestiones dicere nobis ex iis, quae
neque scimus, neque audivimus." Et ille, "Cras hac de re vobis
respondebo." Decedens igitur, et composito scripto in quo
continebatur, Nectenabo confitens mille talenta Lycero debere,
mane reversus Regi scriptum reddidit. Regis autem amici
priusquam aperiretur scriptum omnes dixerunt, "Et scimus
haec, et audivimus, et vere scimus." Et Aesopus, "Habeo vobis

いたによって、不肖［取るに足りない］ながらも、某［それがし］は Lycero 帝王［ていわう］の臣下一分［一つの臣下］でござれば、打擲［ちゃうちゃく］仕った」と申［まう］せば、Egypto の帝王［ていわう］聞かせられて、「遥かの境な Babilonia へ、何としてこの猫が一夜［いちや］の内に往来［ゆきき］をせうぞ」と［440］仰せらるれば、［Esopo、］「御馬屋に召し置かれた雑役が Babilonia の駒の嘶［いなな］うを聞いて孕うでござるごとく、かの猫も往反［往来］仕った」と奏すれば、「奇特［きどく］な答話［たうわ］ぢゃ」とあって、感じさせられたと申［まう］す。

　［M25］この後、［帝王は、］Heliopolis ［太陽の町］から詭弁的問題に精通した者たちを呼び出し、Aesopus について彼らと共に討議するために、Aesopus と共に宴会に招いた。食卓に横臥すると、ある Heliopolis 人が Aesopus に、「私は、貴方が解くかも知れないある質問を問わんがために、私の神によりここに送られた」というと、Aesopus は、「貴方は嘘をついている。神は人間から何も学ぶ必要がないからだ。貴方は、自らを非難しているのみならず、貴方の神をも非難している」という。また他の者が、「ある大きな神殿があり、その中に柱がある。その柱は十二の町を含み、どの町も三十の梁が支え、その梁を二人の女が回る」というと、Aesopus がいうには、「この問題は、我々のところでは子供でも解くだろう。神殿とはこの地球であり、柱とは年、町とは月、梁とはそれらの日、二人の女とは昼と夜で、お互いに交代するからだ」。

　翌日、全ての友人たちが呼ばれ、Nectenabo が、「ここにいる Aesopus のために Lycerus 帝王に貢納を負うだろう」という。彼らの一人が、「彼が我々に質問を出すように命じよう。その質問は、我々が知らず、聞いたこともないものとする」というと、彼は、「明日、この件について貴方方にお答えしよう」という。退出すると彼は、Nectenabo が Lycerus 帝王に千タレントを負うことを認める旨を含む文を書き、朝方帰ると帝王にその文を渡した。文が開かれる前に、友人たち全員が、「我らは、これを知るか、聞いたか、本当に知るか」というと、Aesopus は、「賠償

gratiam restitutionis causa." At Nectenabo confessione debiti
lecta ait, "Me nihil Lycero debente, omnes vos testificami-
[40]ni?" Illi mutati dixerunt, "Neque scimus, neque audivi-
mus." Et Aesopus, "Si haec ita se habent, solutum est
quaesitum." Ad haec Nectenabo, "Felix est Lycerus, talem in
regno suo doctrinam habens." Ergo pacta tributa tradidit
Aesopo, atque in pace remisit. At Aesopus in Babylonem
profectus, narravit Lycero acta in Aegypto omnia, et tributa
reddidit. Lycerus autem iussit statuam auream Aesopo erigi.

[A21]   [Egyptono gacuxŏ, fvxinno coto.]   440

Cacute Egyptono teivŏ coccano gacuxŏuo mexi-
te, Esoponi fuxinuo naxeto vôxecudasaruruni yotte,
aru gacuxŏ ychinin susumi idete tôua: daigaranno
vchini faxira tada yppon atte, sono vyeni jŭnino zai
xoga aru; sono zaixono munaguiua sanjŭgiani, co-   10
no faxiracara nininno nhôbŏ nobottçu cudattçu su-
ruua, nantoxita cotozoto iyeba, Esopo cotayete yŭ
ua corerano fuxinua vareraga cuniniua vonago
varŏbe nadono cuchizusamide gozaru: mazzu dai-
garãtoua, xecaino coto nari: ypponno faxiratoua ychi   15
nenno coto: jŭnino zaixotoua, jŭnitçuqino coto: san-
jŭno munaguitoua sanjŭnichino coto: faxiracara ni
ninno vonnaga nobori cudari suru to yŭua: chŭyano
cotoyoto mocusanmonŏ zattoyŭte daita.

Mata ychidôni vonovono caquru fuxinniua, ten-   20
chi, fajimattecara conocata, mada miqicanu monoua
nanzo? Esopoga mŏsuua: soregaxi tadaima iyeni ca
yerŏzu, sono itomauo cudasareito mŏxi, iyeni caye-
ri, Esopo yxxiuo totonoyete teivŏye tatema-
tçutta: sono cotouariua Lycero teivŏcara caraxe   441
rareta sanjŭmanguanno xacujŏde atta: teivŏ core-
uo gorŏjerarete vôqini vodorocaxeraruru teide, xo-
xincani nangiraua conoguiuo mi qijta cotoga aruca-
to touaxerarureba, vonovono catçutemotte mi qica
nu cotode gozaruto, mŏxeba. sonotoqi Esopo xi-   5
caraba tadaimano gofuxinua sorevomotte firacete

に関し、貴方方に感謝する」という。Nectenabo が負債の承諾を読み、「お前たちは、朕が Lycerus に何も負わないことを証言［40］するか」というと、改めて彼らがいうには、「我らは、知らず、聞いたこともない」。Aesopus が、「そうならば、問題は解かれた」というと、Nectenabo は、「自らの王国の中にかかる学識を持つ Lycerus は幸いだ」という。故に、Aesopus に約束の貢納を渡し、平和裡に送り返した。Aesopus は Babylonia に着くと、Lycerus に Aegyptus での全行動を報告し、貢納を渡した。Lycerus は Aesopus のために黄金の肖像の建立を命じた。

［A21］［**Egypto の学匠、不審のこと**］　　　　　　　［440］

　かくて Egypto の帝王、国家の学匠を召して、「Esopo に不審をなせ」と仰せ下さるるによって、ある学匠一人進み出でて問うは、「大伽藍［大きな寺］の内に柱ただ一本あって、その上に十二の在所［住居］がある。その在所の棟木は三十ぢゃに、この柱から二人の女房上っつ下っつするは、何としたことぞ」といえば、Esopo 答えて云うは、「これらの不審は、我らが国には女・童などの口遊み［諺などを口にすること］でござる。まず大伽藍とは、世界のことなり。一本の柱とは一年のこと、十二の在所とは十二月のこと、三十の棟木とは三十日のこと、柱から二人の女が上り下りすると云うは、昼夜のことよ」と目算もなう［造作もなく］、ざっと云うて出いた。

　また一同に各々掛くる不審には、「天地始まってからこの方、まだ見聞かぬものは何ぞ？」。Esopo が申すは、「某只今家に帰らず。その暇を下されい」と申し、家に帰り、Esopo 一紙を調えて帝王へ奉［441］った。その理は Lycero 帝王から借らせられた三十万貫の借状であった。帝王これを御覧ぜられて、大きに驚かせらるる体で、諸臣下に、「汝らはこの儀を見聞いたことがあるか」と問わせらるれば、各々「かつてもって［副詞の意を強める］見聞かぬことでござる」と申せば、その時 Esopo、「しからば只今のご不審はそれをもって開けてござる」と

gozaruto mŏxite: Esopoua itomauo côte macarica-
yereba, sonominimo amatano tacarauo cudasare,
Babiloniayemo tacarano curumauo vocuri cudasare-
ta. Esopo coreuo vqetotte Babiloniaye cayeritçui-
te, Egyptocarano tacarano curumauo tatematçuri,
cano cunideno cotodomouo cuuaxŭ sômon sureba,
nanomenarazu yorocobaxerareta.

10

[M26a] Non multo autem post tempore, Aesopus in Graeciam
decrevit navigare, compositioneque cum rege facta, discessit,
iuratus ei prius proculdubio rediturum se in Babylonem, atque
illic relicum vitae victurum. Peragratis autem Graecis urbibus,
et sua doctrina patefacta, pervenit et Delphos: verum Delphi
differentem quidem audierunt libenter, sed honore et obser-
vantia eum affecerunt nulla. Is autem ad eos suscipiens ait, "Viri
Delphi, succurrit mihi ligno vos comparare, quod in mari fertur:
illud etenim procul videntes dum fluctibus agitatur, magni
precii esse existimamus, postquam autem proxime advenit,
vilissimum apparet. Et ego itaque cum procul essem ab urbe
vestra, ut eos, qui existimatione digni sunt, vos admirabar: nunc
autem ad vos profectus, omnibus, ut ita dixerim, inveni inutili-
ores, sic deceptus sum." Haec cum audivissent Delphi et
timerent ne aliquo modo Aesopus ad alias urbes accedens male
de se diceret, decreverunt dolo hominem occidere. Auream
igitur phialam ex eo, quod apud se erat, sacello Apollinis accipi-
entes, clam in Aesopi absconderunt stratis. Cum Aesopus vero
ignoraret quae ab ipsis dolo facta fuerant, egressus ibat in
Phocidem. At Delphi aggressi, et deti-[41]nentes ipsum percon-
tabantur ut sacrilegum. Illo autem negante aliquid fecisse
eiusmodi, illi ui stratis evolutis auream invenerunt phialam,
quam etiam acceptam omnibus ciuibus ostenderunt non cum
parvo tumultu. Igitur Aesopus cognitis illorum infidiis, rogavit
eos, ut solveretur. Hi autem non solum non solverunt, sed ut
sacrilegum in carcerem quoque iniecerunt, morte eius suffragiis
decreta. Aesopus autem cum nulla astutia a mala hac fortuna

申して、Esopo は暇を乞うて罷り帰れば、その身にもあまたの宝を下され、Babilonia へも宝の車を贈り下された。Esopo、これを受け取って、Babilonia へ帰り着いて、Egypto からの宝の車を奉り、かの国でのことどもを詳しう奏聞すれば、斜めならず喜ばせられた。

[M26a] あまり経ずして、Aesopus は Graecia へ渡航することを決心し、帝王との調整を行って、彼が間違いなく Babylonia に戻り、そこで残りの生涯を暮らすだろうことを彼に予め誓って、立ち去った。それで Graecia の町々を歴訪し、彼の学識を公開して、Delphi にも至った。確かに Delphi 人は異なることを喜んで聞いたが、彼には何らの敬意も尊重も示さなかった。彼が彼らに返報していうには、「Delphi 人、私は貴方方を海に運ばれた木に対比することを思い付いた。何故ならば、それが潮流に運ばれるのを遠くから見ると、我々は高価な物だと思うが、それが後で近くまで来ると、最も価値がなく見えるからだ。このように、私が貴方方の町から遠いところにいた時に、私は貴方方を評価の価値があるものと感嘆したが、今、貴方方のところに着くと、既に言ったように、全ての中で最も役に立たない者たちであることを発見した。このように私は騙されたのだ」。Delphi 人はこれを聞いた時に、Aesopus が他の町に行って何らかの方法で彼らを悪く言うことを恐れたので、奸計によりこの人を殺すことに決めた。そこで彼らは、そこにあった Apollo 神の至聖所から黄金の酒杯を奪い、Aesopus の荷鞍の中に密かに隠した。Aesopus はそこに奸計がなされたことを知らなかったので、出発して Phocis へ行った。Delphi 人が襲いかかって、彼を拘束し、[41] 聖物窃盗として尋問した。彼はそのようなことをしたことを否定したが、彼らは荷鞍を解いて黄金の酒杯を発見して、奪ったそれを彼らの全ての者に小さくない喧噪と共に示した。Aesopus は彼らの不実を知ると、彼を解くように求めた。彼らは解かないのみならず、聖物窃盗として牢獄に投げ入れ、彼の死が投票により判決された。Aesopus は如何なる技巧によってもこの悪い運命から自らを解放することができなかったので、牢獄の中に座

liberari posset, seipsum in carcere lugebat sedens.

[A22a] [Greciano cvnini yvkv coto.]   441
        Sononochi Esopo
Babiloniano teivŏni itomauo mŏxi, xococu xuguiŏ   15
to cocorozaite, mazzu Greciano cunini yuite xonin
ni michiuo voxiye, vonajiqu sono cunino vchina
Delphostoyŭ ximaye vatari, qeŏqe suruto iyedo-
mo, cono ximano fito acuguiacu butŏnixite, rifi
jenacumo qiqiirenandareba, cano ximauo zzuruni   20
nozôde, ximagiŭno acunindomo xengui xite yŭua:
Esopoua qicoyuru gacuxŏ giani: cocouo satte vare
raga acumiŏuo iuaba, cono ximano caqinde arŏ-
zu: tada coroxeto yŭte, Esopoga nimotno nacani
vŏgonuo irete voqi, roxide voccaqe nimotno nacaca   442
ra cono vŏgonuo sagaxidaxi, nusubitoto iycaqete su-
nauachi rôxa saxe, /...

[M26b] Ex familiaribus autem ipsius quidam, Damas nomine, ad ipsum ingressus, et videns eum sic lamentari, causam rei rogavit. Ille ait, "Mulier quaedam cum recenter suum virum sepelivisset, cotidie profecta ad tumulum, plorabat. Arans autem quidam non procul a sepulchro, amore captus est mulieris, et derelictis bobus, ivit et ipse ad tumulum, ac sedens una cum muliere plorabat. Cum illa rogaret cur nam et ipse sic lugeret: 'Quoniam et ego,' inquit, 'decentem mulierem sepelivi, et posteaquam ploravero, maestitia levor.' Illa autem, 'Mihi idipsum similiter accidit.' Et ille, 'Si igitur in eadem incidimus mala, cur nam invicem non coniungimur? ego etenim amabo te, ut illam: et tu me rursus ut tuum virum.' His persuasit mulieri, et convenerunt: interim autem fur profectus, et boves solvens, abegit. Ille autem reversus, non inventis bobus, et plangere, et lugere vehementer instituit. Profecta est et mulier: et lamentantem inveniens inquit, 'Iterum ploras?' Cui ille, 'Nunc,' ait, 'vere ploro. Et ego itaque multis evitatis periculis, nunc vere fleo, solutionem mali necunde inveniens.' [Ae388, cf. Ph6.15]" Post

って嘆いた。

［A22a］［Grecia の国に行くこと］　　　　　　　　［441］

　その後 Esopo、Babilonia の帝王に暇を申し、諸国修行と
志いて、まづ Grecia の国に行いて、諸人に道を教え、同じく
その国の内な Delphos［アポロ神殿の所在地］と云う島へ渡り、
教化するといえども、この島の人、悪逆無道にして、理非善悪も
聞き入れなんだれば、かの島を出るに臨うで、島中の悪人ども詮
議［談合］して云うは、「Esopo は聞こゆる学匠ぢゃに、ここを
去って我らが悪名をいわば、この島の瑕瑾［名誉を汚す疵］で
あらうず。ただ殺せ」と云うて、Esopo が荷物の中に［442］黄金
を入れて置き、路次で追っかけ、荷物の中からこの黄金を探し出
し、盗人といい掛けて［他人に負わせて］、すなわち牢者させ/...

　［M26b］《しかし、Demas という名の彼のある知人が彼のとこ
ろに入り、彼がこのように嘆くのを見ると、その理由を尋ねた。
彼がいうには、「ある女が、近時に自らの夫を葬った時に、毎日
墓に行って悲嘆した。墓地から遠くないところにいたある農夫
が、彼女への愛欲に囚われ、ウシたちを残して彼も墓に行き、女
と一緒に座って悲嘆した。彼女が何故彼がかく嘆くのかと尋ね
ると、彼は、『何故ならば、私は相応しい女を葬り、それ以来悲
嘆することで、悲しみから慰められるからだ』という。彼女が、
『私にも同じことが同様に起きている』というと、彼は、『もし
我々に同じ不幸が起こるならば、何故お互いに結ばれないのか。
何故かといえば、私は貴方を彼女のように愛し、貴方も私を貴方
の夫のように愛すだろうからだ』という。彼がこのように女を促
すと、彼らは一緒になった。その間に盗人が来て、ウシを解いて
奪った。彼が帰るとウシがいなかったので、激しく悲泣して嘆き
始めた。女が来て、悲しむ人を見つけると、『また悲嘆している
のか』という。彼は、『今、本当に悲嘆している。私はこのよう
に多くの危険を避けてきたが、今、どこからも不幸の解決法が見
つからないので、本当に泣いているのだ』という」。その後、

haec affuerunt [42] et Delphi, et extractum ipsum e carcere trahebant in praecipitium.

[M26c] Ille autem eis dicebat, "Quando colloquebantur animalia bruta, mus ranae amicus factus, ad cenam eam invitavit, et abducta in penarium divitis, ubi multa edulia erant, "Comede," inquit, "amica rana." Post epulationem et rana murem in suam invitavit caenationem. "Sed ne defatigere," inquit, "nitando, filo tenui tuum pedem meo alligabo." Atque hoc facto saltavit in paludem. Ea autem urinata in profundum, mus suffocabatur, et moriens ait, "Ego quidem per te morior, sed me vindicabit maior." Supernatante igitur mortuo mure in palude, devolans aquila hunc arripuit, una cum eo etiam appensam ranam: sicque ambos devoravit. Et ego igitur, qui vi per vos morior, habebo ultorem. Babylon enim et Graecia omnis meam a vobis exigent mortem. [Ae384, Ch244]"

[A22b]   [cairuto nezzumino coto]   442

　　　…/ tçuiniua Esopouo sanjŏni tçurete
yuqeba, saigoto cocoroyete tatoyeuo nobete yŭta
ua: moromorono muxidomoga bujini sanquaiuo   5
xita toqi, bexxite nezzumito, cairu icanimo xitaxŭ iy
auaxeta. Arutoqi nezzumino motoni cairuuo ma-
neite xujuno chinbutuo soroyete motenaita tocoro-
de, sononochi mata cairumo nezumiuo motenasŏ-
zurutote maneqiyoxe, cauano fotorini dete yŭua: 10
vaga xitacuua cono fotorigia: sadamete annaiuo xira-
xeraremajijtote, nezumino axini nauauo tçuqete cai
ru mizzuno nacani tobiittareba, nezumimo fiqiirera-
re, inochino vouarito vomôte yŭtaua: satemo cai-
ruua nasaqemonŏ vareuo tabacari, inochiuo tatçumo   15
nocana! varecoso micuzzuto nari fatçurutomo, ato-
ni nocoru ychizocudomo icadeca nangiuo anuonni
vocŏzoto: tagaini vytçu, xizzŭzzu suru tocoroni,
tobitoyŭ mŏacujin corecoso cuqiŏno xomŏ nare

Delphi 人が［42］現れると、彼を牢獄から連れ出し、崖に連れて行った。》

［M26c］そこで彼が彼らにいうには、「野獣が同じ言葉を話していた時に、ネズミが友人になったカエルを食事に招待した。沢山の食料品がある裕福な人の食糧庫に入ると、ネズミは、『親愛なるカエル、食べなさい』という。宴会の後に、カエルがネズミを彼の食堂に招待した。カエルは、『泳いで疲れないように、細い糸でお前の足を私の足に結び付けよう』といい、その後に沼沢の中に跳び込んだ。カエルが深淵に潜ると、ネズミは窒息して死にそうになり、『私はお前のために死ぬ。しかし、より大きな者が私の復讐をするだろう』という。死んだネズミが沼沢に浮かぶと、ワシが急降下してネズミと共にカエルを奪い取り、このようにして両者を貪った。私はお前たちの力により死ぬが、私には復讐者がいるだろう。Babylon［都市］と Graecia 全土がお前たちによる私の死を調べるだろうからだ」。

［A22b］［カイルとネズミのこと］　　　　　　　　　　　［442］

...／ついには Esopo を山上に連れて行けば、最期と心得て譬えを述べて云うたは、「諸々の虫どもが無事に参会［親交］をした時、別してネズミとカイル、いかにも親しういい合わせた。ある時ネズミのもとにカイルを招いて種々の珍物を揃えて持て成いたところで、その後またカイルもネズミを持て成うずるとて招き寄せ、川のほとりに出て云うは、『わが私宅はこのほとりぢゃ。定めて案内を知らせられまじい』とて、ネズミの足に縄を付けて、カイル水の中に飛び入ったれば、ネズミも引き入れられ、命の終わりと思うて云うたは、『さてもカイルは情けもなう我を謀り、命を絶つものかな！我こそ水屑［藻屑］となり果つるとも、後に残る一族ども、いかでか汝を安穏に置かうぞ』と、互いに浮いつ沈うづするところに、トビと云う猛悪人、『これこそ究竟の［極めて都合のよい］所望なれ』と云うて、宙につかう

to yŭte, chŭni tçucŏde tobiagari, futatçu tomoni   20
saqi curauareta. Sonogotoqu vaga tadaimano arisa-
maua cano nezumini sucoximo votoranu:vare men
menni chinbutno gotoquna michiuo voxiyuredo-
mo, sono fenpôniua inochiuo vxinauaruru: vare co
so munaxŭ fatçurutomo, Babiloniato, Egyptono fito   443
bito vareuo fucŏ aixerarureba, conoguiua tadaua fatasa
remaizoto iyvouareba, tacaitocorocara tçuqiuotoite co
roitenoqeta. Sononochi Esopoga mŏxitani chigauazu,
conocotoga Greciani cacurega nacattani yotte, sono cu   5
nicara ninjuuo soxxi Delphosye vatatte, sono cotouo
tadaxi, mina vchifataite noqeraretato mŏsu.

[M26d] Delphi tamen ne sic quidem pepercerunt Aesopo. Ille
autem in Apollinis confugit sacellum, sed ii et illinc extraxerunt
irati, et in praecipitium rursus traxerunt. Aesopus cum abduce-
retur, dicebat, "Audite me, Delphi. Lepus aquila insectante in
lustrum scarabei confugit, rogans ut ab eo servaretur. Scarabeus
autem rogabat aquilam ne occideret supplicem, obtestans ipsam
per maximum Iovem, saltem ne despiceret parvitatem suam.
Illa vero irata, ala percutiens scarabeum, leporem raptum
depasta est. Scarabeus autem cum aquila volavit, ut nidum eius
disceret, ac iam profectus ova eius devoluta dirupit. Illa cum
grave existimaret si quis hoc ausus fuisset, et in altiore loco
secundo nidificasset, et illic rursus scarabeus iisdem hanc
affecit: Aquila autem inops [43] consilii penitus, ascendit ad
Iouem (in eius enim tutela esse dicitur) et in ipsius genibus
tertiam feturam ovorum posuit, deo ipsa commendans, et
supplicans ut custodiret. At scarabeus e stercore pilula facta,
ascendit, et in sinum Iovis eam demisit. Iupiter assurgens ut
fimum excuteret, ova abiecit oblitus, quae et contrivit deiecta.
Sed cum didicisset a scarabeo, quod haec fecisset ut aquilam
ulcisceretur (non enim scarabeum tantum illa affecit iniuriam,
sed et in louem ipsum impia fuit) aquilae reversae ait,
scarabeum esse qui affecit maerore, et certe iure affecisse.

で飛び上がり、二つともに裂き喰らわれた。そのごとく、わが只今のあり様は、かのネズミに少しも劣らぬ。我面々に珍物のごとくな道を教ゆれども、その返報には命を失わるる。我こ [443] そ空しう果つるとも、Babilonia と Egypto との人々、我を深う愛せらるれば、この儀はただは果たされまいぞ」といい終われば、高い所から突き落といて殺いて退けた。その後 Esopo が申したに違わず、このことが Grecia に隠れがなかったによって、その国から人数を率し、Delphos へ渡って、そのことを糺し、皆討ち果たいて退けられたと申す。

[M26d]《しかし、Delphi 人はそれでも Aesopus を大切にしなかった。彼は、Apollo 神の至聖所に逃げ込んだが、彼らはそこから怒って引き出し、再び崖に連れて行った。Aesopus が連行された時にいうには、「Delphi 人、良く聞け。ワシが急迫したので、ウサギはタマオシコガネの巣に逃げ込み、彼に助けてもらうことを頼んだ。コガネはワシに嘆願者を殺さないように頼み、Iupiter 最高神にかけて少なくともワシが彼の小ささを見下さないように懇願した。ワシは怒って、翼でコガネを打つと、ウサギを引き裂き、喰い尽くした。コガネはワシの巣を知るためにワシと共に飛び、着くと彼の卵を転がし落として打ち砕いた。ワシは誰が敢えてこれをしたかと深く考え、更に高い場所に第二の巣を作ったが、そこでも再びコガネは同様にこれを扱った。窮したワシは [43] 相談を胸に Iupiter 神（その保護の下にワシはいると言われるので）のところに昇り、神の膝に卵の子供たちを置き託して、見張るように請願した。しかし、タマオシコガネは糞から球を作ると、昇って Iupiter 神の胸にそれを落とした。Iupiter 神が糞を振り払うために起き上がると、卵を忘れて投げ出し、投げられた卵は砕けた。神は、ワシに復讐するためにこれをしたことをコガネから知ると（ワシはコガネに多くの不正を働いたのみならず、Iupiter 神自身にも不敬であったので）、帰って来たワシに、苦しんだのはコガネで、確かな正義が行われたと言った。

Nolens igitur aquilarum genus deficere, consulit scarabeo, ut aquilae reconciliaretur. Cum hic non paruisset, ille in aliud tempus transposuit aquilarum partum, cum non appareant scarabei. Et vos igitur, o viri Delphi, ne despicite hunc deum, ad quem profugi: et si parvum sortitus est delubrum, neque enim impios negliget. [Ae3]" Delphi vero haec parum curantes, recta ad mortem itidem ducebant.

[M26e] Aesopus nullare a se dicta videns eos flecti, rursus ait, "Viri crudeles, et interfectores audite. Agricola quidam in agro consenuit: cum nunquam ingressus esset in urbem, precabatur domesticos ut eam videret. At illi iunctis asellis, atque in currum eo imposito, solum iusserunt agere. Eunti autem procella et turbine aerem occupantibus, et tenebris factis, aselli a via aberrantes, in quoddam praecipitium deduxerunt senem. At ille iam praecipitandus, 'o Iupiter," ait, "qua in re te iniuria affeci, quod sic inique occidor, praesertim cum neque ab equis generosis, neque a mulis bonis, sed ab asellis vilissimis?' Et ego itaque eodem mo-[44]do nunc tristor, quoniam non ab honoratis viris, et elegantibus, verum ab inutilibus, et pessimis interficior. [Ae381]"

[M26f] [44] Iamque precipitandus, eiusmodi dixit rursus fabulam, "Vir quidam suam deamans filiam, rus misit uxorem, solam autem filiam receptam violavit. Illa autem, 'Pater,' ait, 'scelesta facis, optarem tamen a multis potius viris dedecore hoc affici, quam a te, qui genuisti.' [Ae379] Hoc nunc et in vos, o iniqui Delphi, dico, quod eligerem in Scyllam, et Charybdim potius incidere, ac in Africae Syrtes, quam per vos iniuste atque indigne mori: execror igitur vestram patriam, et deos testor, me praeter omnem iustitiam interire, qui me ulciscentur exauditum."

しかし、神はワシの種族が衰えることを望まなかったので、コガネにワシと和解するように協議した。コガネが従わなかったので、神はワシたちの子をコガネたちの現れない別の季節に置き換えた。故に、Delphi 人、私が逃げ込んだこの神を見下すな。何故ならば、仮に運命によって神殿が小さいとしても、神は不信心な者たちを見逃さないだろうからだ」。Delphi 人はこれに十分に気を配らず、同様に真っすぐに死に向けて連れ去った。》

［M26e］《Aesopus は、彼らが自分の言ったことで変わらないことを見ると、再び言った。「残酷な殺人者たち、良く聞け。ある農夫が田畑で年老いた。彼はかつて町に入ったことがなかったので、家の者たちに町を見ることを願った。彼らは子ロバたちをつないで老人を馬車に乗せ、ただそれを追い立てるよう命じた。しかし、行くと嵐と旋風が空を占め、暗闇となったので、子ロバたちは道から外れてある絶壁に老人を運んだ。老人が正に死のうとしていうには、『ああ、Iupiter 神、私がこのように不公平に殺されるのは、何に関し神を害したのでしょうか。殊に私は、気高いウマでも、良いラバでもなく、最も安い子ロバによって、引かれているのです』。私も、同様に［44］今、悲しい。何故ならば、賞賛すべき上品な人々ではなく、実に役立たずで極悪の人々によって、私は殺されれるからだ」。》

［M26f］［44］《正に突き落とされるべくして、彼は再びこのような寓話を話した。「自らの娘を熱愛するある男が、妻を田舎に送り、唯一人受け入れた娘を凌辱した。娘がいうには、『父上、貴方は非道をしました。私は、生んだ貴方よりは、沢山の男たちにこの非行を受けることを選んだでしょう』。ああ、不当な Delphi 人たち、私はお前たちによって不正に相応しくなく死ぬよりは、Scylla［岩礁］と Charybdis［渦潮］や Africa の Sytis［砂洲］に陥ることを選んだだろう。それ故に、私はお前たちの祖国を呪い、そして神々を証人に呼ぶ。私が全ての公正に反して滅んだことを聞き届ける神々が、私の復讐をするように」。》

[M26g] [44] Praecipitem igitur ipsum dederunt de rupe, et mortuus est. Non multo post autem pestilentia laborantes, oraculum acceperunt expiandam esse Aesopi mortem. Cui quod et conscii sibi essent, iniuste eum interfecisse, etiam cippum erexerunt. Sed primates Graeciae, ac doctissimi quique, cum et ipsi, quae in Aesopum facta fuissent, intellexissent, Delphos profecti sunt, et cum illis habita inquisitione, ultores et ipsi Aesopi mortis fuerunt.

AESOPI VITAE FINIS.

［M26g］［44］《それで彼らは、彼を崖から真っ逆さまに突き落とし、彼は死んだ。しかし、あまり経ずして、ペストに苦しんだ時に、彼らは Aesopus の死が贖われるべしという神託を得た。彼らは彼を不正に殺したことを自覚していたので、墓標さえも建てた。しかし、それぞれに学識の非常に深い Graecia の首長たちは、Aesopus に起こってしまったことを理解した時に、Delphi に行き、彼らの尋問を行うと、彼ら自身が Aesopus の死の復讐を果たした。》

Aesopus の生涯（了）

［第二編］エソポが作り物語の抜き書

ESOPOGA TCVCV
rimonogatarino nuqigaqi.

第二編　エソポが作り物語の抜き書　目次

[B1]   Vôcameto, fitçujino tatoyeno coto.   443
    Aru cauabatani vôcamemo, fitçujimo mizzuuo
nomuni, vôcameua cauacaminiy, fitçujino coua
cauasusoni yta tocorode, cano vôcame cono fitçu-
jiuo curauabayato vomoi, fitçujino sobani chicazzui
te yǔua: sochiua najeni mizzuuo nigoraite vaga cu-   15
chiuoba qegaitazoto icattareba, fitçujino yǔua; vare
ua minasusoni ytareba, najeni cauano camiuoba nigo
sǒzoto: casanete vôcameno yǔua: vonorega faua roc-
catçuqi mayenimo mizzuuo nigoraxitareba, icadeca
sono tçumiuo nangiua nogareôzo? fitçujino yǔua: so   20
notoqiua mixǒ yjenno coto nareba, sarani sono tçumi   444
vareniataranu: mata vôcameyori yǔua: nangi mata
miga noyamano cusauo curǒta; coremata giǔbon na
reba, najeni nogasǒzo? fitçuji cotayete yǔua: vareua
mada toxinimo taranu jacufaide gozareba, cusauo fa   5
mucotomo madagozanaito: casanete vôcame nan-
giua najeni zǒgon suruzoto vôqini icattareba, fitçu
jino yǔua: vareua sarani accôuo mǒsanu: tada toga
no naiiuareuo mǒsu bacarigiato: sonotoqi vôcame
xoxen mondǒua muyacu gia: nande arǒtomo mama   10
yo, jefini vonoreuoba vaga yǔmexini xôzuruto yǔ-
ta. Coreuo nanzotoyǔni. dǒriuo sodatenu acuninni
taixiteua jenninno dǒrito, sono fericudarimo yacu
ni tatazu: tada qenpei bacariuo mochiyôzuru guigia.

[E1.2]   DE LUPO ET AGNO.   [47]
    Esopus de innocente et improbo talem retulit fabulam.
    Agnus et lupus sitientes ad rivum e diverso venerunt; sursum
bibebat lupus, longeque inferior agnus. Lupus ut agnum vidit
sic ait: "Turbasti mihi aquam bibenti." Agnus patiens dixit:
"Quomodo aquam turbavi tibi, que ad me de te recurrit?" Lupus
non erubuit veritatem ac: Maledicis mihi? inquit. Agnus ait:
Non maledixi tibi. At lupus: "Et ante sex menses ita pater tuus
mihi fecit. Agnus ait: Nec ego tunc natus eram. At lupus denuo

［B1］オウカメとヒツジの譬えのこと　　　　　　　［443］

　ある川端にオウカメもヒツジも水を飲むに、オウカメは川上に居、ヒツジの子は川裾［川下］にいたところで、かのオウカメこのヒツジを喰らわばやと思い、ヒツジの傍に近づいて云うは、「そちはなぜに水を濁らいて、わが口をば汚いたぞ」と怒ったれば、ヒツジの云うは、「我は水裾にいたれば、なぜに川の上をば濁さうぞ」と。重ねてオウカメの云うは、「オノレが母、六か月まえにも水を濁らしたれば、いかでかその罪を汝は逃れうぞ？」。ヒツジの云うは、「そ［444］の時は未生以前［生まれる前］のことなれば、さらにその罪我に当たらぬ」。またオウカメより云うは、「汝また余が野山の草を喰らうた。これまた重犯なれば、なぜに逃さうぞ？」。ヒツジ答えて云うは、「我はまだ年［一歳］にも足らぬ若輩でござれば、草を食むこともまだござない」と。重ねてオウカメ、「汝はなぜに雑言［悪口］するぞ」と大きに怒ったれば、ヒツジの云うは、「我はさらに悪口を申さぬ。ただ咎のない謂れを申すばかりぢゃ」と。その時オウカメ、「所詮問答は無益ぢゃ。何であらうともままよ。是非にオノレをばわが夕飯にせうずる」と云うた。これを何ぞと云うに、道理を育てぬ悪人に対しては、善人の道理と、その遜りも役に立たず、ただ権柄［権勢による抑圧］ばかりを用ようずる儀ぢゃ。

［E1.2］オオカミと小ヒツジのこと　　　　　　　　［47］

　Esopus は、この寓話で無実な者と不実な者に言及する。

　喉が渇いた小ヒツジとオオカミが違うところから小川に来て、オオカミは上の方で、小ヒツジはずっと下の方で飲んだ。オオカミが小ヒツジを見て、「お前は私の飲む水をかき乱す」というと、小ヒツジは耐えて、「そちらから流れて来る水をどうして私が乱したか」という。オオカミが真実に赤面せずに、「お前は雑言をいうのか」というと、小ヒツジは、「雑言はいっていない」という。オオカミが、「六か月前、お前の父がそうした」というと、子ヒツジは、「その時私は生まれていない」という。オオカ

139

ait: "Agrum mihi pascendo devastasti." Agnus inquit: "Cum dentibus caream, quomodo id facere potui?" Lupus demum ira concitus ait: "Licet tua nequeam solvere argumenta, cenare tamen opipare intendo;" agnumque cepit, innocentique vitam eripuit ac manducavit.

Fabula significat, quod apud improbos calumniatores ratio et veritas non habent locum. [Ae155, Bb89, Ph1.1]

[B2] Inuto, fitçujino coto.   444

Aru inu fitçujini yŭua: nangini vôxeta comugui ychicocu isoide cayexeto saisocu xitaredomo, fitçujij cono cotouo yumenimo xiranu coto nareba, toni cacu ni qendanno mayeni dete, yui firacŏzuruto iyeba, inuno yŭua: sono xôcoua reqireqi giato yŭte, vono   20 rega ychimino vôcameto, tobito, carasuuo yatoi, qenmonno mayeni deta: toqini vôcame tadaxiteni mucŏte yŭua: cono fitçuji inuno comuguiuo vqevô   445 tacoto fitgiŏ gia: tobi mata susumidete yŭua: najeni fitçujiua xacumotuo vouanutoua yŭzoto xemureba, carasumomata vaga mayede cattauoba zonjitato yŭ tocorode, qendan coreuo qijte, conovyeua qiŭmei   5 ni voyobanu: fitçuji isoide fenben seito ycqet xitani yotte, fitçuji chicarani voyobazu, comuguiuo mota-neba, mino qeuo fasŏde yatta.

Xitagocoro.

Fitoni atauo naxitagaru acuninua qenpeiuo fonto   10 xite, dŏrini nita cacotçuqeuo motomurucotoua tçu neno cotogia toyŭ cocoro gia.

[E1.4] DE CANE ET OVE.   [50]

De calumniosis hominibus talis dicitur fabula, quod semper calumniosi in bonos cogitant mendacium, et faventes secum adducunt, ac falsos testes emunt. De his ergo talis praeponitur fabula.

Canis calumniosus dixit deberi sibi ab ove panem, quem

ミが新たに、「お前は私の育てる畑地を荒らした」というと、小ヒツジは、「歯のない時にどうしてそれを私ができよう」という。オオカミがついに怒って、「お前の議論を解決することができなかろうと、俺は豪華に食事するつもりだ」というと、無実の小ヒツジを捕らえ、命を奪って喰らった。

　この寓話の意味は、不実な讒訴者には理性と真実の在り場はないということだ。

［B2］イヌとヒツジのこと　　　　　　　　　　　　　　［444］

　あるイヌ、ヒツジに云うは、「汝に負わせた［貸した］小麦一石、急いで返せ」と催促したれども、ヒツジい、このことを夢にも知らぬことなれば、「とにかくに検断［糺し手、判事］の前に出て、云い開かうずる」といえば、イヌの云うは、「その証拠は歴々［明白］ぢゃ」と云うて、己が一味のオウカメとトビとカラスを雇い、権門［糺し手］の前に出た。時にオウカメ糺し手に［445］向かうて云うは、「このヒツジ、イヌの小麦を請け負うたこと必定［確かなこと］ぢゃ」。トビまた進み出て云うは、「なぜにヒツジは借物を負わぬとは云うぞ」と責むれば、カラスもまた、「わが前で借ったをば存じた」と云うところで、検断これを聞いて、「この上は糺明［取り調べ］に及ばぬ。ヒツジ急いで返弁［弁済］せい」と一決したによって、ヒツジ力に及ばず、小麦を持たねば、身の毛を鋏うで［鋏で切って］遣った。

　〘下心〙人に仇をなしたがる悪人は、権柄を本として、道理に似た託け［口実］を求めることは常のことぢゃと云う心ぢゃ。

［E1.4］イヌとヒツジのこと　　　　　　　　　　　　　　［50］

　讒訴人たちについて寓話はこのようにいう。即ち、常に讒訴人は善人への虚偽を思い浮かべ、寵遇して自らに引き寄せ、偽りの証人を買収する。故に、これについてこのような寓話が前の方に置かれる。

　讒訴のイヌが、お互いそこにいたヒツジにパンを貸している

dederat mutuo. Contendebat autem ovis, nunquam se panem ab
illo recepisse. Cum autem ante iudicem venissent, canis dixit se
habere testes. Introductus lupus ait: "Scio panem commodatum
ovi." Inductus milvus: "Me coram" inquit "accepit." Accipiter
cum introisset: "Quare negasti quod accepisti?" inquit. Victa
ovis tribus testibus falsis, iudicatur artius exigi. Coacta vero
ante tempus lanas suas vendidisse dicitur, ut quod non habuit
redderet.

Sic calumniosi faciunt malum innocentibus et miseris.
[Ae478, Ph1.17]

[B3] Inuga nicuuo fucunda coto. 445

Aru inu xiximurauo fucunde cauauo vataruni, so-
no cauano mannacade fucunda xiximurano cague- 15
ga mizzuno soconi vtçuttauo mireba, vonorega fu
cunda yorimo, ychibai vôqinareba, caguetoua xi-
raide, fucundauo sutete mizzuno socoye caxirauo ire
te mireba, fontaiga naini yotte, sunauachi qiyevxe-
te dochiuomo torifazzuite xittçuiuo xita. 20

Xitagocoro.

Tonyocuni ficare, fugiŏna cotoni tanomiuo ca-
qete vaga teni motta monouo torifazzusunatoyŭ 446
coto gia.

[E1.5] DE CANE ET CARNE. [51]

Amittit proprium quisque avidus alienum sumere cupit. De
talibus Esopi fabula sic narrat.

Canis flumen transiens partem carnis ore tenebat, cuius
umbram videns in aqua, aliam carnem credens, patefecit os, ut
etiam eandem arriperet; et illam quam tenebat dimisit, eamque
statimque fluvius rapuit. Et sic constitit ubi illam perdidit, et
quam putabat sub aqua arripere, non habuit, ac illam quam
ferebat similiter perdidit.

Sic saepe qui alienum quaerit, dum plus vult, sua perdit.
[Ae133, Bb79, Ph1.4]

と言った。ヒツジは、彼からパンを受け取ったことはかつてないと反論した。しかし、彼らが判事の前に行くと、イヌは証人がいると言った。オオカミが入ると、「私はヒツジに貸されたパンを知っている」という。トビが入ると、「私の面前で受け取った」という。タカが入ると、「お前は何故受け取ったことを否定したのか」という。ヒツジは三人の偽りの証人に負かされ、直ちに返済するように判決された。返すものを持っていなかったので、ヒツジは自らの羊毛を時期より早く売ったという。

このように讒訴人たちは、無実な人々や不幸な人々に悪事を働く。

［B3］イヌが肉を含んだこと　［445］

あるイヌ、肉叢(ししむら)［獣の肉］を含んで川を渡るに、その川の真中(まんなか)で含んだ肉叢の影が水(みづ)の底に映ったを見れば、己が含んだよりも、一倍［＝二倍］大(おう)きなれば、影とは知らいで、含んだを捨てて、水(みづ)の底へ頭(かしら)を入れて見れば、本体がないによって、すなわち消え失せてどちをも取り外(はづ)いて失墜［損失］をした。

〖下心〗

貪欲(とんよく)に惹かれ、不定(ふでう)な［定まらぬ］ことに頼みを掛［446］けて、わが手に持ったものを取り外(はづ)すなと云(ゆ)うことぢゃ。

［E1.5］イヌと肉のこと　［51］

貪欲に他人のものを取りたい者は、自己のものを失う。これについて、Esopus の寓話はこのように語る。

イヌが川を渡るときに肉の食事を口に咥えていたが、その影を水の中に見ると別の肉と思って、それを取るために口を開いた。こうして咥えていたものを失い、直ちに川がそれを取り込んだ。イヌはそれを失ったところに止まり、水の中のそれを取ろうと考えたがそれを得ず、同じく持って来たものも失った。

このようにより多くを欲し、他人のものを求めるものは、しばしば自身のものを失う。

[B4] Xixito, inuto, vôcameto, fiôtono coto. 446

Cono xifiqiga dôxin xite, sanchǔuo caqemeguru
ni, qedamono yppiqi yuqiyǒtareba, curai coroite, 5
sono xisocuuo yotçuni vaqete cubarǒto suruni, xixi-
no yǔtaua: vareua arufodono qedamonono vǒ na-
reba, yeda fitotçuua vǒyno tocuni sonayei: mata
vare iqiuoimo nangirani fixôzuru monode naqere-
ba, sono ytocubunni ma fitoyedaua vareni curei: ma 10
ta miua nangira yori fayǒ vaxirucotoua denquǒno
gotoquni xite coreuo todometareba, sono xinrǒbun
ni ma fitoyedauoba vareni curei: ainocoru ma fito-
tçuno yedanimo teuo caqeôzuru mounoua sunaua-
chi vaga teqide arǒzuruto yǔni yotte, nocoru san- 15
biqino qedamonoua chicarani voyobazu, mutaini
xixini vbaitorarete, sugosugoto cayetta.

Xitagocoro.

Fitoua tada vareni fitoxij fitouo tomonauǒ coto
gia: soreuo icanitoyǔni; yxeino sacanna qininuo to- 20
moni sureba, canarazu sono tocubunmo, tanoximi
mo sono yxeino aru fitoni vbaitoraruru monogia.

[E1.6] DE LEONE, VACCA, CAPRA ET OVE. [52]

Dicitur in proverbio nunquam fidelem esse potentis
divisionem cum paupere. De isto videamus quid haec fabula
narret cunctis hominibus.

Iuvenca, capella et ovis socii fuerunt simul cum leone, qui
cum in saltibus venissent et cepissent cervum, factis partibus
leo sic ait: "Ego primam tollam ut leo; secunda pars mea est, eo
quod sim fortior vobis; tertia vero mihi defendo quia plus vobis
cucurri; quartam vero qui tetigerit me inimicum habebit. Sic
totam praedam illam solus improbitate sua abstulit.

Cunctos monet haec fabula non sociari cum potentibus.
[Ae339, Bb67, Ph1.5]

[B5] Tçuruto, vôcameno coto. 447

Arutoqi vôcame nodoni vôqina foneuo foneuo tatete
meiuacu coconi qiuamatte, tçuruno sobaye ytte cono

［B4］シシとイヌとオウカメとヘウ［豹］とのこと　　　　［446］

　この四匹が同心して、山中を駆け巡るに、獣一匹行き会うたれば、喰らい殺して、その四足を四つに分けて配らうとするに、シシの云うたは、「我はある程の獣の王なれば、肢［足］一つは王位の徳に供えい。また我勢いも汝らに比せうずるものでなければ、その威徳分に今一肢は我にくれい。また余は汝らより速く走ることは電光のごとくにして、これをとどめたれば、その辛労分に今一肢をば我にくれい。あい残るま一つの肢にも手を掛けうずるものは、すなわちわが敵であらうずる」と云うによって、残る三匹の獣はちからに及ばず、無体に［理由なく］シシに奪い取られて、すごすごと帰った。

　　〖下心〗

　人はただワレに等しい人を伴うことぢゃ。それを如何にと云うに、威勢の盛んな貴人を友にすれば、必ずその徳分［利得］も楽しみも、その威勢のある人に奪い取らるるものぢゃ。

［E1.6］ライオンとウシとヤギとヒツジのこと　　　　　　［52］

　格言によれば、貧しい者への勢力のある者の割当ては信頼すべきでないという。これについて、この寓話が何を全ての人々に語るかを見てみよう。

　若い雌ウシと小雌ヤギとヒツジは、ライオンと共に、仲間だった。彼らが山地に行ってシカを捕らえた時に、シシが分け前を作っていうには、「俺はライオンとして第一の分を取る。俺はお前たちよりも強いから第二の分は俺のものだ。俺はお前たちよりも多く走ったから第三の分は俺が保持する。第四の分に触った者は、俺の敵になる」。このように、この獲物の全てを彼の不正によって持ち去った。

　この寓話は、全ての人に勢力のある者とは結ぶなと諭す。

［B5］ツルとオウカメのこと　　　　　　　　　　　　　　［447］

　ある時、オウカメ喉に大きな骨を立てて、迷惑［難儀］ここ

nanguiuo sucui votasuqearŏ vocataua sonofŏ yorifoca
ua arumajij; cono nanuo votasuqearaba, mizzuto v-   5
uono gotoqu xitaximimaraxô; sonovye xŏjŏ xexe so
no vonuo bŏqiacu tçucamatçuru cotoua arumajijto
yŭniyotte, tçuru cono yoxiuo mite, auareni vomoi,
saraba cuchiuo vofiraqiareto yŭte, cuchibaxiuo saxi
irete, foneuo cuuayete fiqidaxi, miguino yacuso-   10
cuuo fenzurunato iyeba, vôcame coreuo qijte, vô
qini icari, vonoreua nanigotouo yŭzo? varecoso von
uo atayetare: tadaima nangiga cubiuo cuiqirŏzuru
mo vaga mamade attaredomo, saxiuoite tasuqeta co-
touoba vonto vomouanucato iyeba, tçuruua mu   15
yacuno xinrŏuo xite tachisatte vogiaru.

   Xitagocoro.
Vonuomo xiranu acuninni vonuo fodocosŏzuru
toqiua, fitoyeni tentŏye taixite mesarei.

[E1.8] DE LUPE ET GRUE.   [54]

   Quicunque malo benefacit, satis peccat, de quo talem audi
fabulam.

   Ossa lupus cum devoraret, unum ex illis in faucibus ei
adhaesit transversum, graviter eum affligens. Invitavit lupus
magno praemio, qui ab hoc malo ipsum liberaret, os illud de
faucibus extrahendo. Rogabatur grus collo longo, ut praestaret
lupo medicinas. Id egit, ut immitteret caput faucibus lupi et os
laedens extraheret. Sanus cum esset lupus, rogabat grus
promissa sibi praemia reddi. At lupus dixisse dicitur: "O quam
ingrata est grus illa, quae caput incolume de nostris faucibus
extraxit, nec dentibus meis in aliquo vexatum, et insuper
mercedem postulat. Nunquid meis virtutibus facit iniuriam."

   Haec fabula monet illos, qui malis volunt benefacere.
[Ae156, Bb94, Ph1.8]

[B6] Nezumino coto.   447

   Qiŏno nezumi inacaye vomomuitaga, sono to-
corono nezumino motode, Miyacono nezumiuo mo-

に極まって、ツルの傍へ行って、「この難儀を救いお助けあらうお方は、その方より外はあるまじい。この難をお助けあらば、水と魚のごとく親しみまらせる。その上生々世々［今生後生］その恩を忘却仕ることはあるまじい」と云うによって、ツルこの由を見て、憐れに思い、「さらば口をお開きあれ」と云うて、嘴を差し入れて、骨を咥えて引き出し、「右の約束を変ずるな」といえば、オウカメこれを聞いて大きに怒り、「オノレは何ごとを云うぞ？我こそ恩を与えたれ。只今汝が首を喰い切らうずるもわがままであったれども、さしおいて助けたことをば恩と思わぬか」といえば、ツルは無益の辛労をして立ち去っておぢゃる。

　　〖下心〗恩をも知らぬ悪人に恩を施さうずる時は、偏に天道へ対して召されい。

［E1.8］オオカミとツルのこと　　　　　　　　　［54］

　誰であれ悪人に親切にする者は、十分に罪を犯している。これについて、このような寓話を聞きなさい。

　オオカミが骨を貪った時に、その一つが喉に斜めに貼り付いて彼を酷く悩ませた。オオカミは、その骨を喉から取り出してこの不幸から彼を解放する者を、大きな報酬で勧誘した。オオカミに医術を施すために、首の長いツルが依頼を受けた。オオカミの喉に頭を送り込み、突いて骨を取り出した。オオカミが健康になると、ツルは約束の報酬を渡すよう求めたが、オオカミはこのように言ったという。「何と恩知らずのツルか。俺の喉から頭を無傷で取り出し、俺の歯にどこも害されず、加えて報酬を要求するのか。それは俺の男らしさに傷をつけた」。

　この寓話は、悪人に親切にしたい人々を戒める。

［B6］ネズミのこと　　　　　　　　　　　　　　［447］

　京のネズミ田舎へ赴いたが、その所のネズミのもとで、都の

tenasu cotoga caguiriga nacatta. Sate Qiŏno nezu- 448
mi sono vonuo fôjôzurutote, dôdŏxite Miyacoye
nobotta. Qiŏno nezumino iyeua xoxidaino tachide
xicamo curano vchi nareba, xicchin mãbô, sonofoca yoi
saqe, yoisacana nandemo arecaxi toboxij cotoua fi- 5
totçumo nŏte, xuyenno nacabani voyôda toqi, cura
no yacuxa touo firaite qureba, Qiŏno nezumiua
motocara suminaretaru tocoro gianiyotte, vaga sumi-
cauo yô xitte, tayasŭ cacuretaredomo, inacano nezu
miua annaiua xirazu, coco caxicouo niguemauatta- 10
ga, toaru monono cagueni cacurete caraiinochiuo iqi
te sono nanuo nogareta. Sate sono yacuxa dete yu-
qeba, mata nezumidomo sanquai xite, inacano nezu
mini yŭyŏua; sucoximo vodoroeecaxeraruruna: zai-
qiŏno tocu toyŭua: cono yŏna chinbut, bibutuo 15
cŭte, tçuneni tanoximuzo: foxijmamani naniuomo
cauomo vomairiareto iyeba, inacano nezumiga yŭ
ua: menmenua cono curano annaiuo yô voxiriatta-
reba, samo arŏzu, vareraua cono tanoximimo sarani
nozomiga nai; soreuo najenito yŭni, cono tachino fi- 20
tobito vonovonouo nicumuniyotte, yorozzuno
vana, nezumitoriuo coxirayete voqi, amassaye sujip-
piqino necouo yaxinayeba, touoni yatçu, coconoo-
tçu fodoua metbôni chicai: vareraua inacano mono-
nareba; xijenmo fitoni yuqiayeba, vara acutano naca 449
ni nigueitte cacururunimo cocoroyasuito yŭte, sumi
yacani itomagoi xite faxecudatta.

Xitagocoro.

Bŏbuua qinin, cŏqeno sobani chicazzuqu cotoua
muyacugia: moxi sono cayerimiga naquua, tachimachi 5
qini chigai, vazauaini auŏzureba, tada finracuniua xi
canu: sono xisaiua, finuo tanoximu mono ua focaniua
tanoximiua sucunaito iyedomo, xingiŭniua yorozzu
no tacarauo motçuniyotte, cocoroyasŭ tanoximu 10
cotoua qiuamari nai: nacanzzucu finni tomonŏ can
nin, fericudarino tacaravomotte cazarini suru mono
gia: xicaruni vtocuna monoua tçuneni cocoro midare
re sauaide, qeôman miuomo, cocorouomo, nayama-
sutoyŭ cocoro gia. 15

ネズミを持 [448] て成すことが限りがなかった。さて京のネズミその恩を報ぜうずるとて、同道して都へ上った。京のネズミの家は所司代 [太守、知事] の館で、しかも倉の内なれば、七珍万宝、その外よい酒、よい肴、何でもあれかし、乏しいことは一つもなうて、酒宴の半ばに及うだ時、倉の役者 [役人] 戸を開いて来れば、京のネズミは元から住み慣れたる所ぢゃによって、わが住処をよう知って、たやすう隠れたれども、田舎のネズミは案内は知らず、ここかしこを逃げ回ったが、とある物の陰に隠れて辛い命 [難儀な命] を生きて、その難を逃れた。さてその役者出て行けば、またネズミども参会して、田舎のネズミに云う様は、「少しも驚かせらるるな。在京の徳と云うは、この様な珍物・美物を食うて、常に楽しむぞ。ほしいままに何をもかをもお参りあれ [召し上がれ]」といえば、田舎のネズミが云うは、「面々はこの倉の案内をようお知りあったれば、さもあらうず。我らはこの楽しみもさらに望みがない。それをなぜにと云うに、この館の人々、各々を憎むによって、万の罠、鼠捕りを拵えて置き、あまっさえ数十匹のネコを養えば、十に八つ・九つ程は滅亡に近い。我らは田舎の者 [449] なれば、自然も [偶然に] 人に行き会えば、藁・芥の中に逃げ入って隠るるにも心安い」と云うて、すみやかに暇乞いして馳せ下った。

　　【下心】
　凡夫 [常の人] は貴人・高家 [高貴な家] の傍に近づくことは無益ぢゃ。もしその顧みがなくは、たちまち気に違い、禍に会わうずれば、ただ貧楽には如かぬ。その子細は、貧を楽しむ者は、外には楽しみは少ないといえども、心中には万の宝を持つによって、心安く楽しむことは窮まりない。就中貧に伴う堪忍、遜りの宝をもって、飾りにするものぢゃ。しかるに有徳な [裕福な] 者は常に心乱れ騒いで、驕慢 [慢気] 身をも心をも悩ますと云う心ぢゃ。

[E1.12]   DE DUOBUS MURIBUS.   [59]

Securum in paupertate melius esse quam divitem taedio
macerari, per hanc brevem auctoris probatur fabulam.

Mus urbanus iter agebat, sicque a mure agrario rogatus
hospitio suscipitur, et in eius brevi casella ei glandes et hordeum
exhibuit. Deinde abiens mus itinere perfecto murem agrarium
rogabat, ut etiam ipse secum pranderet, factumque est dum
simul transirent, ut ingrederentur domum honestam in quoddam
cellarium bonis omnibus refectum. Cum haec mus muri
ostenderet, sic ait: "Fruere mecum, amice, de his quae nobis
quottidie superant." Cumque multis cibariis vescerentur, venit
cellerarius festinans et ostium cellarii impulit; mures strepitu
territi fugam per diversa petiere loca. Mus urbanus notis
cavernis cito se abscondit. At miser ille agrarius fugit per
parietes ignarus morti se proximam putans. Dum vero celle-
rarius exiret cellarii ostio clauso, sic mus urbanus agrario dixit:
"Quid te fugiendo turbasti? fruamur, amice, bonis his ferculis
omnibus! nil verearis nec timeas, periculum namque nullum est
nobis." Agrarius haec contra: "Tu fruere his omnibus, qui nec
times nec pavescis, nec te quottidiana terret turbatio; ego vivo
frugi in agro ad omnia laetus. Nullus me terret timor, nulla mihi
corporis perturbatio. At tibi omnis sollicitudo et nulla est
securitas, a tensa teneris muscipula, a catto captus comederis,
ac infestus ab omnibus exosus haberis.

Haec fabula illos increpat, qui se iungunt melioribus, ut
aliquo bono fruantur, quod ipsis a natura datum non est, diligant
ergo vitam homines frugalem ipsis a natura datam, et securiores
in casellis vivent. [Ae352, Bb108]

[B7]   Vaxito, catatçuburino coto.   449

Aru vaxi catatçuburiuo mitçuqete curauŏto suredo
mo; canauanãdareba, carasuga sobacara vareni sono fã
bunuo cudasareba, coximesu yŏuo voxiyemaraxô-
zu: sono catatçuburiuo totte tacŏ tobiagari, ixino vye   20

[E1.12] 二匹のネズミのこと　　　　　　　　　　　　[59]

　貧しさの中で安泰である者は、不快に苦しむ富める者より良いことから、著者の短い寓話が推奨される。

　町のネズミが旅をして、農地のネズミからの厚遇を受けることを求められて、彼の狭い小屋でドングリとオオムギを提供された。その後、旅程を終えて去るにあたり、同道して一緒に食事することを農地のネズミに求め、彼らは高貴な人の館のあらゆる良いものの揃った食品庫に入った。町のネズミが農地のネズミにこれを示していうには、「友よ、毎日我らに有り余っているこれらのものを、私と一緒に楽しみなさい」。沢山の食料品を食べた時に、食事係の者が急いで来て、食品庫の入口を動かした。喧噪に驚いたネズミたちは、別々のところに逃げようとした。町のネズミは、さっさと知ったほら穴に隠れたが、哀れなあの農地のネズミは知らずに壁を伝って逃げたが、死が迫っていると思った。食事係が食品庫を出て、食品庫の入口が閉められると、町のネズミが農地のネズミにこのように言った。「逃げながら何を悩んだのか。友よ、これらの全ての良い料理を楽しもう。何も心配せず、恐れないように。我らには何の危険もない」。これに対して農地のネズミは、「不安をものともせず、恐れず、怯えない貴方は、これら全てを楽しみなさい。私は、実直に田畑に生き、全てを楽しむ。私は何も恐れないし、私の体の動揺もない。貴方には、全ての心配があり、何の安心もない。貴方は張られたネズミ取り器に捕まり、ネコに捕らえられて食べられ、または嫌なことに全てのものに脅迫される」。

　この寓話は、自然に与えられたものではない何か良いものを楽しむために、より良い者たちと和睦する者たちを非難する。従って、人々は自然によって彼らに与えられた実直な生涯を喜び、より安泰に小さな小屋の中で生きるように。

[B7] ワシとカタツブリのこと　　　　　　　　　　　[449]

　あるワシ、カタツブリ［蝸牛］を見つけて喰らわうとすれども、叶わなんだれば、カラスが傍から、「我にその半分を下されば、こしめす［召し上がる］様を教えまらせうず。そのカタツブ

ni votosaxerareito iyeba, vaxi sono gotoqu suruto-
qi, tayasŭ vareta.

Xitagocoro.

Tatoi icanaru yxei curaini sacannaru monode ari
toyŭtomo, yono fitono yqenuoba itçumo qicŏzuru   25
cotoga moppara gia. Yxeiua chiyeuo masu monode   450
ua vorinai : chiye ua gacuxa nomini aru.

[E1.14] DE TESTUDINE, AQUILA ET
    CORVO.   [61]

Qui tutus et munitus est, a malo consiliatore subverti potest.
De hoc auctor sic ait:

Aquila testudinem rapuit, et alto celo cum ea volavit, testudo
intra se collectus nullo pacto frangi potuit. Contra volans
cornix, verbis aquilam laudans: "Optimam," inquit, "fers
praedam, sed nisi ingenio utaris, frustra portabis onus, nec utilis
erit tibi haec praeda." Tunc aquila illi partem praede promisit,
ut illi consuleret. At cornix tale dedit consilium, et ait: Usque
ad astra volato et ab alto super petram praeda tua cadat, ut testa
frangatur testudinis, et nos esca fruemur." Hoc iniquo consilio
cornicis periit testudo, quam natura forti concha munierat.
[Ae490, Ph2.6]

[B8] Carasuto, qitçuneno coto.   450

Arutoqi carasu xocuuo motomeyete, qino vyeni
yasumi yruni, qitçunemo xocuuo motomuredomo,   5
yeide faxecayerutote, carasuno fucunde yru xixi-
murauo mite, vrayamaxŭ vomoi, nantozoxite core
uo taburacaite torabayato tacundaga, carasuno yta qino
motoni ytteyŭtaua: icani xochôno nacano sugure-
te qetacai carasudono, gofenno tçubasano curô caca   10
yaquua, conreôno guioyca? mataua nixiqica? nuimo-
noca? macotoni qimeôna xŏzocugia. Xicaredomo co
coni fitotçuno fusocuga aruto fito mina coreuo sata
suru: soreuo nanizoto yŭni, vonjŏga isasaca fana-

りを取って高う飛び上がり、石の上に落とさせられい」といえば、ワシそのごとくする時、たやすう割れた。

〖下心〗仮令いかなる威勢・位に盛んなる者でありと云うとも、余の人の異見をば、いつも聞かうずる［450］ことが、もっぱら［必要なこと］ぢゃ。威勢は知恵を増すものではおりない。知恵は学者のみにある。

［E1.14］カメとワシとカラスのこと　［61］

安全に保護された者は、悪い助言者に滅ぼされ得る。このことについて著者は次のようにいう。

ワシがカメをひったくり、それを連れて空高く飛んだが、カメは自らの中に引き込んだので、どのようにも砕かれ得なかった。相対して飛ぶカラスがワシを褒めていうには、「貴方は最上の獲物を持っているが、妙案を用いない限り、無益に荷を運ぶことになるし、この獲物は貴方の役に立たない」。そこでワシは彼に助言するように獲物の一部を約束した。するとカラスは助言を与えて、「天空まで飛び、上空から岩の上に獲物を落としなさい。そうすれば、カメの殻が割れ、我らは食物を楽しめる」という。カラスのこの不都合な助言により、自然が強い殻で守ろうとしたカメは滅んだ。

［**B8**］カラスとキツネのこと　［450］

ある時、カラス食を求め得て、木の上に休みいるに、キツネも食を求むれども得いで、馳せ帰るとてカラスの含んでいる肉叢を見て羨ましう思い、何とぞしてこれを誑かいて取らばやと巧んだが、カラスのいた木の本に行って云うたは、「いかに諸鳥の中の優れて気高い［荘重な］カラス殿、御辺の翼の黒う輝くは、袞竜の御衣［帝王の召す黒い衣裳］か？または錦か？刺繍か？真に奇妙な［立派な］装束ぢゃ。しかれども、ここに一つの不足があると、人皆これを沙汰［噂］する。それを何ぞと云う

goyede aqiracani naito mŏsuga, macotoya conogo   15
roua vonjŏmo aqiracani natte, vtauaxeraruru coye
mo vomoxiroito vqetamauaru: ycqiocu qicasaxerarei
caxito iyeba, carasu cono cotouo qijte macotocato
cocoroyete ycqiocu agueôto cuchiuo firaquto tomo
ni xiximurauoba votoita: qitçune xitade votoximo   20
tçuqezu coreuo curŏta.

    Xitagocoro.

    Fitoyori tçuixô xeraruru cotouo macototo xinzuru
naraba, tçuininiua sonomino sonxitto nari, amassaye   451
xonin yori azaqerareôcotoua vtagai nai.

[E1.15]   DE CORVO ET VULPE.   [62]

    Qui se laudari gaudent verbis subdolis decepti paenitent. De
quo haec est fabula.

    Cum de fenestra corvus caseum raperet, alta consedit in
arbore. Vulpes, ut hunc vidit, caseum habere cupiens subdolis
verbis sic eum alloquitur: "O corve, quis similis tibi, et penna-
rum tuarum qualis est nitor, qualis esset decor tuus, si vocem
habuisses claram, nulla tibi prior avis fuisset." At illa vana laude
gaudens dum placere vult et vocem ostendere, validius clama-
vit, et ore aperto oblitus casei ipsum deiecit. Quem vulpes
dolosa celerius [63] rapuit et avidis suis dentibus abrodit. Tunc
corvus ingemuit, ac vana laude deceptus paenituit, sed post
factum quid paenitet.

    Monet autem haec fabula cunctos verbis subdolis vanisque
laudantibus non attendere. [Ae124, Bb77, Ph1.13]

[B9] Yenocoto, vmano coto.   451

    Yenocouo sono xujin aixite, tçuneni fizano vyeni
voqi, daqi cacayete fubinuo cuuayerareta. Mata aru   5
toqi sono xujin focacara cayeraretareba, sono fizani
agari, muneni teuo cace, cuchiuo neburi nado xite ito
narenarexij teide attaniyotte, xujin iyoiyo aixerareta
tocorode, roba cono yoxiuo mite vrayamu cocoro
ga vocottaca, varemo anogotoquni xite aixerareôto   10

に、音声が些か鼻声で明らかにないと申すが、真や、このごろは音声も明らかになって、歌わせらるる声も面白いと承る。一曲聞かさせられいかし」といえば、カラスこのことを聞いて、真かと心得て、一曲あげうと口を開くとともに、肉叢をば落といた。キツネ下で落としも付けず［早速に］、これを喰らうた。

　　《下心》人より追従せらるることを、真と信ずる［451］ならば、ついにはその身の損失となり、あまっさえ、諸人より嘲られうことは、疑いない。

［E1.15］カラスとキツネのこと　　　　　　　　　　［62］

　自らが褒められることを喜ぶ者は、虚言に騙されて後悔する。この寓話は、これについてである。

　カラスが窓からチーズを奪うと、高い木に止まった。キツネはこれを見てチーズが欲しくなり、彼に虚言をもってこのようにいう。「カラス殿、貴方の羽はかくも輝き、貴方はかくも優美であって、もし貴方が優れた声を持っていたならば、貴方の右に出る鳥はいるまい」。カラスが空虚な称賛を喜んで、声を喜んで示そうと強く叫ぶと、チーズのことを忘れて口を開き、それを投げやった。それを狡猾なキツネは素早く［63］奪い、貪欲に歯でかじった。その時、カラスは嘆息して空虚な称賛に騙されたことを後悔したが、それを後悔したのは事後だった。

　この寓話は、全ての者が虚言と空虚な称賛に気をつけないことを戒めている。

［B9］エノコとウマのこと　　　　　　　　　　　　［451］

　エノコ［小イヌ］をその主人愛して、常に膝の上に置き、抱き抱えて不便を加え［可愛が］られた。またある時、その主人外から帰られたれば、その膝に上がり、胸に手を掛け、口を舐りなどして、いと馴れ馴れしい体であったによって、主人いよいよ愛せられたところで、ロバこの由を見て、羨む心が起こったか、

vomoi, arutoqi xujinno muneni riðaxiuo ague,
cuchiuo neburi, sonozauo caqemegureba, xujinua
vôqini farauo tatete, sanzanni chŏchacu xi, motono
vmayaye voicudasareta.

Xitagocoro 15

Vagamino buqiriðna cotouoba cayerimijde, fito
no qiyôto, xujinni aixeraruru cotouo vrayamu mo
noua, tachimachifagiuo caite xirizoqu mono gia.

[E1.17] DE ASINO ET CATELLA. [65]

Quem non decet reddere officia, ut quid se ingerit
melioribus, de quo auctor talem subiecit fabulam.

Asinus quottidie videbat catelle blandiri dominum, de
mensaque illam saturari, et familiam illi plura largiri. At sic
dixisse mente asinus fertur: "Si hoc animal tam exiguum et
immundum tantum meus diligit dominus totaque familia,
quantum utique me diligeret, si obsequium illi praestavero,
melior namque cane sum ad plurima utilis officia, insuper aqua
de sanctis fontibus alor, cibus mundus mihi datur, melior sum
catello, meliori vita frui, possum et maximum honorem
habere." Cumque haec asinus secum cogitasset, vidit dominum
introire, accurritque velocius clamans, prosiluit super eum,
umerisque suis pedes anteriores imposuit, linguaque, ut catella
solebat, eum lingens, vestem etiam suam deturpavit, suo
pondere ipsum fatigando. Dominus autem asini blandimentis
territus clamare coepit et auxilium petere; ex hoc concitatur
omnis familia, fustesque et lapides arripiunt, ac verberibus
asinum debilitant, membris costisque fractis eum ad praesae-
pium ligant lassum et semivivum.

Fabula haec monet, ne quis indignus se ingerat, ut meliori
officium faciat. [Ae91, Bb129]

[B10] Xixito, nezumino coto. 451

Xixivðno neytta atarini amatano nezumidomoga 20
faiquai xite faxirimeguttaga, aru nezumi xixivðno

「我もあのごとくにして愛せられう」と思い、ある時、主人の胸に両足を上げ、口を舐り、その座を駆け巡れば、主人は大きに腹を立てて、散々に打擲し、元の馬屋へ追い下された。

　　【下心】わが身の不器量な［醜い］ことをば顧みいで、人の器用［上品さ］と、主人に愛せらるることを羨むものは、たちまち恥をかいて退くものぢゃ。

［E1.17］ロバと雌の小イヌ　　　　　　　　　　　　　　［65］

　目上の人々に自らを押し付けるために好意を示すことは適当でない。これについて著者はこのような寓話を提供する。

　ロバは、毎日主人が雌の小イヌに媚び、小イヌが食卓から飽食し、家人が小イヌに豊富に施すのを見ていた。ロバは心中このように言ったといわれる。「もしかくも貧弱で汚れた動物を私の主人と全て家族が大いに喜ぶのならば、どれほど私のことを喜ぶだろうか。即ち、もし私がイヌよりも好意を示すことに秀でて、私が多くの職務でイヌよりも役に立ち、加えて私が聖なる泉の水で飼育され、私に清潔な飼料が与えられたならば、私は小イヌよりも優れ、より良い生涯を楽しみ、最高の栄誉を受けることができる」。ロバがこれを心中で考えた時に、主人が入ってくるのを見て、叫びながら速足で走って彼に突進し、彼の肩に前足を置いて、小イヌがいつもするように彼を舌で嘗め尽くし、自身の重さで彼を疲れさせながら、彼の衣服を見苦しくした。しかし、主人はロバの追従に驚き、叫んで助けを求め始めた。このため全ての家人が呼び寄せられ、こん棒と石をかき集めると、筈でロバを無力にし、四肢と肋骨が壊されて力なく半死となったロバを畜舎に縛り付けた。

　この寓話は、目上の人に好意を示すために、誰でも相応しくない者が自らを押し付けないように戒めている。

［B10］シシとネズミのこと　　　　　　　　　　　　　［451］

　シシ王の寝入ったあたりに、あまたのネズミどもが徘徊し

vyeni tobiagatta toqi, xixivŏ coreni vobiyete me-   452
uo samaite, cano nezumiuo tçucŏde chŭni saxiague
ta: nezumimo socode vôqini qimouo qexi, tçuxxin
de mŏxitaua: icani xixivŏ qicoximesarei, quantaiuo
zonjiteua, tçucamatçuranuto canaximuniyotte, xixi   5
mo xingiŭni vomôua: monono cazudemo nai cone-
zumidomouo vaga teni caqete corosŏcoto, cayette
vaga nauo qegasuni nitato vomôte, tachimachi yurui
te yattareba, nezumiua amano inochiuo tasucatte co
no govonuoba itçumademo bŏqiacu tçucamatçuru   10
majijto reiuo naite satta. Arutoqi cano xixivŏ san-
chŭde vanani cacari, xindai coconi qiuamattaniyotte
coyeuo aguete saqebu fodoni, cudanno nezumiga qi
qitçuqete, isogui sono fotorini faxiri qite xixivŏni
reiuo naite yŭua: icani xixivŏdono, cocorouo tçucusa   15
xeraruruna: xennen cŏmutta govonuo fôjitatematçu
rŏzuruto yŭte vanano faxibaxiuo curaiqireba, xixivŏ
nannŏ nogaretato mŏsu.
    Xitagocoro.
    Yxei, yquŏno tēcani qicoyevataruyŏna mono totemo,   20
tareuomo iyaximezu, iyaxijmononimo atauo nasazu,
cayette nasaqeuo saqito xôcoto gia: icana iyaxijmono
naredomo, toqitoxiteua qinin, cŏqeno tasuqeto na
rucotomo aru mono gia.

[E1.18]   DE LEONE ET MURE.   [66]

Innox si peccaverit et roget, oportet ut veniam accipiat, ut
forte sit ubi serviat. De hoc audiamus fabulam nobis ab hoc
ordinatam.

Dormiente leone in silva, mures agrarii luxuriantes alter casu
super leonem transiliit. Expergefactus leo celeri manu miserum
murem apprehendit. Ille captus veniam sibi dari rogabat, cum
non voluntate sed casualiter fecerit; reddens causam peccati sui,
quod plures cum luxuriarentur et solus inter ceteros peccasse
fateretur. [67] Leo vero de mure cogitat, non aliquid esse
vindictae, si miserum murem occideret, crimen autem illi erit,
non aliqua gloria laudis verum ignovit, et vindictam dimisit.

て走り巡ったが、あるネズミ、シシ王の[452]うえに飛び上がった時、シシ王これに怯えて目を覚まいて、かのネズミを掴うで宙に差し上げた。ネズミもそこに大きに肝を消し、謹んで申したは、「いかにシシ王、聞こし召されい。緩怠[無礼]を存じては、仕らぬ」と悲しむによって、シシも心中に思うは、「ものの数でもない小ネズミどもを、わが手に掛けて殺そうこと、却ってわが名を汚すに似た」と思うて、たちまち赦いてやったれば、ネズミは天の命[危ない命]を助かって、「この御恩をば、いつまでも忘却仕るまじい」と礼をないて去った。ある時かのシシ王、山中で罠に掛かり、進退ここに窮まったによって、声を上げて叫ぶ程に、件のネズミが聞き付けて、急ぎそのほとりに走り来て、シシ王に礼をないて云うは、「いかにシシ王殿、心を尽くさせ[気をもませ]らるるな。先年蒙った御恩を報じ奉らうずる」と云うて罠の端々を喰らい切れば、シシ王難なう逃れたと申す。

　　〖下心〗威勢・威光の天下に聞こえ渡る様な者とても、誰をも卑しめず、卑しい者にも仇[害]をなさず、却って情けを先とせことぢゃ。いかな卑しい者なれども、時としては貴人・高家の助けとなることもあるものぢゃ。

［E1.18］ライオンとネズミのこと　　　　　　　　　[66]

　もし無害の者が罪を犯して願ったら、役に立つことも多分あるので、容赦を受け入れるべきである。これについてそのために整えられた寓話を我々は聞こう。

　森でライオンが寝ていると、農地のネズミたちが遊んでいて、ある一匹が偶然にライオンを飛び越えた。目を覚まされたライオンは、素早く手で哀れなネズミを捕らえた。捕まったネズミは、意図的でなく、偶然にしたとして、容赦を求めた。自身の罪の原因に赤面し、沢山で遊んでいたが、他の中で一人だけ罪を犯したことを告白した。[67]ライオンはネズミについて解放以外はないと考える。もし哀れなネズミを殺したら、彼は非難されるだろう。それ以外の称賛の栄誉も知らないので、解放して放免し

Post paucos autem dies leo in rete cadit et capitur, dum vero captum se cognovit, maxima voce rugire coepit, et maximo dolore dat sonum. Mus autem ut haec agnovit, ad eum cucurrit, ac quid talis sibi praetendat, sonus quaesivit, et quid acciderit, aut mali evenerit, scire voluit. At ubi leonem captum cognovit: "Non est, o leo, quid timeas," inquit, "parem tibi gratiam reddam, nam beneficii sum memor," dixit, et simul omnes illius artis ligaturas lustrare coepit, cognovit loca rodenda, sumpsit laborem oris sui, et dentibus nervos coepit rodere et laxare artis illius ingenia, et sic mus leonem captum silvis restituit liberatum.

Monet haec fabula, ne quis minimos laedat, nam hora datur obsequii minorum erga potentes. [Ae150, Bb107]

[B11] Tçubameto, xochôno coto. 453

Arufito asano taneuo maqu tocorouo mite, tçuba-
me coreuo canaximiyŏta: fiuo fete xidaini nayeni
voizzureba, iyoiyo tçubame coreuo canaxŭda tocoro
de, xochô coreuo mite varŏte yŭua: najeni tçubame 5
ua canaximuzoto toyeba, tçubame cotayete yŭua:
cono asaga xeigiŏ xite vanato nari, amito naraba, vare
raga fatecuchi gia: coreuo ivomoyeba, xŭtan suru:
vonovonomo cono nayeno chijsai toqi, mina fiqi
sutesaxerareicaxito susumuredomo, xochôua cayette 10
azaqereba, tçubameno yŭua: vareua imayori vono-
vononi ychimiuo itasumai: tada ninguento juccon
uo xôzuruto yŭte, tçubame bacariua fitono iyeno
vchini suuo caqe, xisonuo sodatçuru mono gia.

Xitagocoro. 15

Yenriono nai monoua canarazu chicai vreiga aru
mono gia: sucoxino fiuo qesaneba miŏquano vazauai
ga deqi, sucoxino ayamariuo fuxeganeba, vôqina to
gauo suru monogia.

た。数日後、ライオンは罠に落ちて捕らえられる。捕らえられた
ことを知ると、声の限りに吠え始め、深い悲しみの大声を出す。
これを知ったネズミは、彼のところに走り、自らの先にある大声
を探して、何が起こり、どんな悪いことが生じたのかを知ろうと
した。ライオンが捕らえられたところを知ると、「ライオン殿、
恐れることはない。私は恩寵を忘れていないので、貴方に同じ恩
顧を返そう」と言い、同時に彼の四肢の全ての縛りを調べ始め、
かじるべき場所を知ると、自らの口の仕事を始めて、歯で革ひも
をかじり、天性によって彼の四肢を解き始めた。このようにし
て、ネズミは捕らわれたライオンを自由にして森に返した。

　この寓話は、最も小さな者を傷つけない者は、勢力のある者
よりは、時に小さな者の好意が与えられることを戒める。

［B11］ツバメと諸鳥のこと　　　　　　　　　　　［453］

　ある人麻の種を蒔くところを見て、ツバメこれを悲しみ合う
た。日を経て、次第に苗に生い出れば、いよいよツバメこれを悲
しうだところで、諸鳥これを見て笑うて云うは、「なぜにツバメ
は悲しむぞ」と問えば、ツバメ答えて云うは、「この麻が生長し
て罠となり、網とならば、我らが果口［破滅の原因］ぢゃ。これ
をい思えば、愁嘆する。各々もこの苗の小さい時、皆引き捨てさ
せられいかし」と勧むれども、諸鳥は却って嘲れば、ツバメの
云うは、「我は今より各々に一味をいたすまい。ただ人間と入魂
［とりわけ親密であること］をせうずる」と云うて、ツバメばか
りは人の家の内に巣を掛け、子孫を育つるものぢゃ。

　〖下心〗

　遠慮［遠い先々まで考えること］のない者は、必ず近い憂い
があるものぢゃ。少しの火を消さねば、猛火の禍が出来、少
しの誤りを防がねば、大きな咎をするものぢゃ。

[E1.20] DE HIRUNDINE ET CETERIS
AVIBUS.   [69]

Qui non audit bonum consilium, in se inveniet malum, ut
haec approbat fabula.

Spargi et arari lini semen aves omnes cum viderent, pro
nihilo hoc habuerunt. Hirundo autem hoc intellexit. Et
convocatis omnibus retulit hoc esse malum. Deinde ut adolevit
semen ac bene excrevit, iterum hirundo ait illis: "Hoc in
nostrum crescit interitum; venite, eruamus illud. Nam cum
creverit, retia facient ex illo, et humanis quidem artibus capi
possumus!" Eius autem consilium omnes contempserunt. Ut
autem contemni consilium illud hirundo videret, ad homines se
transtulit, ut sub eorum tectis tutius degeret, et quae respuerunt
consilium audire nolentes semper anxie in retia caderent.

Audiant haec propriis semper innitentes opinionibus, neque
aliorum consiliis assentientes. [Ae39, Ch349]

[B12] Esopo Athenasno fitobitoni nobetaru tato-   453
yeno coto.   21

Athenasno zaixo fajimeua xujinmo nŏte, gigueno
xucurŏno fiŏgiŏvomotte vosametani, nantoca dan-
cŏga yaburetçurŏ, xujinuo sadamete fitono gueninto
nari, sucoxino ayamariuomo yurusazu, xeibai xera   454
rete cŏquaisuru vorifuxi, Esoponi mucŏte sono vo-
moiuo noburu tocoroni, tatoyeuo nobete yŭua:
aru cauano fotorini cairudomo vomôyŏua: varerani
xujinga nainiyotte, samazamano monodomoni aruiua   5
curauare, aruiua anadoraruru coto cuchiuoxij cotogia
to yŭte, tenni inotte yŭua icadeca varerani bacari xu
jinuo cudasarenuzo? auogui neganuacuua xujinuo cuda
sareyocaxito, mŏxeba, ten coreuo auare maxerarete
faxirauo yppon cudasarureba, cairudomo cototomo   10
xeide, qeccu sono vyeni nobori, fune curuma nado
no yŏni norimononi xite, casanete cairudomo tenni
sômon mŏsuua: yjenno xujinua muxinno cobocude
gozareba, xicarubei xujinuo ataye cudasareito mŏsu
niyotte, sarabato atte, nochiniua tçuruuo xujinto   15

[E1.20] ツバメと他の鳥たちのこと　　　　　　　　[69]

　この寓話が証明するように、よい助言を聞かない者は、自身の不幸に出会う。

　全ての鳥たちが麻の種が蒔かれ耕されるのを見た時に、これをものともしなかった。しかし、ツバメはこれについて考えた。そして全ての者を呼ぶと、これは不幸だと述べた。種が成長し、よく伸張した時に、ツバメは彼らに再び言った。「これは我らの滅亡に向かって成長している。来なさい、これを抜き取ろう。これが育てば彼らはこれで網をつくるだろうし、我らは人間の技巧によって確かに捕らえられ得る」。彼らは全て彼の助言を軽視した。ツバメはこの助言が軽視されたのを見ると、人間の屋根の下でより安全に暮らすために彼らのところに移った。助言を聞きたくなくてこれを拒否した者たちは、常に心配しながら網の中に落ちた。

　これは、他人の助言に賛同する人々ではなく、常に自分の意見に依拠する人々が聞くべきである。

[B12] Esopo、Athenas の人々に述べたる譬えのこと　[453]

　Athenas の在所、初めは主人もなうて、地下の宿老の評定をもって治めたに、何とか談合が破れつらう、主人を定めて、人の下人と[454]なり、少しの誤りをも赦さず、成敗せられて後悔する折節、Esopo に向かうてその思いを述ぶるところに、譬えを述べて云うは、「ある川のほとりにカイルども思う様は、『我らに主人がないによって、様々の者どもに、あるいは喰らわれ、あるいは侮らるること口惜しいことぢゃ』と云うて、天に祈って云うは、『いかでか我らにばかり主人を下されぬぞ？仰ぎ願わくは主人を下されよかし』と申せば、天これを憐れませられて、柱を一本下さるれば、カイルどもこととともせいで、結句その上に上り、舟・車などの様に乗物にして、重ねてカイルども天に奏聞申すは、『以前の主人は無心の［生きていない］枯木でござれば、然るべい主人を与え下されい』と申すによって、『さらば』とあっ

xite ataye cudasareta. Soreyorixite tçuruua cudanno
faxirani zaxite atarini quru cairudomouo fitotçumo
nocosazu curŏniyotte, cairuno xindai nanguini qi-
uamari, mata tenni mŏsuua: vareraga ychiruiuo coto
gotocu metbŏni voyobosuuo auaremaxerareito tano   20
mitatematçureba, sonotoqi tencara vôxeraruruua: nã
giua vaga sadameuo somuite, jicouo mopparato xita
coto nareba, imasara caiyeqi suru cotoua narumajijtono
tĕchocu gianiyotte, connichini itatte cairudomo co-
no vreini tayezu, xucunnite maximasu tçuru voyado   455
ni cayeraxerarureba, sono atoni yonayona tĕye cainai
vramiuo naite saqebu.

Xitagocoro.

Fitogotoni tŏjino xujinno nhŭuanauoba vocubiŏ   5
de yacuni tatanuto iy, bufenxauo qitçuito yŭte
iyagari, mayenouo fomete, tŏjinouoba soxiri vra-
muru mono gia.

[E2.1] DE RANIS ET IOVE.   [72]

Ranae, inquit, vagantes in liberis paludibus et stagnis
clamore magno ad Iovem facto, petierunt sibi rectorem, qui
errantes corrigeret. Cum haec vellent, risit Iupiter, deinde
iterum clamores fecerunt. Cum nulla signa viderent, potius
rogare coeperunt. Iupiter pius innocentibus misit in stagnum
lignum magnum tigillum, quo sono parentes fugierunt, postea
vero una protulit caput super stagnum, volens cunctari regem;
ut vidit lignum, cunctas advocavit. Aliquae plenae timore
natant, ac salutare maximum rectorem accedunt pavide simul.
Ergo ut nullus in ligno erat spiritus sentientes, ascendunt super
illud, et intelligunt esse nihil, et pedibus conculcaverunt. Iterum
rogare coeperunt. Tunc Iupiter misit illis hydrum, hoc est
magnum colubrum, qui singulas necare coepit. Tunc voces cum
lacrimis omnes ad sidera tollunt: "Sucurre, Iupiter, omnes
morimur!" Econtra illis altitonans ait: "Cum vos peteretis,
nolui, cum nollem, invidiose petistis, dedi tigillum, quem
sprevistis, deinde dedi quem habebitis. Et quia noluistis bonum

て、後にはツルを主人として与え下された。それよりしてツルは件の柱に座して、あたりに来るカイルどもを一つも残さず喰らうによって、カイルの進退難儀に窮まり、また天に申すは、『我らが一類をことごとく滅亡に及ぼすを憐ませられい』と頼み奉れば、その時天から仰せらるるは、『汝はわが定めを背いて、自己を専らとしたことなれば、今更改易［変更］することはなるまじい』との天勅ぢゃによって、今日に至ってカイルどもこ［455］の憂いに堪えず、主君にて坐すツルお宿に帰らせらるれば、その後に夜な夜な天へ甲斐ない恨みをないて叫ぶ」。

　〘下心〙人ごとに当時の主人の、柔和なをば臆病で役に立たぬといい、武辺者［よい武士］をきついと云うて嫌がり、前のを褒めて、当時のをば誇り恨むるものぢゃ。

［E2.1］カエルと Iupiter のこと　　　　　　　　　　［72］

　自由な沼沢と湖水を歩き回っていたカエルたちが、Iupiter に大きな叫び声を上げて、迷える者たちを訓戒するような指導者を自らに求めた。彼らがこれを欲した時に、Iupiter は笑い、彼らは再び叫んだ。彼らは、何の徴候も見えなかったので、むしろ要求し始めた。敬虔な Iupiter は、湖水の中の無実の者たちに大きな木材を送ったが、その音で従順な者たちは逃げた。後に一匹が、帝王を調べたく思って湖水の上に頭を出した。木材を見ると、全員を呼んだ。恐怖に満ちた他のカエルたちが泳いで、最高指導者に挨拶するために一緒に恐れながら近づいた。彼らは木材に何の生命も感じなかったので、その上に登り、何もないことを理解し、足で踏みつぶした。彼らは再び要求し始めた。その時、Iupiter は彼らにミズヘビを送ったが、これは大きなヘビで、一匹ずつ殺し始めた。皆の声が涙と共に天まで届いた。「Iupiter 神、助け給え。我らは全て死ぬ」。反対に、高所から轟いて、神が彼らにいうには、「お前たちが求めた時に私は欲しなかったし、私が欲しなかった時にお前たちは嫉妬して求めた。私は梁を与え、お前たちはそれを拒否したので、私はお前たちが将来持つものを与えた。お前たちは善を行うことを欲しなかったのだから、

ferre, sustinete malum. [Ae44, Ph1.2]

[B13] Tobito, fatono coto.   455
    Fatodomoga muragari yru tocoroni tobiga qite   10
tçucami corosŏtono fujeigiani yotte, cono guiuo cu-
chiuoxŭ vomoi, tacano cataye ytte yŭua: connichiyo
ri gofenuo xujinto vyamauŏzuru: cano tobito yŭ ua iyaxij
butŏjinga varerauo anadori iyaximureba, ta
nomitatematçuruto yŭni yotte, tacaua cono coto sai   15
uaigiato yorocobi, fatoni mucŏte yŭua: itoyasui gui
gia: isogui vaga cataye voriareto yŭte, fitotçumo no
cosazu tçucamicoroita. Sonotoqi aru fato susumi-
dete mŏxitaua: fajime tobicara vqeta chijocuua mo-
nonocazudemo nai : cono vofacaraiua xiccai metbŏ   20
no motoi naredomo, jigô jimetno vaza nareba, ima-
sara fitouomo, youomo vramuru cotoua naito yŭte
xindato miyeta.
    Xitagocoro.   456
    Banjiuo xôto vomouŏ toqi, mazzu yô miraino
sontocuuo cangaye, nochini nanno vocorisŏna co-
touoba suruna: curuxŭde cuyamuua, chicuxŏno va-
zazo.   5

[E2.2] DE COLUMBIS, MILVO ET
    ACCIPITRE.   [73]
    Qui se tutandum dederit homini improbo, perdit male,
auxilium dum quaerit, sicut haec fabula narrat.
    Cum saepe columbae fugerent milvum asperum atque
saevum, accipitrem sibi fecerunt defensorem et patronum,
putantes se sub eo esse tutas. Has ille, fingens correctionem,
singulas devorare coepit. Tunc una ex illis ait: "Levior fuit
molestia nobis importunum milvum pati. Modo enim hoc
potestate necamur, qua defendi putavimus. Sed digne haec
patimur, quia in nos commisimus." [Ae486, Ph1.31]

不幸に耐えなさい」。

［B13］トビとハトのこと　　　　　　　　　　　　　　　　［455］

　ハトどもが群がりいるところにトビが来て、掴み殺さうとの
風情［様子］ぢゃによって、この儀を口惜しう思い、タカの方へ
行って云うは、「今日より御辺を主人と敬わうずる。かのトビと
云う卑しい無道人［無法な人］が、我らを侮り卑しむれば、頼み
奉る」と云うによって、タカはこのこと幸いぢゃと喜び、ハトに
向かうて云うは、「いとやすい儀ぢゃ。急ぎわが方へおりゃれ」
と云うて、一つも残さず掴み殺いた。その時あるハト、進み出て
申したは、「初めトビから受けた恥辱はものの数でもない。この
お計らいは悉皆［全て］滅亡の基なれども、自業自滅の業なれ
ば、今更人をも、世をも恨むることはない」と云うて死んだとみ
えた。

　　　［456］〖下心〗万事をせうと思わう時、まづよう未来の損得
を考え、後に難の起こりさうなことをばするな。苦しうで悔やむ
は、畜生の業ぞ。

［E2.2］ハトたちとトビとタカのこと　　　　　　　　　　　　［73］

　この寓話が述べるように、安全のために不正の人に自らを捧
げてしまった人は、援助を求めても酷く自らを破滅させる。

　ハトたちは狂暴で残酷なトビからしばしば逃げたので、その
許ならば自らが安全と考えて、タカを彼らの防御者・保護者とし
た。タカは、指導と偽って、ハトたちを一羽ずつ貪り始めた。そ
こで一羽のハトがいうには、「冷酷なトビに耐える方が、我らの
苦悩は軽かった。守られると考えたその方法で、このように我ら
は力により殺されている。しかし、我らが始めたことだから、我
らは相応にこれに耐える」。

[B14] Vôcameto, butano coto. 456

Aru buta couo vmŏto suruni, vôcamega qite yŭua: qenjit mŏxiauaxôzuru xiruxito xite, tadaima go
sanno miguirino chicarauo soyô tameni maittato iye
ba, butano yŭua: iyaiya soreua fabacarigia: cotosara 10
sãgo, sanjenno miguiriniua miguruxij coto nomi vauô
gozareba, tôtô cayeraxerareito iyeba, mata vôcameno
yŭyŏua: cocorozaxiga asaquua, najeni coremadeua
mairŏzo? jefinŏ coreni todomatte chicarauo soyeide-
uato iyedomo, buta anagachini jitai suruniyotte, 15
todomarunimo voyobazu, vôcamemo cayeri, bu-
tamo cocoroyasŭ sanuo xita.

Xitagocoro.

Feijei fuuana monono nanguiuo sucuuŏto yŭco
toua arumajij: isasacamo sono cotobauo xinzuruna. 20

[E2.4] DE SCROFA ET LUPO. [75]

Mentem ad locum habere ne quis malo credat. Huic rei
similis fabula subiecta est.

Premente partu cum iaceret scrofa dolore gemens, venit ad
eam lupus et ait: "Expone soror [76] hac hora secure fetum;
fungar obstetricis officio, stans pro solacio tibi." Porcilla impro-
bum ut vidit, repudiavit eius offitium. "Ex quo," inquit, "secura
fetum, si tu recesseris. Obsecro, da mihi honorem, fuit etiam et
tibi mater." Illa autem, ut recessit, statim profudit sarcinam,
quae si malo crederet, infelicissima periret. [Ae547, Ph6.19]

[B15] Cujacuto, carasuno coto. 456

Aru carasu vonorega jinbutuo qeôman xi, cujacu
no faneuo mitçuqete coco caxiconi matoi, jiyo
no carasuuoba vôqiniiyaxime, vaga vyeua aruma- 457
jijto tobimeguri, cujacuno vchini majiuareba, cuja-
cu yasucarazu vomoi, nangiua vaga ychizocude nai
ni, najeni vaga ychimonno yxŏuoba nusunde qita
zoto torimauaite faguitori, sanzanni chŏchacu xite 5
banacade fagiuo cacaxetareba, naqunaqu carasuno

［B14］オウカメとブタのこと　　　　　　　　　［456］

　あるブタ、子を産まうとするに、オウカメが来て云うは、「兼日［兼ねての日］申し合わせうずる証として、只今御産のみぎりの力を添ようために参った」といえば、ブタの云うは、「いやいや、それは憚り［遠慮］ぢゃ。ことさら産後、産前のみぎりには見苦しいことのみ多うござれば、疾う疾う帰らせられい」といえば、またオウカメの云う様は、「志が浅くは、なぜにこれまでは参らうぞ？是非なう［必ず］これに止まって力を添えいでは」いえども、ブタあながちに［頻りに］辞退するによって、止まるにも及ばず、オウカメも帰り、ブタも心安う産をした。

　《下心》平生不和な者の、難儀を救おうと云うことはあるまじい。いささかもその言葉を信ずるな。

［E2.4］雌ブタとオオカミのこと　　　　　　　　　［75］

　誰であれ悪人は信じないということを頭の隅に置きなさい。それと同様の寓話が提示される。

　出産が迫り、苦痛に呻きながら雌ブタが横たわっていた。そこにオオカミが来て、「お姉さん、今安全に子を産みなさい。私は貴方の慰安のためにいるので、産婆の仕事を行おう」という。雌ブタが不正な者を見ると、彼の仕事を拒否する。「ここから貴方が去れば、安全に子を産む。お願いだ、私に名誉を与えよ。貴方にも母がいた」。彼が去ると、雌ブタは直ちに胎児を産んだ。もし彼女が悪人を信じたら、最も不幸に死んだところだった。

［B15］クジャクとカラスのこと　　　　　　　　　［456］

　あるカラス己が人物を憍慢し、クジャクの羽を見つけて、ここかしこに纏い、自余［457］の［他の］カラスをば大きに卑しめ、わが上はあるまじいと飛び巡り、クジャクの内に交れば、クジャク安からず思い、「汝はわが一族でないに、なぜにわが一門の衣裳をば盗んで着たぞ」と取り回いて剥ぎ取り、散々に打擲して、場中で［大勢の前で］恥をかかせたれば、泣く泣く

nacani cuuauari, vofauo subomete cagami mauatta.
  Xitagocoro.
Tocumo nŏte fomareuo cacagueôzuru monoua ca
narazu fagini auŏzu. Acunin maguirete jenninno   10
nacani majiuaruto yŭtomo, gongo xindaini tachi-
machi sono acuga arauarete fagini voyôde xirizocŏ-
zuru cotoua vtagaimo nai.

[E2.15]   DE GRACULO ET PAVONIBUS.   [88]

  Ne quis de alienis bonis magnum se proferat, sed suo modico
potius oportet; ut ornetur, ne turpis sit, cum exspoliatur alieno.
De hoc auctoris fabulam attende.

  Graculus tumens superbia et vanam audaciam sumens
pennas pavonis, que ceciderant, sustulit, seque illis ornavit, et
contemnens suos in gregem pavonem se miscuit. Illi vero
ignoto ac impudenti pennas vi eripiunt, calcibus et morsibus
fatigant; semivivus ab eis relictus graviterque sauciatus redire
timuit miser ad proprium suum genus, ubi tempore sui ornatus
multos amicorum terruit iniuriose. Unus autem sui generis illi
ait: "Dic nobis, si non erubescis, si has vestes quas natura dedit
amasses, tibi suffecissent, nec ab aliis passus fuisses iniuriam,
nec a nobis pulsus fuisses. Hocque tibi bonum foret, si ad id
vixisses contentus, quod habebas." [Ae472, Ph1.3]

[B16]   Faito, arino coto.   457

  Aru fai arini catatte yŭua: tçuratçura monouo an-   15
zuruni, xejŏni quafôno imijij monoto yŭua suna-
uachi vareraga cotode arŏzu; fuxô xaigocuna arido
moua nacanaca faxitatetemo voyobu majijzo: sore
uo najenito yŭni, tenxi xŏgunni sasaguru monoto
iyedomo, mazzu varera sono yjenni foxijmamani cŭ,   20
xicanominarazu cami ychininyori, ximo banminno
zzujŏuo fumuni vosoremonŏ, nantaru yoi saqe, mez
zuraxij sacanato yŭtemo, izzureca vareraga teuo
caqenuuo xocusuru fitono aru? Izzureno fitono ca-
xiraca vareraga fumimononi naranuga arucato ji-   458
mã sureba, arino yŭua: faidonono vôxe fitotçutoxite

カラスの中に加わり、尾羽を窄めて屈み [腰を低く] 回った。

　〚下心〛徳もなうて誉れを掲げうずる [己を賞揚する] 者は、必ず恥に合わうず。悪人紛れて善人の中に交わると云うとも、言語進退に忽ちその悪が現れて恥に及うで、退かうずることは疑いもない。

［E2.15］カラスとクジャクたちのこと　　　　　［88］

　他人のものにより偉大な自分を示すよりは、自らの普通のものによるべきだ。飾られる時には、他人に奪い去られても醜くないように。これに関する著者の寓話に注目しなさい。

　高慢に威張り、空虚な大胆さを持ったカラスは、落ちていたクジャクの羽を取ってそれで自らを飾り、自らの群れを軽視してクジャクの群れの中に交じった。彼らは、不知で恥知らずの者から羽を力で奪い、蹴りと噛みで虐めた。彼らから半死で去り、酷く傷ついた哀れなカラスは、着飾った時には多くの友達を不当に恐れさせたので、自分の種族に戻ることを恐れた。彼の種族の一羽がいうには、「我らに言ってみろ。お前は赤面しないのか。自然が与えたこの衣服をお前は愛したのか。お前に十分だったのか。お前は他人から暴行を受けなかったか。お前は我らに追い出されなかったか。もしお前がいま持っているものに満足して生きたならば、それがお前にとって良かっただろうに」。

［B16］ハイとアリのこと　　　　　　　　　　［457］

　あるハイ [蝿]、アリに語って云うは、「つらつらものを案ずるに、世上に果報のいみじい [幸いのよい] 者と云うは、すなわち我らがことであらうず。不肖至極なアリどもは、なかなか梯立ててても及ぶまじいぞ [比肩できまい]。それをなぜにと云うに、天子・将軍に捧ぐるものといえども、まづ我らその以前にほしいままに食う、しかのみならず、上一人より下万民の頭上を踏むに恐れもなう、何たるよい酒、珍しい肴と云うても、いづれか我らが手を掛けぬを食する人のある？いづれの人のか [458] し

itçuuariua vorinai: tadaxi xejŏni sata itaitaua, faifodo
birôna monoua vorinai: teno voyobi, chicarano vo-
yobu fodoua, chŭbat xôto aitacumaruru : sareba va-   5
rerauo iyaximesaxeraruredomo, faru sugui, natçu ta-
qete, aqimo cure, fuyuga qureba: tçubasamo chini vo-
chi, chicaramo tçuqiyumino fiqitaterareô tayo-
rimo nŏte cogoyete cabaneuo sarasaruruua, mata yo
ni taguymo nai asamaxij guigia: monono cazude-   10
ua naqeredomo, vareraga ychimonua icani faguexij
fuyuto yŭtemo, qicatni xemeraruru curuximimo
naxi: faru natçu miraino cacugouo sureba, aqifuyu
ua yutacani fiuo vocuruto iyeba, faiua yjenno quŏ-
guenuo tachimachi fiqicayete, vomevometo xite ta-   15
chisatta.

    Xitagocoro.

Tŏzano yxeini vogoru monoua yraino nanguini
tçumazzucŏzu: vareto miuo vôqini fomuru mono
ua mada sono cotobamo finu vchini, menbocuuo   20
vxinŏ mono gia.

[E2.17] DE MUSCA ET FORMICA.   [90]

    Quisquis se laudaverit, ad nihilum saepe venit.

    Nam musca et formica contendebant acriter, quae melior
illarum esset; musca sic coepit prior: "Nunquam te nostris
poteris comparare laudibus, nam ubi immolatur, exta ego primo
gusto. In capite regis sedeo, et omnibus matronis oscula dulcia
figo, de quibus rebus tibi nihil est." Formica vero contra haec
sic ait: "Tu diceris improba pestis, quae tuam laudas importu-
nitatem. Nunquid optata venis, reges autem, quos memoras, et
matronas castas tu importuna adis; et dicis omnia tua esse, cum
ubicunque accedis, tu fugaris; undique importuna pelleris, quasi
iniuriosa pigeris; aestate vales, bruma veniente peris. Ego vero
sum deliciosa. Hieme mihi secura sum. Me incolumem habet
tempus, me gaudia secuntur. Tu cum ventoso flabello pelleris
sordida."

    Haec fabula litigiosorum est et iuriosorum. [Ae521, Ph4.25]

らか我らが踏み物にならぬがあるか」と自慢すれば、アリの云うは、「ハイ殿の仰せ一つとして偽りはおりない。ただし世上に沙汰いたいたは、ハイ程尾籠［不敬］なものはおりない。手の及び、力の及ぶ程は、誅罰せうとあい巧まるる。されば我らを卑しめさせらるれども、春過ぎ、夏たけて、秋も暮れ、冬が来れば、翼も地に落ち、力も尽き［槻］弓のひき立てられう便りもなうて、凍えて屍を晒さるるは、また世に類もない浅ましい儀ぢゃ。ものの数ではなけれども、我らが一門は、いかに激しい冬と云うても、飢渇に責めらるる苦しみもなし。春・夏・未来の覚悟をすれば、秋・冬は豊かに日を送る」といえば、ハイは以前の広言［大言］をたちまちひき換えて、おめおめとして立ち去った。

〖下心〗当座の威勢に驕る者は、以来の難儀に躓かうず。我と身を［自分自身で］大きに褒むる者は、まだその言葉も干ぬ［言い終わらない］内に、面目を失うものぢゃ。

［E2.17］ハエとアリのこと　［90］

誰でも自らを褒めた者は、しばしば無に帰した。

ハエとアリが、彼らのどちらがより良いかを鋭く言い争った。ハエが先にこのように始めた。「貴方は我らの称賛に決して比肩できない。犠牲が供されれば、私が初めに内臓を味わう。私は帝王の頭に座る。全ての婦人たちと甘い接吻を結ぶ。これらのことは貴方にはない」。これに対してアリがいう。「貴方は悪い厄病といわれるが、それを貴方は無情と称賛する。無情な貴方は、覚えている帝王と貞淑な婦人たちを攻撃するが、貴方は望まれて来るのか。どこでも貴方が近づけば逃げられるのに、貴方は全てが貴方のものであるというのか。あたかも不当に貴方が軽蔑されているかのように、無情な貴方はどこでも追い払われる。貴方は夏には強いが、冬が来れば滅びる。私は全く快い。私は冬にも安全だ。私は無傷の時を過ごし、私には喜びが従う。その時、汚れた貴方は強風の扇で追い払われる」。

この寓話は、口論好きな人々と裁判好きな人々のものだ。

[B17] Xixito, vmano coto.   458
    Aru vma vocanobeni dete cusauo famu tocoroni,
xixivǒ coreuo mite curauǒto vomoyedomo, sǒnǒ
faxirizzuru naraba, aremo nigueôzu. Xoxen buria   459
cuuo xite chicazzucǒzuruto vomoi, icanimo xizzu-
cani nhǔnanna furide vmano sobani ayunde qi, va-
reua conogoro ydǒuo qeico xita: sochiua itamu to-
coroga araba mixei, cusuriuo fodocosǒto yǔ tocoro   5
de, vma cono facaricotouo suisat xite, sateua tenno
atayuru tocoro gia. Vare conofodo axini cuiuo fu
mitatete ayomucotomo canaɥuanu: fabacari naga-
ra, reôgi xite cudasareito iyeba, itoyasui cotogia:
mazzu meôto yǔfodoni, cataaxiuo agureba, xixi-   10
vǒ furiaguete mirutocorouo manacoto voboxijata-
riuo chicarani macaxete xitatacani fumeba, saximo
ni taqei xixivǒmo manacoga curǒde, cocoro qiuo
vxinai, caxiconi cappato tauoretareba, sono aidani
vmaua farucani niguenobi, ya xitariyato azaqette   15
ytta.
    Xitagocoro.
    Tabacari vomotte fitouo taburacaxi, vonorega
yecouo tazzuneô monoua, fitotabiua canarazu sono
batni auanuto yǔ cotoua arumai.   20

[E3.2] DE LEONE ET EQUO.   [98]
    Quicunque artem ignorant, illi se perdunt. Sicut nobis haec
fabula refert.
    Equum pascentem vidit leo fortissimus in prato. Hunc enim
ut frangeret, se subtiliter approximavit, ac veluti familiaris, qui
se diceret medicum. Equus persensit dolum, sed non repudiavit
officium. Et eo approinquante ad locum, invenit cito ingenium;
finxit se stirpem calcatam habere, levato pede. "Frater," inquit,
"succurre, gratulor quia venisti liberare me, nam in stirpem
calcavi." [99] Leo patiens accessit fraudem dissimilans, stirpem
extracturus. Cui volucriter equus calces turbulentes dedit. Cadit
corpus hostile leonis et iacuit amens diutius in terra. At ubi vires

［B17］**シシとウマのこと**　　　　　　　　　　　　　　［458］

　あるウマ岡の辺に出て草を食むところに、シシ王これを見て喰らわうと思えども、「左右なう［粗忽に］［459］走り出るならば、あれも逃げうず。所詮武略をして近づかうずる」と思い、いかにも静かに柔軟なふりで、ウマの傍に歩んで来、「我はこのごろ医道を稽古した。そちは痛む所があらばみせい。薬を施さう」と云うところで、ウマこの謀を推察して、「さては天の与ゆるところぢゃ。我この程足に杭を踏み立てて、歩むことも叶わぬ。憚りながら、療治して下されい」といえば、「いとやすいことぢゃ。まづ見う」と云う程に、片足を上ぐれば、シシ王［顔を］振り上げて見るところを、眼とおぼしい辺りを力に任せて、したたかに踏めば、さしもに猛いシシ王も眼が眩うで、心・気を失い、かしこにかっぱと倒れたれば、その間にウマは遥かに逃げのび、「やあしたりや［うまくやった］」と嘲って行った。

　　《下心》

　謀りをもって人を誑かし、己が依怙［自己の利益］を尋ぬう者は、一度は必ずその罰に会わぬと云うことはあるまい。

［E3.2］**ライオンとウマのこと**　　　　　　　　　　　　［98］

　誰でも策略を知らない者は、自らを滅ぼす。このように、この寓話は我々に述べる。

　とても強いライオンが草原で草を食むウマを見た。そこでそれを制しようと繊細に近づくと、友人のように自らは医者だと言った。ウマは、偽計をはっきりと感じたが、職務を拒まなかった。ライオンがそこに近づくと、ウマは速やかに妙案が浮かんだ。切り株を踏んだように自分を偽り、足を上げて、「兄弟、助けて下さい。切り株を踏みました。私を解放しに来てくれた貴方に感謝します」という。［99］これを受けてライオンは、欺瞞を隠して近づき、切り株を引き抜こうとした。その彼を、ウマは速やかに激しく踏みつけた。敵のライオンの体が倒れ、気を失って長い間地面に横たわった。ライオンに力が戻ると、自分の行動を

resumpsit, memor sui factus, nusquam vidit equum. Intellexit
caput et faciem et totum se laesum fuisse, et ait: "Digne haec
passus sum, qui semper lenius veniebam; huc etiam medicus
fallax et familiaris accessi, qui inimicus venire debui. Ideo quod
es esto, et nolo mentiri." [Ae187, Bb122]

[B18] Vmato, robano coto.   459
   Aru vmani ychidan qeccôna curauo voqi fanaya-
cani xite saite touoruni, robano miguruxiguenani
vomoniuo vôxete yuqiyŏta tocorode, cano nori
vmaga coreuo mite, nangi najeni vareuo rajfai xenu   460
zo? tadaima vareuo fumitauosŏmo miga mamagiato
yuyuxigueni nonoxitte suguitaga, sono vma fodonŏ
riŏaxiuo fumivottaniyotte, norivmaniua niyauanu
toyŭte, coyenadouo vôsuru tameni gigueye tçuca   5
uaita. Sŏatte funtouo vôxerarete denbacuni zzuru to
qi, cudanno robani yuqiayeba, robaga tachitodo-
matte yŭua: cocouo touoruua itçuzoya taimen xita
norivmadeua naica? satemo sono toqino nangiga qua
gonua itçuzonofodoni fiqicayete cacu asamaxŭua na-   10
risagattazo? vareua motocara iyaxij mi naredomo, ma
da funtouo facĕ ộda cotoua naito fagiximete suguita.
   Xitagocoro.
   Fitoua yxeino sacanna tote, tauoba naiyaximeso:
sacayuru monono tachimachi votoroyuruua mezzu   15
raxicaranu xejŏno narai gia.

   De temporibus et fortunis non subiciuntur, ideo qui se sciunt
esse felices, nulli faciant iniuriam, dubiamque meminerit esse
fortunae rotam. Ut haec fabula narrat.

   Equus quidem ornatus freno et sella ex argento et auro et
nacro pretioso, decorus membris iuventa, occurrit asino in loco
angusto longe venienti et onusto. Et quia illi asinus tardius
dederat viam, eo quod propter longum iter lassus erat, dixisse

思い出したが、ウマはどこにも見当たらなかった。頭と顔と彼の全てが傷つけられたことを知ると、「もっと静かに来るのを常とした私が、これを受けたのは相応だ。敵として来るべきだった私が、ここには偽りの医者・友人として近づいた。お前はお前であれ。私は偽りたくない」という。

［B18］ウマとロバのこと　　　　　　　　　　　　　　［459］

　あるウマに一段［大層］結構な鞍を置き、花やかにして差いて通るに、ロバの見苦しげなに重荷を駄せて、行き会うたところで、かの乗り［460］馬がこれを見て、「汝なぜに我を礼拝せぬぞ？只今ワレを踏み倒さうも余がままぢゃ」とゆゆしげに［偉そうに］罵って過ぎたが、そのウマ程なう両足を踏み折ったによって、「乗り馬には似合わぬ」と云うて、肥などを駄するために地下へ遣わいた。さうあって糞土を駄せられて田畑に出る時、件のロバに行きあえば、ロバがたち止まって云うは、「ここを通るは、いつぞや対面した乗り馬ではないか？さてもその時の汝が過言［大言］は。いつぞの程にひき換えて、かく浅ましうは成り下がったぞ？我は元から卑しい身なれども、まだ糞土を運うだことはない」と恥ぢしめて［恥をかかせて］過ぎた。

　『下心』人は威勢の盛んなとて、他をばな卑しめそ。栄ゆる者のたちまち衰ゆるは珍しからぬ世上の習いぢゃ。

［E3.3］ウマとロバの時と運のこと　　　　　　　　　　［100］

　自らが幸いであることを知る者たちは、それ故に時と運に従属しない。彼らは誰も害さず、運命の輪が不確かなことを憶えている。そのようにこの寓話は述べる。

　銀と金と高価な真珠貝でできた手綱と鞍で飾られ、四肢の若さが優美なウマが、狭い所で長く歩き重荷を積んだロバと出会った。ロバは、長い旅程で疲れていたことから、道をとてもゆっくりと進んだので、ウマはロバにこう言ったという。「俺は十分

equus asino fertur: "Satis," inquit, "me teneo, ne te calcibus
rumpam, qui obvianti mihi non cessisti, et stares dum transi-
rem." Terrore illius et superbia tacuit miser asellus, et cum
gemitu testatur deos. Deinde non longo post tempore equus
ruptus currendo nullam iam habens diligentiam macer effectus
est. Iubet dominus, ut ducatur ad villam, ut portaret stercus in
agros. Accepit equus ornamenta rustica, et onustus ibat per
semitas; asellus ille in prato pascens congnovit equum iam
infelicem. Quem tali sono increpat: "Quid tibi profuerunt illa
ornamenta preciosa, ut contra me talem sumeres audaciam?
Nunc et tu nostris fungere rusticanis officiis. Ubi nunc est tua
audacia, ubi sella, ubi nitor ille aureus, ubi corporis decor in
maciem conversus? omnia bona conversa sunt in infelicitatem."

Monet haec fabula potentem non despicere pauperem
tempore felicitatis, ne incidat in morsibus malorum. [Ae565]

[B19]   Torito, qedamonono coto.   460

    Torito, qedamonono nacaga fuuani natte, qiŭxen
ni voyobu cotoga atta. Sonotoqi chôrui tabitabi ri
uo vxinŏte, qiuo nomi, coyeuo nomutocoroni, cŏmo   20
ri teuo cayete qedamonono cataye cŏsansuruni yot-
te chôruino ginniua iyoiyo chicarauo votoxi, faigŭ
mo touocaranu tei giato fisomequ tocoroni, vaxitoyŭ
aramuxaga susumidete tacaracani yŭua: vonovonoua
nanigotouo vovabiaruzo? icusaua xôbuno coto na-   461
reba, catçumo, maqurumo tada toqino vnni yoru
coto gia. Cojeivomotte vôjeini catçu cotoua sono ta
mexiga naidemo nai: tatoi fôvŏ, cujacuno teuo caye
rarurutomo, vareraga ychizocuno arŏ fodode, mu-   5
gueni faigun surucotoua arumajijni, iuanya cŏmo-
rizzureno vocubiŏmonodomoga goman jŭman te-
qini tçuitarebatote, xengiŏye ideteua fitofamo yevô
maizo: izasaraba condoua vareraga ychimon saqi-
uo caqete icusauo fajimeôzuru. Vonovono atouo   10
curomesaxerareito samo tanomoxigueni nonoxitte
yuqeba, xochômo coreni qiuo nauoite, qedamono
no ginye voxiyosuruni, qedamono motocara ma-

に自制している。俺と出会っても道を譲らないお前を踵で破壊しないように、俺が行く間は、止まっていろ」。哀れなロバは、恐怖と彼の傲慢により沈黙し、呻きと共に神々に誓う。あまり時を経ず、ウマは競走によって壊され、何の勤勉さもなかったので、やせ細っていた。主人は、ウマを農場へ連れて行き、田畑へ糞尿を運ばせるように命じる。ウマは田舎の装備を付け、重荷を背負って道を行った。草原で草を食んでいたあのロバは、今や不幸となったウマに気づく。ロバは大声でこのように罵る。「お前が私に対してかくも大胆であったように、あの高価な飾りは何かお前の役に立ったのか。さあお前は我々の田舎の仕事を行え。今、お前の大胆さはどこにいった。鞍は、黄金の輝きは、体の優美さはどこで貧弱なものに変わったのか。全ての良いものが不幸に変わったのだ」。

　この寓話は、悪人たちに噛みつかれないために、勢力のある者が幸福な時に哀れな者を見下さないように戒めている。

［B19］鳥と獣のこと　　　　　　　　　　　　　　　［460］

　鳥と獣の仲が不和になって、弓箭［戦争］に及ぶことがあった。その時鳥類たびたび利を失うて、気を呑み［難義する］、声を呑む［困る］ところに、カウモリ［蝙蝠］手を替えて獣の方へ降参するによって鳥類の陣にはいよいよ力を落とし、「敗軍も遠からぬ体ぢゃ」と密めく［私語する］ところに、ワシと云う荒武者が進み出て、高らかに云うは、「各々は［461］何ごとをお侘びある［心細くする］ぞ？軍は勝負のことなれば、勝つも負くるも、ただ時の運によることぢゃ。小勢をもって大勢に勝つことは、その例がないでもない。仮令鳳凰・孔雀の手を替えらるるとも、我らが一族のあらう程で、無下に敗軍することはあるまじいに、いわんやカウモリ連れの臆病者どもが、五万十万敵に付いたればとて、戦場へ出でては一羽も得追うまいぞ。いざさらば、今度は我らが一門先を駆けて、軍を始めうずる。各々跡を黒め［後方を固め］させられい」と、さも頼もしげに罵って行

chicaqeta coto nareba, toqimo vtçusazu, vtte de-
te, itçumono gotoqu xitaredomo, condoua vaxi   15
no chôguivomotte icusani fanauo chirasuni yotte,
qedamonomo vouoito iyedomo, canete fiŏguiuo
xenandani yotte, sanzanni qiritaterare, xeibiŏ ama-
ta vtaxe, cajeni conofano chiruyŏni, tôzaini faifo-
cu xita. Cononochi torimo, qedamonomo guifeiuo   20
yamete, vayono totonoyeuo naite, firoi nobeni
deyŏte sanquai xita. Sonotoqi chôrui mŏxitaua:
condo tagaino icusani taretotemo bexxinuo cuuata-
teta monoua naini cŏmoriga yaxinua jendai mimon
no giŭzai giani yotte, connichiyori chôruino ychi-   462
monuo fassuru zoto yŭte, torino yxŏuo faguitori, fa-
cuchŭni faiquai suru cotomo yurusarezu, yŏyŏ ca-
rai inochi bacariuo tasucatte tajxut xita.

   Xitagocoro.   5

   Ychizocuno nacauo fanarete, tenca, coccauo ata-
yôto yŭtomo, teqifŏni tçuquna. Tatoi yttan yei-
guani focorucoto arito yŭtomo, tçuiniua teqifŏno
cocoronimo suginai monoto vomouŏzu: sonovye
xidaini michimo xebŏ nari, mino voqidocoromo aru   10
maito yŭ gui gia.

[E3.4]   DE QUADRUPEDIBUS ET AVIBUS.   [101]
   De bilinguis hominibus auctor talem composuit fabulam.

   Qui se duabus partibus obnoxium commiserit, hic et illic
ingratus vivit, et reus erit potius sibi. Quadrupedes cum avibus
bellum magnum gerebant et nulla pars alteri cedebat et
pugnabant fortiter, moras quidem facientes multas. At vesper-
tilio multos et graves timens eventus, quia superior erat
quadrupedum acies et magna, contulit se ad eosdem quasi ad
victores. Subito veniens aquila in manu Martis dextram agens
alas vibravit et volucribus se miscuit. Cesserunt quadrupedes et
stetit victoria avium. Et concordati sunt quadrupedes cum
avibus in pristinam pacem redeuntes. Vespertilio vero sententia
avium condemnatus est, eo quod suos reliquerat, ut semper
lucem fugiat exspoliatusque plumis, ut noctibus volet nudus.

けば、諸鳥もこれに気を直いて、獣の陣へ押し寄するに、獣元から待ちかけたことなれば、時も移さず、打って出て、いつものごとくしたれども、今度はワシの調儀［方策］をもって軍に花を散らすによって、獣も多いといえども、かねて評議をせなんだによって、散々に切り立てられ、精兵あまた打たせ、風に木の葉の散る様に、東西に敗北した。この後、鳥も獣も義兵をやめて、和与［和平］の調えをないて、広い野辺に出会うて参会した。その時鳥類申したは、「今度互いの軍に誰とても別心［謀反］を企てた者はないに、カウモリが野心は前代未聞［462］の重罪ぢゃによって、今日より鳥類の一門を破するぞ」と云うて、鳥の衣裳を剥ぎ取り、白昼に徘徊することも赦されず、やうやう辛い命ばかりを助かって、退出した。

　　『下心』一族の中を離れて、天下・国家を与ようと云うとも、敵方に付くな。仮令一旦栄華に誇ることありと云うとも、ついには敵方の心にも、筋ない者［下賤な者］と思わずず。その上、次第に道も狭うなり、身の置き所もあるまいと云う儀ぢゃ。

［E3.4］四足獣たちと鳥たちのこと　　　　　　　　　［101］

　二枚舌の人間たちについて著者はこのような寓話を作った。

　二つの派閥でお互いに罰すべきことを行った者は、どちらも不愉快に生き、むしろ彼ら自身に罪があるだろう。四足獣たちは、鳥たちと大きな戦を起こして、どちらの派閥も相手に譲らず、勇敢に戦って多くの妨害を行った。しかし、コウモリは、四足獣の大きな戦列の方が優位にあり大きかったので、結末を酷く深刻に恐れて、あたかも彼らが勝者であるかのように彼らのところに参加した。そこに突然ワシが来ると、軍神の右手を手に、翼を震わせて鳥類に加わった。それで四足獣は後退して、鳥たちの勝利が続いた。四足獣は鳥たちと和平して、昔の平和な生活に戻っていった。しかし、コウモリは鳥たちの判決によって有罪とされ、常に日の光を避け、羽毛を奪われ、夜ごとに裸で飛び、そこに留まるように定められた。

Sic itaque oportet, ut puniantur, qui alios volunt, et suos
relinquunt. [Ae566]

[B20]   Xicano coto.   462
Aru xica suifẽni dete mizzuuo nomuni, vonorega
cagueno mizzuni vtçuttauo mite vomôyŏua: sate
vagatçunono quabocu riqenno yŏni miyurumono,   15
mata yoni arubeômo voboyenuto jiman xi: mata
yotçuno axino cagueno monoyouagueni, xicamo
fizzumeno vareta teiuo mite, satemo vaga yotçu-
axiua tanomoxiguenai youai micana! caxiraua cata-
qu, axiua youai teiuo nanini nitazoto vareto anji vaz   20
zurŏte ytatocoroni, fitono quru votoga suruni yotte,
auate sauaide yamani ittaga, nanto torifazzuitaca
tçunouo xiguerini ficcaqete, nuqisaximo canauaide,
sudeni ayavytoqi, xica fitorigoto xite yŭua: cono
nanni vŏcoto mottomo dŏrigia: vaga tameni yoico   463
touoba iyaxime, atato naru monouo manjita yuye
giato vomoiatatta.
Xitagocoro.
Fitomo funbet naqereba, mino tameni tayorito   5
naru monouoba iyaxime, atato naru cotouo tatto-
mucoto vouoi mono gia.

[E3.7]   DE CERVO ET VENATORE.   [105]
Aliquando laudamus inutilia, et vituperamus bona; ut haec
testatur Esopi fabula.

Cervus bibens de fonte, sua cornua magna ut vidit, nimium
laudare coepit. Crura vero tenuia vituperavit. Cum haec cervus
ad fontem videret, venatoris vocem audivit et canes repente
latrare. Fuga cervus per campum dicitur evasisse inimicos, at
ubi silva eum suscepit, magnitudo cornuum venatibus eum
retinuit. Tunc mortem suam videns ait: "Quae mihi fuerunt
utilia vituperavi, et deceptiosa laudavi." Laudemus ergo utilia
et inutilia vituperemus. [Ae74, Bb43, Ph1.12]

　このように、他の者を選び、自らの者を見捨てる者は、罰せられるべきである。

［B20］シカのこと　　　　　　　　　　　　　　［462］

　あるシカ水辺に出て水を飲むに、己が影の水に映ったを見て思う様は、「さてわが角の花木利剣の様に見ゆるもの、また世にあるべうも覚えぬ」と自慢し、また四つの足の影の、もの弱げに、しかも蹄の割れた体を見て、「さてもわが四つ足は、頼もしげない弱い身かな！頭は堅く、足は弱い体を何に似たぞ」と。我と案じ煩うていたところに、人の来る音がするによって、あわて騒いで山に入ったが、何ととりはづいた［誤った］か、角を茂りにひっ掛けて、抜き差しも叶わいで、既に危うい時、シカ独り言して云うは、「この［463］難に会うこと、もっとも道理ぢゃ。わがためによいことをば卑しめ、仇となるものを慢じた故ぢゃ」と思い当たった。

　　〘下心〙
　人も分別なければ、身のために便りとなるものをば卑しめ、仇となることを尊むこと、多いものぢゃ。

［E3.7］シカと猟師のこと　　　　　　　　　　　［105］

　Esopus のこの寓話が示すように、度々我々は無用なものを称賛し、良いものを非難する。

　シカが泉で水を飲んで自らの大きな角を見ると、甚だしく称賛し始めた。しかし、細い脚は非難した。シカがこれを泉で見ていた時に、猟師が声を聞きイヌが突然吠えたてた。平地を通って逃げ、敵を逃れたとみられたが、彼が森に入ったところで、大きな角に捕らえられ束縛された。その時、彼は自らの死を見つめて、「私は自分に有用なものを非難し、当てにならないものを称賛した」という。故に我々は、有用なものを称賛し、無用なものを非難することにしよう。

[B21] Farato, xixi rocconno coto.   463

Guen ni bi jetno yotçuuo saqito xite, xusocu vono
vono ychimi xite, faratoyŭ iyaxij butŏjin sonomiua   10
nanno vazamo nasaide, varerauo gueninno yŏni tçu-
cai, vonoreua xucunno fujeiuo nasucoto chicagoro
rŏjeqi xenban gia: xoxen imayori farani fôcô suma
jijto guigiŏ xita. Sonotoqifaraga yŭua: vonovono
no vôxeua mottomo vodŏri gia: saredomo vare yô   15
xôyori sucoxino vazauo xita cotomonai: fitoyeni
gomenuo cŏmureto vaburedomo, vonovono iqi-
douori fucŏ xite, nisanganichiua sucoxino cotomo
xeide farauo itameôtono fiŏguini sunde, ficazuuo fe
ru fodoni, xidaini xixi rocconua youarifate, xindai   20
coconi qiuamatta. Sonotoqi vonovono guiŏten
xite, imacoso vomoi atattare: xixi rocconno fatara-
qiua fitoyeni farano chicarani yotteno cotozo: sara-
ba farani conbŏ xeyotote, mayemayeno gotoqu
fôcôni yudan arumaito yŭte, sucoximo vocotarinŏ   464
tçucayeta.

Xitagocoro.

Sôjite guerŏ nŏte, jŏrŏmo naqu, munôna mono
ga nŏteua, nôjano tatçucotomo nai.   5

[E3.16] DE MANIBUS ET PEDIBUS.   [116]

Qui suos stulte deserit, se potius decipi sciat, nec aliquid
valere sine suis. Nam ut dicitur partes corporis scilecet manus
et pedes indignati ventri cibum dare noluerunt, eo quod sine ullo
labore cottidie repleretur, eo sedente otioso, ideo con-[117]tra
eum indignantes laborare noluerunt, denegantes servitium.
Venter vero esuriens clamabat. At illi ei invidebant et per aliquot
dies dare noluerunt. Ieiunio autem ventre convicto membra
oninia lassaverunt. Postea autem cibum dare volentes recusat
venter, quia clauserat stomaci meatus. Sicque membra omnia
cum ventre simul lassa interierunt.

Monet haec fabula famulos esse fideles, quia per hoc domino
exsistere fortunato diu manere possunt. [Ae130]

［B21］腹と四肢六根［眼耳鼻舌身意］のこと　　　　［463］

　眼耳鼻舌の四つを先として、手足各々一味［協力］して、「腹と云う卑しい無道人、その身は何の業もなさいで、我らを下人の様に使い、己は主君の風情をなすこと、ちかごろ［大層］狼藉千万ぢゃ。所詮今より腹に奉公すまじい」と議定した。その時腹が云うは、「各々の仰せはもっともお道理ぢゃ。されども我幼少より少しの業をしたこともない。ひとえに御免を被れ」と佗ぶれども［懇願するが］、各々憤り深うして、「二三が日は少しのこともせいで、腹を痛めう」との評議に済んで、日数を経る程に、次第に四肢六根は弱り果て、進退ここに窮まった。その時各々仰天して、「今こそ思い当たったれ。四肢六根の働きはひとえに腹の力によってのことぞ。さらば腹に懇望［切に希望］せよ」とて、「前々のごとく［464］奉公に油断あるまい」と云うて、少しも怠りなう仕えた。

　　　《下心》

　総じて下臈［卑しい者］なうて、上臈［高貴な人］もなく、無能な者がなうては、能者［芸能を心得る人］の立つこともない。

［E3.16］手と足のこと　　　　　　　　　　　　　　［116］

　自らの家人を愚かに見捨てる者は、彼らなしで幾らか生きるよりは、むしろ彼が騙されることを知るべきだ。体の部分、即ち手と足は、我慢できない腹に食物を与えたくなかった。腹は、暇そうに座って、何の働きもなく毎日満されたので、彼に我慢できない手と足は、働きたくなかったので、奴役を拒否した。そこで腹は飢えて叫んだ。しかし、彼らは腹を羨んで、数日間何も与えたくなかった。腹が断食の罪に処されると、全ての四肢は疲れ果てた。その後腹に食物を与えようと思ったが、腹は運動を止めたのでそれを拒否した。このようにして、全ての四肢は腹と共に同時に疲れ果てて死んだ。

　この寓話は、奴僕が忠実であるよう戒める。これにより彼らは幸福な主人と出会い、長く留まることができるからだ。

[B22] Pastor to, vôcameno coto.   464

Arufito vôcameuo corosŏtote, voicaqete yuquni,
nanto xitaca, vôcameua aru xigueriniitta: xitauo so
no fotorini yyŏta Pastor cono vôcameno cacureta to
corouo yô mitani yotte, vôcame sono fitono maye   10
ni qite yŭua: icani Pastor qicoximexe, varefodo fu-
vnna monoua matamo gozarumai: tadaima cacu-
reta tocorouo fitobito tôtomo arauaite cudasarenato
inguinni tanôda. Pastor vŏ, naniyori yasui coto giato
samo tanomoxigueni yacusocu xita. Vôcame core   15
uo macototo cocoroye, sono cotobani ando xite ca
curefuita tocoroni, cariŭdo qite, sono fotoriuo taz
zunuruni, Pastormo coreuo cuqiŏno miguiri giato
vomoi, cotobadeua sodemo nai tocorouo voxiye,
manacovomotte fuxidocorouo voxiyeta. Saredo-   20
mo cariŭdo Pastorno mezzucaiuo mixiraide aranu
tocoroye sugui yuitareba, vôcame yetari caxicoxi
to socouo niguesatta. Sononochi cano vôcameni
Pastor yuqiyŏte, satemo xendoua ayavy inochiuo
vaga chôriacuvomotte tasuqetareba, sadamete sono   465
vonuoba yomo vomoi vasuraerarejito iyeba, vôca-
me cotayete yŭua: vôxeno gotoqu vonmiuo xita
no saqiua catajiqenaqeredomo, manacoua nuite to
ritaizoto.   5

Xitagocoro.

Neijinua cocoroto, cotobato aichigŏte, cuchiniua
tçuixô, fetçuraiuo fonto xi, cocoroniua fitouo xico
giô cotouo nomi tacumuni yotte, chŭguen sucoxi-
mo tocuto naranu.   10

[E4.3] DE LUPO ET BUBULCO.   [124]

Qui videtur verba blanda habere et infidelis est, peccat in
corde suo, et hoc argumento se describi intelligat.

Cum persecutorem fugeret celeriter impius lupus, et a
bubulco esset visus, qua parte fugeret et in quo loco se celaret,
timore plenus bubulcum rogabat super hostem decens: "Oro te
per omnes spes tuas, ne me persequenti tradas. Cui me nihil
fecisse iuro!" Et bubulcus ait lupo: "Ne timeas. Esto securus,

［B22］ Pastor ［牧人］とオウカメのこと　　　　　　　［464］

　ある人、オウカメを殺さうとて、追いかけて行くに、何とし
たか、オウカメはある茂りに入った。したを、そのほとりに居合
うた Pastor、このオウカメの隠れた所をよう見たによって、オウ
カメその人の前にきて云うは、「いかに Pastor、聞こし召せ。我
ほど不運な者は、またもござるまい。只今隠れた所を人々問うと
も、現いて下されな」と慇懃［懇ろ］に頼うだ。Pastor、「あう、
何よりやすいことぢゃ」と、さも頼もしげに約束した。オウカメ
これを真と心得、その言葉に安堵して、隠れ伏いたところに、
狩人来て、そのほとりを尋ぬるに、Pastor もこれを究竟のみぎり
ぢゃと思い、言葉ではそでもない所を教え、眼をもって伏し所
を教えた。されども狩人 Pastor の目使い［目の動き］を見知ら
いで、あらぬ所へ過ぎ行いたれば、オウカメ得たり賢しと［良い
幸せと］そこを逃げ去った。その後かのオウカメに Pastor 行き
会うて、「さても先度［先日］は危うい命を［465］わが調略［計
略］をもって助けたれば、定めてその恩をば、よも思い忘れられ
じ」といえば、オウカメ答えて云うは、「仰せのごとく、御身の
舌の先は忝けれども、眼は抜いて取りたいぞ」と。

　〖下心〗佞人［諂う者］は心と言葉とあい違うて、口には
追従、諂いを本とし、心には人を譏ぢう［讒言する］ことをの
み巧むによって、忠言少しも徳とならぬ。

［E4.3］オオカミと牛飼いのこと　　　　　　　　　　［124］

　媚びる言葉を使い、不実であり、自らの心の中で罪を犯すと
見られる人は、この物語に自らが書かれていると知るべし。

　非道のオオカミが追跡者を素早く逃れた時に、逃げて隠れた
その場所で牛飼いを見た。不安一杯でオオカミが敵について牛
飼いに頼んでいうには、「貴方への全ての希望によってお願いす
るが、追跡者に私を引き渡さないでくれ。誓って、私は彼に何も
しなかった」。牛飼いはオオカミに、「恐れるな。お前は安全だ。

aliam partem ostendam." Venit itaque persecutor, rogans sibi
lupum ostendi dicens: "Peto te, bubulce, vidisti huc venire
lupum? ubi sit ostende." At bubulcus: ait, "Venit quidem,"
sinistram partem ostendens. Illic velocius quaeret, sed dextra
oculis designat persecutori locum, ubi lupus latebat. At ille non
intellexit, sed festinans abiit. Tunc bubulcus sic lupo ait: "Quid
est? gratum ne habes, quod te celaverim?" Et lupus contra
bubulco ait: "Lingue tue gratias ago, sed oculis tuis fallacibus
peto maximam caecitatem."

Haec illos increpat fabula, qui bilingui esse videntur. [Ae22,
Bb50, Ph6.28]

[B23] Xemito, aritono coto.   465
Aru fuyuno nacabani aridomo amata anayori go-
cocuuo daite fini saraxi, cajeni fucasuruuo xemiga
qite coreuo morŏta: arino yŭua: gofenua suguita
natçu, aqiua nanigotouo itonamaretazo? xemino   15
yŭua: natçuto, aqino aidaniua guinquiocuni torima
guirete, sucoximo fimauo yenandani yotte, nanitaru
itonamimo xenandatoyŭ: ari guenigueni sonobun
gia: natçu aqi vtai asobareta gotoqu, imamo fiqio
cuuo tçucusarete yocarŏzutote, sanzanni azaqeri su-   20
coxino xocuuo toraxete modoita.

Xitagocoro.

Fitoua chicarano tçuqinu vchini, miraino tçutome
uo suru cotoga canyô gia: sucoxino chicarato, fima
aru toqi, nagusami uo cototo xô monoua canarazu   466
nochini nanuo vqeideua canŏmai.

[E4.17] DE FORMICA ET CICADA.   [133]
Hiemis tempore formica frumentum trahens ex caverna
siccabat, quod estate colligendo coagulaverat. Cicada autem
esuriens rogabat eam, ut daret aliquid illi de cibo, ut viveret. Cui
formica: "Quid fecisti," inquit, "in estate?" At illa: "Non mihi
vacavit, quia per sepes oberravi cantando." Ridens formica ac
frumentum includens dixit: "Si estate cantasti, hieme nunc

俺は他の場所を示そう」という。そこに追跡者が来て、オオカミを自らに示すことを要求して、「牛飼い殿、聞くが、ここにオオカミが来るのを見なかったか。何処にいるか示してくれ」というと、牛飼いは、「確かに来た」といって左の方を見せ、彼はそこを速やかに探した。しかし、目では右の方のオオカミが隠れている場所を追跡者に指し示したが、彼はそれに気づかず、足早に立ち去った。その時、牛飼いがオオカミに、「これでどうだ。俺がお前を隠したことに感謝はないか」というと、オオカミが牛飼いに対していうには、「貴方の舌には感謝する。しかし、貴方の偽りの目には最大限の盲目を求める」。

　この寓話は、二枚舌と見られる者たちを非難する。

［B23］セミとアリとのこと　　　　　　　　　　　［465］

　ある冬の半ばにアリどもあまた穴より五穀を出いて日に晒し、風に吹かするを、セミが来てこれをもらうた。アリの云うは、「御辺は過ぎた夏秋は、何ごとを営まれたぞ？」セミの云うは、「夏と秋の間には、吟曲［音曲の吟誦］にとり紛れて、少しも暇を得なんだによって、何たる営みもせなんだ」と云う。アリ、「げにげにその分ぢゃ。夏秋歌い遊ばれたごとく、今も秘曲［秘伝の楽曲］を尽くされてよからうず」とて、散々に嘲り、少しの食を取らせて戻いた。

　〖下心〗人は力の尽きぬ内に、未来の勤めをすることが肝要ぢゃ。少しの力と暇［466］ある時、慰みをこととせう者は必ず後に難を受けいでは叶うまい。

［E4.17］アリとセミのこと　　　　　　　　　　　［133］

　冬の時にアリは、夏に集めて固めておいた穀物を穴倉から出して乾かした。一方、飢えたセミは、生きるために幾らかの食物を彼に与えるようアリに求めた。アリが彼に、「貴方は夏に何をしたのか」というと、セミは、「私は歌いながら垣に沿って放浪したので、私には暇がなかった」という。アリが笑って、穀物を仕舞いながらいうには、「もし夏に歌ったのであれば、冬の今は

salta."

Haec fabula pigrum docet, ut tempore certo laboret, ne dum minus habuerit et petiverit, non accipiat. [Ae373, Bb140]

[B24]   Vôcameto, qitçuneno coto.   466

Aru qitçune cauabatani yte vuouo xocusuru toco
roni, vôcame vyeni nozôde socoye qite yŭua: vare   5
ni sono vuouo cuuaxei: qitçune cotayete yŭua: sore
gaxino cuinocoitauoba nanto xite mairaxôzo? ca-
gouo fitotçu cudasareba, vonozomino mamani vuo
uo toru chôguiuo voxiye môsôzuruto yŭ: vôcame
soreua naniyori yasui coto giatote, chicai satoyori ca   10
gouo totte qita. Qitçune cano cagouo vôcameno vo
saqini cucuritçuqete coreuo cono cauano vchide sa-
qiye ficaxerarei, varera atoyori vuouo vojireôzuruto
iyeba, vôcame guenimoto yorocôde mizzuno naca
ni tobjitte voyogui yuqu: qitçune atocara ixiuo fita   15
mono tori iruruni yotte, xidaini vomô natte fitoaxi
mo ficarenuni yotte, atouo micayeri vuoga vouô it
tayara, faya saqiye yuqucotoga canauanuga nantoto
tôta: qitçune macotoni quabunni vuoga itte go
zaruni yotte, vareraga chicaradeua fiqiague gatai: sa-   20
raba tarezo côriocuni yatouôtote, chicai satoni yuite,
cono atarino fitçujiuo curô vôcame tadaima mizzu
ni voborete xinôto suruzo, fitobito qite coroxeto no
noxireba: vare saqinito faxiri yuite, cauano nacana
vôcameuo sanzanni chôchacu suruni: arufito catana   467
uo nuite qirôto xitaga, qirifazzuite vouo vchiqitta
reba: carai inochi bacari iqite yamaye itta. Mata so-
no jibun qedamonono vôde aru xixi yamaixite dai
jini qiuamaruni yotte, izzuremo qedamonodomo   5
cubisuuo tçuide, sono yamani xicôsuru. Sono naca
ni vôcameno dete yŭua: vare conofodo meiyni tçuta
yemôxita cotoga aru: cono von vazzuraino biôxôni
ua tŏmotmo, vayacumo mochiyuruni taranu. Tada
qitçuneno iqigauauo faide, mada sono atatamari no   10
samenu vchini finicuuo tçutçumi, atatame saxerare-

踊りなさい」。

　この寓話は、怠け者に、一定の時は働くこと、少しも持たずに求めても、受け取れないこと、を教えている。

［B24］オウカメとキツネのこと　　　　　　　　［466］

　あるキツネ川端にいて、魚を食するところに、オウカメ飢えに臨むで、そこへ来て云うは、「我にその魚を食わせい」。キツネ答えて云うは、「某の食い残いたをば何としてまいらせうぞ？籠を一つ下されば、お望みのままに魚を取る調儀を教え申さうずる」と云う。オウカメ、「それは何よりやすいことぢゃ」とて、近い里より籠を取って来た。キツネかの籠をオウカメの尾先にくくり付けて、「これをこの川の内で先へ引かせられい。我ら後より魚を追い入れうずる」といえば、オウカメげにもと喜うで水の中に飛び入って泳ぎ行く。キツネ後から石をひたもの［ひたすら］取り入るるによって、次第に重うなって、一足も引かれぬによって、後を見返り、「魚が多う入ったやら、はや先へ行くことが叶わぬ何と」と問うた。キツネ「真に過分に魚が入ってござるによって、我らが力では引き上げ難い。さらば誰ぞ合力［助力］に雇わう」とて、近い里に行いて、「このあたりのヒツジを喰らうオウカメ、只今水に溺れて死なうとするぞ、人々来て殺せ」と罵れば［騒ぎ立てれば］、我先にと走り行いて、川の中な［467］オウカメを散々に打擲するに、ある人刀を抜いて切らうとしたが、切り外いて尾を打ち切ったれば、辛い命ばかり生きて山へ入った。またその時分、獣の王であるシシ病して大事に窮まるによって、いづれも獣ども踵を継いで［多くが集まり］、その山に伺候する［参上してご機嫌を伺う］。その中にオウカメの出て云うは、「我この程名医に伝え申した［伝え聞いた］ことがある。この御煩いの病証には、唐物［大唐の薬］も和薬も用ゆるに足らぬ。ただキツネの生皮を剥いで、まだその温まりの冷めぬ内に皮肉を包み、温めさせられれば、ご平癒あらうずる」

ba, gofeiyǔ arǒzuruto. Xicaruuo sono fenni qitçune
no anaga atte fisocani qijte, buriacuuo xôtote jentai
uo dorono vchini naguete, miguruxǔ qegarete,
xixivǒ no mayeni caxicomatta. Xixi qitçuneuo ma-   15
neqi, chicǒ coi, iuǒzuru cotoga aru: connichiyori
vareuo vaga tçumato sadameôto yǔtareba, qitçune
cotayete yǔua: vôxeua ameyama catajiqenaito iyedo
mo, gorãjeraruru gotoqu, amarini doroni qegarete go
zauomo fujǒni naxitatematçuraba, iyoiyo vovazzu   20
raino mototomo narǒzu: xicaraba macari cayette mi
uomo qiyomete mairǒzuruto iyvouattecara, vare
conogoro corerano vovazzuraini miěeôyacuga aru
cotouo narǒte gozaru: tadaxi arumajijcoto nareba,
rǒyacuto mǒxitemo yeqinaicotoca, xenmanni fito   468
tçumo aruni voiteua, vôcameno vono qiretauo totte
iqigauauo faide, mada atatamarino samenu vchini fi-
nicuuo tçutçumaxerareba, mottomo qimeô fuxi-
guina cusuri giato yǔta tocorode, sono sobani cudan   5
no vôcamega ytauo, tachimachi tçucǒde fiqiyoxe, vo
moteto, xusocuno caua bacariuo nocoite marufaguini
faide, xixino jentaiuo tçutçumi, vôcameuoba sono ma
ma saxifanaita. Vorifuxi natçuno coro nareba: ari, faiga
muragatte xexeru fodoni, vôcameno canaximiua ta   10
da fitotçudemo nacatta. Sate cudãno qitçune aru vo
cani yasunde yru tocoroni, cano vôcame auareto yǔ
mo vorocana teide suguiyuquuo mite, qitçunega yo
bicaqete yǔua: tadaima cafodono yentenni zzuqin
uo catçugui, tabiuo faqi, yugaqeuo saite cocouo su-   15
guruua tarezoto sanzanzanni azaqeri: icani vôcame
yô qiqe, fitono vyeuo vttayuru monoua, chiuo fu-
cunde fitoni faqicaquruto vonaji coto gia: faqicaqeô
to suru yorimo, mazzu sono cuchiuo qegasuto yǔ
cotoga aru: chǔguenuocoso yeiuazutomo, xeme   20
te zanguenuo faqunato yǔtato mǒsu.

Xitagocoro.
Zanxano tçuini miuo gaisuruua, sonomino cuchi
yuye giato yǔ cotouo vomoye.

と。しかるをその辺にキツネの穴があって、ひそかに聞いて、武略をせうとて、全体を泥の内に投げて、見苦しう汚れて、シシ王の前に畏まった。シシ、キツネを招き、「近う来い、いわうずることがある。今日よりワレをわが妻と定めう」と云うたれば、キツネ答えて云うは、「仰せは天山［大層］忝いといえども、御覧ぜらるるごとく、あまりに泥に汚れて御座をも不浄になし奉らば、いよいよお煩いの元ともならうず。しからば罷り帰って身をも清めて参らうずる」といい終わってから、「我このごろ、これらのお煩いに妙薬があることを習うてござる。ただしあるまじいことなれば、［468］良薬と申しても益ない［効果ない］ことか。千万に一つもあるにおいては［とすれば］、オウカメの尾の切れたを取って生皮を剥いで、まだその温まりの冷めぬ内に皮肉を包ませられば、もっとも奇妙・不思議な薬ぢゃ」と云うたところで、その傍に件のオウカメがいたを、たちまち掴うで引き寄せ、面と手足の皮ばかりを残いて丸はぎに剥いで、シシの全体を包み、オウカメをばそのままさし放いた。折節夏のころなれば、アリ・ハイが群がって搦る［喰いつく］程に、オウカメの悲しみはただ一つでもなかった。さて件のキツネある岡に休んでいるところに、かのオウカメ哀れと云うも愚かな体で過ぎ行くを見て、キツネが呼び掛けて云うは、「只今かほどの炎天に頭巾を担ぎ［被り］、単皮［皮の履物］をはき、弓懸［手袋］を挿いてここを過ぐるは誰ぞ」と散々に嘲り、「いかにオウカメ、よう聞け。人の上を訴ゆる者は、血を含んで［412.27 参照］人に吐き掛くると同じことぢゃ。吐き掛けうとするよりも、まづその口を汚すと云うことがある。忠言をこそ得言わずとも、せめて讒言を吐くな」と云うたと申す。

　　〖下心〗
　讒者［嘘偽りの告訴人］のついに身を害するは、その身の口故ぢゃと云うことを思え。

[F9] DE VULPE ET LUPO PISCATORE ET
LEONE.   [145]

Si quis laesus fuerit ab aliquo, non debet praesumere vindic-
tam linguae, id est detractiones et blasphemias, quia inhonesta
est huiusmodi vindicta, unde audi fabulam.

Vulpes comedebat piscem iuxta flumen. Lupus autem cum
secus esset locum et esuries, petebat partem ab ea; vulpis ait:
"Ne loquaris ita , domine mi, non enim congruit, ut tu comedas
reliquias meae mensae, non enim aliquando faciat deus tam
curvum iudicium, sed consilium dabo: Vade et affer vas quod
vulgo panarium vocatur, et docebo te artem piscandi, et quando
esurieris, capies pisces et manducabis." Abiens autem lupus ad
vicum furatus est panarium, et attulit vulpi. Vulpis autem ligavit
ad caudam lupi valde fortiter panarium, et dixit ei: "Vade per
aquam trahendo panarium, et ego retro te vadam submovendo
pisces." Lupus autem trahebat per flumen panarium, et vulpis
caute ponebat lapides in panario. Cum autem plenum esset, ait
lupus: "Nequeo movere neque panarium tenere." At vulpis ad
haec: "Gratias refero deo, quia video te strenuum in arte
piscandi. Sed surgam, et ibo quaerere adiutorium ad extrahen-
dum pisces de panario vel de flumine." Tunc surgens abiit ad
vicum, et dixit hominibus: "Quid statis, quid facitis? Ecce
lupus, qui oves, qui agnos, qui omnes bestias vestras comedit,
nunc etiam a flumine vestro pisces extrahit." Tunc omnes cum
[146] armis scilicet cum gladiis, fustibus et canibus exiverunt
ad lupum, et usque quasi ad mortem percusserunt, ac vulnera-
verunt. Lupus autem tyranno fortiter cauda rupta evasit curtus.

Leo autem, qui est rex bestiarum, illis diebus erat infra
provinciam habens tortiones et dolorem ventris. Et ibant omnes
bestiae ad visitandum et consolandum eum. Inter quas etiam
lupus accessit et ait: "O domine mi rex, ego servus tuus
circumivi totam provinciam pro medicina, et nihil amplius
reperi nisi tantum hoc, quod in ista provincia moratur vulpes

［F9］キツネと漁夫オオカミとライオンのこと　　　　［145］

　もし誰かに傷つけられた者がいたら、その不名誉はこのように復讐されるので、中傷や非難などの言葉による復讐を予期してはならない。その故を寓話で聞きなさい。

　キツネが川の側で魚を食べていた。違うところで飢えていたオオカミが、キツネから一部を求めた時に、キツネがいうには、「ご主人、そう言わずに、貴方が私の食事の余りを食べるのは適当でないし、神がそんな間違った判断を度々しないように、私が助言しよう。行って、民衆がパン籠と呼ぶ道具を持って来なさい。そうしたら貴方に魚を釣る技法を教えよう。貴方は飢えた時に魚を捕らえて食べるだろう」。そこでオオカミは村に行って、パン籠を盗みキツネに持って来た。キツネはオオカミの尾にパン籠をとても強く結び付けて、「貴方はパン籠を引きながら水の中を進みなさい。私は後から魚を追いながら進もう」という。オオカミはパン籠を川の中で引き、キツネは用心深くパン籠に石を置いた。それが一杯になった時に、オオカミが、「パン籠を動かすことも保持することもできない」というと、キツネは、「貴方は魚釣りの技法に熱心に見えるので、神に感謝する。とにかく私は上がって、魚をパン籠と川から取り出すために助けを求めに行こう」という。そこでキツネは上がって村に行き、人々にいうには、「貴方がたは何故じっとしているのか。何をしているのか。ヒツジや子ヒツジなど貴方がたの全ての動物を食べるオオカミが、今、貴方の川で魚を釣っている」。そこで全員が刀、棍棒などの武器とイヌたちと共にオオカミのところに出掛けて行くと、オオカミを殆ど死ぬほどにまで痛めつけ、傷つけた。しかし、オオカミは、強く尾を引き裂かれ、あたかも僭主のように短くなって逃れ出た。

　獣たちの帝王であるライオンは、この頃この地方にいて、腹に捻転と苦痛があった。全ての獣たちは、訪問して慰めるために彼のところへ行った。彼らの中からオオカミが近づいていうには、「ご主人様、わが王様、貴方の奴僕である私は、医術のために全ての地方を巡りましたが、この地方にいる高慢で狡猾なキ

superba et callida habens magnam medicinam infra seipsam. Haec si dignata fuerit venire ad te, voca eam ad consilium et exue pellem eius ab ea, ita tamen, ut viva evadat ipsa, et circumdabis ventrem ex pelle et statim sanus eris." Vulpes autem habebat foveam in ipsa rupe iuxta ubi morabatur leo, et diligenter haec omnia auscultabat. Cum autem recessisset lupus, abiit vulpes et volutavit se in volutubro luti, et venit ante leonem et ait: "Salva me rex!" et leo ait: "Sis salva, sed accede huc ut te osculer et dicam tibi aliquid secreti consilii mei." Ad haec vulpes respondit: "Cernis ne," inquit, "domine mi, quia ex velocitate itineris sum ex luto sordida et ex stercoribus coinquinata, et vereor ne ob fetorem pessimum vexentur viscera tua, si propius accessero. Sed postquam balneavero et pectinavero, veniam ante conspectum domini mei regis, et dicat, quod ei placuerit. Sed antequam discedam, dicam causam, pro qua veni. Ego ancilla tua circumivi totum quasi mundum pro medicina, et nihil amplius valui discere, nisi tantum hoc, quod indicavit mihi quidam Graecus. Nam est infra provinciam istam lupus magnus curtus, qui propter medicinam caudam amisit, qui magnam fertur habere medicinam. Et si venerit ad te, voca eum ad consilium. Et extendens tuos pedes pulcros super eum, exue eum suam pellem totam, nisi hoc solummodo, quod in capite et in pedibus gestat, ita tamen caute, ut vivus evadat. Et interim dum calida est, pellis involute tuum ventrem et recipies statim sanitatem;" et haec dicens recessit. Statim ergo lupus venit ante leonem, vocavitque eum leo statim ad consilium, et extendens pedes suos tulit ei totam pellem corporis excepto capite et pedibus. Et involvit leo ventrem suum, interim quod fuit calida. Muscae autem et vespae ac scarabaei coeperunt comedere carnes suas ac aculeis stimulare. Cum autem velociter fugeret, vulpes stans in alta rupe clamabat cum risu: "Quis es tu," inquit, "qui pergis deorsum per pratum, chirothecas gestans in manibus, et pilleum gestans in capite, tepere tam sereno? Audi

ツネで、自らの内部に強い薬効を持つ者以上のものは発見しませんでした。もしこの価値のある者が貴方のところに来ることがあれば、それを相談のためと呼び込んで、生きて逃げられる程度に皮を剥ぎ、その皮で腹を巻けば、貴方は直ちに回復するでしょう」。しかし、キツネはライオンがいた崖の隣に巣穴があったので、この全てを注意深く聞いていた。オオカミが去ると、キツネが出て来て、泥土のぬかるみの中で転がり、ライオンの前に行って、「王様が治るように」というと、ライオンは、「お前も元気であれ。お前に接吻してから私の秘密の計画について話そうと思うので、ここに来い」という。これにキツネが答えていうには、「王様、ご存知かどうか。急ぎの旅程で泥土に汚れ糞尿にまみれた私は、もし更に近づくと、酷い悪臭で貴方の内臓を苦しめないか心配です。しかし、入浴して毛を梳かしたら、私は帝王のご叡覧のために参るので、王様は好きなことを言うように。しかし、去る前に、私が来た理由をお話ししよう。貴方の奴僕である私は、医術のために殆ど全世界を巡り、ある Graecus 人が私に示したもの以上のものを学ぶことはできませんでした。それはこの地方にいる尾の切れた大きなオオカミで、彼は薬効のために尾を失いましたが、大きな薬効があると言われています。もし彼が貴方のところに来たら、相談のために彼を呼びなさい。そして立派な足を彼の上に伸ばし、しかし彼が生きて出られるようによく注意を払いながら、彼が頭と足に携えている皮を除いて、彼の全ての皮を剥がしなさい。そしてまだ温かいうちに、その皮で貴方の腹を包めば、貴方は直ちに健康を取り戻すでしょう」。こう言うとキツネは去った。すると直ぐにオオカミがライオンの前に来たので、ライオンは直ちに相談のために彼を呼び、自身の足を伸ばして、頭と足を除く体の全ての皮を彼から奪い取った。そしてライオンは、まだ温かいうちにその皮で自らの腹を包んだ。ハエとスズメバチとタマオシコガネがオオカミの肉を喰い、ハリで刺し始めた。彼が速やかに逃げた時に、キツネは高い崖に立って、笑いながら叫んだ。「お前は誰だ。下の平地を行くお前だ。手に手袋をして、頭に頭巾をかぶり、この晴天で温められろ。

quid dicam; quando pergis per domum, benedic domino. Et
quando pergis ad curiam, benedic omnibus, nemini obloqueris,
et nec bene nec male dicens sed singula uti sunt, concedas, et
cutem tuam servabis illisam.

Instruit haec fabula unumquenque, ut laesus ab aliquo non
assumat [147] vindictam linguae, neque detractiones neque
blasphemias, neque absconse, nec publice. Et monstrat, quod
qui parat fratri suo foveam, ipse incidet in eam. [Ae698, cf.
Ae258, 585, 625]

[B25]   Fatoto, arino coto.   469

Arutoqi ariga caifenni dete yuqu tocoroni, niua
cani vôqina namiga vtte qite fiqitçurerare, sudeni ino
chimo ayavi samani tadayoi yuquuo, cozuye cara
fatoga mitaga, sorega nanguiuo sucuŏto vomôtaca,   5
qino yedauo cuiqitte arino atariye naguevotoxeba,
ariua vôqini tayoriuo yete, sono yedani nobotte mi
guiuani agatta. Xibaxi xite aru fitoga qite, sono qi
no yedani fatono vanauo saitareba, cano ari tada
imano vonxŏuo fôjôzuruto vomôtaca, sono fitono   10
axiuo xitatacani curŏtareba, vanauo naguesutete maz
zu sono axiuo nade sasuru mani, fatoua cono yoxi
uo mivoyôde, tachimachi socouo tatte indato mŏsu.
   Xitagocoro.
Fitoyori vonuo cŏmutteua, sonatamo soreuo fôjô   15
cocorozaxiuo vomochiare: vonuo xiranu monoua
ari muxinimo votoruto yŭ coto gia.

[G11]   DE COLUMBA ET FORMICA.   [169]

Cum bruta in beneficos sint grata, quanto magis hi esse
debent gratifici, qui rationis sunt participes? Sicut ex hac fabula
accipitur.

For-[170]mica siti in fontem descendit, ubi dum bibere
vellet, in aquam cecidit; columba queadam arbore fonti emi-
nente insuper sedens cum formicam aquis obrui conspiceret,
ramulum ex arbore rostro continuo fregit, ac sine mora deiicit

私の言うことをよく聞け。家に帰る時には、主人を良く言え。法廷に来る時には、全員を良く言え。誰も非難せず、それぞれそのまま以外は良いとも悪いとも言わず、譲歩をすれば、お前はお前の打ち砕かれた外見を安全に保護するだろう」。

この寓話は、誰かに傷つけられた者は、[147]中傷でも非難でもなく、密かにでも公にでもなく、言葉による復讐を用いないことを、各々の者に教えている。そして、自らの兄弟に陥穽を用意する者は、自らがそれに落ちることを示している。

[B25] ハトとアリのこと [469]

ある時アリが海辺（かいへん）に出て行くところに、にわかに大きな波（おう）が打って来て、ひき連れられ、既に命も危うい様に漂い行くを、梢（こずえ）からハトが見たが、それが難儀を救おうと思うか、木の枝を喰い切って、アリのあたりへ投げ落とせば、アリは大きに便りを得て、その枝に上（のぼ）って汀（みぎわ）に上がった。しばしして、ある人が来て、その木の枝にハトの罠を挿いたれば、かのアリ只今の恩賞（おんしょう）［恩恵］を報ぜうずると思うか、その人の足をしたたかに喰らうたれば、罠を投げ捨てて、まづその足をなでさする間に、ハトはこの由を見及ぶで、たちまちそこを立って往んだと申す。

〖下心〗

人より恩を被（かうむ）っては、そなたもそれを報ぜう志をお持ちあれ。恩を知らぬ者は、アリ・虫にも劣ると云（ゆ）うことぢゃ。

[G11] ハトとアリのこと [169]

野獣でも善行に感謝する時に、理性に関係する者たち［人間］は、どれほど多くに親切でなければならないか。それはこの寓話から理解される。

アリは喉が渇いて泉に降りたが、そこで飲もうとした時に、水の中に落ちた。あるハトが、泉の際立った樹の上に止まっていて、アリが水に溺れるのを見た時に、直ちに樹の小枝を嘴で折ると、遅滞なく泉に投げた。アリが、それに水から這い上がると安

in fontem, ad quem formica se applicans ex aquis in tutum se recepit. Obiter autem auceps quidam advenit, et ut columbam venetur, calamos erigit, formica id percipiens pedem alterum momordit aucupi, qui dolore auceps concitus calamos dimisit, quorum strepitu columba territa ex arbore fugiens vitae periculum evasit. Ex quo habes, beneficiorum grata esse bruta, cur ergo homines sunt ingrati. [Ae235, Ch242]

全な場所に戻った。その時とある鳥刺しが通りかかり、ハトを捕ろうとしてトリモチ竿を持ち上げたが、アリはそれを見ると、鳥刺しの一方の足を噛んだ。捕鳥者は、痛みに動じて竿を落とした。その喧噪に驚いたハトは、樹から逃げ、身の危険から逃れた。このことから、野獣が善行に感謝することが分かるが、それでは何故人間は感謝しないのか。

[第三編] エソポが作り物語の下巻

E S O P O G A T Ç V
curimonogatarino guequan.

第三編　エソポが作り物語の下巻　目次

第三編　エソポが作り物語の下巻　目次（続）

[C1]   Niuatorito, guegiono coto.   469

Aru iyeno aruji nininno guegiouo tçucauaretaga,   21
fuqeôni sorerauo vocoite fataracasuru tameni, niuatori   470
ꜧuo cŏte, toqiuo facararetauo guegio coreuo vôqini qi
rŏte cano niuatori saye nainaraba, corefodo fuqeô niua
ocosaremajij monouoto vomôte: ninin yiauaxete,
fisocani niuatoriuo coroita. Iyeno aruji niuatorino co   5
yenicoso toqiuo xitte vocosaretaredomo, niuatori
ga naqereba, jixetuo facarucotoga canauaide, yona
ca mayecara vocoite, xigotouo iytçuqeraruruni yot-
te, guegiodomo vôqini taicut xite, toriua monoca-
uato curuxŭda.   10

Xitagocoro.

Yenriono nai monoua nochino nanguiuo cayeri-
mijde, xoychinenni iqidouoriuo sanjite, daijiga xut
rai xite cara, cuyamuni yeqinai cotouonomi xiidasu
mono gia.   15

Anus quaedam domi habebat ancillas complureis, quas
cotidie ante quam lucesceret, ad galli gallinacei, quem domi
alebat, cantum excitabat ad opus. Ancillae cotidiani tandem
negotii commotae taedio, gallum obtruncant, sperantes iam
necato illo in medio sese dies dormituras: sed haec spes miseras
frustrata est: hera enim ut interemptum galum rescivit, intem-
pesta deinceps nocte surgere iubet.

Morale.

Non pauci gravius malum dum student evitare, in al-[130]
terum diversum incidunt. Pervulgatus est, Incidit in Scyllam,
qui vult vitare Charybdim. [Ae55, Ch89]

[C2]   Nininno chiinno coto.   470

Arutoqi jiyoni conjenu nininno chiin vchitçure-
datte yuqu michide, cumatoyŭ qedamonoi yuqiyŏ
te, ychininua qini nobori, ima ychininua cumato tata
cŏtaga, xeiriqiga tçuqureba chini tauore sorajiniuo xi   20
tareba, cano qedamonono cataguide, xibitoniua gaiuo

［**C1**］ニワトリと下女のこと ［469］

ある家の主二人の下女を使われたが、［470］払暁［明け方］にそれらを起こいて働かするために、ニワトリを飼うて、時を計られたを、下女これを大きに嫌うて「かのニワトリさえないならば、これ程払暁には起こされまじいものを」と思うて、二人いい合わせて、ひそかにニワトリを殺いた。家の主ニワトリの声にこそ時を知って起こされたれども、ニワトリがなければ、時節を計ることが叶わいで、夜中前から起こいて、仕事をいい付けらるるによって、下女も大きに退屈して、「鳥はものかは［大事ではない］」と苦しうだ。

〖下心〗遠慮のない者は、後の難儀を顧みいで、初一念に憤りを散じて、大事が出来してから、悔やむに益ないことをのみ、し出すものぢゃ。

［Q31］老婆と女中たちのこと ［129］

ある老婆が家に多数の女中を持っていたが、毎日明るくなる前に、家に飼っていたオンドリの鳴き声で、彼女たちを仕事に覚醒させた。女中たちは、毎日の仕事に嫌悪を感じていたので、オンドリを殺せば日中まで寝ていられるだろうことを希望して、オンドリを虐殺する。しかし、この希望は哀れな彼女たちを欺く。何故ならば、女主人はオンドリが殺されたことを知ると、次には深夜から起きることを命じるからだ。

〖寓意〗

往々にしてより酷い悪を避けようとする時に、他の異なる悪に落ち込むものだ。周知のとおり、Charybdis［渦潮］を避けたい者は、Scylla［暗礁］に落ち込む。

［**C2**］二人の知音のこと ［470］

ある時、自余に混ぜぬ［他のものと紛れない］二人の知音うち連れ立って行く道で、クマと云う獣に行き会うて、一人は木に上り、いま一人はクマと戦うたが、勢力［力］が尽くれば、地に

nasanu mono gia: saredomo sono qedamono xŏ-
jino anpuuo cocoromiôto vomôtaca, mimino fo-
tori, cuchino atariuo caide miredomo, xinda goto-
quni vgocanandareba, socouo xirizoita. Sonotoqi   471
qini nobotta monoga vorite, sono fitoni chicazzuite,
sate tadaima gofenni cano qedamonoga sasayaita co-
toua nanigotozoto tazzunureba, cotayete yŭua: ca
no qedamonono vareni qeôcunuo naita: soreuo nan   5
zoto yŭni, nangi qeêiŏcô vonmino yŏni daijini no-
zôde mifanasŏzuru monoto chijn sunato.

Xitagocoro.

Sonogotoqu vqi toqi, tçurenu tomouoba tomo
to suruna.   10

[N7] DE DUOBVS AMICIS ET URSO.   [52]

Duobus amicis una iter facientibus fit ursus obviam, quorum
unus perterritus in arborem scandens la-[53]tuit: alter vero, cum
se imparem urso fore, et si pugnaret, superatum iri intelligeret,
procidens simulabat se mortuum esse. Ursus vero adveniens, et
aures et occiput eius olfaciebat, illo qui stratus iacebat, usque
quaque continente respirationem. Ita mortuum esse credens
ursus abiit: aiunt enim non saevire in cadavera. Mox alter, qui
inter frondes arboris latuerat, descendens, interrogat amicum
quidnam ad aurem ursus esset secum locutus. Cui amicus
inquit, "Admonuit me, ne posthac cum huiufmodi amicis iter
faciam."

Adfabulatio.

Fabula haec innuit, devitandos esse amicos, qui periculoso
in tempore auxilio praestando revocant pedem. [Ae65, Ch254]

[C3] Xuroto, taqeno coto.   471

Arutoqi xuro taqeni mucŏte yŭtaua: icani taqe, yô
qiqe, varefodo yoni youŏte mimonai monoua aru-
majij: vazzucano cajenimo vosore vononoite, nabi
qu bacari gia: vareua sucoximo cocorozaxiuo ta-   15

倒れ、空死に［死んだふり］をしたれば、かの獣の形儀［風習］
で、死人には害をなさぬものぢゃ。されどもその獣、生死の安否
を試みうと思うたか、耳のほとり、口のあたりを嗅いでみれど
も、死んだごと［471］くに動かなんだれば、そこを退いた。そ
の時、木に上った者が下りて、その人に近づいて、「さて只今御
辺に、かの獣が囁いたことは何ごとぞ」と尋ぬれば、答えて云う
は、「かの獣の、我に教訓をないた、それを何ぞと云うに、『汝
向後［今から後］御身の様に大事に臨うで見放さうずる者と
知音すな』」と。

　　『下心』そのごとく、憂き時連れぬ友をば、友とするな。

［N7］二人の友人とクマ　　　　　　　　　　　　　　［52］

　二人の友人が一緒に旅をしていると、道でクマに出会った。
その内一人は、全く驚いて木によじ登り隠れていた。［53］もう
一人は、クマには敵わないだろうから、もし戦えば負かされるだ
ろうと悟って、平伏すると死んでいるふりをした。実際にクマが
来ると、彼の耳と襟首を嗅いだ。彼は、呼吸を止めるほどまでに
平らに横たわっていた。クマは、死体には暴れないと言われてい
るように、彼が死んでいると思って立ち去った。間もなく、葉の
多い木の枝に隠れていた他の一人が降りてくると、クマは彼の
耳に何と言ったのかと友人に尋ねた。友人が彼に答えていうに
は、「クマは、私が今後このような友人たちとは旅をしないよう
に注意した」。

　　『寓意』
　この寓話は、危険な時に援助を提供することから退くような
友人たちは、避けるべきであると示唆している。

［C3］シュロとタケのこと　　　　　　　　　　　　　［471］

　ある時、シュロ、タケに向かうて云うたは、「いかにタケ、よ
う聞け。ワレほど世に弱うて実もない者はあるまじ。わづかの
風にも恐れ慄いて、靡くばかりぢゃ。我は少しも志を撓めず［曲

uomezu, fudan qenagueni xite yruto iyeba, taqeua
cono cotouo qiqedomo (macoto nareba) tocacu ron
zuruni voyobaide, feicô xite caxicomattaga, yagate
sonofi vôqina tçujicajega fuite meidôxite qitaga,
taqeua motocara vosoreuo naite cŏbeuo chini sague   20
fericudattareba, tçutçuganŏ voqiagatta: xicaruni
xuroua qenjitno ricôno gotoqu cocorozaxiuo cuda-
sazu, figiuo fatte ytauo nanicaua corayŏ; sanzanni
fuqivotte, negoreni natte fateta.

   Xitagocoro.   472

Tacaburu monoua gaixerare, xitagŏ monoua ca-
yette tauo xeisuruzo.

[N8] DE ARUNDINE ET OLEA.   [53]

   Disceptabant aliquando arundo et olea, de constantia et forti-
tudine, et de firmitate. Et olea quidem arundini probra ingere-
bat, ut fragili, et ad omnem ventum vacillanti. Arundo autem
obticebat, non longum tempus spectans. Nam cum ventus
vehemens ingruisset, arundo reflectebatur, agitabaturque. Olea
vero cum violentiae ventorum reluctari vellet, confracta est.

   Adfabulatio.

   Haec fabula innuit, eos, qui fortioribus ad tempus cedunt,
potiores esse iis, qui non cedunt. [Ae70, Ch143, Bb36, Av16]

[C4] Daicaito, yajinno coto.   472

   Arutoqi yajin caifenni dete, vmino midorino nago   5
yacanauo mireba, amatano quaixenga figaxicara nixi
ni yuqumo ari, camomeno isagoni ynuo qizamumo
ari, yeni caqutomo, fudenimo voyobanu qeiqini jô
jite, cocoroni vomô yŏua: satemo vareraga vaza fo-
do monovy cotoua arumajii: sanyauo iyenixi, dĕ   10
bacuni axeuo nagaxi, côriuo tagayexi, ameuo vyu
rucotoua cayŏno reôqenuo vaqimayenu yuye gia.
Tadaimacara yxxeqiuo coqiacu xite, funeno vyeno
aqinaiuo suruniua xiqumajijto vomôte, nôgu, v-
xi, vmauo vtte, sono satono cuxigaqiuo caitotte,   15
minatoni cudatte, tocaino binxenuo yete, mucai

げす]、不断［絶えず］けなげに［勇ましく］している」といえ
ば、タケはこのことを聞けども、（真なれば）兎角論ずるに及ば
いで、閉口して喪まったが、やがてその日大きな旋風が吹いて、
鳴動して来たが、タケは元から恐れをないて頭を地に下げ、
遜ったれば、恙なう起き上がった。しかるにシュロは兼日の
利口［大言］のごとく志を下さず、肘を張っていたを、何かは堪
よう、散々に吹き折って、根ごれ［根から転ぶ］になって果てた。

　　　　［472］《下心》
　　高ぶる者は害せられ、従う者は却って他を制するぞ。

［N8］アシとオリーブのこと　　　　　　　　　　　　　［53］
　　ある時、アシ［葦］とオリーブが、不変さ、強さ、確固さに
ついて討論した。オリーブは、謙虚なアシに、それが虚弱で、全
ての風にふらついていると言った。アシは、少しの間、様子を見
て黙っていた。さて、激しい嵐が襲って来ると、アシは後に曲げ
られ、不断に動かされた。一方、オリーブは嵐の暴力に抵抗しよ
うとしたが、破砕された。

　　　　《寓意》
　　この寓話は、丁度よい時により強い者に譲る者は、譲らない
者よりも優っていることを示唆している。

［C4］大海と野人のこと　　　　　　　　　　　　　　［472］
　　ある時、野人［農人］海辺に出て、海の緑の和やかなを見れ
ば、あまたの廻船が東から西に行くもあり、カモメの沙に印を
刻む［足跡をつける］もあり、絵に描くとも、筆にも及ばぬ景気
［景色］に乗じて、心に思う様は、「さても我らが業程もの憂い
ことはあるまじい。山野を家にし、田畑に汗を流し、氷を耕し、
雨を植ゆることは、かやうの料簡を弁えぬ故ぢゃ。只今から一跡
［全財産］を沽却［売却］して、舟の上の商いをするには如く
まじい」と思うて、農具・ウシ・ウマを売って、その里の串柿を
買い取って、湊に下って、渡海の便船を得て、向かいの国に渡

no cunini vataru tocorode, niuacani taifŭga fuite qite
funeuo cutçugayesŏto sureba, xenchŭno nimotuo
cotogotocu torisutete, yŏyŏ carai inochi bacariuo
iqete cayetta. Xibaracu xite nami cajemo faya voda-   20
yacani nari, caixŏmo yŭyŭto xitauo mite, vmini
mucŏte xicatte yŭua: icani daicai yô qiqe, arufo-
dono cuxigaqiua mina nangini atayetçu, mata saqino
gotoqu vadacamatte miuo tabacarutomo, futatabi
cuxigaqiuoba curauasurucotoua arumajij̇ zoto.   473
 Xitagocoro.
Xoxocu tomoni xinrŏno arucotouo mada xira-
nu monoua, vaga vaza bacari curuxiŭde, fitoua xin-
rŏno naicato vrayami, ataraxij michiuo xôto suru-   5
niyotte, yjenno xinrŏ yorimo nauo vôqina cuguen
ni yŏte miuo xiru mono gia.

DE PASTORE ET MARI.   [55]

Pastor in loco maritimo gregem pascebat: qui cum videret
mare tranquillum, incessit cupido navigationem faciendi. Itaque
venundatis ovibus, emptisque palmarum sarcinis, navigabat.
Orta autem vehementi tempestate, et navi mergi periclitante,
omne pondus navis in mare eiecit, vixque evasit exonerata navi.
Paucis post diebus, veniente quodam et tranquillitatem maris
admirante (erat enim sane tranquillum) respondens, inquit,
"Palmas iterum vult, quantum intelligo:" ideoque immotum
sese ostendit.
 Adfabulatio.
Haec fabula innuit, eruditiores fieri homines damno, atque
periculo. [Ae207, Ch311]

[C5] Sumitaqito, xendacuninno coto.   473
Aru sumiyaqi xendacuninno motoni ytte mireba,
iyemo firô, mamamo vouoiuo mite, icani aruji, va-   10
ga xacuyô xita iyeua fizauo irurunimo tarazu, xebŏ
nanguini voyobeba, jifino vyecara cono fitomauo
vareni vocaxareto iyeba, aruji cotayete yŭua: vô-
xeua mottomo naredomo, vagamini totteua canai

るところで、にわかに大風が吹いて来て、舟を覆さうとすれば、船中の荷物をことごとく取り捨てて、やうやう辛い命ばかりを生けて帰った。しばらくして、波風もはや穏やかになり、海上も悠々としたを見て、海に向かうて叱って云うは、「いかに大海、よう聞け。ある程の串柿は皆汝に与えつ。また先のごとく、わだかまって［偽って］余を謀るとも、再び［473］串柿をば喰らわすることはあるまじいぞ」と。

　　〖下心〗諸職［諸々の役］ともに辛労のあることをまだ知らぬ者は、わが業ばかり苦しうで、人は辛労のないかと羨み、新しい道をせうとするによって、以前の辛労よりもなお大きな苦患［苦しみ］に会うて、身を知るものぢゃ。

［N13］羊飼いと海のこと　　　　　　　　　　　［55］

　羊飼いが沿岸のところでヒツジの群れを放牧していた。静かな海を見た時に、彼は航海を行う欲望に襲われた。そこで、ヒツジを売り、ナツメヤシの荷を買うと、航海に出た。しかし、激しい嵐が起こり、船が沈没の危機に瀕したので、彼は船の全ての荷を海に投げ込んで、荷が空になった船から辛うじて逃れた。数日してから、ある人が来て（海は本当に静かだったので）静かな海を称賛すると、彼は答えて、「私の知る限りでは、海は再びナツメヤシを欲しているらしい」といい、それで彼は自らが動かされないことを示した。

　　〖寓意〗

　この寓話は、人間が損害および危険に遭うことでより博識になることを示唆している。

［C5］炭焚きと洗濯人のこと　　　　　　　　　　［473］

　ある炭焼き洗濯人のもとに入って見れば、家も広う、間間も多いを見て、「いかに主、わが借用した家は膝を入るるにも足らず、狭う難儀に及べば、慈悲の上から、この一間を我にお貸しゃれ」といえば、主答えて云うは、「仰せはもっともなれども、わ

gatai: yuyeuo icanito yŭni: miga fitonanucano ai-   15
da arai qiyomeô fodono monouo sonatano fitoto-
qi mesareô cotovomotte qegasareôzureba, sucoxino
aidamo canŏmajijto.

   Xitagocoro.

Iinxauo tomoni xô fitoua, varui mononi touozaca   20
razumba, canarazu sono namo, sono tocumo foro-
beôzu.

[N17] DE CARBONARIO ET FULLONE.   [57]

Carbonarius conducta in domo habitans, invitavit fullonem,
qui eo loci proxime venisset, ut eisdem in aedibus una habita-
rent. Ad quem fullo, "O homo, non est mihi istud factu conduci-
bile: Vereor enim ne quicquid ipse candefacerem, id omne tu
carbonaria aspergine fuscares."

   Adfabulatio.

Fabula haec innuit, nullum cum flagitiosis habendum esse
commercium. [Ae29, Ch56]

[C6] Biŏjato, cusuxino coto.   473

Aru cusuxi ychininno biŏjano motoni mimai, qi-
bunno vomomuqiuo tôni, biŏjano yŭua: coyoi   474
niuatorino naqu jibuncara, imamade axeno zzuruco
toua xagicuuo nagasu gotoqu giato iyeba, yxano yŭ
ua: ychidã soreua coinegŏ coto giato. Sono yocujit
mata qite, qibunua nantoto tôni: biŏjano yŭua: con-   5
chô yori xitataca furuitçuitato: yxaua ychidan core
mo yoi coto gia. Mata sono yocujit qite, icanito tôni:
biŏjano yŭua: qinôno cure fodo cara fogamino atari
ga curu yŏni itŏte xasuru cotoga dodoni voyobuto:
yxano yŭua: soreua sugurete yoi xiruxi giato yŭte in   10
da. Biŏja canbiŏ suru fitoni yŭua: yxaua imamade de
quru fodono yamaiuoba mina yoiyoito iuaruredo
mo, miua faya xinuruni chicaito.

   Xitagocoro.

Tçuixô bacaride fitouo fetçurŏ monono yŭcoto   15
uo xinzuruna: sono cotobano xitacara daijiga voco
rŏzu.

が身にとっては叶い難い。故を如何にと云うに、余が一七日の間［一週間］洗い清めう程のものを、そなたの一時召されうことをもって汚されうずれば、少しの間も叶うまじい」と。

　　〖下心〗
　仁者［良い者］を友にせう人は、悪い者に遠からずんば、必ずその名もその徳も亡べうず。

［N17］炭屋と洗濯屋のこと　　　　　　　　　　　［57］

　借家に住んでいる炭屋が、近くに移って来た洗濯屋に、彼らが同じ建物に一緒に住むように勧誘した。洗濯屋が彼にいうには、「同胞よ、私にはこれを行う利益がない。何故ならば、私が如何に漂白したところで、貴方がその全てを炭の粉末で黒くするだろうことを私は恐れるからだ」。

　　〖寓意〗
　この寓話は、恥ずべき者たちと如何なる交際も持つべきでないことを示唆している。

［C6］病者と薬師のこと　　　　　　　　　　　　［473］

　　ある薬師一人の病者のもとに見舞い、気［474］分の趣を問うに、病者の云うは、「今宵ニワトリの鳴く時分から今まで、汗の出ることは車軸を流すごとくぢゃ」といえば、医者の云うは、「一段それは希うことぢゃ」と。その翌日また来て、「気分は何と」と問うに、病者の云うは、「今朝よりしたたか震い付いた」と。医者は、「一段これもよいことぢゃ」。またその翌日来て、「いかに」と問うに、病者の云うは、「昨日の暮れ程から小腸のあたりが刳る様に痛うて、瀉［下痢］することが度々に及ぶ」と。医者の云うは、「それは優れてよい証ぢゃ」と云うて去んだ。病者看病する人に云うは、「医者は今まで出来る程の病をば皆よいよいといわるれども、余ははや死ぬるに近い」と。

　　〖下心〗追従ばかりで人を諂う者の云うことを信ずるな。その言葉の下から大事が起こらうず。

[N11] DE AEGROTO ET MEDICO.   [54]

Aegrotus quidam a medico interrogatus, quonam modo se
habuisset: praeter modum, respondit, in sudorem se fuisse reso-
lutum. Cui medicus, "Istud," inquit, "bonum est." Altero autem
die interrogatus quo modo se haberet, respondit, "Algoribus
correptus, diu vexatus sum." Et "Istud," inquit medicus, "bo-
num est." Tertio cum eodem interrogaretur, respondit, "Pro-
fluvio corporis debilitatus sum." "Istud," inquit, "etiam bonum
est." Postea autem a familiari interrogatus, "Quo modo habes,
o amice?" Respondit, "Ego etiam atque etiam bene habeo, sed
morior."

Adfabulatio. Haec fabula innuit coarguendos assentatores.
[Ae170, Ch249]

[C7] Gintôno caifuqino coto.   474

Arutoqi cono yacuxa teqicara iqedorini xerare, ta
chimachi chŭbatuo cuuayôzuruto suruni, canomono   20
coyeuo aguete canaxiŭde yŭua: icani fitobito vareniua
tçumimo naini, najeni corosôtoua saxeraruruzo? sono
xisaiua, vareua cono toxitçuqi fitouo gaisuru cotomo
naxi. tada xutginno toqi, caiuo fuqu coto, core iyeno
yacu nareba tçutomuru made gia?. sarani menmenni   475
atauo nasu cotoua naito. Teqifŏ coreuo qijte yŭua:
soreniyottecoso nauo corosôzuru coto nare: soreuo
najenitoyŭni, vonoreua xĕgiŏni dete, tate focouo tot
te ua fataracanedomo, cai caneuo naraxeba, micatano   5
yŭqini chicarauo soyete tatacaini susumu mono na-
reba, xamen suru cotoua arumajijto yŭte coroita.

Xitagocoro.

Tatoi sonomiua vocasazutomo, tçumiuo susumuru
daimocuto naru monoua, bonnin yorimo giŭzaini   10
fuxôzuru cotodea.

[N9] DE TUBICINE.   [53]

Erat tubicen quidam, qui in militia signum caneret: is inter-
ceptus ab hostibus, ad eos, qui circumsistebant, proclamabat,
"Nolite me, uiri, innocentem, innocuum, insontemque

［N11］病人と医者のこと [54]

　ある病人が、医者に彼の状態はどうだったかと尋ねられた。彼は、予想に反して、汗の中で自身が溶かされたと答えた。医師は彼に、「それは良い」という。別の日に、彼がどうだったかを尋ねられると、答えて、「悪寒に襲われ、長い間苦しんだ」というと、医者は、「それは良い」という。三度目に同じことを尋ねられると、「私は、体の下痢により衰弱した」と答えた。「それはさらに良い」という。しかし後に、友人に「友よ、具合はどうか」と尋ねられると、彼が答えていうには、「私は、何度も何度も良いと言われるが、死につつある」。

　　〖寓意〗

　この寓話は、追従者たちが無用であることを証明すべきことを示唆している。

［C7］陣頭の貝吹きのこと [474]

　ある時この役者、敵から生捕りにせられ、たちまち誅罰を加ようずるとするに、かの者声を上げて、悲しうで云うは、「いかに人々、我には罪もないに、なぜに殺さうとはさせらるるぞ？その子細は、我はこの年月人を害することもなし。ただ出陣の時、貝を吹くこと、これ家の [475] 役なれば勤むるまでぢゃ。さらに面々に仇をなすことはない」と。敵方これを聞いて云うは、「それによってこそ、なお殺さうずることなれ。それをなぜにと云うに、おのれは戦場に出て、楯・鉾を取っては働かねども、貝・鐘を鳴らせば、味方の勇気に力を添えて、戦いに進むものなれば、赦免することはあるまじい」と云うて殺いた。

　　〖下心〗仮令その身は犯さずとも、罪を勧むる題目 [原因] となるものは、犯人よりも重罪に付せうずることであ [ぢゃ]。

［N9］ラッパ手のこと [53]

　軍隊で合図を鳴らすラッパ手がいた。彼は敵に捕まったが、取り巻く者たちに声高に叫ぶには、「皆の者、無実で無害で潔白な私を殺すな。何故ならば、私はかつて誰も殺さなかったし、こ

perimere, nullum enim unquam occidi: [54] quippe nihil aliud
quam hanc bucinam habeo." Ad quem illi vicissim cum clamore
responderunt, "Tu vero hoc ipso magis trucidaberis, quod cum
ipse dimicare nequeas, ceteros potes ad certamen impellere."

Adfabulatio. Fabula haec innuit, quod praeter ceteros
peccant, qui malos et importunos principes persuadent ad inique
agendum. [Ae370, Ch325]

[C8] Fauato, cono coto. 475

Aru varambe tenaraini yaru tocorocara tomodachi
no tefonuo nusunde quredomo, sono fauaua coreuo
xeccanmo xeide voquniyotte, fibini fude, suminado 15
uo nusunde qite, nusumi fodono vomoxiroi cotoua
naito vomoi, xeijin suruni xitagŏte, nochiniua dai
nusubitoto natte, sono tçumiga arauarureba, xugo
no tocoroni vatasare, xeibaino bani ficaruruni nozô
de, sono faua atocara naqi xitŏuo cano nusubito co 20
yeuo qijte, qeigono buxini vaga fauani fisocani yui-
tai cotoga aru: sobani yôde cudasareito yŭtareba, fa
ua nanigocoromonŏ canaximino namidauo vosa-
yete chicazzuqeba, vaga cuchiye mimiuo yoxesaxe 476
rareito yŭfodoni, sunauachi mimiuo yoxetareba,
catacatano mimiuo curaiqitte, vôqini icaruniyotte
miru fito vonovono qimouo qexi, satemo ano nu
subitoua jendai mimonno yatçume gia: nusumiuo 5
suru nominarazu, vaga fauani curaitçuquua macoto
ni chicuruinimo votottato iyeba: nusubito banmin
no nacade icanimo cŏxŏni nonoxittaua: vaga faua fo-
dono qendon daiichina monoua yoni arumajij: va-
ga conobunni narucotoua carega xiuaza gia; yuyeuo 10
icanitoyŭni, vare yôxôno toqi, tomodachino tefon
sumi, fudeuo nusunde quredomo, tçuini ychidomo
xeccanuo cuuayeide, sonomama nusumino cuxeuo
suteide conobunni natta. Vareuo chŭsuru monoua
sunauachi faua giato yŭte qirareta. 15

Xitagocoro.

Sucoxino acuuo corasaneba, vôqina acuga yoni
fabicoru toyŭ cotouo xire.

のラッパ以外には何も持っていない」。反対に彼らが叫んで答えるには、「お前がラッパで交戦することはできないとしても、他の者たちを戦いに駆り立てることはできるのだから、お前は確かにラッパで更に多くの者たちを殺すだろう」。

　　【寓意】

　　この寓話は、不正に行動するように悪く冷酷な高官連を説得する者たちが、他の者たちに優って罪深いことを示唆している。

［C8］母と子のこと　　　　　　　　　　　　　［475］

　　ある童、手習いにやる所から友達の手本を盗んで来れども、その母はこれを折檻もせいでおくによって、日々に筆・墨などを盗んで来て、盗みほどの面白いことはないと思い、成人するに従うて、後には大盗人となって、その罪が現るれば、守護の所に渡され、成敗の場に引かるるに臨うで、その母跡から泣き慕うを、かの盗人声を聞いて、警護の武士に、「わが母にひそかに云いたいことがある。傍に呼うで下されい」と云うたれば、母何心もなう［注意もなく］悲しみの涙を抑［476］えて近付けば、「わが口へ耳を寄せさせられい」と云うほどに、すなわち耳を寄せたれば、片方の耳を喰らい切って、大きに怒るによって、見る人各々肝を消し、「さてもあの盗人は前代未聞の奴めぢゃ。盗みをするのみならず、わが母に喰らい付くは、真に畜類にも劣った」といえば、盗人万民の中で、いかにも高声に罵ったは、「わが母ほどの慳貪［貪欲］第一な者は世にあるまじい。わがこの分になることは、かれが仕業ぢゃ。故をいかにと云うに、われ幼少の時、友達の手本・墨・筆を盗んで来れども、ついに一度も折檻を加えいで、そのまま盗みの癖を捨ていで、この分になった。我を誅するものは、すなわち母ぢゃ」と云うて切られた。

　　【下心】

　　少しの悪を懲らさざれば、大きな悪が世に蔓ると云うことを知れ。

[N31] DE FILIO ET MATRE. [62]

Puer quidam in schola condiscipuli furatus tabellam alpha-
betariam, attulit matri suae. A qua non casti-[63]gatus, cotidie
magis furabatur. Procedente autem tempore, maiora coepit
furari. Tandem a magistratu deprehensus ducebatur ad suppli-
cium: Matre vero sequente ac vociferante, rogavit satellites, ut
paulisper cum ea ad aurem loqui permitterent. Quibus
annuentibus, et matre festinabunda, aurem ad os filii ad-
movente: ille auriculam maternam dentibus amorsam evulsit. Et
cum mater ceterique increparent non modo ut furem, sed etiam
ut in parentem suam impium, inquit, "Haec mihi, ut perderer,
exstitit causa: si enim me ob tabellam alphabetariam castigas-
set, nequaquam ad ulteriora progressus, ad supplicium nunc
ducerer."

Adfabulatio.

Fabula haec innuit, quod qui inter initia peccandi non coer-
centur, ad graviora flagitia evadunt. [Ae200, Ch296]

[C9]   Niuatorito, inuno coto.   476

Arutoqi niuatorito, inuto vchitçuredatte noasobi   20
xitani, figa sudeni cururueba, niuatoriua cozuyeni
nobori, inuua sono qino motoni nemutta. Sŏ aru
tocoroye qitçune sono atari chicŏ ytaga, niuatorino
acatçuqi vtŏuo qijte, faxitte qite cono motoni yotte   477
yŭtaua: icani niuatori, fisaxŭ guenzŏxenu: cotoni-
ua ycqiocuno tayena coyega yoni cacurenai: fitofu
xi vqetamauarŏzuru tameni maittareba, sucoxino
aida coconi voriareto iyeba, niuatori cotayete yŭua: 5
macotoni sonoygoua fisaxŭ taimen mŏsanu: yucaxŭ
zonzuru tocoroni, votazzuneua catajiqenai: yagate
soreye mairŏzu, mazzu sono atarini mexivoita vata-
cuxiga zuijinuo vocosaxerareito: qitçuneua macoto
cato cocoroyete, tareca aru? tareca aruto saqebu fo   10
doni, inuua nemuriuo samaite tachimachi qitçuneni
tobicacatte, tada fitocuchini camicoroita.

Xitagocoro.

［N31］息子と母のこと　　　　　　　　　　　　　［62］

　ある子供が学校で学校仲間の書字板を盗んで、彼の母のところに持って来た。彼女に咎められなかったので、毎日、更に多くのものを盗んだ。時が過ぎて、更に大きなものを盗み始めた。ついに官吏に捕らえられ、処刑に引かれて行った。母が従い、声を出すと、彼は、少しの間、彼女の耳に話すことを衛兵たちが許してくれるように求めた。彼らがそれを許し、母が急いで耳を息子の口に近づけると、彼は母親の小耳を歯でむしり取った。母と他の者たちが、盗人であるのみならず、自らの親にも非道な彼を咎めた時に、彼がいうには、「私は滅ぼされるにしても、私にその理由は明らかだ。もし彼女が書字板について私を咎めていたらならば、私はそれ以上のことに進み、処刑に引かれて行くことは決してなかっただろう」。

　　　〚寓意〛

　この寓話は、犯罪の初めの内に矯正されない者たちは、より酷い破廉恥行為を行う結果となることを示唆している。

［C9］ニワトリとイヌのこと　　　　　　　　　　　［476］

　ある時、ニワトリとイヌとうち連れだって野遊びしたに、日が既に暮るれば、ニワトリは梢に上り、イヌはその木の本に眠った。さうある所へ、キツネそのあたり近ういたが、ニワトリの［477］暁歌うを聞いて、走って来て、木のもとに寄って云うたは、「いかにニワトリ、久しう見参［対面］せぬ。ことには一曲の妙な声が世に［決して］隠れない。一節承らうずるために参ったれば、少しの間ここにおりゃれ」といえば、ニワトリ答えて云うは、「真にその以後は久しう対面申さぬ。ゆかしう［懐かしく］存ずるところに、お尋ねは忝い。やがてそれへ参らうず。まづそのあたりに召し置いた私が随身［お供］を起こさせられい」と。キツネは真かと心得て、「誰かある？誰かある」と叫ぶほどに、イヌは眠りを覚まいて、たちまちキツネに飛び掛かって、ただ一口にかみ殺した。

Qensaino aru fitoua vaga teqiuo tezzucara gaixe-
nedomo, mata vareyorimo tçuyoi monovomotte   15
corosasuru mono gia.

[O3] CANIS ET GALLUS.   [65]

Canis et gallus inita societate iter faciebant. Vespera autem
superveniente, gallus conscensa arbore, dormiebat: at canis ad
radicem arboris excavatae. Cum gallus, ut assolet, noctu can-
[66]tasset, vulpes ut audivit accurrit: et stans inferius, ut ad se
descenderet rogabat, quod cuperet commendabile adeo cantu
animal complecti. Cum autem is dixisset, ut ianitorem prius
excitaret ad radicem dormientem, ut cum ille aperuisset,
descenderet: et illa quaerente ut ipsum vocaret, canis statim
prosiliens eam dilaceravit.

Adfabulatio.

Fabula significat, prudentes homines inimicos insultantes ad
fortiores astu mittere. [Ae252, Ch180]

[C10] Xixivŏto, cumatono coto.   477

Arutoqi fitçujino co yppiqi cumato, xixitono futa-
tçuno teni cacatte xinda. Cono futatçuno qedamo
no tagaini jitano xôbuuo arasôte, axitacara yŭsari   20
made tatacayedomo, tçuini sono cachimaqega mi-
yeide, arasoi cutabirete, riŏbŏni tachiuacarete yru
tocoroni, qitçunega yosocara coreuo mite, futatçuno
nacani vocareta fitçujiuo totte curŏta. Nifiqino ta-   478
qei qedamonodomo satemo yasucaranu qitçunega
fataraqicanatoua vomoyedomo, sasugani taiteqiuo
mayeni voitareba, xôteqiuo cobamuni taraide cu-
rauareta.   5

Xitagocoro.

Riŏbŏcara arasô monouo nacacara dete torucoto
ua vouoi mono gia. Yppŏga ai arasôte futatçu naga-
ra guiojinno teni votçuruto yŭmo corerano cotouo
yŭca.   10

　　【下心】賢才のある人は、わが敵を手づから［自ら］害せねども、また我よりも強い者をもって、殺さするものぢゃ。

［O3］イヌとニワトリ　　　　　　　　　　　　　　　　　　［65］

　イヌとニワトリが同盟を結んで旅行した。夕暮れとなって、ニワトリは木に登って眠り、イヌは凹んだ木の根のところに眠った。ニワトリがいつものように夜鳴きをすると、聞くや否やキツネが走って来た。彼はその下に立ち、ことに賞賛すべき歌により動物を愛でたいので、自らの方に降りて来るように求めた。しかし、ニワトリは、先ず根のところで寝ている門番を起こし、彼が目覚めたら降りて行こうと言った。そのように求められたのでキツネがイヌを呼ぶや否や、イヌは直ちに突進してキツネをずたずたに切り裂いて殺した。

　　【寓意】
　この寓話は、賢明な人間は侮辱する敵をより強い者たちに狡猾に引き渡すことを示している。

［C10］シシ王とクマとのこと　　　　　　　　　　　　　　［477］

　ある時、ヒツジの子一匹、クマとシシとの二つの手に掛かって死んだ。この二つの獣、互いに自他の勝負を争うて、朝から夕さりまで戦えども、ついにその勝ち負けが見えいで、争いくたびれて、両方にたち別れているところに、キツネが余所からこれを見て、二つの［478］中に置かれたヒツジを取って喰らうた。二匹の猛い獣ども、「さても安からぬ［けしからん］キツネが働き［仕業］かな」とは思えども、さすがに大敵を前に置いたれば、小敵を拒むに足らいで、喰らわれた。

　　【下心】
　両方から争う者を、中から出て取ることは多いものぢゃ。鷸蚌［シギとハマグリ（戦国策燕策）］があい争うて、二つながら漁人の手に落つると云うも、これらのことを云うか。

[O4] LEO ET URSUS. [66]

Leo et ursus simul magnum nacti hinnulum, de eo pugna-
bant: graviter igitur a seipsis affecti, ut ex multa pugna etiam
vertigine corriperentur, defatigati iacebant. Vulpes autem cir-
cumcirca eundo, ubi prostratos eos vidit, et hinnulum in medio
iacentem, hunc per utrosque percurrendo, rapuit, fugiensque
abivit: at illi videbat quidem ipsam, sed quia non poterant
surgere, Nos misseros, dicebant, quia vulpi laboravimus.

Adfabulatio.

Fabula significat, aliis laborantibus, alios lucrari. [Ae147,
Ch200]

[C11] **Tonyocuna monono coto.** 478

Aru tonyocuna mono yxxeqiuo cotogotocu co-
qiacu xite, qinsu fiacuriŏuo motome, fitomo yucanu
tocoroni anauo fotte, fucŏ cacuxedomo, soremo na-
uo vtagauaxŭte, mainichi sono tocoroni itte mimŏ- 15
ta. Sŏareba arufito canomonono nichinichini vona
ji tocoroye ytteua cayeri, ytteua cayeri suruuo mite,
vôqini ayaximi, fimauo vcagŏte cano tocorouo yŏ
yŏ mireba, cudanno anauo mitçuqe, soreuo cotogo
tocu totte cayetta. Sono yocujit itçumonogotoqu 20
yte mireba, anamo forare, vŏgonmo naicotouo
guiŏten xite, gotaiuo chini nague, modaye cogarete
naqi naguequ tocoroni, arufito socouo touottaga, ca
nete sono cotouo xittaca, azaqette yŭua: gofenno
qizzucaiua muyacu gia. Sonatano caxicoi facaricoto 479
vomotte sono canaximiuo vonadameare: mazzu
ixiuo totte cudanno qinsuno vomosani caqete, so-
no anani vocacuxare: sate sonatano cocoro niua: vŏ-
gon giato vomoivonaxare: soreuo najenito yŭni, 5
vŏgonuo tçucaimo xezu, iyeni sayemo vocaide, san
yano tçuchino nacani vzzumuru cotoua, ixito vona
ji cotodeua nai cato yŭte satta.

Xitagocoro.

Tatoi qinguinuo yama fodo tçunde motçutomo, 10
tçucauaide tacuuayuru fitoua ixiuo mottamo dôjen
gia.

[O4] ライオンとクマ [66]

　ライオンとクマが大きな子ジカを得て、それを争った。お互いに酷く苦しめられて、多くの戦いにより眩暈に襲われ、疲れ果てて横たわっていた。その周りにキツネが来ると、倒れている彼らと、その真ん中に横たわっている子ジカを見た。キツネは両者の間を駆け抜けると、それを奪い逃げ去った。彼らはキツネを見たが、起き上がれなかったので、「哀れな我らか。キツネのために働いたことだ」と言った。

　〘寓意〙

　寓話は、ある者たちの働きにより、他の者たちが儲かることを示している。

[C11] 貪欲な者のこと [478]

　ある貪欲な者、一跡をことごとく沽却して、金子百両を求め、人も行かぬ所に穴を掘って、深う隠せども、それもなお疑わしうて、毎日その所に入って見舞うた。さうあれば、ある人、かの者の日々に同じ所へ行っては帰り、行っては帰りするを見て、大きに怪しみ、隙を伺うて、かの所をようよう見れば、件の穴を見つけ、それをことごとく取って帰った。その翌日いつものごとく行て見れば、穴も掘られ、黄金もないことを仰天して、五体[全身]を地に投げ、悶え焦がれて泣き嘆くところに、ある人そこを通ったが、かねてそのことを知ったか、嘲って云うは、「御辺の[479]気遣いは無益ぢゃ。そなたの賢い謀をもって、その悲しみをお宥めあれ。まづ石を取って、件の金子の重さに掛けて、その穴にお隠しゃれ。さてそなたの心には、黄金ぢゃと思いお[敬辞]なしゃれ。それをなぜにと云うに、黄金を使いもせず、家にさえも置かいで、山野の土の中に埋むることは、石と同じことではないか」と云うて去った。

　〘下心〙

　仮令金銀を山ほど積んで持つとも、使わいで蓄ゆる人は、石を持ったも同前[同然]ぢゃ。

[O10] AVARUS.   [68]

Avarus quidam cum omnia sua bona vendidisset, et auream glaebam fecisset, in loco quodam infodit, una defosso illic et animo suo, et mente: atque cotidie eundo, ipsam videbat. Id autem ex operis quaedam observando cognovit, et refossam glaebam abstulit. Post haec et ille profectus, et vacuum locum videns, lugere coepit, et capillos evellere. Hunc cum quidam vidisset sic plorantem, et causam audivisset, "Ne sic," ait, "o tu, tristare: neque enim habens aurum, habebas: lapidem igitur pro auro acceptum reconde, et puta tibi aurum esse eundem enim tibi usum praestabit: nam, ut video, neque cum aurum erat, utebare.

Adfabulatio. Fabula significat, nihil esse possessionem, nisi usus adfuerit. [Ae225, Ch344]

[C12]   Robato, qitçuneno coto.   479

Arutoqi roba xixino cauauo cazzuite cococaxico-
uo caqemegutte, yorozzuno qedamonouo vodoita   15
ni, qitçuneni yuqiyŏte jŭmenuo tçucuttareba, qitçune
ua motoyori caxicoimono nareba, fizzumeno teiuo
yagate mixitte, coreua baqemono zoto cocoroyete,
icani sugurete qetacai yosouoi naru vocataye mŏsŏzu
ru cotoga aru: sonatano vocoyeuoba yagate vqetama   20
uari xittato yŭte, vôqini azaqettareba, sorecara vouo
subete satta.

Xitagocoro.

Naniuomo xiraide xittaburiuo xeba, tachimachi
goncani fitocara mixirarete fagini voyôde xirizocŏ   480
zu.

[O62] ASINUS ET VULPES.   [87]

Asinus indutus pelle leonis vagabatur, reliqua bruta perter-
rendo. Ceterum visa vulpe, temptavit et hanc perterrefacere. Haec autem (casu enim ipsius vocem audiverat) ad ipsum ait, "Copertum habeto quod et ego timuissem, nisi rudentem audi-
vissem."

［O10］貪欲漢 [68]

　ある貪欲漢が自らの全ての財産を売却して、黄金の塊を作ってから、ある所に埋めた。その同じ所に一緒に自らの魂も心も埋めると、毎日行ってその塊を見た。ある人夫がそれを見て理解し、塊を発掘すると持ち去った。その後に彼が来ると、空の場所を見て、嘆いて髪をむしり始めた。ある人が悲嘆する彼を見た時に、その理由を聞いて言うには、「さあ貴方、そのように悲しまないように。黄金がないとしても、貴方は持っている。だから、黄金の代りに好ましい石を戻しなさい。貴方の役に立つだろうから、消えた黄金を持っていると思いなさい。私の見るところ、黄金があったとしても、貴方は使わなかった」。

　〘寓意〙

　寓話は、もし利用に供しないならば、所有は無価値であることを示している。

［C12］ロバとキツネのこと [479]

　ある時ロバ、シシの皮を被いて［被って］、ここかしこを駆け巡って、万の獣を脅いたに、キツネに行き会うて十面［変な顔］を作ったれば、キツネは元より賢い者なれば、蹄の体をやがて見知って、これは化物［キツネなどが人になる類］ぞと心得て、「いかに、優れて気高い装いなるお方へ申さうずることがある。そなたのお声をば、やがて［他ならず］承り知った」と云うて大きに嘲ったれば、それから尾を統べて［縮めて］去った。

　〘下心〙何をも知らいで、知った振りをせば、たちまち［480］言下に人から見知られて、恥に及うで退かうず。

［O62］ロバとキツネ [87]

　ライオンの毛皮を纏ったロバが、残りの野獣を驚かしながら歩き回った。しかもなおキツネを見ると、それを驚かせようとした。しかし、キツネが（偶然にロバの声を聞いていたので）彼にいうには、「もし私が嘶くお前を聞いていなかったら、お前を恐れただろうに」。

Adfabulatio. Fabula significat, nonnullos indoctos, qui iis, qui extra [88] sunt, aliqui esse videntur, ex sua linguacitate redargui. [Ae188, Ch267]

[C13]   Vmato, robatono coto.   480

Arufito robato, vmatoni niuo vôxete yuquga, ro
bano nimotga amarisuguite, saqiye yuqitcucŏ yŏmo   5
naqereba, robacara vmani vabicotouo xite yŭ yŏua:
sonatato, vareua ychimonde, sottono cŏguevomotte
fedatatta: vaga nimotga amari suguite, fitoaximo
ficŏzuru yŏga nai: sucoxi sonatano vyeni tçuqete
vareuo tasuqerarei caxito: Vmaua iccŏ xôin xeide,   10
qeccu vôqini azaqette saqiye yttareba, robaua chica
rani voyobaide, tçuini tauorete xinda. Socode cono
vmavoiua xôcotoga nŏte, robani tçuqeta nimotuomo
cotogotocu vma yppiqini toritçuqete, amassaye roba
no cauauomo faide vmani vôxete yuqu tocorode,   15
sonotoqi vmaua vaga guchi naru cotouo cayerimi,
saqini robano vabita toqi, sotto cŏriocu xitaraba, core
fodono vomoniua motçumajij monouoto cuyame-
domo yeqiga nacatta.

Xitagocoro.   20
Rino côzuruua fino ychibaito yŭte, dŏriuo xôin
xenu monoua, canarazu fibunno gaini auaide canaua
nu mono gia.

Vir quidam habebat equum et asinum. In itinere faciendo, inquit asinus equo, "Si me salvum vis, leva [59] me parte oneris mei." Equo illius uerbis non obsequente, asinus sub onere cadens, moritur. Tunc dominus iumentorum omnes, quas porta-bat asinus sarcinas, simulque corium, quod a mortuo exuerat, equo imponit. Quo onere depressus equus, cum clamore inquit, "Vae mihi iumentorum infelicissimo, quid mihi misero evenit? Nam recusans partem, nunc totum onus porto, illius corium."

〖寓意〗
　寓話は、外面で何か他の者に見られる、かなり多くの無教養の者たちが、自らの饒舌により咎められることを示している。

［C13］ウマとロバとのこと　　　　　　　　　　　［480］

　ある人、ロバとウマとに荷駄うせて行くが、ロバの荷物があまり過ぎて、先へ行き着かう様もなければ、ロバからウマに詫言［懇願］をして云う様は、「そなたと我は一門［一族］で、そっと［少し］の高下をもって隔たった。わが荷物があまり過ぎて、一足も引かうずる様がない。少しそなたの上に付けて、我を助けられいかし」と。ウマは一向承引［同意］せいで、結句大きに嘲って先へ行ったれば、ロバは力に及ばいで、ついに倒れて死んだ。そこでこの馬追いはせうことがなうて、ロバに付けた荷物をも、ことごとくウマ一匹に取り付けて、剰え［その上に］ロバの皮をも剥いでウマに駄うせて行くところで、その時ウマは、わが愚痴［無知］なることを顧み、「先にロバの詫びた時、そっと合力したらば、これほどの重荷は持つまじいものを」と悔やめども、益がなかった。

　〖下心〗「理の昂ずるは非の一倍［理屈も度が過ぎると非理の二倍の害となる］」と云うて、道理を承引せぬ者は、かならず非分の害［非業の死］に会わいで叶わぬものぢゃ。

［N21］ロバとウマのこと　　　　　　　　　　　　［58］

　ある男が、ウマとロバを持っていた。旅をしながら、ロバがウマにいうには、「もし私が健勝であって欲しいなら、私の荷の一部を軽くしてくれ」。ウマは彼の言葉に従わなかったので、ロバは荷の下に倒れて死ぬ。そこで役畜たちの主人は、ロバが運んでいた荷の全てと、死んだものから剥いだ皮を同じくウマに据えた。ウマがその重荷に潰されながら、叫んでいうには、「最も不幸な役畜かな！哀れな私に何が起こったのか。私は荷の一部を拒否したために、その全てと彼の皮まで運んでいる」。

Adfabulatio.

Haec fabula innuit, maiores debere in laboribus participes esse minoribus, ut utrique incolumes sint. [Ae181, Bb7, Ch141]

[C14] Ninin dôdŏ xite yuqu coto.   481

Ninin vonajiyŏni ayunde yuqu tocoroni, ychinin vonouo mitçuqete firoitoru tocorode, ma ychininno yŭua: sonata fitorinoniua xemajij: tada coreua fu tarinoni xôzuto: saredomo ychiyen dôxin xenanda.   5
Sŏatte atocara sono nuxiga faxitteqite motta yoqiuo coreua miga giato yŭte, vbauŏto xite isacŏ tocorode vonouo firôta mono, nŏdôxin xita fito, najeni sonata ua chicarauo vosoyeyaranu zoto iyeba: ma ychininga cotayete yŭua: tada qixo goychininnode gozarŏzu   10
to.

Xitagocoro.

Yoi toqini tomoni xenu fitouoba acujino toqimo tomonŏ cotoua narumai.

[O32] VIATORES.   [76]

Duo quidam una iter faciebant: et cum alter securim repperisset, alter, qui non invenit, admonebat ipsum, "Ne diceret inveni, sed invenimus." Paulo post autem cum aggrederentur ipsos, qui securim perdiderant, qui eam habebat, persequentibus illis, ei qui una iter faciebat, dixit, "Perivimus." Hic autem ait, "Perivi dic: non, perivimus: etenim et tunc, cum securim invenisti inveni dixisti, non, invenimus."

Adfabulatio.

Fabula significat, qui non fuerunt participes felicitatum, neque in calamitatibus firmos esse amicos. [Ae67, Ch256]

[C15] Yaguiŭto, vôcameno coto.   481

Aru yaguiŭ vonorega tachidouo fanarete asoco co couo faiquai xitaga, aru xiguericara vôcamega faxiridete sudeni curauŏto xita toqini, yaguiŭ vôca-

【寓意】

　この寓話は、両者が無傷であるように、より大きな者たちは小さな者たちの辛苦に関与するべきことを示している。

［C14］二人同道して行くこと　　　　　　　　　　　［481］

　二人同じ様に歩んで行くところに、一人斧を見付けて、拾い取るところで、ま一人の云うは、「そなた一人のにはせまじい。ただこれは二人のにせうず」と。されども一円同心せなんだ。さうあって後から、その主が走って来て、もった斧を、「これは余が［私のもの］ぢゃ」と云うて、奪わうとして諍うところで、斧を拾うた者、「なう同心した人、なぜにそなたは力をお添えやらぬぞ」といえば、ま一人が答えて云うは、「ただ貴所［貴方］ご一人のでござらうず」と。

　　【下心】

　よい時に友にせぬ人をば、悪事の時も伴うことはなるまい。

［O32］旅人たち　　　　　　　　　　　　　　　　　［76］

　ある二人が一緒に旅をした。一人が斧を発見した時に、それを見つけなかった他の者は、「私が、ではなく、我々が見つけたというべきだ」と彼に注意した。少し後に、斧を失くした者たちが彼らに寄って来て、彼らを追求したので、斧を持っていた者が、一緒に旅をしていた者に、「我々は失った」と言った。しかし、彼がいうには、「我々は、ではなく、私は失ったと言いなさい。何故ならば、貴方は斧を見つけた時に、私がと言い、我々がとは言わなかったからだ」。

　　【寓意】寓話は、幸福にも不幸にも関与しない者たちが、確実な友人であることを示している。

［C15］ヤギウとオウカメのこと　　　　　　　　　　［481］

　あるヤギウ己が立ちど［居場所］を離れて、あそこここを徘徊したが、ある茂りからオウカメが走り出て、既に喰らわう

meni yŭua: totemo vare tadaima sonatacara cuua- reôzu:
xicaraba tanen suita michide areba, saigoni   20
fitocanade mŏte xinŏzu, yeqiocu soyegoyeni az-
zucareto iyeba, vôcame guenimoto vomoi cŏxŏ
ni vtŏtareba, atarino inudomoga qiqitçuqete, coye
uo xirubeni caqete qitareba, vôcameua sunauachi
niguete inuruga, tachicayette yaguiŭye yŭua: va-   482
reua qifenno reôrixa nareba, minimo niyauanu von guiocuuo
xite, connichino yemonouo vxinŏtato.

Xitagocoro.

Vagamini ataru yacuni vocotatte, tano gueiuo xô   5
to suru monoua, fibini sono tocuuo forobosu mono
gia.

[O43] HAEDUS ET LUPUS.   [81]

Derelictus haedus a grege, persequente lupo, conversus ad
eum dixit, "O lupe, quoniam credo me tuum cibum futurum, ne
iniucunde moriar, cane tibia primum, ut saltem." Lupo autem
canente tibia, atque haedo saltante, canes cum audivissent,
lupum persecuti sunt. Hic conversus haedo inquit, "Merito haec
mihi fiunt, oportebat, enim me coquus cum sim, tibicinem non
agere."

Adfabulatio.

Fabula significat, qui ea, quibus natura apti sunt, negligunt,
quae vero aliorum sunt, exercere conantur, in infortunia
incidere. [Ae97, Ch107]

[C16]   Robato, xixino coto.   482

Arutoqi robaga ippiqi noni deta vorifuxi, xixiga
coreuo mite, cucqiŏno curaimono giato yorocôde   10
qitaga, sono atari chicŏ niuatoriga yte cŏxŏni toqi
uo vtŏtareba, xixiua sono coyeni vosorete niguesat
ta tocorode, robaga cocoroni vomôyŏua: appare
xixiua vocubiŏna monocana! vareuo mite fitoaxi
uo tameide nigueyuquyoto atouo xitŏte yuqu fo-   15
doni, niuatorino coyemo qicoyenandareba, xixi-

とした時に、ヤギウ、オウカメに云うは、「迚も［どうせ］我、只今そなたから食われうず。しからば、多年好いた道であれば、最後に一奏で［歌一曲］舞うて死なうず。一曲 添声［声を合わせる］にあづかれ」といえば、オウカメげにもと思い、高声に歌うたれば、あたりのイヌどもが聞き付けて、声を 標 に駆けて来たれば、オウカメはすなわち［482］逃げて住ぬるが、たち帰ってヤギウへ云うは、「我は貴辺［貴方］の料理者なれば、身にも似合わぬ音曲をして、今日の獲物を失うた」と。

　　《下心》わが身に当たる［自分のすべき］役に怠って、他の芸をせうとする者は、日々にその徳を亡ぼすものぢゃ。

［O43］小ヤギとオオカミ　　　　　　　　　　　　［81］

　群れにとり残された小ヤギがオオカミに追われたが、彼に向き直っていうには、「オオカミ、私は貴方の餌食となるだろうと思うので、私が不愉快に死なないように、私が踊るために笛を吹いてくれ」。オオカミが笛を吹き、小ヤギが踊ると、イヌがこれを聞いてオオカミを追いかけた。彼が振り向いて小ヤギにいうには、「これは私に相応しく起こった。私は料理人であるのだから、笛吹きになるべきではなかった」。

　　《寓意》

　寓話は、自然で妥当なことは顧みず、実は他人のものであることを行おうと試みる者たちは、不幸に陥るということを示している。

［C16］ロバとシシのこと　　　　　　　　　　　　［482］

　ある時、ロバが一匹野に出た折節、シシがこれを見て、究竟の［優れた］喰らいものぢゃと喜うで来たが、そのあたり近うニワトリがいて、高声に時を歌うたれば、シシはその声に恐れて逃げ去ったところで、ロバが心に思う様は、「あっぱれ、シシは 臆病 な者かな！我を見て一足を溜めいで［止めず］逃げ行くよ」と後を慕うて行くほどに、ニワトリの声も聞こえなんだれば、シ

233

vŏ tachimachi tottecayaite, tada fitocuchini curai
corosŏto suru tocorode, roba vagamino tameniua
niguenanda monouoto sonotoqi satottaredomo, cu-
yuruni caimo nŏ forobosareta.   20
    Xitagocoro.
Gŏteqiga niguruto miyurutomo, catçuni noru-
na: Canarazuximo cocoroniua betno facaricotoga
arŏzo.

[O16] ASINUS ET LEO.   [70]
    Cum asino gallus aliquando pascebatur. Leone autem ag-
gresso asinum, gallus exclamavit, et leo (aiunt enim hunc galli
vocem timere) fugit. At asinus ratus propter se fugere, aggressus
est statim leonem. Ut vero procul hunc persecutus est, quo non
amplius galli perveniebat vox, conversus leo devoravit. Hic
vero moriens clamabat, "Me miserum, et dementem: ex pugna-
cibus enim non natus parentibus, cuius gratia in aciem irrui?"
    Adfabulatio.
    Fabula significat, plerosque homines, inimicos, qui se de
industria humiliarunt, aggredi, atque ita ab illis occidi. [Ae82,
Ch269]

[C17] Mitçutçucurino coto.   483
    Aru nusubito mitçuuo tçucuru tocoroni ytte mire
ba, sono nuxi vorifuxi taguiŏ xite ynandani yotte,
cucqiŏno suqi giato cocoroye, mitçuuo cotogotocu
nusunde cayetta. Sononochi arujiua cayette vtçuua   5
monono cotogotocu aitauo mite, satemo fuxigui
giato cococaxicouo mimauaitareba, fachiua sono
arujiuo sanzanni saitareba, vramite yŭua: vonore
ua nusubitouoba sasaide, yŏicu suru monouo sasuca-
to yŭta.   10
    Xitagocoro.
    Amatano fito nusubitouoba iyeno tameni naru mo
nocato cocoroye, xinjitno tameni naru monouoba
nusubitono yŏni vtomu cotoga vouoi.

シ王たちまち取って返いて、ただ一口に喰らい殺さうとするところで、ロバ、「わが身のためには逃げなんだものを」とその時悟ったれども、悔ゆるに甲斐もなう亡ぼされた。

　　〘下心〙
　強敵が逃ぐると見ゆるとも、勝つに乗るな。必ずしも［必ず］心には別の謀があらうぞ。

［O16］ロバとライオン　　　　　　　　　　　　　　［70］
　ある時、ニワトリがロバと草食していた。そこでライオンがロバを襲うと、ニワトリが叫び、（ニワトリの声を恐れると言われている）ライオンは逃げた。ロバは自らのせいで逃げたと思い、直ちにライオンを追いかけた。かなり遠くまで彼を追い、ニワトリの声が届かなくなった所で、振り返ったライオンがロバを貪った。ロバが死につつ叫んでいうには、「何と哀れで愚かな私か。戦闘的な親から生まれたわけでもないのに、私は誰のために戦列に突進したのだ？」

　　〘寓意〙
　寓話は、多くの人間が、故意に自らを辱める敵たちを襲い、このように彼らによって殺されることを示している。

［C17］蜜作りのこと　　　　　　　　　　　　　　　［483］
　ある盗人、蜜を作る所に行って見れば、その主折節他行［他所へ行く］して、居なんだによって、究竟の隙ぢゃと心得、蜜をことごとく盗んで帰った。そののち主は帰って、器物のことごとく開いたを見て、「さても不思議ぢゃ」と、ここかしこを見回いたれば、蜂はその主を散々に刺いたれば、恨みて云うは、「己は盗人をば刺さいで、養育する者を刺すか」と云うた。

　　〘下心〙
　あまたの人、盗人をば家のためになるものかと心得、真実のためになるものをば、盗人の様に疎むことが多い。

[O34] APIARIUS. [77]

In mellarium ingressus quidam domino absente, favum abs-
tulit. Hic autem reversus, ut alveolos vidit inanes, stans quod in
his erat perscrutabatur. Apes autem e pastu redeuntes, ut depre-
henderunt ipsum, aculeis percutiebant, pessimeque tractabant.
Hic autem ad eas, "O perssime animantes, furatum vestros fa-
vos illaesum dimisistis, me vero satagentem vestri, percutitis?"

Adfabulatio.

Fabula significat, sic homines quosdam ob ignorantiam
inimicos non cavere, amicos autem ut insidiatores repellere.
[Ae72, Ch235]

[C18] Carasuto, fatono coto. 483

Aru carasu totto coyeta fatouo mite ycǒ vrayama
xǔ vomôte, ixibaiuo mini nutte, fatoni majitte ye
uo curǒta tocorode, fajimeno fodoua fatomo cara
sutoua xiraide muragari ytaga nochiniua coyede qi-
qixitte fatono nacauo voidaita. Carasumomata so- 20
no iro sugatano ysǒnauo mite, ychiruini xeide riǒbǒ
ni fanarete, dochiyemo tçucanu rǒninni natta.

Xitagocoro.

Tabacatte suru facaricotoua yttanno yeconiua
naredomo, tçuiniua chijnnimo, xitaximinimo fanare 484
te, mino voqidocoromo nai mono gia.

[O50] MONEDULA ET COLUMBAE. [83]

Monedula in columbario quodam columbis visis bene
nutritis, dealbavit sese ivitque, ut et ipsa eodem cibo impertir-
retur. Hae vero, donec tacebat, ratae eam esse columbam, admi-
serunt: sed cum aliquando oblita vocem emisisset, tunc eius
cognita natura, expulerunt percutiendo: eaque privata eo cibo,
rediit ad monedulas rursum: et ille ob colorem, cum ipsam non
nossent, a suo cibo abegerunt: ut duorum appetens, neutro
potiretur.

［O34］養蜂家　　　　　　　　　　　　　　　　　　［77］

　主人の不在中にある者が養蜂小屋に入り、ハチの巣を持ち去った。主人が帰ってきて、ハチの巣箱が空なのを見ると、立ってそこに何があるかと観察した。ハチは、牧草から帰ると彼を見つけたので、針で刺し酷い目にあわせた。彼がハチにいうには、「最悪の生き物め、お前たちの巣を盗んだ者を無傷で放免して、お前たちを満足させる私を針で刺すのか」。

　〘寓意〙

　寓話は、このように人間は、敵には無知から注意せず、友を伏兵のように退けることを示している。

［C18］カラスとハトのこと　　　　　　　　　　　　［483］

　あるカラスとっと［非常に］肥えたハトを見て、いかう［大層］羨（うらや）ましう思うて、石灰（いしばい）を身に塗（ぬ）って、ハトに交じって餌（え）を喰（く）らうたところで、初めのほどは、ハトもカラスとは知らいで群（む）がりいたが、後（のち）には声で聞き知って、ハトの中を追い出（だ）いた。カラスもまた、その色姿（いろすがた）の異相（いさう）なを見て、一類にせいで、両方（りゃうばう）に離れて、どちへも付かぬ牢人（らうにん）［流人］になった。

　〘下心〙謀（たばか）ってする謀（はかりごと）は一旦の［ほんの僅かな］依怙（えこ）［私利］には［484］なれども、ついには、知音（ちいん）にも親しみにも離れて、身の置き所もないものぢゃ。

［O50］小ガラスとハトたち　　　　　　　　　　　　［83］

　小ガラスが、あるハト小屋の中でハトたちがよく養育されているのを見て、同じ食物を分け与えられるように、自らを白くして行った。小ガラスが黙っていた間は、ハトたちはハトだと思って受け入れた。しかし、ある時小ガラスが忘れて声を出すと、本性が知られて、ハトたちは突っついて追い払った。小ガラスは食物を奪われ、小ガラスたちの所に再び戻ったが、彼らには知らない色だったので、食物から追い払った。そうして小ガラスは、二つのものを欲してどちらも得なかった。

Adfabulatio.

Fabula significat, oportere et nos nostris contentos esse, considerantes avaritiam praeterquam quod nihil iuvat, auferre saepe et quae adsunt bona. [Ae129, Ch163]

[C19] Faito, xixivǒno coto.   484

   Aru fai fitotçu xixivǒno tocoroni ytte, sonataua
mi yorimo tçuyôua nai: soreniyotte soregaxiua qi-   5
xouo monotomo vomouanu: coreuo cuchiuoxǔ
vomouaxerareba, dete xôbuuo qexxisaxerareito
yǔtocorode, xixivǒ sarabato yǔte, anano nacaca-
ra dete, faimeua doconi voruzoto iyeba, tachima-
chi xixino fanano saqini toritçuite, coreua nantoto   10
iyeba, xixivǒ vôqini farauo tatete, vareto fanauo
ganjeqini vchiatete xitatacani qizuuo cǒmutte, ca-
xirauo saguete anani ittareba, faiua sobacara cachido
qiuo aguete cayerutote, aru cocagueno cumono
yni cacatte, sunauachi cumocara curauareta.   15

   Xitagocoro.

   Amatano fito vôqina cotoniua rivnuo firaqedo-
mo, isasacano cotoniua maquru cotoga vouoi.

[O78] DE CULICE ET LEONE.   [92]

   Culex ad leonem accedens ait, "Neque timeo te, neque fortior me es: minus mihi adesse virium ideo existimas, quod laceres unguibus, et dentibus mordeas? hoc et femina cum viro pugnans facit. Ego vero longe sum te fortior. Si vero vis, veniamus [93] ad pugnam." Et cum tuba cecinisset, culex inhaesit mordens circa nares ipsius levis genas: leo autem propriis unguibus dilaniavit seipsum, donec indignatus est. Culex autem victo leone, cum sonuisset tuba, et epinicium cecinisset, evolavit. Araneae vero vinculo implicitus cum devoraretur, lamentabatur, quod cum maximis pugnans a vili animali aranea occideretur.

   Adfabulatio. Fabula in eos, qui prosternunt magnos, et a parvis prosternuntur. [Ae255, Ch188]

〖寓意〗
　寓話は、貪欲は、何も得ることがないことを除いても、今あ
る財産をしばしば奪い去ることに留意して、我々は自らのもの
で満足すべきであることを示している。

［C19］ハイとシシ王のこと　　　　　　　　　　　［484］

　あるハイ［蝿］一つシシ王の所に行って、「そなたは余よりも
強うはない。それによって某は貴所をものとも思わぬ。これを
口惜しう思わせられれば、出て勝負を決しさせられい」と云うと
ころで、シシ王、「さらば」と云うて、穴の中から出て、「ハイめは
どこにおるぞ」といえば、たちまちシシの鼻の先に取り付いて、
「これは何と」といえば、シシ王大きに腹を立てて、我と鼻を
岩石に打ちあてて、したたかに疵を被って、頭を下げて穴に入
ったれば、ハイは傍から勝鬨［戦勝の鬨の声］を上げて帰るとて、
ある木陰のクモの網に掛かって、すなわちクモから喰らわれた。
　〖下心〗あまたの人、大きなことには利運を開けども［勝利
を得ても］、些か［僅か］のことには負くることが多い。

［O78］カとライオンのこと　　　　　　　　　　　　［92］

　カ［蚊］がライオンのところに近づいていうには、「私は貴方
を恐れないし、貴方は私より強くもない。私の方が力がないと貴
方が思うのは、爪で引っ掻くことと歯で噛むことか。それは、女
が男と喧嘩するときにすることだ。私は、貴方よりも遥かに強い。
もし望むなら、戦いに臨もう［93］ではないか」。ラッパが鳴っ
た時に、カはライオンの鼻の周りの露わな頬を噛んで固着した。
更に、ライオンは自らの爪で嫌というほど自身を裂いた。カはラ
イオンを負かし、ラッパが鳴り、勝利の歌を歌うと、飛び去った。
しかし、クモの網に掛かって貪り喰われた時に、最も強いものと
戦いながら、クモという弱い動物に殺されることだと嘆息した。
　〖寓意〗
　寓話は、強い者たちを打ち倒すが、弱い者たちに打ち倒され
る者たちについていう。

[C20] Nusubitoto, inuno coto.   484

Aru nusubito fucujinno iyeni xinobi irŏzuruto   20
vomoyedomo, banno tameni inuuo amata cŏte voi-
tareba, foyetaterarete yeirananda: soreniyotte nusu-
bitono facaricotoni, mazzu tabitabi Pan vomotte
qite inuni cuuaxete, sonomiuo mixirareôto xita. Sa
te inudomo yŏyacu mixittato vomô toqi, fisocani   485
xinobiirŏto sureba, tçune yorimo inudomoga nauo
foyemauaru tocorode, nusubito inuni yŭua: sate-
mo vonoreua vaga vonuo xiranu monocana! miga
vonoreni tçuneni fubinuo cuuayetaua conotoqi mixi   5
rareô tame giato: inuga mata nusubitoni cotayete
yŭua: sochiga tamatama fitocuchino Panuo cure, ta-
nenno xujinno quabunno zaifôuo torigotoua cuxe
goto gia: isoide socouo tachisareto yŭta.

Xitagocoro.   10

Xujinni cocorozaxiuo fucŏ suru monoua sucoxi
no riniyotte, vouoquno vonuo vasurenu mono gia.
Saredomo futagocorono aru monoua sucoxino riuo
mottemo amatano vonuo vasururu.

[P19] DE FURE ET CANE.   [104]

Furi aliquando panem (ut sileat) porrigenti, respondit canis,
"Insidias tuas novi, panem das, quod desinam latrare: sed ego
tuum munus odi, quippe si ego tulero panem, tu ex his tectis
cuncta asportabis."

Morale.

Cave parvi commodi causa amittas magnum: cave cuivis
homini fidem habeas. Sunt enim qui dolo non tantum benigne
dicunt, sed et benigne faciunt. [Ae403, Ph1.23]

[C21] Voita inuno coto.   485

Arufito ychimotno inuuo cŏtaga, toqitoxite ino-
xixi, canoxixinimo voitçucazu, aruiua tabitabi cui
tomenandaniyotte, buchiuo atçureba, inuga caxi-
comatte mŏxitaua: vaga toxizacarino toqiua, cano
xixi, inoxixiuomo yarazu, sugosazu, iqitoxi iqeru   20

［C20］盗人とイヌのこと　　　　　　　　　　　　　　［484］

　ある盗人、福人〔富じん〕〔富める人〕の家に忍び入らうずると思えども、番のためにイヌをあまた飼うておいたれば、吠え立てられて、得〔え〕入らなんだ。それによって、盗人の謀〔はかりごと〕に、まづたびたびパンを持って来て、イヌに食わせて、その身を見知られうとした。さ〔485〕て、イヌどもやうやく見知ったと思う時、ひそかに忍び入らうとすれば、常よりもイヌどもがなお吠え回るところで、盗人イヌに云〔ゆ〕うは、「さても己はわが恩を知らぬものかな！余がオノレに常に不便を加えた〔可愛がった〕は、この時見知られうためぢゃ」と。イヌがまた盗人に答えて云〔ゆ〕うは、「そちがたまたま一口のパンをくれ、多年の主人の過分の財宝〔くわぶん〕を取りごとは、曲事〔くせごと〕〔不正〕ぢゃ。急いでそこを立ち去れ」と云〔ゆ〕うた。

　〘下心〙主人に志を深うする者は、少しの利によって、多くの恩を忘れぬものぢゃ。されども二心〔ふたごころ〕〔裏切りの心〕のある者は、少しの利をもっても、あまたの恩を忘るる。

［P19］盗人とイヌのこと　　　　　　　　　　　　　　［104］

　ある時、盗人が（イヌが黙るように）パンを与えると、イヌが答えていうには、「私は貴方の奸計を知っている。私が吠えるのを止めるように、貴方はパンを与える。しかし、私は貴方の贈物を嫌う。何故ならば、もし私がパンを取れば、貴方はこの建物から全てを持ち去るだろうからだ」。

　〘寓意〙小さな幸福のために、大きなものを失わないように注意しろ。どんな人間も信頼するな。何故ならば、奸計により多くを好意的に語らない者は、好意的に振る舞うからだ。

［C21］老いたイヌのこと　　　　　　　　　　　　　　［485］

　ある人逸物の〔いちもつ〕〔優れた〕イヌを飼うたが、時としてイノシシ・カノシシ〔鹿〕にも追い付かず、あるいは、たびたび食い止めなんだによって、鞭〔むち〕を当つれば、イヌが畏〔かしこ〕まって申したは、「わが年盛り〔としざかり〕〔全盛〕の時は、カノシシ・イノシシをも遣らず、過ごさ

monouo cuitodomete chŭxetuo tçucuitaredomo,
imaua sudeni youaimo catamuite, famo nuqe, chi-
caramo vochite, tada yonotçuneno inunimo vototta.
Satemo ninguenua vaga yeco bacariuo fonni xite,
saqino chŭxetuoba vchivasurete, tŏzano fôcô baca   486
riuo fonto surucotono naguecaxisayoto yŭte, namida
uo nagaxi (dŏriuo tadaite miruni voiteua) voite co-
so nauo teineiuoba tçucusareôzuru cotonare to yŭ-
ta.   5

Xitagocoro.

Chŭxetuo munaxŭ suru xujinua toxiyorjinu,
voita vmauo sutçuru gotoqu gia.

[P22] DE CANE VETULO, QUI AB HERO CONTEMNITUR.   [105]

Canem venaticum, qui iam senuerat, instigat herus, frustra
hortatur: tardi sunt pedes, non properat. Prehenderat feram, fera
edentulo elabitur. Increpitat herus verbere et verbo. Canis
respondet, debere sibi iure ignosci, iam senuisse: at iuvenem
fuisse strenuum. "Sed ut video," inquit, "nil placet sine fructu.
Iuvenem amasti, senem odisti. Amasti praedabundum, odisti
tardum edentulum. Sed si gratus esses, quem olim iuvenem
frugis causa dilexisti, senem fructuosae iuventutis gratia
diligeres."

Morale.

Recte canis: Nam teste Nasone,
"Nil, nisi quod prodest, carum est: i, detrahe menti
    Spem fructus avidae, nemo verendus erit." [Ov. Pont. 2.3.15]
    Praeteriti commodi nulla est memoria: futuri autem gratia
non magna, praesentis commodi summa.
"Turpe quidem dictu, sed, si modo vera fatemur,
    Vulgus amicitias utilitate probat." [Ov. Pont. 2.3.8]
[Ae532, Ph5.10]

ず、生きとし生けるものを食い留めて忠節を尽くいたれども、今は既に齢も傾いて、歯も抜け、力も落ちて、ただ世の常のイヌにも劣った。さても人間は、わが依怙ばかりを本にして、[486]先の忠節をばうち忘れて、当座の奉公ばかりを本とすることの嘆かしさよ」と云うて、涙を流し、（道理を糺いて見るにおいては）「老いてこそなお丁寧をば尽くされうずる［大層手厚く保護しようとする］ことなれ」と云うた。

　〖下心〗忠節を空しうする主人は、年寄りイヌ・老いたウマを捨つるごとくぢゃ。

［P22］主人に軽蔑された老いたイヌのこと　　　　　　［105］

　主人が既に老いた狩りのイヌを煽って、無益に励ましたが、イヌの足は遅く、急がない。野獣を狩れば、野獣は歯抜けの彼から逃れる。主人は、笞と言葉で叱責するが、イヌは、自らが若い時は敏捷だったが、老いてからは正当に寛大な処置がなされるべきだと答える。「私の見るところ、利益がなしでは何も気に入らない。貴方は若者を愛するが、年寄りは嫌う。貴方は略奪したものを愛するが、足の遅い歯抜けは嫌う。しかし、もし貴方がかつて若い時に、利益のために尊重した者に対する感謝の念があったとしたら、貴方は利益の多かった青春の時の故に老人を尊重しただろうに」という。

　〖寓意〗

　イヌは正しい。証人［Ovidius］Naso［『黒海便り』］によれば、「儲かること以外は貴重でない。行って、貪欲な心から利益の希望を取り去れ。誰にも尊敬されないだろう」。

　過去の利益の記憶はない。将来の恩顧は大きくなく、現在の利益が最も重要だ。
「言うのも恥じるべきだが、もし我々が真実を白状すれば、大衆は友情を利益により是認する」。

[C22]   Mamuxito, cogatanano coto.   486

Aru fito mamuxiuo mite vtŏzuru tçuyega nacatta   10
reba, macotoca, cono muxiua curoganeuo voqeba,
sarucotoga naito yŭ monouoto yŭte, cogatanauo
fiqinuite sobani voite, sonomiua tçuyeuo tazzuneni
satta. Sonoaidani mamuxiua cogatanani tobicacatte
fitaguraini curŏta tocorode, cogatanaga yŭua: nan   15
gi vareuoba tareto vomôzo? xennen mannen curŏto
yŭtomo, nangiga faua mina fette, miua tçuyu fodo
mo itamumajij zoto.

Xitagocoro.
Icani faraga tatebatote, chicarani canauanu aiteni   20
mucŏte atauo nasŏto cuuatatçuru cotoua, tçuchibo
toqeno mizzunaburi gia.

[P37]   DE VIPERA ET LIMA.   [112]

In fabrica offendens limam vipera coepit rodere. Subrisit
lima, "Quid," inquiens, "inepta? Quid agis? Tu tibi ante contri-
veris dentes, quam me atteras: que duritiem aeris praemordere
soleo."
Morale.
Etiam atque etiam vide, quicum tibi res sit. Si in fortiorem
dentes acuis, non illi sed tibi nocueris. [Ae93, Ch116, Ph4.8]

[C23]   Yamato, somabitono coto.   486

Aru somabito yamani itte vonono yeuo yppon cu
dasareba, ychigono govonto zonjôzuruto cotobauo   487
agame, fizauo votte coreuo cô tocorode, yamacara
nangini yurusuto guegiuo nasu tocorode, sono so-
mabito vonono yeuo xisuguete cara, yama, faya-
xiuo cotogotocu qiricuzzusuniyotte, xobocuga ya-   5
mauo vramite yŭua; najeni yamaua conoyŏna xa-
menuoba voyariyattazo? vonono yeuo saye yuru-
sarezuua, najeni vareraua forobeôzoto.
Xitagocoro.
Bôqeiuo fucunde vabicotouo suru monono teda-   10
teuo cayerimizuua, tachimachi metbŏuo xôzu.

［C22］マムシと小刀のこと　［486］

ある人マムシを見て、打たうずる杖がなかったれば、「真か、この虫は鉄を置けば、去ることがないと云うものを」と云うて、小刀を引き抜いて傍に置いて、その身は杖を尋ねに去った。その間にマムシは小刀に飛び掛かって、ひた［ひたすら］喰らいに喰らうたところで、小刀が云うは、「汝我をば誰と思うぞ？千年万年喰らうと云うとも、汝が歯は皆減って、余はつゆほども痛むまじいぞ」と。

〖下心〗いかに腹が立てばとて、力に敵わぬ相手に向かうて、仇［害］をなさうと企つることは、土仏の水なぶり［自分の身の破滅も知らずに危険を冒す譬え］ぢゃ。

［P37］マムシとヤスリのこと　［112］

工房でマムシがヤスリ［鑢］に出くわして、かじり始めた。ヤスリが微笑んでいうには、「馬鹿か、お前は何をしているのか。お前は私を痛めるより前に、お前の歯を先にすり潰すだろう。私は、もっと固い青銅を嚙み切るのに慣れている」。

〖寓意〗

これは貴方であることを、幾度も見る。もし貴方がより強い者を嚙めば、貴方は彼ではなく自身に損害を与えるだろう。

［C23］山と杣人のこと　［486］

ある杣人［木こり］山に入って、「斧の柄を一本く［487］だされば、一期［一生］の御恩と存ぜうずる」と、言葉を崇め、膝を折ってこれを乞うところで、山から、「汝に許す」と下知をなすところで、その杣人斧の柄をしすげて［嵌め込んで］から、山・林をことごとく切り崩すによって、諸木が山を恨みて云うは、「なぜに山はこの様な赦免をばおやりやったぞ？斧の柄をさえ許されずは、なぜに我らは亡べうぞ」と。

〖下心〗謀計を含んで詫言をする者の手段を顧みずは、たちまち滅亡をせうず。

[P39] DE SILVA ET RUSTICO. [112]

Quo tempore etiam arboribus suus sermo erat, venit rusticus in silvam: rogat ut ad securim suam [113] tollere liceat capulum. Annuit silva. Rusticus aptata securi coepit arbores succidere. Tum, et quidem sero, paenituit silvam suae facilitatis. Doluit se ipsam esse causam sui exitii.

Morale.

De quo bene maerearis vide. Multi fuere, qui accepto beneficio in authoris abusi sunt perniciem. [Ae302, Ch99, Bb142]

[C24] **Qitçuneto, itachino coto.** 487

Aru qitçune icanimo yaxete fitono curano icani-
mo xebai anacara itte, comuguiuo vomômamani
curŏtecara, ideôto suredomo, fara yori xitaua yedei- 15
de curuximu tocorouo, itachiga mite yqenuo cuua-
yete yǔua: motono anauo deôto vomouaxerareba,
motono yŏni yaxesaxerareito.

Xitagocoro.

Amatano fito finna toqiua, anracu naredomo, fucqi 20
ni nareba, cutçǔ fippacuni voyobu cotoga vouoi.

[P44] DE VULPECULA ET MUSTELLA. [115]

Vulpecula longa inedia tenuis, forte per angustiorem rimam in cumeram frumenti repsit. In qua cum probe pasta fuit, dein rursus temptantem egredi, distentus impedivit venter. Mustella luctantem procul contemplata tandem monet, si exire cupiat, ad cavum macra redeat, quo macra intraverat.

Morale.

Videas complures in mediocritate laetos esse, atque alacres, vacuos curis, expertes animi molestiis. Sin hi divites facti fuerint, videbis eos maestos incedere, nunquam frontem porrigere: plenos curis, animi molestiis obrutos.

Hanc fabellam sic Horatius canit Lib. i. Epist.

"Forte per angustam tenuis vulpecula rimam

［P39］森と田舎者のこと　　　　　　　　　　　［112］

　まだ木々に自らの言葉があった頃に、田舎者が森に入って、彼の斧のために［113］柄を取ることを許すよう求めた。森は同意した。田舎者は、装着した斧で木々を切り倒し始めた。遅かったが、森は自らの親切を後悔し、自らが破滅の原因であることを悲しみ嘆いた。

　〘寓意〙

　何について貴方が悲しまれるかをよく見なさい。恩恵を得ながら本人の破滅の中でこれを利用する者たちが大勢いた。

［C24］キツネとイタチのこと　　　　　　　　　　［487］

　あるキツネいかにも［大層］痩せて、人の倉のいかにも狭い穴から入って、小麦を思うままに喰らうてから、出うとすれども、腹より下は得出いで苦しむところを、イタチが見て、異見を加えて云うは、「元の穴を出うと思わせられれば、元の様に痩せさせられい」と。

　〘下心〙あまたの人、貧な時は、安楽なれども、富貴になれば、苦痛逼迫に及ぶことが多い。

［P44］子ギツネとイタチのこと　　　　　　　　　［115］

　長い断食で痩せた子ギツネが、狭い割れ目を通って穀物の貯蔵箱の中に這入った。そこでよく食べ、再び出ようとすると、完全に満たされた腹がそれを妨げた。格闘している者を遠くで観察していたイタチがついに、もし出たければ、痩せて入った時くらいに、痩せてから穴に戻るように、と戒めた。

　〘寓意〙

　多くの者たちは、適度に喜び、快活で、心配がなく、心の悩みには経験があることを見なさい。しかしもし、彼らが金持ちであったとすれば、彼らは憂鬱で、心配に満ち、心の悩みに圧倒されて歩き、決して眉を広げないことを貴方は見るだろう。

　Horatius は、この寓話を『書簡詩』巻一でこのように歌う。「偶然に痩せた子ギツネが狭い割れ目を通って穀物の貯蔵箱の

Repserat in cumeram frumenti, pastaque rursus
Ire foras pleno tendebat corpore frustra;
Cui mustella procul: "Si vis," ait, "effugere istinc,
Macra cavum repetes arctum, quem macra subisti."
[Hor. Epist. i.7.29-33] [Ae24, Ch30, Bb86]

[C25]   Cameto, vaxino coto.   487
Aru came tobitai cocoroga tçuite, vaxino motoni
ytte tobŏzuru yŏuo voxiyesaxaerarei: voreiniua
meixuuo tatematçurŏzuruto yŭni yotte, vaxiua cai   488
tçucŏde cumomade agatte, nozomiua taxxitacato
iyeba: nacanaca, imacoso nozomiua taxxitareto yŭ
fodoni, saraba yacusocuno tamauo cureito iyeba, ata-
yôzuru tamaga nŏte, mugon suruni yotte, iuauono   5
vyeni naguecaqete coroite curŏta.

Xitagocoro.
Amatano fitoua vagamini vôjenu tanoximiuo ta-
cumucara, yttan sono tanoximiuomo toguredomo,
sono michicara vochite, miuo ayamatçu mono gia.   10

[O12]   TESTUDO   ET   AQUILA.   [69]
Testudo orabat aquilam, ut se volare doceret. Ea autem
admonente procul hoc a natura ipsius esse, illa magis precibus
instabat. Accepit igitur ipsam unguibus, et in altum sustulit:
inde demisit: haec autem in petras cecidit, et contrita est.
Adfabulatio.
Fabula significat, multos quia in contentionibus prudentiores
non audiverint, seipsos laesisse.

[S2]   DE   TESTUDINE   ET   AQUILA.   [133]
Ceperat testudinem taedium reptandi. Si quis eam in [134]
caelum tolleret, pollicetur baccas maris rubri. Sustollit eam
aquila, poscit praemium. Non habentem, fodit unguibus. Ita
testudo, quae concupivit videre astra, in astris vitam reliquit.

中に這入った。食べて再び外に行こうとしたが、肥満した体では無益だった。子ギツネにイタチが遠くからいうには、『もし貴方がそこから逃げたいならば、潜り込んだ時のように痩せて、狭い穴に戻るように』」。

［C25］カメとワシのこと　　　　　　　　　　　　　　［487］
　あるカメ飛びたい心が付いて、ワシのもとに行って、「飛ばうずる様を教えさせられい。お礼には［488］名珠を奉らうずる」と云うによって、ワシは掻い［強調］摑うで雲まで上がって、「望みは達したか」といえば、「中々［いかにも］、今こそ望みは達したれ」と云うほどに、「さらば約束の珠をくれい」といえば、与ようずる珠が無うて、無言するによって、岩の上に投げ掛けて殺いて喰らうた。
　『下心』あまたの人は、わが身に応ぜぬ［相応しくない］楽しみを巧むから、一旦その楽しみをも遂ぐれども、その道から落ちて、身を過つものぢゃ。

［O12］カメとワシ　　　　　　　　　　　　　　　　　［69］
　カメがワシに自身に飛ぶことを教えるよう懇願した。それは自身の本性から遠いことだと諭したが、カメは大いに懇願して固執した。ワシはカメを爪で受け空に運んだ。そして落とした。カメは岩に落ちて砕けた。
　『寓意』
　寓話は、多くのとても聡明な人たちでも、熱情に駆られると聞き入れないので、自らを傷つけることを示している。

［S2］カメとワシのこと　　　　　　　　　　　　　　［133］
　カメが這うことの倦怠に捕らわれた。もし誰かがカメを空に上げるならば、紅海の真珠を約束する。ワシがカメを持ち上げ、報酬を要求する。それを持っていない者を、ワシは爪で刺した。かくて、天を見ることを熱望したカメは、天に命を残した。

Morale.

Tua forte sis contentus. Fuere nonnulli qui si mansissent humiles, poterant esse tuti: facti sublimes inciderunt pericula. [Ae230, Ch351, Bb115]

[C26] Guiojinno coto.   488

Aru guiojin amiuo fiquni, fiqucotomo canauanu fodo, amiga vomô voboyetareba, nanisama vuoga vouoi zoto isami yorocobucotoga caguiri nŏte, fiqi aguete mireba, vuoua marede, ixidomode atta to-   15
corode, satemo muyacuno xinrŏ canato mina canaxi mu tocoroni, toxiyotta guiojinga isamete najeni fito bitoua vocanaximiaruzo? yorocobito, canaximiua qiŏdaino gotoqu gia. Mata cononochiniua yoroco-
bimo côzu: cono canaximini vocasarete futatabi   20
amiuo fiqumajijto yŭte, mina sono canaximiuo ara tamenanda.

Xitagocoro.

Fucŏ tanomiuo caqeta cotono teuo munaxŭsu
ru cotoua fucai canaximini nari, mata vomoimo   489
yoranu saiuaini vŏcotono naidemo nai.

[T25] DE PISCATORIBUS QUIBVSDAM.   [158]

Piscatores quidam e mari rete trahebant. Quod cum grave esse sentirent, laetitia gestiunt, putantes multos pisces habere irretitos: sed ut rete in terram traxerunt, pisces quidem paucos: saxum vero ingens reti inesse cum perspiciunt, longe tristantur. Quidam ex illis natu iam grandis non inurbane sociis inquit, "Animis estote quietis, quippe laetitiae soror est maestitia: oportet enim casus prospicere futuros, illosque ut levius quis ferat, persuadere sibi esse eventuros."

Fabula significat, quod qui reminiscitur fortis humanae, in adversis minime frangitur. [Ae13, Ch23]

【寓意】
　恐らく貴方は自らのものに満足するべきだ。もし謙虚さを保てば安全であった者たちが沢山いたが、彼らは尊大になって危険に陥った。

［C26］漁人のこと　　　　　　　　　　　　　　［488］
　ある漁人網を曳くに、曳くことも叶わぬほど、網が重う覚えたれば、「なにさま［いかにも］魚が多いぞ」と勇み喜ぶことが限りなうて、引き上げてみれば、魚は稀で、石どもであったところで、「さても無益の辛労かな」と皆悲しむところに、年寄った漁人が諫めて、「なぜに人々はお悲しみあるぞ？喜びと悲しみは兄弟の如くぢゃ。またこの後には喜びも来うず」。［とはいえ、］この悲しみに犯されて、「再び網を曳くまじい」と云うて、皆その悲しみを改めなんだ。
　　【下心】深う頼みを掛けたことの、手を空しうす［489］る［何も得ず終わる］ことは、深い悲しみになり、また思いも寄らぬ幸いに会うことのないでもない。

［T25］ある漁夫のこと　　　　　　　　　　　　［158］
　ある漁夫たちが、海から網を曳いた。彼らは重く感じたので、多くの魚が網に掛かったと思い、喜びに小躍りした。しかし、網を地に曳くと、魚は実に少なかった。彼らはとても大きな石が入っているのを見ると、酷く悲しんだ。彼らの中の、ある年を重ねて上品でなくはない者が仲間たちに言うには、「喜びの姉妹は悲しみなのだから、心を平静に保ちなさい。将来の事項をより軽く耐える者たちは、彼らに起こるであろうことを納得するために、それらを先見すべきなのだ」。
　この寓話は、人間の強さを思い出す者は、決して逆境に押し潰されないことを示している。

[C27] Yaguiŭno co to, vôcameno coto.   489

Yaguiŭno faua cusauo curaini noni izzuru toqi, co
domoni iyvoqu yŏua: cono anano touo vchiyori yô   5
togite iyo: nanito focayori yobi tataquto yŭtomo, va
ga coyeto, mata conoyŏni tatacazuua, socotni firaqu
nato yŭte deta. Vôcame fauano noni deta suqiuo
nerŏte qite, fauano coyeuo nixete, sono touo tataita.
Yaguiŭno codomo vchicara qijte, coyeua fauano co-   10
ye naredomo, tono tataqiyŏua vôcame zoto yŭte
chittomo aqenanda.

Xitagocoro.

Coua voyano yqenni tçuqu naraba, axijcotoua
sucoximo arumai: fauano yqenuo qicazuua, tachi-   15
machi miuomo, inochiuomo vxinauŏzu.

[P24] DE HAEDO ET LUPO.   [106]

Capra cum esset pastum itura, haedum domi concludit,
monens aperire nemini dum redeat ipsa. Lupus, qui id procul
audiverat, post matris discessum pulsat fores: voce caprisat,
iubens recludi. Haedus dolos praesentiens, "Non aperio,"
inquit: "nam etsi vox caprisat, tamen equidem per rimulas
lupum video.

Morale.

Oboedire parenti filios, ipsis est utile, et iuvenen seni decet
auscultare. [Ae572, Ad61]

[C28] Varambeno fitçujiuo cŏta coto.   489

Aru varambe fitçujini cusauo cŏte ytaga, yayamosu-
reba cuchizusamini vôcameno quru zoto saqebu fodo
ni, fitobito atçumareba, samonŏte cayeru coto tabi-   20
tabini voyŏda. Mata arutoqi macotoni vôcamega
qite, fitçujiuo curŏni yotte, coyeuo facarini vomeqi
saqebedomo, reino soragoto yoto cocoroye, ideyŏ fi-
to nŏte, cotogotocu curai fatasareta.

Xitagocoro.   490

Tçuneni qiogonuo yŭ monoua, tatoi macotouo
yŭ toqimo, fitoga xinjenu mono gia.

［C27］ヤギウの子とオウカメのこと　　　　　　　　　　［489］

　ヤギウの母草を喰らいに野に出づる時、子どもにいい置く様は、「この穴の戸を内よりよう閉ぢていよ。何と外より呼び叩くと云うとも、わが声と、またこの様に叩かずは、粗忽に［無思慮に］開くな」と云うて出た。オウカメ、母の野に出た隙を狙うて来て、母の声を似せて、その戸を叩いた。ヤギウの子ども内から聞いて、「声は母の声なれども、戸の叩き様はオウカメぞ」と云うてちっとも開けなんだ。

　　『下心』

　子は親の異見に付くならば、悪しいことは少しもあるまい。母の異見を聞かずは、たちまち身をも命をも失わうず。

［P24］子ヤギとオオカミのこと　　　　　　　　　　　　［106］

　雌ヤギが飼養に行った時に、彼女が帰るまでは誰にも開けるなと戒めて、子ヤギを家に閉じ込める。遠くからこれを聞いたオオカミが、母親の去った後に戸を叩き、ヤギの声をして開けるように命じる。子ヤギが奸計を予知していうには、「私は開けない。何故ならば、例え声はヤギでも、小さな割れ目から私にはオオカミが見えるからだ」。

　　『寓意』

　息子たちが親に従うのは自らに有益だし、若者は老人に耳を貸すべきだ。

［C28］童のヒツジを飼うたこと　　　　　　　　　　　　［489］

　ある童ヒツジに草を飼うていたが、ややもすれば口号に、「オウカメの来るぞ」と叫ぶほどに、人々集まれば、さも無うて帰ること、度々に及うだ。またある時、真にオウカメが来て、ヒツジを喰らうによって、声をはかりに喚き叫べども、例の空言よと心得、出で合う人なうて、ことごとく喰らい果たされた。

　［490］『下心』常に虚言を云う者は、仮令真を云う時も、人が信ぜぬものぢゃ。

[T53] DE PUERO OVES PASCENTE.   [169]

Puer quidam cum oves eminentiori in loco depasceret,
saepius clamabat, "Heus O, a lupis mihi succurrite." Qui circum
aderant cultores agrorum, cultum omittentes, ac illi occurrentes,
atque nihil esse comperientes, ad opera sua redeunt. Cum
pluries puer id ioci causa fecisset, ecce cum lupus pro certo
adesset, puer ut sibi succurratur serio clamat. Agricolae id
verum non esse putantes, cum minime occurrerent, lupus oves
facile perdidit.

Fabula significat, quod qui cognoscitur mentiri, ei veritas
postea non creditur. [Ae210, Ch318]

[C29]   **Vaxito, carasuno coto.**   490

Aru vaxi iuauono vyecara fitçujino yru vyeni to-   5
biqureba, carasu coreuo vrayamite, saraite voita fi-
tçujino cauano vyeni tonde qitani yotte, axini cacat-
te tobucotouo yenanda tocorouo varambedomo so
nomama yotte toramayeta.

Xitagocoro.   10

Vagamini nai tocorouo cayerimizu: tano tocu
uo camayete vrayamunato yŭ coto gia.

[Q18] DE AQUILA ET CORVO.   [125]

Rupe editissima in agni tergum devolat aquila. Videns id
corvus, imitari, velut simius, gestit aquilam, in arietis vellus se
demittit, demissus impeditur, impeditus comprehenditur, com-
prehensus proiicitur pueris.

Morale.

Non aliorum sed sua se quisque virtute aestimet. "Tuo te
pede metire," inquit Horat. Id velis, id tentes, quod possis. [Hor,
Epist. i.7.98] [Ae2, Ch5, Bb137]

［T53］ヒツジを飼う少年のこと　　　　　　　　　　　　［169］

　ある少年がより離れた所でヒツジを放牧していた時に、しばしば叫んだ。「ああ、急いで私をオオカミから助けてくれ」。彼の周りには農地の耕作者がいて、農耕をやめ、彼の方へ走るが、何の確報も受けないので自らの仕事に戻る。少年は繰り返し娯楽のためにこれをしたが、さて本当にオオカミがいた時に、彼を助けに急ぐように本気で叫んだ。農夫たちは、これは本当ではないと考えて、決して走らなかったので、オオカミはヒツジをたやすく滅ぼした。

　寓話は、嘘つきであると思われた者は、以後彼の真実も信用されないことを示している。

［C29］ワシとカラスのこと　　　　　　　　　　　　　　［490］

　あるワシ岩（いわお）の上からヒツジのいる上に飛び来れば、カラスこれを羨（うらや）みて、曝（さら）していておいたヒツジの皮の上に飛んで来たによって、足に掛かって飛ぶことを得なんだところを、童（わらんべ）どもそのまま寄って捕まえた。

　〘下心〙わが身にないところを顧みず、他の徳を構（かま）えて［決して］羨（うらや）むなと云（い）うことぢゃ。

［Q18］ワシとカラスのこと　　　　　　　　　　　　　　［125］

　聳え立つ崖からワシが小ヒツジの背に飛び降りる。これを見たカラスは、サルのようにワシを真似することを切望し、雄ヒツジの毛皮に降りる。降りると巻き込まれる。巻き込まれると捕らえられる。捕らえられると子どもたちに投げ与えられる。

　〘寓意〙

　各人は、他人の力ではなく自らの力に基づき自らを評価するように。「貴方自身の足で自らを測りなさい」と Horatius ［『書簡詩』］はいう。貴方は、自らができることを欲し、試みるように。

[C30]   Qitçuneto, yaguiŭno coto.   490

Qitçuneto, yaguiŭ vôqini caxxite, aru ygauano
nacaye tçuredatte itte, vomômamani nôde nochi,   15
agarŏ yŏga nacatta tocorode, xujuni xianuo xite
mitaredomo, bechini xôyŏmo nŏte, qitçune ya-
guiŭni chicarauo soyete yŭua: icani yaguiŭdono
voqizzucai aruna: ninintomoni tçutçuganŏ agaru mi-
chiuo tacumiidaita: mazzu gofen nobiagatte ma-   20
yeaxiuo ynocauani naguecaqe, caxirauomo mayeye
catamuqete gozare: soregaxi soreuo fumayete saqiye
agatte, mata gofenuomo fiqiagueôzuru to yŭ: yaguiŭ
conogui guenimoto riêǒjŏ xite, sono yŭ mamani
xitareba, qitçune tonde yuguetano vchini tobiagatte   491
fane bichitaite yorocobi, amarino vrexisani yaguiŭno
cotouoba fatato vchivasureta. Yaguiŭua itçu fiqiaguru
zoto matedomo matedomo, qitçuneua xiranucauo
xite yruni yotte, yaguiŭ nonoxitte yŭua: ya qixoua   5
yacusocuua vasuretacato tôtareba, qitçune sonocoto
gia: gofenno votogaini aru figueno cazu fodo, atama
ni chiyega aru naraba, yenriomo nŏ ygauano nacayeua
fairumaizoto yŭte azaqetta.

Xitagocoro.   10
Caxicoi fitono narainiua, mazzu cotouo fajimenu
mayeni sono vouariuo miru mono gia.

[N1] DE VULPE ET CAPRO.   **[50]**

Vulpes et caper sitibundi in puteum quendam descenderunt:
in quo cum perbibissent, circumspicienti capro reditum, vulpes
ait, "Bono animo esto caper: excogitavi nanque quo pacto
uterque reduces simus. Si quidem tu eriges te rectum primo-
ribus pedibus ad parietem admotis, cornuaque adducto ad
pectus mento reclinabis: et ego per terga cornuaque tua tran-
siliens, et extra puteum evadens, te istinc postea educam."
Cuius consilio fidem habente capro, atque, ut illa dicebat,
obtemperanti, ipsa e puteo resiluit: ac deinde prae gaudio in
margine putei gestiebat exultabatque, nihil de hirco curae

［C30］キツネとヤギウのこと　　　　　　　　　　　　［490］

　キツネとヤギウ大きに渇して、ある井（いがわ）の中へ連れだって入って、思うままに飲うで後（のち）、上がらう様（やう）がなかったところで、種々に思案をしてみたれども、別にせう様（やう）もなうて、キツネ、ヤギウに力を添えて云（ゆ）うは、「いかにヤギウ殿、お気遣いあるな。二人（ににん）ともに悪（わる）なう上がる道を巧み出だいた。まづ御辺伸び上がって前足を井の側（かは）に投げ掛け、頭（かしら）をも前へ傾けてござれ。某（それがし）それを踏まえて先へ上がって、また御辺をも引き上げうずる」と云（ゆ）う。ヤギウ、「この儀げにも［いかにも］」と領掌（りょうじゃう）して、その云（ゆ）うままに［491］したれば、キツネ跳んで井桁［イゲタの転］の内に飛び上がって、はねぢたいて［踊りつ跳ねつして］喜び、あまりの嬉しさにヤギウのことをば、はたとうち忘れた。ヤギウはいつ引き上ぐるぞと待てども待てども、キツネは知らぬ顔しているによって、ヤギウ罵（のの）って［騒ぎたてて］云（ゆ）うは、「やあ貴所は約束は忘れたか」と問うたれば、キツネ、「そのことぢゃ。御辺の頤（おとがい）［下顎］にある鬚（ひげ）の数ほど、頭（あたま）に知恵があるならば、遠慮［思慮］も無う井（いがわ）の中へは入るまいぞ」と云（ゆ）うて嘲（あざけ）った。

　〖下心〗賢い人の俗（なら）いには、まづことを始めぬ前にその終わりを見るものぢゃ。

［N1］キツネとヤギのこと　　　　　　　　　　　　　［50］

　喉が渇いたキツネとヤギがある井戸に降りた。そこで十分に水を飲むと、戻り方を見回しているヤギにキツネがいうには、「ヤギ殿、元気を出しなさい。私は一体如何にして我々二人が共に戻るべきかを考案した。もし貴方が前足を壁に近づけて真っすぐに起き、顎を胸に引き寄せて角を傾ければ、私は貴方の背中と角によって飛んで、井戸の外に出る。貴方の方は、私が後からここから引き出そう」。ヤギがその計画を信頼して、キツネの言ったように従順にすると、キツネは井戸から飛び出し、その後に喜びのために井戸の周りで小躍りして、はしゃぎ回ったが、ヤギ

habens. Ceterum cum ab hirco ut foedifraga incusaretur, respondit: "Enimvero hirce, si tantum tibi esset sensus in mente, quantum est saetarum in mento, non prius in puteum descendisses, quam de reditu exploratum habuisses."

Adfabulatio.

Haec fabula inuuit, virum prudentem debere finem explorare, antequam ad rem agendam veniat. [Ae9, Ch40, Ph4.9]

[C31] Fiacuxȏto, codomono coto.   491

Aru fiacuxǒ couo vȏjei mottaga, sono codomo
no nacaga fuuade, yayamosureba qenqua, côronuo xi   15
te fiximequniyotte, sono chichi nanitozoxite corera
ga nacauo ychimi saxetaito iroiro tacumedomo, xô
zuru yǒmo nacattaga, arutoqi codomo yxxoni a-
tçumari yta toqi, chichi gueninuo yôde, qino zuuaiuo
amata tabanete mottecoito yŭte, sono tçucaneuo   20
totte amatauo fitotçuni xite, nauavomotte vomôsama
catǒ maqitatete, codomoni vataite, coreuo voreto
yŭ: codomo varemo varemoto chicarauo tçucui
te votte miredomo, sucoximo canauananda. Sono
toqi, chichi sono zuuaidomouo côte fodoqi, ychiua   492
zzutçu menmenni vataitareba, zǒsamo nǒ votta: so-
reuo mite chichino yŭua: menmenmo sonogotoqu
ychinin zzutçuno chicaraua youaqutomo, tagaini juc-
con xi, cocorozaxiuo auasuruni voiteua, nanitoxita   5
teqinimo sǒnǒ torifixigararu coto arumajij zoto iy
vouatta.

Xitagocoro.

Tagaino ychimivomotte ninguenno nacamo tçu-
yoqu, mata fuuana toqiua, cocceamo forobi yasuito   10
yŭ gui gia.

[N4] DE AGRICOLA ET FILIIS.   [161]

Agricola quidam quamplureis habuit filios, continua seditio-
ne discordes, ac eius admonitionis perpetuo negligentes. Cum
forte una domi omnes sederent, iussit pater virgarum fascem
coram deportari, atque natos coepit hortari, ut integrum fascem

のことには何も念頭になかった。しかもなお、ヤギに盟約違反を非難された時に、キツネが答えていうには、「全く、ヤギ殿、もし貴方に、顎にある髭と同じくらいに頭に知能があれば、戻り方を検討する前に井戸に降りたりはしなかっただろう」。

　〖寓意〗

　この寓話は、聡明な人は、ものに着手する前に、結末を検討すべきことを示唆している。

［C31］百姓と子どものこと　　　　　　　　　［491］

　ある百姓子を大勢持ったが、その子どもの仲が不和で、ややもすれば喧嘩・口論をしてひしめく［騒ぐ］によって、その父、何とぞしてこれらが仲を一味［味方］させたいと、いろいろ巧めども、召ずる様もなかったが、ある時子ども一緒に集りいた時、父下人を呼うで、「木の標［若枝］をあまた束ねて持って来い」と云うて、その束を取って、あまたを一つにして、縄をもって思うさま堅う巻き立てて、子どもに渡いて、「これを折れ」と云う。子ども我も我もと力を尽くいて折ってみれども、少しも叶わなんだ。その［492］時、父その標どもを乞うて解き、一把づつ面々に渡いたれば、造作もなう折った。それを見て父の云うは、「面々もそのごとく、一人づつの力は弱くとも、互いに入魂し、志を合わするにおいては、何とした敵にも左右無う［容易に］とり拉がるる［破られる］ことあるまじいぞ」といい終わった。

　〖下心〗

　互いの一味をもって、人間の仲も強く、また不和の時は、国家も亡びやすいと云う儀ぢゃ。

［N4］農夫と息子たちのこと　　　　　　　　　［161］

　ある農夫に多数の息子たちがいたが、彼らは絶え間ない不和で敵対し、絶えず父の注意を無視した。偶然に全員が一緒に家で座っていた時に、父は若枝の小束を面前に持って来るように命じ、息子たちに完全な小束を打ち砕くよう促し始めた。彼らは全

dirumperent. Cum igitur fascem cum totis viribus frangere non
possent, genitor praecepit, ut soluto fasce singulatim frangerent
virgas. Cum quisque facile hoc perficeret, tunc facto silentio,
pater ait eis, "Siquando animis idem sentietis, nati mihi caris-
simi, nec ab inimicis superari poteritis. Sed si inter vos seditio-
nes servabitis, qui volet, is facile vos perdet.

Fubula significat, quod fortior est unio, quam seditio, quae
est imbecillis. [Ae53, Ch86, Bb47]

[C32] Vonagadorito, cujacuno coto.   492

Xochô yxxoni atçumatte fiðgui xite yŭua: yo-
nonacano monouo miruni, teivðuo motanu ychirui
ua naini, qedamononi votorð xisaiua nai. Izasaraba co   15
no xochôno nacayori saichi yoqu, guei tani sugure
rareta jintaiuo cðxenni cacauarazu, connichi yori tori
no vðto auogui mochiyôzuruto iyeba, vonovono co
nogui mottomoto dôxin xite yerabu tocoroni, cuja
cu saxidete yŭua: negauacuua vareuo teivðto auo-   20
gareyocaxi: totemo vonovonono nacani vaga qiyô
ni nita catagatamo arumaito yŭ. Sonotoqi vonaga
dori cujacuno vôxe chicagoro qicoyenu xidai gia:
moxi vaxinadono yðna vayacujin varerani toricaqe,
ychidaijini voyobaxôzuru toqi, qixono sono tçuba-   493
sano vtçucuxŭ ficaru bacarideua fuxeguiyesaxerare
maizo: xðtocu fitouo vosamuru monoua sono qiyô
niua yoranu: sonomini sonauaru chisaito, cocorono
yŭqini qiuamaruzoto yŭte, cunjuno mayede sanzan   5
ni fagiuo cacaxeta.

*Xitagocor*o.

Ninminuo tçucasadoru monoua xiqixinno birei
na bacarideua sumanu: vonagadorino yŭ gotoqu, qen
saini yoruzo.   10

[O6] PAVO ET MONEDULA.   [67]

Avibus creaturis regem, pavo orabat, ut se ob pulchritudinem
eligerent. Eligentibus autem cum omnibus, monedula suscepto
sermone ait, "Sed si te regnante aquila nos persequi aggressa

力でも砕けなかったので、家父は小束を解いて、個々の若枝を砕くことを命じた。各人がそれを簡単に行ったので、父が静粛を求めて彼らにいうには、「最愛の息子たちよ、もしいつかお前たちが同じ心で思う時には、敵に陵駕されることはないだろう。しかし、もしお互いに不和を起こせば、それを欲する者によってお前たちは簡単に滅ぼされるだろう」。

　寓話は、危うい不和よりは、団結の方がよほど強いことを示している。

［C32］オナガドリとクジャクのこと　　　　　　　　［492］

　諸鳥一所に集まって評議して云うは、「世の中の者を見るに、帝王を持たぬ一類はないに、獣に劣らう子細［事情］はない。いざさらば、この諸鳥の中より才智よく、芸他に勝られた仁体を、高賤にかかわらず、今日より鳥の王と仰ぎ用ようずる［重用しよう］」といえば、各々、「この儀もっとも」と同心して選ぶところに、クジャクさし出て云うは、「願わくは我を帝王と仰がれよかし。とても各々の中に、わが器用に似た方々もあるまい」と云う。その時オナガドリ、「クジャクの仰せ、ちかごろ聞こえぬ［理のない］次第ぢゃ。もしワシなどの様な枉惑人［無法者］、我らに取り掛け［飛び掛かり］、［493］一大事に及ばせうずる時、貴所のその翼の美しう光るばかりでは、防ぎ得させられまいぞ。生得［生まれつき］人を治むる者は、その器用にはよらぬ。その身に備わる智才と、心の勇気に極まるぞ」と云うて、群集の前で散々に恥をかかせた。

　《下心》人民を司る者は、色身［身体］の美麗なばかりでは済まぬ。オナガドリの云うごとく、賢才によるぞ。

［O6］クジャクと小ガラス　　　　　　　　　　　　［67］

　鳥たちが帝王を選ぼうとしていると、クジャクが美しさによって自らを選ぶよう求めた。そこで全員が選ぼうとすると、小ガラスが返す言葉でいうには、「しかし、もし貴方の治世に、ワシ

fuerit, quomodo nobis opem feres?"

Adfabulatio.

Fabula significat, principes non modo propter pulchritudi-
nem, sed et fortitudinem et prudentiam eligi oportere. [Ae219,
Ch334]

[C33]   Xicato, cono coto   493

Aru xicano co chichini tazzunete yŭua: icani chi-
chigoni, fabacarinagara, fitotçuno fuxinuo mŏxia
gueôzu; vosugatauo mimarasureba, teaximo succari
to carugueni, mata tçunono monomina coto yoni   15
tatô monomo naqu, motoyori faxiraxeraruruni fayai
cotomo yoni narabiga naito mivoyôde gozaredo
mo, nanitoxita xisaidebaxi gozaruzo, ano inuni bacari
coco caxicode vouaresaxeraruruua, naniga fitotçuto
xite inuni votoraxeraruru cotoua aruzo? corega fu-   20
xinni vomouaruruto yŭ: xica sareba sono coto gia: va
remo sorega fuxingia. Areni niguêô dŏriga naito co
coroni vomôga, ano inumega naqu coyeuo qiqeba,
mune vchisauaide niguaideua canauanu tozo.

Xitagocoro.   494

xŏtocu vocubiŏna monoua sobacara nanito chica-
rauo soyuredomo, tçuyoi cocoroga tçuqicanuruto
yŭ cocoro gia.

[O9]   HINNULEVS.   [68]

Hinnuleus aliquando cervo ait, "Pater, tu et maior et celerior
canibus, et cornua praeterea ingentia gestas ad vindictam, cur-
nam igitur sic eos times?" Et ille ridens ait, "Vera quidem haec,"
inquis, "fili: unum vero scio, quod cum canis latratum audivero,
statim ad fugam nescio quomodo efferor."

Adfabulatio.

Fabula significat, natura timidos nulla admonitione fortifi-
cari. [Ae351, Ch247]

が我々を追って襲って来たとしたら、貴方はどのように我々を助けるのか」。

〖寓意〗

寓話は、君主たちは、美しさによってのみならず、強さと賢さによって選ばれるべきであることを示している。

［C33］シカと子のこと　　　　　　　　　　［493］

あるシカの子、父に尋ねて云うは、「いかに父御に、憚りながら、一つの不審を申し上げうず。お姿を見まらすれば、手足もすっかりと軽げに、また角の物見［見事］なこと、世に譬うものもなく、もとより走らせらるるに速いことも世に並びがないと見及うでござれども、何とした子細でばし［強調］ござるぞ、あのイヌにばかり、ここかしこで追われさせらるるは。何が一つとしてイヌに劣らせらるることはあるぞ？これが不審に思わるる」と云う。シカ、「さればそのことぢゃ。我もそれが不審ぢゃ。あれに逃ぐう道理がないと心に思うが、あのイヌめが鳴く声を聞けば、胸うち騒いで逃げいでは叶わぬ」とぞ。

［494］〖下心〗生得臆病な者は、傍から何と力を添ゆれども、強い心が付きかぬると云う心ぢゃ。

［O9］子ジカ　　　　　　　　　　　　　　　［68］

ある時、子ジカがシカに、「父上、貴方はイヌたちよりも大きく、足も速く、更に防御のために大きな角も持っているのに、何故このように彼らを恐れるのですか」という。シカが微笑んでいうには、「息子よ、それは本当だ。一つだけ知っていることは、私はイヌが吠えたてるのを聞くと、何故か知らないが、直ちに逃げる気持ちに圧倒される」。

〖寓意〗寓話は、本性が臆病な者が、どんな催促によろうと力強くされることはないことを示している。

[C34] Catamena xicano coto.   494

Aru catamena xica vmibatauo mauatte famiuo taz
zunuruga, cano xicano vomô yŏua: vare meuo fi-
totçu mochitareba, bexxite yôjinga ytta coto giato co
coroyeta datede yoicatauoba nono cataye naxi, v-
miyoriua daijiarumaito vomôte, xidaini saqiye yu-   10
qeba, voriximo sono isobatauo funega touottaga co-
no xicauo mite yauo ytateta. Sonotoqi xixiga yŭua:
satemo vareua funo varui monocana ! daijino deqeô
to vomôta cataua daiji nŏte, vomoinofocano catayo-
ri daijiga vocottato yŭte xinda.   15

Xitagocoro.
Tabun fitoua caxicodateuo xite, xisoconŏ mono gia.

[O13] CERVA.   [69]

Cerva altero obcaecata oculo, in littore pascebatur, sanum
oculum ad terram propter venatores habens, alterum vero ad
mare, unde nihil suspicabatur. Praeternavigantes autem quidam,
et hoc coniectantes, ipsam sagittarunt: haec autem seipsam
lugebat, quod unde timuerat, nihil passa foret: quod non putabat
malum allaturum, ab eo proditam.

Adfabulatio.

Fabula significat, saepe quae nobis noxia videntur, utilia
fieri: quae vero utilia, noxia. [Ae75, Ch105]

[C35] Xicato, budŏno coto.   494

Aru xica cariŭdo yori niuacani vouaruruni yotte,
xencatanasani sono atarina budŏno cazzurano vchi   20
ye miuo cacuita: cariŭdo sono tocorouo touoredo-
~~domo~~, xicauo mitçuqeide yuqisuguita. Sono xica
ara imaua carai inochiuo tasucatta monocanato vo-
môte, cŏbeuo saxiague sono budŏno fauo curŏtaga,
sono cuchiuotouo cariŭdoga qiqitçuqe ayaximete ta   495
chicayeri, sateua cano cazzurano cagueni nanzo qe-
damonono voru monoyoto mireba, miguino xicauo
mitçuqe, sonomama yte toru tocoroni, xicano yŭua:

［C34］片目なシカのこと　　　　　　　　　　［494］

　ある片目なシカ、海端を廻って食［食物］を尋ぬるが、かの
シカの思う様は、「我目を一つ持ちたれば、別して用心が要った
ことぢゃ」と心得ただて［つもりで］、よい方をば野の方へな
し、海よりは大事あるまいと思うて、次第に先へ行けば、折しも
その磯ばたを舟が通ったが、このシカを見て矢を射立てた。その
時鹿が云うは、「さても我は符の悪い［不幸な］者かな！大事の
出来うと思うた方は大事無うて、思いの外の方より大事が起こ
った」と云うて死んだ。

　　〈〈下心〉〉多分［多くは］人は賢だて［誇示］をして、し損な
うものぢゃ。

［O13］雌ジカ　　　　　　　　　　　　　　　［69］

　一方の目が見えない雌ジカが、浜辺で草を食んでいた。よい
方の目は猟師のために陸に向け、もう一方の目は何も警戒して
いない海に向けていた。しかし、航行して通過するある者たちが
これを見て、雌ジカを矢で射った。雌ジカが自らを悲嘆した。雌
ジカが恐れたところからは何もなかったのに、不幸をもたらす
だろうとは思わなかったところから裏切られた。

　　〈〈寓意〉〉

　寓話は、しばしば我々に有害と見られることが役に立ち、役
に立つことは実は有害であることを示している。

［C35］シカとブダウのこと　　　　　　　　　［494］

　あるシカ、狩人より俄に追わるるによって、為方なさにその
あたりなブダウ［葡萄］の葛［蔓］の内へ身を隠いた。狩人そ
の所を通れども、シカを見付けいで行き過ぎた。そのシカ、「あ
ら今は辛い命を助かったものかな」と思うて、頭をさし上げ、
そのブダウの葉を喰らうが、［495］その口音を狩人が聞き付
け、怪しめてたち帰り、「さてはかの葛の陰に何ぞ獣のおるもの
よ」と見れば、右のシカを見付け、そのまま射て取るところに、

vaga inochiuo tasuqeta cono cazzurano fauo cŭta ba   5
chini cono togani vŏzoto yŭte xinda.
   Xitagocoro.
Vonuo ata vomotte fôzureba, tenbat nogarezuto
yŭ gui gia.

[O15] CERVA ET VITIS.   [70]

    Cerva venatores fugiens, sub vite delituit. Cum praeteriissent
autem parumper illi, cerva prorsus iam latere arbitrata, vitis
folia pasci incepit. Illis vero agitatis, venatores conversi, et
quod erat verum arbitrati, animal aliquod sub foliis occultari,
sagittis confecerunt cervam. Haec autem moriens talia dicebat,
"Iusta passa sum, non enim offendere oportebat, quae me
servarat.
   Adfabulatio.
Fabula significat, qui iniuria benefactores afficiunt, a Deo
puniri. [Ae77, Ch103]

[C36] Canito, febino coto.   495

    Canito, febi tagaini juccon xi, aru anani futatçu to
moni toxi fisaxŭ sumi ytaniyotte, cani febini yŭua:
amari qixoto, soregaxiua mizzuto, vuotono goto-
qu giani yotte, cocorouo vocazu mŏsu: qixono coco
rono magatta cotouo sucoxi vonauoxiarecaxito vo   15
rivori yqenuo cuuayuredomo, febi jŏgouani xite su
coximo qiqiirenandaniyotte, cani xingiŭni coto-
nofoca farauo tatete, xoxen cayŏno itazzuramo-
nouo xabafusagueni iqete voite, caxirano itai cotouo
corayô yoriuato vomoi, febi neitte yta tocoroye so-   20
rosoro faiyotte, cano giŭdaino fasami vomotte cu-
biuo fasamiqitte coroitareba; febi vaguetamatte yta
ga, niuacani suguni nattauo mite, cani zonjŏno to-
qi, sorefodo suguni cocoroga attaraba, ima cono gai
uoba vqemai monouoto yŭta.   496

   Xitagocoro.

シカの云うは、「わが命を助けたこの葛の葉を食うた罰に、この咎に会うぞ」と云うて死んだ。

　〖下心〗
　恩を仇をもって報ずれば、天罰逃れずと云う儀ぢゃ。

［O15］雌ジカとブドウ蔓　　　　　　　　　　　　　［70］
　雌ジカが猟師たちを逃れて、ブドウ蔓の下に隠れた。彼らが通過してしばらくすると、雌ジカは既に十分に隠れたと考えて、ブドウ蔓の葉を食べ始めた。葉が動いたので、猟師たちが振り返り、葉の下に何か動物が本当に隠れていると考えて、矢で雌ジカを殺した。雌ジカが死にながらこのように言った。「私は正当に苦しんだ。何故ならば、私を救ったものを害するべきではなかったからだ」。

　〖寓意〗
　寓話は、恩人に不正をする者は、神により罰せられることを示している。

［C36］カニとヘビのこと　　　　　　　　　　　　　［495］
　カニとヘビ、互いに入魂し、ある穴に二つともに年久しう住みいたによって、カニ、ヘビに云うは、「あまり貴所と某は水と魚とのごとくぢゃによって、心を置かず［何も隠さず］申す。貴所の心のまがったことを少しお直しあれかし」と、折々異見を加ゆれども、ヘビ情強にして、少しも聞き入れなんだによって、カニ心中にことのほか腹を立てて、「所詮か様の徒者を娑婆塞げ［無用の者］に生けて置いて、頭の痛いことを堪ようよりは」と思い、ヘビ寝入っていた所へそろそろ這い寄って、かの重代［先祖伝来］の鋏をもって首をはさみ切って殺したれば、ヘビ曲げたまっていたが、にわかに直ぐになったを見て、カニ、「存生の時、それほど直ぐに心があったらば、今この害［496］をば受けまいものを」と云うた。

　〖下心〗

Fitouo tabacarŏto suru monoua qeccu fitoyori
tabacararurucoto vouoi mono gia.

[O20] SERPENS ET CANCER.   [71]
Serpens una cum cancero vivebat, inita cum eo societate.
Itaque cancer simplex moribus, ut et ille astutiam mutaret,
admonebat: hic autem minime oboedie-[72]bat. Cum observas-
set igitur cancer ipsum dormientem, et pro viribus compres-
sisset, occidit. At serpente post mortem extenso, ille ait, "Sic
oportebat antehac rectum et simplicem esse: neque enim hanc
poenam dedisses."

Adfabulatio. Fabula significat, qui cum dolo amicos adeunt,
ipsos offendi potius. [Ae196, Ch290]

[C37]   Nhoninto, vôzaqeuo nomu vottono coto.   **496**
Aru nhonin vottouo mottaga, daijŏgo giani yotte,
fudan jŏgiŭ saqeni yoixizzunde, fitoyeni xininno
gotoqude atta: soreniyotte nhôbŏua cono cotouo
nagueite nǎto xeba, cono cuxeuo nauosŏzoto anji vaz
zurŏ nacani, mata vôzaqeuo nomi, jengomo xirazu,   10
yoifuxita tocorouo furicataguete aru quǎno nacaye
irete voite, yoino samegatani voyôde cano vonna so-
no quanno touo fotofototo tataqeba, vchicara ta-
daima voqi agattato voboxij coyede, tasoto tazzunu
reba, nhôbŏ coreua xininni monouo cuuasurumono   15
zoto iyeba; mata vchicara saqega nŏteua xocubutbaca
riua sanomi nozomaxŭmo naito cotayeta tocorode,
nhôbŏ cono cotouo qijte, chicarauo votoite, mada are
ua saqeno cotouo vasurenuca? sateua vaga tedatemo
muyacuni nattato nagueita.   20

Xitagocoro.
Ayamarino mada neuo sasanu vchiniua, aratamu-
ru cotomo canauŏzuredomo, furui cuxeua aratame
nicui coto gia.

人を謀らうとする者は、結句人より謀ること多いものぢゃ。

［O20］ヘビとカニ [71]

ヘビがカニと同盟を結んで一緒に住んでいた。性格の素直なカニは、ヘビが狡猾さを変えるように注意したが、彼は決して従わなかった。[72]それで、カニは寝ているヘビを見た時に、ヘビを力によって押さえつけ、殺した。ヘビが死後に硬直すると、カニがいうには、「これより前にこのように誠実で素直であるべきだった。そうすれば、お前はこの罰を受けなかっただろうに」。

　　《寓意》

寓話は、奸計をもって友達に近づく者たちは、むしろ自らが害されることを示している。

［C37］女人と大酒を飲む夫のこと [496]

ある女人夫を持ったが、大上戸［大酒飲み］ぢゃによって、不断常住［常に］酒に酔い沈んで、ひとえに死人のごとくであった。それによって女房はこのことを嘆いて、「何とせば、この癖を直さうぞ」と案じ煩うなかに、また大酒を飲み、前後も知らず、酔い伏したところをふり拍げて［肩に載せ］、ある棺の中へ入れて置いて、酔いの醒め方に及ぶで、かの女その棺の戸をほとほと［とんとん］と叩けば、内から只今起き上ったとおぼしい声で、「誰そ」と尋ぬれば、女房、「これは死人にものを食わする者ぞ」といえば、また内から、「酒がなうては、食物ばかりは、さのみ望ましうもない」と答えたところで、女房このことを聞いて、力を落といて、「まだあれは酒のことを忘れぬか？さてはわが手立ても無益になった」と嘆いた。

　　《下心》

誤りのまだ根をささぬ内には、改むることも叶わうずれども、古い癖は改めにくいことぢゃ。

[O23] M U L I E R. [73]

Mulier quaedam virum ebrium habebat: ipsum autem a morbo liberatura, tale quid commenta est. Aggravatum enim ipsum ab ebrietate cum observasset, et mortui instar insensatum, in umeros elevatum, in sepulchretum allatum deposuit, et abivit. Cum vero ipsum iam sobrium esse coniectata est, profecta ianuam pulsavit sepulchreti. Ille autem cum diceret, "Quis est, qui pulsat ianuam?" uxor respondit, "Mortuis cibaria ferens ego adsum." Et ille, "Non mihi comesse, sed bibere optime potius affer: tristem enim me reddis, cum cibi non potus meministi." Haec autem pectus plangendo, "Hei mihi misere," inquit, "nam neque astu profui: tu enim vir non solum non emendatus es, sed peior quoque te ipso evasisti, in habitum tibi deductus est morbus."

Adfabulatio.

Fabula significat, non oportere in malis actibus immorari: nam et nolentem quandoque hominem consuetudo invadit. [Ae246, Ch88]

[C38] Pastorno coto. 497

Aru Pastor goccanno jibun sanyani dete fitçujiya, ya guiǔ nadono taguyuo cǒte ytani, niuacani yuqiga furi tçunde, tani mineno vaqemo miyezu, yamagauaniua mizzucasaga maxite, iyegini cayerǒzuru yǒmo naqe 5 reba, soconi todomattaga, cateni tçumatte, caisodatçu ru fitçujiuo coroite inochiuo tçuida. Sǒsǒ surufodoni yǒyǒ fitçujiuomo cotogotocu cuitçucuxi, mata ya- guiǔni totte cacari, coreuomo curai fataxe domo, ma da satoni cayerǒzuru yǒga naqereba, mata vxiuo curǒ 10 ta. Cocode cano bǎno tameni fijte ytta inudomoga vomô yǒua: fisǒxeraruru ano fitçujido-mo, yaguiǔ sono foca cǒsacuno xinrǒuo xite, xǔno inochiuo tçugaruru vxiuosaye xocuxeraruru vyeua, maxiteyaiuan sono gueninno gotoqu banuo suru vareruomo yudǎ suru 15 mono naraba, yagate cuuareôzuru cotoua vtagaimo

［O23］女　　　　　　　　　　　　　　　　　　　　［73］

　　ある女には、酔った夫がいた。彼を病気から解放するために、彼女は次のようなことを考案した。彼が酩酊により苦しみ死人のように無感覚になっているのを見た時に、彼女は彼を肩に載せて墓の中へ運び、そこに下ろすと立ち去った。彼が既にしらふになったと思いはかった時に、行って墓の戸を叩いた。彼が、「戸を叩くのは誰だ」というと、妻は答えて、「私は、死人たちに食べ物を運んでここに来ています」という。すると彼は、「善人よ、私には食べるよりは飲むものを運びなさい。貴方が飲み物ではなく食べ物に言及すると、私は悲しくなる」という。彼女が胸を打ち悲しんでいうには、「何と不幸な私か。私の術策は役に立たなかった。貴方は夫として矯正されなかったばかりか、貴方自身がもっと悪くなって出て来た。貴方の病気は、習慣の中へ導入されてしまった」。

　　〚寓意〛

　　寓話は、習慣はある時それを欲しない人間に入り込むので、悪い行いに深く立ち入るべきでないことを示している。

［C38］**Pastor** のこと　　　　　　　　　　　　　　［497］

　　ある **Pastor**［牧人］極寒の時分山野に出て、ヒツジやヤギウなどの類を飼うていたに、俄に雪が降り積んで、谷峰の分け［区別］も見えず、山川には水かさが増して、家路に帰らうずる様もなければ、そこに止まったが、糧に詰まって、飼い育つるヒツジを殺して命を継いだ。さうさうするほどに、やうやうヒツジをもことごとく食い尽くし、またヤギウに取って掛かり、これをも喰らい果たせども、まだ里に帰らうずる様がなければ、またウシを喰らうた。ここでかの番のために引いて行ったイヌどもが思う様は、「秘蔵せらるるあのヒツジども、ヤギウ、その他耕作の辛労をして主の命を継がるるウシをさえ食せらるる上は、ましてやいわん、その下人のごとく番をする我らをも、油断するものならば、やがて食われうずることは疑いもない。いざ逃げ去って命を

nai: Iza niguesatte inochiuo iqeôto mina caqevochiuo
xita.

Xitagocoro.

Xitaximǒzuru mononi xitaximi, fubinuo cuuayô   20
zuru monouo sonobunni xenu monouoba, taninga
yagate coreuo qendonna fitoto xitte, ychimiuo xezu,
soreuo sutçuru mono gia.

[N23] DE AGRICOLA ET CANIBVS.   [59]

Hiberno sidere agricola quidam in agro deprehensus, defici-
entibus cibariis, primum interfectis singulis ovibus, illarum
carnibus vescebatur, mox et [60] caprarum, postremo operariis
bobus interemptis alebatur. Quod canes dum animadvertissent,
inter se collocuti sunt dicentes, "At nos hinc faciamus fugam.
Si enim operariis bobus dominus non pepercit, nec nobis
quidem parcet."

Adfabulatio.

Haec fabula innuit, fugiendos cavendosque, qui a familiari-
bus manus non abstinent. [Ae52, Ch80]

[C39]   **Robato, qitçuneno coto.**   497

Arutoqi robato, qitçune dôdǒ xite yusan surutocoro   25
ni, nanto xitaca gǒteqino xixivǒni yuqivǒte tagaini   498
sorezoto metometo miauaxeta tocorode, qitçune ima
ua nogaregataqereba, cǒsan xi cayerichǔ xite vaga
inochiuo tçugǒzuruto vomǒ cocoroga tçuite, xixivǒ
no mayeni yuqi, vouo sube, caxirauo chini tçuqete   5
mǒsuua: icani vareraga teivǒ qicaxerarei, soregaxiga ino
chiuo tasuqesaxeraruru naraba, cano robauo vonmino
tenovani mauaru yǒni itasǒzuruto yǔta: xixivǒ na
canaca sonobunni xei, vareuoba yurusǒzoto yǔni
yotte, qitçune robauo tabacatte cucuriuo caqeta ata-   10
riye tçurete yuqeba, robaua motoyori fucacujin nare-
ba, tachimachi cucurini cacatta. Socode xixiua faya ro
baua nogararu michiga nai: mazzu qitçuneuoto
vomôte tobicacatte tachimachini curaicoroxi, tçu-

生けう」と、皆駆け落ち［密かに逃げ失せること］をした。

　　〖下心〗

　親しまうずる者に親しみ、不便（ふびん）を加（くわ）ようずる者をその分にせぬ者をば、他人がやがてこれを慳貪（けんどん）な人と知って、一味をせず、それを捨つるものぢゃ。

［N23］農夫とイヌたちのこと　　　　　　　　　　　［59］

　冬の嵐である農夫が畑地の中に捕らえられ、食物が尽きてしまったので、初めにヒツジを一匹ずつ殺し、その肉で生きのびた。そのうち［60］ヤギたち、その後使役するウシたちも殺して養われた。イヌたちがこれに気づいた時に、お互いに話していうには、「さて、我々はここから逃げよう。もし主人が使役するウシたちさえ惜しまなかったのであれば、我々をも全く惜しまないだろう」。

　　〖寓意〗

　この寓話は、親しい者たちに手を出すことを控えない者たちからは、逃げて注意すべきことを示している。

［C39］ロバとキツネのこと　　　　　　　　　　　［497］

　ある時、ロバとキツネ同道（どうだう）して遊山（ゆさん）するところ［498］に、何としたか強敵（がうてき）のシシ王（わう）に行き会（あ）うて、互いにそれぞ目と目と見合わせたところで、キツネ今は逃（のが）れ難ければ、降参（かうさん）し返忠（かへりちう）して［敵に寝返って］わが命を継がうずると思う心が付いて、シシ王（わう）の前に行き、尾を窄（すぼ）べ［すぼませ］、頭（かしら）を地に付けて申（まう）すは、「いかに我らが帝王（ていわう）、聞かせられい。某（それがし）が命を助けさせらるるならば、かのロバを御身（おんみ）の手のわに廻（まは）る［手中に落ちる］様にいたさうずる」と云（い）うた。シシ王（わう）「なかなかその分にせい。ワレをば赦（ゆる）さうぞ」と云うによって、キツネ、ロバを謀（たばか）って、括（くく）りを掛けたあたりへ連れて行けば、ロバは元より不覚人（ふかくじん）［無思慮な人］なれば、たちまち括りに掛かった。そこでシシは、「はやロバは逃（のが）るる道がない。まづキツネを」と思うて飛び掛かって、た

guini robauomo curŏta.   15
  Xitagocoro.
Mino tame bacariuo vomôte, taninni atauo nasu
monoua, sono mucuiuo nogaruru cotoga canauanu:
qeccu fitoyori saqini nanni vŏcotoga vouoi.

[O65] ASINUS ET VULPES.   [88]

  Vulpes et asinus inita inter se societate, exiverunt ad venatio-
nem: Leo vero cum occurrisset ipsis, vulpes imminens peri-
culum videns, profecta ad leonem, tradituram ei asinum
pollicita est, si sibi impunitatem promiserit. Qui cum dimis-
surum eam dixisset, illa adducto asino, in casses quosdam ut
incideret, fecit. Sed leo videns illum fugere minime posse,
primam vulpem comprehendit: deinde, sic ad asinum versus est.
  Adfabulatio,
  [89] Fabula significat, eos, qui sociis insidiantur, saepe et
seipsos nescios perdere. [Ae191, Ch270]

[C40] Vôcameto, couo motta vonnano coto.   498
  Vôcame yppiqi arufi yemonoga nŏte vyeni voyô   21
de, cococaxicouo caqemeguri, aru yamazatono
xizzuga iuorino noqibani yorisôte qiqeba, chijsai co-
no naquuo sucasu tote, sono faua camayete nacaba, vô
cameni yarŏzuto yŭniyotte, vôcameua coreuo qi-   499
qi, macotocato vomôte, appare coreua yoi xiaua-
xecanato machicaqete yreba, fimo yŏyŏ cureyuita.
Saredomo couoba cureide, amassaye fauano yŭyŏua:
ara itôxino monoya! qizzucai suruna: tatoi vôcame
ga qitaritomo, soitçumeuoba vchicoroite cauauo fai-   5
de noqeôzoto yŭniyotte, vôcame vomôyŏua: sarito
teua iccô riŏjetnamonogia: fajimeua cureôto yŭtaga,
imaua mata fiqicayete miuo corosŏuayare, cauauo fa
gŏua nadoto yŭcato yŭte, sugosugoto socouo tachisatta   10

ちまちに喰らい殺し、次にロバをも喰らうた。

　　〖下心〗
　身のためばかりを思うて、他人に仇をなす者は、その報いを逃るることが叶わぬ。結句人より先に難に会うことが多い。

［O65］ロバとキツネ　　　　　　　　　　　　　　　　［88］

　キツネとロバがお互いに仲間となって、狩りに出掛けた。しかし、彼らにライオンが出会った時に、キツネは迫る危険を見て、ライオンのところに行き、もし自らに無罪を約束すれば、彼にロバを引き渡すだろうと約束した。ライオンがキツネに罪を免じると言ったので、キツネはある罠にロバが落ち込むように導いて実行した。ライオンはロバが決して逃げられないことを見ると、初めにキツネを捕らえ、その後にロバに向かった。

　　〖寓意〗
　寓話は、仲間を狙い撃ちにする者たちは、しばしば知らずに彼ら自身を滅ぼすことを示している。

［C40］オウカメと子を持った女のこと　　　　　　　　［498］

　オウカメ一匹、ある日獲物がなうて飢えに及ぶで、ここかしこを駆け巡り、ある山里の賤が［下賤な人の］庵の軒端に寄り添うて聞けば、小さい子の泣くを賺す［なだめる］とて、その母、「構えて［必ず］泣かば、オウ［499］カメにやらうず」と云うによって、オウカメはこれを聞き、真かと思うて、「あっぱれ、これはよい幸せかな」と待ちかけていれば、日もやうやう暮れ行いた。されども子をばくれいで、あまっさえ母の云う様は、「あら愛うしの者や！気遣いするな。仮令オウカメが来たりとも、そいつめをば打ち殺して、皮を剥いで退けうぞ」と云うによって、オウカメ思う様は、「さりとては一口両舌［二枚舌］な者ぢゃ。初めはくれうと云うたが、今はまたひき換えて、余を殺さうはやれ、皮を剥がうは、などと云うか」と云うて、すごすごとそこを立ち去った。

Xitagocoro.
Fitoua tabun cocoroto, cotobaua ninu monode,
yayamosureba, yacusocuuo fenji, vomouanu cotouo
mo yŭ mono gia.

[O77] LUPUS ET VETULA. [92]

Lupus esuriens circumibat quaerendo cibum. Profectus
autem ad locum quendam, audivit lugentem puerulum, eique
dicentem anum, "Desine plorare: sin minus, hac hora tradam te
lupo." Ratus igitur lupus serio loqui aniculam, expectabat ad
multam horam. Sed cum advenisset vespera, audit rursus anum
blandientem puerulo ac dicentem, "Si venerit lupus huc, interfi-
ciemus eum fili." His auditis lupus eundo dicebat, "In hoc
tugurio aliud dicunt, aliud faciunt."

Adfabulatio.
Fabula in homines, quorum facta verbis non respodent.
[Ae158, Ch223, Bb16, Av1]

[C41] Cairuto, nezumino coto. 499

Coroua yayoi guejunno coro giani, cairuto, nezu
mi aru iqeno chiguiŏ arasoide mujunni voyŏda. Izzu-
remo buguuo soroye, cotomo vobitataxij caxxen
ni natte, nezumiua fuxicusauo xi, cairuuo nayamaxe
domo, cairuua sucoximo vocuxeide, icanimo vchi 20
arauare nodobuyeuo icaracaite, daivonuo aguete,
vomeqi saqeôde tatacŏniyotte, sono tatacaito saqebi
no votoua cotomo gueôsanni atta tocorode, coreuo
catauaqicara tobiga mite, yoisaiuai canato vomôte
riŏbŏ tomoni totte curŏta. 500

Xitagocoro.
Yocuxin, aruiua gamanni yotte vonaji cuni toco-
rono fito qenqua, tôjŏuo xi, vatacuxidoriaini voyo-
beba, taxo, tagŏcara sono feini notte, ronuo nasu sŏ- 5
fŏ tomoni xitagayuru mono gia.

【下心】

　人は多分心と言葉は似ぬもので、ややもすれば、約束を変じ、思わぬことをも云うものぢゃ。

［O77］オオカミと老婆　　　　　　　　　　　　　［92］

　飢えたオオカミが、食物を探して歩き回った。ある所に来ると、悲しむ子どもに老婆が話をしているのを聞いた。「泣くのをお止め。さもないと、今、お前をオオカミに渡すよ」。そこでオオカミは老婆が真面目に話していると考えて、長い間待っていた。しかし、夕方になった時に、老婆が再び子どもに媚びていうには、「坊や、もしオオカミがここに来れば殺すだろうね」。これを聞いてオオカミが立ち去りながらいうには、「この小屋の中では、彼らが言うことは一つで、行うことはまた別だ」。

　　【寓意】

　その行動が言葉に対応しない人間たちの寓話。

［C41］カイルとネズミのこと　　　　　　　　　　［499］

　ころは弥生［旧暦三月］下旬の頃ぢゃに、カイル［蛙］とネズミ、ある池の知行［領地］争いで矛盾［戦い］に及うだ。いづれも武具を揃え、ことも夥しい合戦になって、ネズミは伏草［待ち伏せ］をし、カイルを悩ませども、カイルはすこしも臆せいで、いかにもうち現れ、喉笛を怒らかいて、大音を上げて、喚き叫うで戦うによって、その戦いと叫びの音は、ことも業山［仰山？］にあったところで、これを片脇からトビが見て、「よい幸いかな」と思うて［500］両方ともに取って喰らうた。

　　【下心】

　欲心あるいは我慢［うぬぼれ］によって、同じ国・所の人、喧嘩・闘諍［戦い争うこと］をし、私取合い［私情による争い］に及べば、他所・他郷からその弊［間違い］に乗って、論をなす双方ともに従ゆるものぢゃ。

[P3] DE MURE ET RANA.   [95]

Bellum gerebat mus cum rana. De paludis certabatur
imperio. Pugna erat vehemens, et anceps: mus callidus sub
herbis latitans, ex insidiis ranam adoritur: rana viribus melior,
pectore, et insultu valens, aperto marte hostem lacessit. Hasta
utrique erat iuncea. Quo certamine procul viso, milvus
adproperat: dumque prae studio pugnae, neuter sibi cavet,
utrunque bellatorem milvus rapit, ac laniat.

Morale.

Itidem evenire solet factiosis civibus, qui accensi libidine
dominandi, dum inter se certant fieri magistratus, opes suas,
plerunque etiam vitam in periculo ponunt. [Ae384, Ch244]

[C42] **Aru toxiyotta xixivǒno coto.**   500

Aru xixi vacazacarino toqiua, yŭqiga suguite aru
fodono qedamonouo azamuqi, atauo naita cotoua
facararenu cotode atta. Cono xixi toxiga yotte   10
yǒyacu guiǒbumo canauanuni voyôde, youameno
reɵiǒgueto yarani inoxixiuo fajime, yamavji, sonofo-
ca robamademo cono xixiuo funzzu qetçu suruni
yotte, xixi namidauo nagaite yŭua: satemo cana-
xij cotocana! miga jenxeino toqi, vonuo atayeta mo   15
noua ima doconi yruzo? tada atauo musunda mo-
no bacari imaua miyuruto.

Xitagocoro.

Vonuo vasururu monoua vouô, atauo fôjenu mo
noua marena.   20

[P12] DE LEONE SENECTUTE CONFECTO.   [99]

Leo qui in iuventute complures sua ferocitate fecerat inimi-
cos, in senectute exsolvit poenas. Reddunt talionem bestiae.
Dente aper, cornu petit taurus. In primis asellus, vetus ignaviae
nomen cupiens abolere, verbis et calcibus strenue insultat. Tum
gemebundus leo, "Hi quibus olim nocui, iam vicissim nocent,
et merito. Sed hi quibus aliquando profui, iam vicissim non
prosunt, immo etiam immerito obsunt. Stultus fui, qui multos

［P3］ネズミとカエルのこと ［95］

　ネズミはカエルと戦争をしていた。沼沢の支配について争っていた。戦いは激しく、不確定だった。ネズミは草木の下に隠れて、カエルを待ち伏せて襲う。力と心と悪口に優るカエルは、戦いが始まると敵を苦しめる。両者の槍はイグサだった。その戦いを遠くに見たトビが急いだが、両者は戦いに熱心だったために用心せず、トビが戦う両者を殺して引き裂く。

　〖寓意〗このように、支配の欲望に燃えた者は、党派心の強い市民となる習わしである。彼らが職権と勢力を得るためにお互いに争う間に、多くの場合に自らの生命を危険の中に置く。

　［編注：復讐の警告であるイソップの生涯の中の寓話［A22b, M26c］の異形だが、寓意は不和の戒めに変わっている。］

［C42］ある年寄ったシシ王のこと ［500］

　あるシシ若盛りの時は、勇気が過ぎて、あるほどの獣を欺き、仇をないたことは計られぬことであった。このシシ年が寄って、やうやく行歩も叶わぬに及うで、弱目の霊気［弱り目のものの怪］とやらに、イノシシを始め、ヤマウジ［山牛］その他ロバまでも、このシシを踏みづ蹴つするによって、シシ涙を流いて云うは、「さても悲しいことかな！身が全盛の時、恩を与えた者は今どこにいるぞ？ただ仇を結んだ者ばかり今は見ゆる」と。

　〖下心〗

　恩を忘るる者は多う、仇を報ぜぬ者は稀な。

［P12］老年に進んだライオンのこと ［99］

　若い時に度々自らの乱暴によって敵を作ったライオンは、老いた時に罰を受ける。動物たちは報復する。イノシシは歯で、ウシは角で襲う。そのうち子ロバが、老いた怠惰の名前を滅ぼしたくて、熱心に言葉と踵で侮辱する。ライオンが嘆息していうには、「私がかつて害した者たちが、反対にかつ正当に私を害する。しかし、私がある時に役に立った者たちは、反対に私の役には立たない。彼らは決して正当でなく私を害する。多数の敵を作った

fecerim inimicos, stultior qui falsis amicis confisus fuerim."

Morale.

[100] In secundis rebus non efferaris, non sis ferox. Nam si vultum mutarit fortuna, ulciscentur quos laesisti. Et inter amicos sic habeas discrimem. Sunt enim quidam amici non tui, sed mensae tuae, sed fortunae tuae. Quae quidem fortuna simul ac mutata erit, et illi mutabuntur. Et bene tecum actum erit, si non inimici fuerint.

Merito queritur Ovidius,

"En ego non paucis quondam munitus amicis,

Dum flavit velis aura secunda meis:

Ut vero nimboso tumuerunt aequora vento,

In mediis lacera puppe relinquor aquis."

[Ov. Pont. 2.3.25-8] [Ae481, Ph1.21]

[C43] Qitçuneto, vôcameno coto.   500

Qitçune yppiqi yeuo motomeôto deta tocoroni, aru vôcameno yebucurete curainocoita yeuo macu- rani xite yta tocoroni yuqiyŏte, taburacasabayato vo- moi, icani vôcamedono, najeni sayŏni muxosaniua   25 gozaruzo? nãzo desaxerarete toraxerarei caxito iyeba, 501 vôcame yagate cono qeiriacuuo satotte, nantoxitaca xorŏ mottenofoca giato yŭte, fuxidouo sarananda to corode, qitçuneua nicui yatçuga conjŏbonecana! sate ua xô cotoga aruzoto vomoi, aru yajinno motoni   5 ytte miguino yŏuo catareba, sono fito tachimachi de yŏte vôcameuo ba coroita. Tçugufi mata sono to- coroni dete mireba, miguino qitçune cano vôcame no atoxiqiuo vŏriŏ xite, xindai xite ytauo tomoni so   reuomo vchicoroita.   10

Xitagocoro.

Tano yoicotouo sonemu monoua, sono tçumiga fenjite mini voyobu mono gia.

私は愚かだったが、偽りの友達を信じた私は更に愚かだった」。

〖寓意〗

［100］貴方が順境において粗野でなければ、貴方は狂暴ではないだろう。しかし、もし運命が顔付きを変えれば、貴方が傷つけた者たちは報復してくる。それ故に友達との間では分別を持つように。何故ならば、ある者たちは貴方自身ではなく、貴方の食卓や貴方の運命の友達なのだ。運命が変わる時には、同時に彼らも変わるだろう。もし彼らが敵でなかったならば、貴方と共に正しく行動するだろう。

Ovidius［『黒海便り』］は正当に嘆く。
「順風が私の帆に吹いていた間は、私は少なからぬ友達に保護された。しかし、海が暴風によって膨れるや否や、私は海の真中で破れた船に放棄される」。

［C43］キツネとオウカメのこと　［500］

キツネ一匹餌(え)を求めうと出たところに、あるオウカメの餌膨(えぶく)れて［満腹になり］、喰らい残いた餌を枕にしていたところに行き会(や)うて、誑(たぶら)かさばやと思い、「いかにオウカメ殿、なぜに左様(さやう)に無所作(むしょさ)［無為］には［501］ござるぞ？何ぞ出(で)させられて取らせられいかし」といえば、オウカメやがてこの計略を悟って、「何(なん)としたか、所労(しょらう)［病気］もっての外(ほか)［大層なこと］ぢゃ」と云(ゆ)うて、臥しど［寝床］を去らなんだところで、キツネは、「憎いやつが根性骨(こんじゃうぼね)［心の性］かな！さてはせうことがあるぞ」と思い、ある野人のもとに行って右の様(やう)を語れば、その人たちまち出合(でや)うてオウカメをば殺いた。次ぐ日またその所に出て見れば、右のキツネかのオウカメの跡式(あとしき)［財産］を横領(わうりゃう)して、進退(しんだい)［支配］していたを、ともにそれをも打ち殺いた。

〖下心〗

他のよいことを嫉(そね)む者はその罪が変じて身に及ぶものぢゃ。

[P35] DE LUPO ET VULPE. [111]

Lupus cum praedae satis esset, in otio degebat. Accedit vulpecula, sciscitatur otii causam. Sensit lupus insidias fieri suis epulis, simulat morbum esse causam, orat vulpeculam deprecatum iri deos. Ila dolens dolum non succedere, adit pastorem, monet petere latebras lupi: hostem enim securum posse inopinato opprimi. Adoritur pastor lupum, mactat. Illa potitur antro et praeda. Sed fuit illi breve sceleris sui gaudium. Nam non ita multo post idem pastor et ipsam capit.

Morale. Foeda res invidia est, et ipsi interdum autori quoque perniciosa. Flaccus epistolarum primo:

"Invidus alterius rebus macrescit opimis.

Invidia Siculi non invenere tyranni

Maius tormentum." [Hor. Epp. 1.2.57-9] [Ae568]

[C44] Rŏjinno coto. 501

Aru toxiyorino yamagatçu taqiguiuo cataguete ya 15
ma yori detaga, cutabire fatete taqiguiuoba catauara
ni voroxivoite, fitato tauorefuite, toiqiuo tçuite yŭ-
ua: ara vtomaxiya! nagaiqiuo xite cono yŏna xinrŏ
uo xôyorimo, ima xindaua maxide arŏ: saigoua do
coni yruzo coicaxito yŭtocoroye, Mortega fiotto qi 20
te coreni ymarasuru: nanno goyôzoto iyeba: sonoto-
qi voqiagatte, amari cutabiretani cono taqiguiuo cŏ
riocu xite migacatani vocatague areto fazzuita.

Xitagocoro. 502

Xinitaqito yŭua, vqiyono cuchizusami, macotono
toqiua xinarezaru monouoto yŭ tçure gia.

[T28] DE SENE MORTEM VOCANTE. [159]

Senex quidam lignorum fascem super umeros ex nemore portans, cum longa via defessus esset, fasce humi deposito Mortem vocavit. Ecce Mors advenit, causamque, [160] quam-obrem se vocaverit, interrogavit. Tunc senex, "Ut hunc ligno-

［P35］オオカミとキツネのこと　　　　　　　　　　［111］

　オオカミが獲物が足りて余暇に時を過ごしていた。キツネが近づいて、余暇の理由を尋ねる。オオカミは自らの食事への奸計を感じ、理由は病気であると偽って、キツネが神々に祈祷するように頼む。キツネは陰謀の不成功に腹を立てて、羊飼いのところに行き、オオカミの隠れ処を襲うことを思い出させた。突然ならば安全に敵を屈服させられるからだ。羊飼いはオオカミを襲撃して滅ぼし、キツネは巣穴と獲物を得る。しかしそのうち同じ羊飼いがキツネを捕らえるので、その犯罪の悦楽は短かった。

　　〖寓意〗
　嫉妬は醜いものだ。そして時々その張本人にも壊滅的だ。［Horatius］Flaccus は『書簡集』巻一でいう。
「隣人のものが豊富になると、嫉妬する者は痩せる。Sicilia の独裁者たちは、嫉妬より更に悪い拷問は案出しなかった」。

［C44］老人のこと　　　　　　　　　　　　　　　［501］

　ある年寄りの山賤［賤しい山人］、薪をかたげて山より出たが、くたびれ果てて、薪をば傍らに降ろし置いて、ひたと倒れ伏ひて、吐息をついて云うは、「あらうとましや！長生きをしてこの様な辛労をせうよりも、今死んだはましであらう。最後［死神？］はどこに居るぞ、来いかし」と云うところへ、Morte［死神］がひょっと来て、「これに居まらする。何の御用ぞ」といえば、その時起き上がって、「あまりくたびれたに、この薪を合力［502］して余が肩にお掛けあれ」と外いた［言い外した］。

　　〖下心〗死にたきと云うは、憂世の口号、真の時は死なれざるものをと云うつれ［類］ぢゃ。

［T28］Mors を呼ぶ老人のこと　　　　　　　　　［159］

　ある老人が木の小束を肩にのせて森から運び出していると、長い道のりで疲れていたので、小束を地面に置くと Mors［死］を呼んだ。すると見よ、Mors が現れて、自らを呼んだ原因や理由を尋ねた。その時、老人がいうには、「この木の小束を私の肩

rum fascem super umeros mihi imponeres," ait.

Fabula significat, quod quisquis vitae cupidior est, licet res
mille subiciatur periculis, mortem tamen semper devitat. [Ae60,
Ch78]

[C45]   Xixito, qitçuneno coto.   502

Xixi, mottenofocani aivazzurŏte sanzanno teide   5
attareba, yorozzuno qedamono soreuo toi tomurŏ
coto fimamo nacatta. Sonovchini qitçune bacari
miyenanda. Coconivoite xixi, qitçuneno motoye
xôsocu xite iyyaruua: nanitote soreniua miyerare-
nuzo? jiyono xŭua tabun mimauararu nacani ama 10
ri vtovtoxŭ votozzuremo naiua qiocumo nai xidai
gia. Xŏtocu sorenito varetoua xinxetno naca nareba,
qiacuxin arŏzuru guide nai: moximata miga vyeuo
vtagauaruruca? sucoximo bexxinua nai: tatoi gaiuo
naxitŏtemo ima cono teideua canauaneba, voide uo 15
machi zonzuruto caita tocorode, qitçune tçuxxinde,
vôxe catajiqenŏ zonzuru: safodono cototomo zon-
jeide conogoroua buin fonyuo somuite gozaru: tada
imamo mairitŏ zonzuredomo, coconi fitotçuno fu-
xinga gozaru: yorozzuno qedamonono vomimai 20
ni mairaretatoua voboxŭte, gozadocoroye ytta axi
atoua aredomo, deta axiatoua fitotçumo miyeneba,
vobotçucanŏ zonzuruto fenji xita.

Xitagocoro.
Cotobano cŏxeqini tagŏ toqiua, fitoga coreuo xin 25
jenu mono gia.

[T59] DE LEONE SENE.   [171]

Leo cum senuisset, nec victum sibi quaerere posset, viam
machinatus est, qui alimenta haud sibi desint. Ingressus igitur
speluncam, graviter aegrotare iacens simulabat. Animalia illum
vere aegrotare putantia, visitandi gratia ad eum accedebat: quae
leo capiens singulatim [172] manducabat. Cum multa animalia
iam occidisset, vulpes leonis cognita arte, aditum speluncae

にのせるように」。

　寓話は、誰でも生きることにより強欲な者は、何回でも危険の下に置かれたとしても、しかしいつでも死を避けることを示している。

［C45］シシとキツネのこと　　　　　　　　　　　　　［502］

　シシもっての外にあい煩うて、散々の体であったれば、万の獣それを問い訪うこと隙もなかった。その内にキツネばかり見えなんだ。ここにおいてシシ、キツネのもとへ消息［手紙］していい遣るは、「何とてそれには見えられぬぞ？自余の［他の］衆は多分見舞わるる中に、あまり疎々しい音信もないは、曲もない［すげない］次第ぢゃ。生得［生まれつき］それにと我とは深切［愛情］の仲なれば、隔心［不信］あらうずる儀でない。もしまた余が上を疑わるるか？少しも別心はない。仮令害をなしたうても、今この体では叶わねば、お出でを待ち存ずる」と書いたところで、キツネ謹んで、「仰せ忝う存ずる。さほどのこととも存ぜいで、このごろは無音［不通］本意を背いてござる。只今も参りたう存ずれども、ここに一つの不審がござる。万の獣の、お見舞いに参られたとはおぼしうて、御座所へ入った足跡はあれども、出た足跡は一つも見えねば、おぼつかなう［不安に］存ずる」と返事した。

　　〖下心〗
　　言葉の行跡［行い］に違う時は、人がこれを信ぜぬものぢゃ。

［T59］老いたライオンのこと　　　　　　　　　　　　［171］

　ライオンが年を取り、自らの食物を得られなかった時に、彼は食料に事欠かない方法を案出し、洞窟に入ると横になって重篤な病気であると偽った。動物たちは彼が本当に病気であると考えて、訪問するために彼に近づいた。その動物をライオンは一匹ずつ捕らえて食べた。既に多くの動物を殺した時に、ライオンの技法に気づいたキツネが洞窟の出入口に近づくと、外に立っ

accedens, leonem quo valeat pacto, exterius stans rogat: ei leo blande respondens ait, "Vulpes filia, cur non intro graderis ad me?" Et vulpes non illepide ait, "Quoniam, here mi, animalium ingredientium perplura equidem vestigia cerno, sed egredientium vestigia nulla."

Fabula significat, quod homo prudens, quia pericula imminentia providet, illa facile devitat. [Ae142, Ch196, Bb103]

F I N I S.

てライオンに健康のほどを尋ねた。ライオンはキツネにへつらって答えて、「わが子のキツネよ、何故お前は中へ入って私の方に進まないのか」という。キツネが粗野ではなくいうには、「私のご主人、何故ならば、私は確かに入って行く動物の足跡を沢山見ますが、出て行く者たちの足跡は見ないからです」。

　寓話は、聡明な人間は切迫する危険を予見するので、それを容易に回避することを示している。

（了）

［第四編］解　説

第四編　解　説　目次

第一章　西欧におけるイソップ寓話の伝承

第一節　イソップ寓話（Aesopi fabulae）

　『エソポのハブラス』は、エソポの「生涯」と「寓話」の二本立てとなっているが、この二者は伝来的には異なるものなので、ここでは先ず寓話の伝承について検討する。古くは、前 8 世紀のヘシオドス、前 6 世紀の古代インド仏教説話集ジャータカやサンスクリット説話集パンチャタントラなどにイソップ的な寓話が見られ、前 5 世紀のヘロドトスにはイソップ自体への言及がある。また、喜劇詩人アリストパネスの作品では、イソップ寓話が喜劇理解のための前提とされている。

　前 4 世紀のプラトンの対話編『パイドン』によると、ソクラテスは死に臨んでイソップ寓話を詩に直す作業を行っていたように描かれ、『アルキビアデス』では「ライオンの窟の前の足跡」（キツネがライオンの窟には入る足跡はあるが出る足跡がないと、ライオンの奸計を疑う話。本書の［C45］）を引いて、スパルタに全ての財貨が集まることの譬えとしている。同様に、デマデスやデモステネスなどの雄弁家はイソップ寓話を利用し、哲学者アリストテレスも寓話を色々と論じている。

デメトリオス・パレロス

　このような中で、アレクサンドレイア時代のデメトリオス・パレロス（前 350～280 頃）というギリシアの雄弁家・文献収集家が『アイソピア』と呼ばれるイソップ寓話集を編纂したという記録が、紀元 3 世紀ローマ時代のギリシア散文作家ディオゲネス・ラエルティオスの『哲人伝』の中にある。原著は現在では散逸しているが、それらしきものが 10 世紀頃までは存在したと見られる記録もあり、一般的にデメトリオス・パレロスがイソップの寓話集を編纂した最初の人と考えられている。

　当時の寓話集の目的は、詩人や雄弁家が作文する際に用いる

素材を収集することにあり、それらを検索するための手段としてその内容から導かれる教訓を冒頭に付していたと見られる。このような冒頭にある教訓を「前置教訓」promythium というが、後の寓話集はこのような素材集からそれ自体を楽しむ所謂寓話集に変化し、その結果教訓部分も索引的な前置教訓から、登場主体自身が語る「文中教訓」endomythium や、ハブラスの「下心」のような「後置教訓」epimythium に変化した。

パイドルス

　紀元 1 世紀の解放奴隷で詩人のパイドルスは、初めて文学的な意図をもって「短長六歩格」Senarii と呼ばれるラテン語韻文によるイソップ寓話集を作ったが、これはその後あまり陽の目を見ることなく散逸した。しかし、15 世紀のイタリアの人文主義者ニコロ・ペロッティがパイドルスの業績に言及し、その後 16 世紀末に至ってフランスの僧院から「アウグストゥスの解放奴隷パイドルスのアイソピウス寓話の諸本」という 9 世紀頃の写本が発見されて、これが世紀の大発見となった。

　パイドルスの寓話集は、5 巻 95 話およびペロッティの「付録」（ペロッティが他文献から収集したパイドルスによると思われる寓話）32 話の 127 話よりなる。その序文でパイドルスは寓話の典拠はイソップであると主張したが、実際にはイソップが典拠たりえないものも含んでいる。形式的には、前置教訓または後置教訓のいずれかをも含み、経過的な性格を持つ。これだけのイソップ寓話集を韻文化するためには、パイドルスはデメトリオス等の寓話集を座右に置いていたと見られている。

バブリオス

　同じく紀元 1 世紀、パイドルスとは独立に、シリアか小アジア在住のイタリア人であったバブリオスは、同じく文学的な意図をもって「跛行短長格」Choliambic と呼ばれるギリシア語韻文によるイソップ寓話集を作った。この寓話集もその後散逸したが、17 世紀に至り古典学者リチャード・ベントレーがギリシア語寓話集の中に韻文の痕跡を発見し、失われたバブリオス集

の探索が始まった。そして、1840 年にギリシアのアトス山頂の修道院の文庫中に 123 話を含む 10 世紀の稿本が発見された。

　バブリオスの寓話集は二巻物だったようで、第 1 巻は最初の文字順に 107 話が α から λ まで並んでいる。現在では全部で 143 話までが復元されているが、第 2 巻の 60 話ほどは失われていることになる。バブリオスの典拠も、パイドルスと同様にデメトリオスの寓話集とされ、更には次に述べるアウグスターナ集を利用した可能性もあると考えられている。この寓話集は教訓を欠くものがあったとされ、意味が取りにくいまたは散文のままの後置教訓は、後世に付加されたと見られている。

アウグスターナ稿本

　現在イソップ寓話集として最も信頼されている資料が、概ね紀元 2 世紀頃までに編纂されたとされるアウグスターナ稿本（I）で、ギリシア語散文による 231 話を含む。この稿本の名前の由来は、ドイツ・アウクスブルクで発見されたことによる。この稿本の内容は、前述のパイドルス、バブリオスの何れからも独立したものであり、更にはデメトリオスの流れを汲むものである可能性がある一方で、それを裏付ける証拠はない。

　この稿本から派生したと見られている稿本に、143 話を含む稿本 Ia、130 話を含むウィーン稿本（II）、127 話を含むアクルジアーナ稿本（III）がある。稿本 II の内 40 話は、バブリオスに共通するものである。稿本 III は、1474 年にボヌス・アクルジアヌスによりミラノで出版されたためにその名称があるが、その内容は、ビザンツ帝国のギリシア語・ラテン語の大学者マキシムス・プラヌデス（1260〜1305 頃）が 14 世紀初頭に編纂したイソップの寓話集である。

アウィアーヌスとアデマール

　紀元 4 世紀末頃のラテン詩人アウィアーヌスは、42 話の「哀歌二行連句」elegiac couplets と呼ばれるラテン語韻文によるイソップ寓話集を残し、中世を通じて尊重されてきた。彼が序文の中でパイドルスとバブリオスの両者に言及していたため、彼ら

の名前が後世に知られるところとなった。彼が典拠としたのはギリシア語のバブリオスの方で、散文化したバブリオスのラテン語訳を韻文化するという過程を経たと見られ、彼はやや粗削りなバブリオスよりも緻密で丁寧な寓話を仕上げた。

　時代は下り、11 世紀の修道士・フランス史家のアデマール・ド・シャバンヌは、67 話のラテン語韻文によるイソップ寓話集を残した。アデマールはパイドルスを参照したことが明らかであるが、通常のロムルス集とは性格が異なっている。即ち、全 67 話の内、30 話はパイドルスに基づくロムルス集と同様のもので、19 話はパイドルスに基づきながらロムルス集には含まれないか、または少しロムルス集とは異なる寓話である。そこで、残りの 18 話は典拠が不明で、場合によっては失われたパイドルスの復元につながる可能性もあると考えられている。

第二節　イソップの生涯（vita Aesopi）

　ヘロドトスの『歴史』その他の文献により、ほぼ確からしいと考えられているところでは、寓話作者アイソポスは紀元前 600 年前後に生まれ、550 年頃に殺されたトラキア人で、サモスの島で奴隷として働きながら、機知に富んだ寓話を語ることで主人にも重用され、後に解放されて自由人となった。トラキア人は、バルカン半島の古代トラキアの印欧語族で、部族間の対立により政治的な統一を見なかった後進的な部族であり、奴隷とされた者が多かったと考えられている。

　本書のイソップの生涯では、彼は現在のトルコに当たる小アジアのプリュギア出身とされるが、これは後述のプリュギアのマルシュアスからの類推で、ペレポネソス半島のアポロン的な文化に対抗する存在として想定された出自と見られる。また、プラヌデスは、彼をエティオピア出身の黒人とし、エティオピアからアイソポスという名前が生まれたという語源説を紹介しているが、そのような音韻変化は他に観察されておらず、民間語源として言語学的には否定されているようである。

賢者アヒカルの物語

　自由人となったアイソポスは、サモス島から抜け出して古代オリエント各地で活躍するが、この部分についてはオリエント世界でよく知られていた「賢者アヒカルの物語」（紀元前 6〜5世紀）の翻案であることが早くから指摘されていた。アヒカルは、アッシリア王アサルハドンの書記官で、彼はナダンという青年を養子としたが、これが王に対して讒訴に及びアヒカルは死刑に処された。それを命じられた将軍はアヒカルの友人であったので密かに彼をかくまい、代わりに奴隷を殺した。

　アヒカルの死を聞いたエジプトの王は、アサルハドンに対し空中の楼閣の建設を求め、不可能であれば入貢することとした。そこでかくまわれていたアヒカルが王の前に現れ、エジプトに行く。彼はワシの足に吊ったカゴに乗って空中に上がり、ここまで建材を運んで欲しいと要求し、エジプトに勝つ。アヒカルはナダンの讒訴を明らかにしながらもナダンを許し、彼には数々の教訓を与える。これらは固有名詞を変えればイソップの生涯と通底し、そこでの教訓もアヒカル物語に存在する。

デルポイでの非業の死

　マルシュアスは、プリュギアのマルシュアス河畔に住んでいた森の神で笛の名手であったが、アポロン神の竪琴に対して技比べを挑んだが敗れ、罰としてアポロン神により生皮を剥がされたという。ヘロドトスによればアイソポスはデルポイで非業の死を遂げたとされるが、パルナッソス山系の断崖の中腹にあるデルポイはアポロン神託の聖地であり、マルシュアスと同様にアポロン神の怒りを買ったとされる彼は、そこでアポロン神殿の聖物を盗んだとの理由で神罰を受けたとされた。

「イソップの生涯」の稿本

　「イソップの生涯」は、紀元 2 世紀頃、エジプトのアレクサンドレイアにおいて、ギリシア語説話として成立したと見られる。アイソポスに弁舌の才を与えるのは、シュタインヘーヴェル本では古代エジプトの最高の女神イシスであること（但し、ドル

ピウス本ではローマ神ディアナ）、通常ファラオと呼ばれるエジプトの王が、エジプト内部だけで使うネクタナボと呼ばれていること、アヒカル物語の最古のテキストがナイル川の中州で発見されていることなど、エジプト的な要素が多い。

　代表的な稿本は 3 種あるが、最も信頼のおけるものは、ローマ近郊のグロッタフェラタ修道院で発見された 10 世紀の稿本（G）である。これは戦乱により一時行方不明となった後、20 世紀になって米国ニューヨークのピアポント・モーガン図書館で再発見された。もう一つのものは、ドイツのヴェスターマンによるブラティスラヴァの稿本などに基づく 1845 年の刊本（W）*Vita Aesopi* である。第 3 のものは、マキシムス・プラヌデスにより 14 世紀初頭に整理・編集された稿本である。

リミキウス直接訳

　W 本が 19 世紀、G 本が 20 世紀に現れるまでは、プラヌデス本のみが「イソップの生涯」の文献であった。1327 年にビザンツ帝国のプラヌデスがヴェネチアにバブリオス系ギリシア語散文のイソップ寓話をもたらしたが、その巻頭には西欧世界では初見となる「イソップの生涯」が添えられていた。これらがラテン語に翻訳され出版されるのはそれから 1 世紀半後の 1474 年で、リヌッツィオ（＝リミキウス）・ダレッツオによるギリシア語からの直接訳としてミラノで出版された。

　「イソップの生涯」は、G 本では 142 小節、W 本では 21 小節、プラヌデス本では 26 小節に分けられていたが、シュタインヘーヴェル本等では小節分けが省略されている。国字本『伊曽保物語』のイソップの生涯には、上巻（X）20 小節、中巻（Y）9 小節、合計 29 小節があるが、その内［X13, 14, 15, 16］［Y4, 6, 7］の 7 小節は別の寓話の挿入なので、実質的には 22 小節となる。『エソポのハブラス』には 4 小節しかないが、本書では国字本『伊曽保物語』に沿ってこれを 22 小節に分けた。

第三節　イソップ寓話の集大成（Aesopica）

　次章で行う『エソポのハブラス』の原典、即ち 15 世紀頃のラテン語印刷文献の検討に入る前に、ここで近代におけるイソップ寓話の研究も概観しておきたい。

エミール・シャンブリ

　フランスのギリシア語学者・翻訳家であったエミール・シャンブリは、7 年をかけてアウグスターナ等 94 のギリシア語稿本の 880 にわたる寓話を約 360 話に整理し、1925-26 年に 2 冊本のフランス語訳付きギリシア語『イソップ寓話集』を刊行した。これにより出自の分かりにくい中世ラテン語文献に比べて「イソップ性」が格段に向上したので、その後のイソップ寓話集の標準とされた。翌 1927 年に出版された 1 冊本は、わが国では岩波文庫本（山本光雄訳、1942）その他の原典となった。

ベン・ペリー

　アメリカの古典学者であったベン・ペリーは、1952 年にギリシア語とラテン語双方を含むイソップ的な稿本を網羅した記念碑的な大著『アイソピカ』を出版した。この中で、彼は全ての寓話を 725 話に重複なく分類し、一連番号をつけた。この番号はその後ペリー番号（本書では［Ae］で示す）と呼ばれ、イソップ寓話を特定する場合の標準的な呼称となった。

　但し、1952 年の原著は、ごく一部を除き全てギリシア語またはラテン語で記述されており、一般的な読者には殆ど役に立たないものである。一方、1965 年に英語で出版された同氏による『バブリオスとパイドルス』（Loeb 436）は、これら二人の作者のギリシア語またはラテン語の原文とその英訳に加えて、付録として全ペリー番号と要約が英語で掲載されているので、大変便利である。

　ペリー番号はギリシア語の文献から採番するので、ラテン語のものは同じ内容がギリシア語にあればその番号となり、ギリ

シア語にないものだけが後でラテン語文献で採番される。その
結果、一般的に後で掲載される文献ほど採番数が少なくなるこ
とになる点には注意が必要である。

ペリー番号	話数	内　容
1-471	**(471)**	**ギリシア語文献**
1-231	(231)	アウグスターナ I
232-244	(13)	アウグスターナ Ia
245-273	(29)	その他のイソップ稿本
274-378	(105)	バブリオス系
379-388	(10)	イソップの生涯中の寓話
389-421	(33)	その他のギリシア語文献
422-471	(50)	ギリシア古典作家
472-725	**(254)**	**ラテン語文献**
472-579	(108)	パイドルス系
		（含、アデマール、ロムルス）
580-584	(5)	アウィアーヌス
585-725	(141)	その他のラテン語文献
(693-707)	(15)	（内、エクストラワガンテス）

　本書の各ペリー番号［Ae］では、その特徴的な出典または参
照文献を示すために、［Bb］バブリオス、［Ph］パイドルス、［Av］
アウィアーヌス、［Ad］アデマール、［Ch］シャンブリなどの略
称を用いた。なお、パイドルス集は全 5 巻だが、「ペロッティの
付録」を便宜的に第 6 巻として表記した。また、上記一覧表で
バブリオス系またはパイドルス系とは、それぞれの韻文に加え
て散文パラフレーズが含まれていることを示している。

第二章　『エソポのハブラス（1593）』の原典

第一節　シュタインヘーヴェル本（1476）

　1476 年頃、ドイツ人ハインリッヒ・シュタインヘーヴェルはイソップの生涯と寓話集を併せた『アイソプス』（以下「St 本」ともいう）をウルムで出版した。これは 15 世紀までに西欧で流通していたイソップ寓話集を集大成したものであったが、当時利用が始まった印刷技術により比較的廉価なものとしたこと、共通語としてのラテン語にドイツ語訳を付けて読みやすくしたこと、新たに 185 図もの図版を用意して理解の助けとしたこと、などが好評を博した理由として考えられる。

　シュタインヘーヴェル（1412〜1482）は、ドイツの文芸復興における人文主義者で、ヴィーンの大学で修士を得るとイタリアのパドゥアで文芸と共に医学も学び、故郷に帰って医師となった。彼はイタリア文学への造詣を深め、『デカメロン』の独訳でも知られるが、最大の業績は 1476 年頃出版のイソップ寓話集の編訳であった。彼は、1474 年に出版されたリミキウス訳のイソップの生涯に加え、その寓話の内 17 話を引用する等、当時入手可能であった諸家の寓話を編訳した。

St 本の構成

　St 本の構成は次の通りである（[ ] 内は本書における略号）。

[D]		イソップの生涯（リミキウス訳）
[E1]	20話	ロムルス第一集
[E2]	20話	ロムルス第二集
[E3]	20話	ロムルス第三集
[E4]	20話	ロムルス第四集
[F]	17話	エクストラワガンテス（選外集）
[G]	17話	リミキウス集

［H］	27話	アウィアーヌス集
［I］	15話	アルフォンスス教訓集
［K］	7話	ポッジョ笑話集
［L］	1話	ロムルス集補遺

ロムルス集

シュタインヘーヴェル本の寓話 164 話の内、81 話がロムルス集からのもので、全体の約半分を占める。ロムルス集は、中世を通じて最も普及したラテン語イソップ寓話集で、その典拠は韻文のパイドルスであるが、それが伝承される間に散文化したものである。この 81 話の寓話集は、中世の長い期間を経てやや摩滅した感覚があることを免れない。ロムルス集の具体的な作者は不明であり、ローマ史における建国の王を彷彿とさせるロムルスという名称自体も仮託のものと見られる。

エクストラワガンテス（選外集）

エクストラワガンテスとは「外を彷徨う」extra-vagor 意で、ロムルス集に洩れたものを意味するようだが、その典拠が 12 世紀のヘブライ語寓話集『狐物語』に比されるように、所謂イソップ寓話ではない。全 17 話の内 15 話に対してペリー番号が採番されており、他のイソップ寓話からは独立していることを示している。その中の 1 話 ［F9］ が、ハブラスの ［B24］「オウカメとキツネのこと」の底本として採用されているが、他のものよりも長い話で内容的にも面白いものである。

その他の寓話集

リミキウス集とアウィアーヌス集については既に述べた。アルフォンスス教訓集の典拠は、12 世紀スペインのキリスト教ユダヤ人ペトルス・アルフォンススの『賢者の教え』Disciplina clericalis というイソップ寓話とは関係のない説話集である。また、ポッジョ笑話集の典拠は、イタリアの古典学者ポッジョ・ブラッチョリーニが1470年頃刊行した『笑話集』Facetiae であり、これもイソップ寓話とは直接関係しない。

ハブラスと国字本の底本としての St 本

　国字本『伊曽保物語』の寓話は、中巻（Y）31 話、下巻（Z）34 話の合計 65 話であるが、[Z17, 34] を除く全話が St 本に存在し、[Z13, 22, 32] 等を除きその記載順序も St 本と同一であることから、St 本が国字本の底本であることは間違いなさそうである。『エソポのハブラス』の寓話は、上巻（B）25 話、下巻（C）45 話の合計 70 話であるが、上巻 25 話の全てが St 本に存在しその記載順序も St 本と同一なので、上巻の底本は St 本と見られるが、下巻 45 話の内、少なくとも 28 話が St 本には存在しないので、St 本が下巻の底本ではあり得ない。

第二節　ドルピウス本（1536）

　1509年に刊行されたオランダの人文主義者ドルピウスのイソップの寓話集はその後版を重ね、1536 年には以下に述べる「不確かな翻訳者」incertus interpres による 78 話を加えた『プリュギアのイソップその他の寓話』Aesopi Phrygis et aliorum fabulae がリヨンで刊行された。これをドルピウス本と呼ぶ（以下「Dp 本」ともいう。本書では、1544 年パリ刊の同書を底本とした）。ハブラスの刊行が 1593 年であるから、Dp 本がわが国に招来され消化されるまでには十分な時間があったと考えられる。

　マルティヌス・ドルピウス（Maarten van Dorp, 1485～1525）は、現ベルギー中部にあるルーヴェン大学の人文主義者、神学者で、エラスムスと交流があった。ドルピウスは神学講義の傍らラテン語教育にも意を用い、同僚のラテン語学者ハドリアヌス・バルランドス（Adriaan van Baarland, 1486～1538）と共に、文法学校のための、より良いラテン語による寓話集の編集を試みた。ラテン語の改良は寓話だけにとどまらず、Dp 本のイソップの生涯は、St 本のリミキウス訳とは異なる新訳である。

Dp 本の構成

　Dp 本の構成は次の通りである（[　] 内は本書における略号）。ハブラスに無関係と見られるエラスムス集以下は省略した。

［M］		イソップの生涯
［N］	33話	ロレンツォ・ヴァッラ集
［O］	78話	不確かな翻訳者（アルド・マヌツィオ版）
［P］	45話	グリエルムス・ゴウダーヌス集
［Q］	36話	ハドリアヌス・バルランドス集
［R］	4話	アウィアーヌス集（バルランドス編）
［S］	38話	アウィアーヌス集（ゴウダーヌス編）
［T］	100話	リミキウス集

ロレンツォ・ヴァッラ

　ロレンツォ・ヴァッラ（Lorenzo Valla, 1407～1457）はイタリアの人文主義者、哲学者、文芸評論家で、ビザンツ帝国からもたらされたギリシア語写本から 1440 年頃に 33 話のイソップ寓話を規範的なラテン語に翻訳し、これは彼の没後 1472 年に初版が出された。また、古典期以来初めてのラテン語文法の教科書となる『ラテン語の典雅』*Elegantiae linguae latinae* を著し、中世的ラテン語を排斥して、古典ラテン語をルネサンス期の理想的な言語と定めた。この本も彼の没後 1471 年に刊行された。

アルド・マヌツィオ

　アルド・マヌツィオ（Aldo Manuzio, 1450～1515）はイタリアの印刷業者で、エラスムスと交流があった。1490 年にヴェネツィアに定住すると、彼の周りにギリシア語学者や作家を集め、また句読点やイタリック書体、八つ折りの判型を考案して、ヴェネツィアの印刷業界を牽引した。彼は 1505 年に「不確かな翻訳者」によるラテン語対訳付のギリシア語イソップ寓話集を出版し、ドルビウスはこの本のラテン語対訳部分を Dp 本に取り込んだ。その他にも彼は多数のギリシア・ラテン古典を出版した。

グリエルムス・ゴウダーヌスなど

　グリエルムス・ゴウダーヌス（Willem Hermansz, 概ね 1466～1510）についてはあまり情報がない。彼もエラスムスの知人であったとされ、正しいラテン語訳の寓話集を出版したらしいが、ド

ルピウスにより Dp 本に取り込まれたものを除き全て失われた。ドルピウスは、正しいラテン語によるイソップ寓話集を企画し、ラテン語典拠ではあってもルネサンスに相応しいラテン語という観点から、（アウィアーヌス集の散文新訳を含めて）ゴウダーヌスとバルランドスを選択したと見られる。

　15 世紀に刊行され、中世の伝統を色濃く残す St 本に対し、16 世紀前半の刊本で、ヴァッラ、アルド版、リミキウスという新しいギリシア語文献のラテン語訳と、ゴウダーヌス、バルランドスという気鋭のラテン語学者によるラテン語新訳を集めた Dp 本は、正に古典回帰というルネサンスの時代の精神を反映した新しいイソップ寓話集であった。これが時間の経過と共に St 本の人気を陵駕し、それに置き換わることとなった。

ハブラスの底本としての Dp 本

　『エソポのハブラス』下巻 45 話の内、少なくとも 28 話が St 本には存在しないので、St 本が下巻の底本ではあり得ないと述べたが、Dp 本には下巻の全 45 話が存在する。そこで、St 本にも存在する 17 話について、この 2 本の内どちらを典拠とすべきかという問題もありうるが、St 本を優先すべき積極的な理由が乏しく、Dp 本の方がより良い文献と考えられることから、下巻 45 話の全てが統一的に Dp 本を底本としたと考えることが妥当と思われ、本書ではそれに従った。

　その場合に、その記載順序が問題となるが、そこにはあまり統一性がなく、敢えて言えば一旦ヴァッラから適当に 29 話を採択した後に、[C30] から改めてヴァッラから第 2 回目の採択を行ったようにも見える。Dp 本の中にも重複する寓話があり、ハブラスの寓話との親和性に基づき取捨選択すると、その結果選択された寓話は、[N] 11 話、[O] 19 話、[P] 9 話、[Q] 2 話、[S] 1 話、[T] 4 話となった。合計が 46 話となるのは、[C25] に [O12] と [S2] の両者を対応させたためである。

第三節　「生涯」に関する両本の比較

　シュタインヘーヴェル本のイソップの生涯［D］とドルピウス本のそれ［M］は、何れもマキシムス・プラヌデスに基づいているので、話の大筋は一致しているが、細かい部分では大きく異なっている。そこで、本書で何れをハブラスのエソポの生涯［A］の底本とするかという問題があり、決定的な根拠を求めることは極めて困難であるが、本書では次のような理由等によりドルピウス本［M］を底本に選択した。

ハブラス内での言及

　先ずハブラス内での作者に関する言及を見ると、冒頭に、

［A0］　Esopo が生涯の物語略。これを Maximo Planude と云う人 Grego の言葉より Latin に翻訳せられしものなり。

［M0］　Maximus Planudes により作られ、Graecum から Latina に訳された、寓話作家 Aesopus の生涯。

［D0］　Rimicius により Grecum から Latina に翻訳され、枢機卿司祭聖 Chrypsogonus の称号を有する、最も尊敬すべき Anthonius 神父猊下に献上する、最も高名な寓話作家 Esopus の生涯の物語。

とあり、St 本は正しくリミキウス訳とする一方編者を省き、Dp 本はプラヌデス編とする一方訳者を記さない。ハブラスはプラヌデス訳とするが、多分それは事実と異なるであろう。冒頭の一文からは、ドルピウス本の親和性が高いと思われる。

ドルピウス本の特異性

　ドルピウス本ではプラヌデス（リミキウス訳）には存在しない序文［M1a］を「生涯」に付加し、やや難解な言い回しで物語全体の権威付けを図っているように見えるが、これは不要である。また、［C21, 24, 29, 42］に対応させたゴウダーヌス集［P］、バル

ランドス集［Q］の教訓では、当時のラテン語教育の標準であった、オウィディウス『黒海便り』とホラティウス『書簡詩』からの引用があるが、これもイソップ寓話集という観点からは不要である。しかし、何れも実害があるわけではない。

イソップの風貌

　イソップの風貌を比較してみると、ハブラスの「眼はつぼう［窄み］、しかも出て、瞳の先は平らかに」というやや意味の取りにくい部分が両原典になく、創作のように見える。イソップをエチオピア出身としない St 本がハブラスに近いが、両原典に共通する色の黒い点がハブラスから削除されており、この部分での原典の甲乙はつけがたい（下線部は共通部分）。

［**A1**］まづ<u>頭は尖り</u>、眼はつぼう、しかも出て、瞳の先は平らかに、両の頬は垂れ、<u>首は歪み</u>、丈は低う横張りに、背は屈み、腹は腫れ、垂れ出て、言葉は<u>どもりでおぢゃった</u>。

［**M1b**］<u>頭は尖り</u>、鼻はつぶれ、首は埋まり、唇は突き出して、黒く（ここから彼の名が得られた。即ち、Aesopus は Aethiops と同じ）、腹は大きく、蟹股で、内側に曲がっていて、［中略］。しかし彼の全ての中で最も悪かったのは、<u>どもり</u>と同時に不可解で不明瞭な発音だった。

［**D1a**］<u>頭は大きく</u>、目は鋭く、色は黒く、頬骨はやや長く、<u>首は短く</u>、ふくらはぎは太く、足は大きく、頬は膨らみ、せむし、<u>太鼓腹で</u>、更に悪いことには、言葉が遅く喧しかったが、度を超して狡猾と嘲笑の技術を備えていた。

品性を欠く寓話

　プラヌデスのイソップの生涯には次の 4 つの品性を欠く寓話（猥雑なもの）があったが、ハブラスでは全て割愛された。

①　クサントスの妻が後ろに目があると言ったために、アイソポスに醜態を曝された話［D16］（［M16］は欠番）

②　夫を亡くした寡婦への愛欲に駆られた農夫が、墓で一緒に

悲嘆することで思いを遂げる話［M26b］
③　知恵を得ようとして処女を失った愚かな娘の話［D26b］
④　父親に犯された娘が、むしろ百人の男に凌辱された方がましだと嘆く話［M26f］［D26d］

　これらの 4 つの品性を欠く寓話は、2 世紀頃に編纂されたイソップの生涯が後世に伝承される中で付加されたものと見られるが、St 本は②を欠き、Dp 本は①③を欠く。猥雑性が特に高いと見られるのは①③であるから、Dp 本の方が抑制されていると考えられ、寓話集としての妥当性が高い。なお、共通する④は唯一教訓性があるもので、アイソポスはデルポイでは非業の死を遂げたくなかったという比喩に用いられている。

品格の高いラテン語

　ドルピウスは、文法学校のための、より良いラテン語による寓話集の編集を試みたと述べたが、そのラテン語は正書法に基づき、論理性も高く、洗練されたものとなっている。一方の St 本は、伝統的な中世ラテン語の文献を集めたので、綴り字も古典期の ae が e となり、h の有無や c と t の混乱なども見られる他、不要な代名詞の多用や回りくどい言い回し等もあり、一言で言えば読みづらい。今回ラテン語原文を印刷するのであれば、致命的な問題がない限り（実際にない）、ドルピウス本をハブラスの底本に選択することが妥当と考えられた。なお、寓話の部分で本書に採用した St 本の本文は、正書法を用いた。

第三章　『エソポのハブラス』翻字と校訂など

第一節　テキストの翻字と音韻

テキストの翻字

　『エソポのハブラス』の翻字に当たって、歴史的仮名遣い（平安中期以前の万葉仮名の文献に規準を置く方式）を用いるのが通常であるが、例えば、「言う」yǔ の翻字を「いふ」とする歴史的仮名遣いは古典に慣れ親しんだ読者には読み易く、「ゆう」とする現代かなづかいは口語文献に適していると言えよう。そこで本書では、試行として現代かなづかいに準じて翻字することとした。これによっても、当時の日本語表記として得るものこそあれ、失われるものは何もないことが理解されるだろう。

　翻字に当たっては、ハブラスが全てローマ字で記述されているので、先ずこれを仮名に変換し、更に必要な漢字を割り当てることになる。この仮名への変換に用いたのが、310 ページの「仮名・ローマ字綴り対照表」である。この表では、i, e, a, o, u の短母音と ǒ, ô, ǔ（発音は、[ɔː, oː, uː] とされる）の長母音を縦列とし、子音と半母音の有無の組み合わせを横行としている。この表以外にも、qua クワ、quǒ クワウ、gua グワ、biǒ ビャウ、beô ベウ、miǒ ミャウ、meô メウ、などが使用された。

　拗音（子音に半母音 [j] と母音アウオが続く音節）は、上記の対照表に含めた。撥音（一音節をなす鼻音ン）には n ンを中心に、母音にティルデ（ポルトガル語の鼻音化記号）を加えた ã, ẽ, õ, ũ も使用された。促音（次の子音と同じ調音の構えで置く一拍分の無音）には、例えば、roccon［六根］、fucqui［富貴］、fassuru［破する］、zaxxǒ［雑餉］、motte［以て］、yppen［一篇］などのように、現在のローマ字の綴りと等しく、次に来る子音が重複して置かれた。漢語の入声音の一つである t は、この当時まで保たれていたらしく、qenbut［見物］、chǔxet［忠節］などの例があるが、本書では促音と同じく「っ」で表示した。

　現代かなづかいに準じた翻字では、助詞の「を」「は」「へ」と長音の「う」を除き、全ての音節を表音式に表記することになるが、例えば、cǒ, cô, cǔ, qiǒ, qeô, qiǔ の発音が［kɔː, koː, kuː, kjɔː, kjoː, kjuː］であったとして、これを「カウ、コウ、クウ、キャウ、ケウ、キウ」と翻字することで足りるのかという問題はある。長音に「ウ」を用いることは約束事であるが、「キャウ」を除き、結局「カ、キ、ク、ケ、コ」にウを加えるだけというのは、仮名による表記の限界に挑戦しているといえよう。

安土桃山時代の音韻

　ここで当時の音韻を概観しておくと、それは大塚光信（1971）によれば次の通りである。

　　中心となる母音は、現在とおなじく、アイウエオの五つであったが、このうち母音音節としてのエとオは、つねに［je］と［wo］で実現されていた。
　　子音のうち、セ・ゼの頭子音は［ʃ］［ʒ］であり、セ・ゼは、いまのある地方音のように、シェ・ジェ［ʃe］［ʒe］の音であった。ジとヂ、ズとヅは、［ʒi］と［dʒi］、［zu］と［dzu］のように、たがいにことなる音であった。
　　ハ行の頭子音は、現在とことなり、かるく上下の唇をあわせて出す音［Φ］であった。そこで、「母にはふたたび会ひたれど、父にはひとたびも会はず　くちびる」の謎もなりたつのだともいわれる。［中略］
　　パ行音は、まだ正式な座はあたえられていなかったというべきであろう。
　　長音は、オ段のものでは、au から変化した［ɔː］と、ou または eu から変化した［oː］とがあり、前者を開音、後者を合音といい、キリシタン版では、原則として、ǒ と ô で表記しわけている。［中略］なお、ついでをもっていえば、アウはワウとおなじく uǒ、オウはヲウとおなじく uô、エウはヨウとおなじく yô と表記せられ、それぞれ［wɔː］［woː］［joː］の音であった。

　このほか、ウの長音があったことは現在とおなじであるが、アは à, hà などの特殊なばあい以外あらわれず、イ・エの長音は普通にはなかったらしい。［大塚光信（1971）、p.331］

　ハ行子音は、語頭では［p→Φ→h］、語中では［p→Φ→w］と音韻変化したとされ（ハ行転呼音）、ハブラス［B1, C8］では、母は更に faua［Φawa］に変化している。17 世紀初頭まで優勢だったハワが現代のハハ［haha］に再び変化したのは、チチからの類推や表記されたハハなどから、何らかの規範意識が作用したものと見られている。

仮名・ローマ字綴り対照表

i	(ye)	a	(uo)	u	(uǒ)	(uô)	—
i		a		u			
イ		ア		ウ			
—	ye	ya	yo	yu	yǒ	yô	yǔ
	エ	ヤ	ヨ	ユ	ヤウ	ヨウ	ユウ
—	—	u/va	u/vo	vu	u/vǒ	u/vô	—
		ワ	オ	ウ	ワウ	オウ	
—	ce	ca	co	c/qu	cǒ	cô	cǔ
	ケ	カ	コ	ク	カウ	コウ	クウ
qi	qe	qia	qio	qiu	qiǒ	qeô	qiǔ
キ	ケ	キャ	キョ	キュ	キャウ	ケウ	キウ
—	—	ga	go	gu	gǒ	gô	—
		ガ	ゴ	グ	ガウ	ゴウ	
gui	gue	guia	guio	—	guiǒ	gueô	guiǔ
ギ	グ	ギャ	ギョ		ギャウ	ゲウ	ギウ
—	se	sa	so	su	sǒ	sô	sǔ
	セ	サ	ソ	ス	サウ	ソウ	スウ
xi	xe	xa	xo	xu	xǒ	xô	xǔ
シ	セ	シャ	ショ	シュ	シャウ	セウ	シウ
—	ze	za	zo	zu	zǒ	zô	—
	ゼ	ザ	ゾ	ズ	ザウ	ゾウ	
ji	je	ja	jo	ju	jǒ	jô	jǔ
ジ	ゼ	ジャ	ジョ	ジュ	ジャウ	ゼウ	ジウ
—	te	ta	to	tçu	tǒ	tô	tçǔ
	テ	タ	ト	ツ	タウ	トウ	ツウ
chi	—	cha	cho	—	chǒ	chô	chǔ
チ		チャ	チョ		チャウ	テウ	チウ
—	de	da	do	zzu	dǒ	dô	—
	デ	ダ	ド	ヅ	ダウ	ドウ	
gi	—	gia	gio	—	giǒ	giô	giǔ
ヂ		ヂャ	ヂョ		ヂャウ	デウ	ヂウ
ni	ne	na	no	nu	nǒ	nô	—
ニ	ネ	ナ	ノ	ヌ	ナウ	ノウ	
—	—	nha	nho	—	—	nhô	nhǔ
		ニャ	ニョ			ネウ	ニウ
fi	fe	fa	fo	fu	fǒ	fô	fǔ
ヒ	ヘ	ハ	ホ	フ	ハウ	ホウ	フウ
—	—	fia	fio	—	fiǒ	feô	—
		ヒャ	ヒョ		ヒャウ	ヘウ	
bi	be	ba	bo	bu	bǒ	bô	—
ビ	ベ	バ	ボ	ブ	バウ	ボウ	
—	pe	pa	po	pu	—	pô	—
ピ	ペ	パ	ポ	プ		ポウ	
mi	me	ma	mo	mu	mǒ	mô	—
ミ	メ	マ	モ	ム	マウ	モウ	
ri	re	ra	ro	ru	rǒ	rô	rǔ
リ	レ	ラ	ロ	ル	ラウ	ロウ	ルウ
—	—	ria	rio	—	riǒ	reô	riǔ
		リャ	リョ		リャウ	レウ	リウ

第二節 テキストの校訂と注解

　『エソポのハブラス』のローマ字綴りは極めて正確で、これだけの文書で誤りとみられるものは 37 例だけである。これを示すために、原文の中に訂正記号を挿入した。具体的には、削除すべき文字 (a) には取り消し線を加え、挿入すべき文字 (a) には下線を付した。それらを一覧表にしたものが314ページの「『エソポのハブラス』正誤表」である。これらについてそれぞれの誤りの原因を分析すると次のとおりとなる（数字は、原文のページと行を示す。例、412.9 ＝ 412 頁 9 行目）。

① 　ð/ô 相違 9 例（412.9, 432.3, 435.6, 439.1, 460.12, 467.23, 471.6, 490.24, 500.12）
② 　単純ミス 7 例（416.23, 426.12, 465.2, 475.1, 487.24, 492.10, 497.12）
③ 　字句脱落 6 例（432.4, 432.11, 432.20, 456.16, 473.1, 487.8）
④ 　同音反復 5 例（437.4, 448.14, 451.1, 468.16, 494.22）
⑤ 　活字転倒 4 例（432.11, 454.8, 459.8, 470.2）
⑥ 　その他 6 例（清濁相違 424.10, ズヅ相違 435.7, 442.6/7, 衍字 455.13, 不明 427.22）

　こうして見ると、実体のある誤りは①⑥の 13 例程度であり、全体として極めて質の高い校正がなされたことが分かる。

言葉の和らげ

　『エソポのハブラス』の原典は、『平家物語』と『金句集』とに合綴されており、その巻末にはこの 3 冊に共通する「この平家物語とエソポのハブラスの内の分別しにくき言葉の和らげ」という語彙集（以下、「言葉の和らげ」という）が付載されている。これは、「日本の言葉稽古のために便りとなるのみならず、善き道を人に教え語る便りとなるべきもの」とされたハブラスと『平家物語』のために別途編纂された、和語およびポルトガル

語（一部ラテン語を含む）による注解である。

　本書では、この言葉の和らげの内、ハブラスに係る語彙だけを抽出し、ローマ字による見出し語に翻字を併記するとともに、ポルトガル語などによる注解には原文と和訳を、意味の取りにくい和語には翻字を付し、更にその語句が使用されたハブラス原文のページと行を追記した。これにより、ハブラスからはその語の意味を、また言葉の和らげからはその語の使用されたハブラスの場所を検索することができるようになった。

　言葉の和らげを利用する際に特に注意すべきことはないが、『日葡辞書』と同様に、次の略語が使用されている。即ち、「*i*」は（羅）*id est*「即ち」を、「*l*」は（羅）*vel*「または」を意味するが、煩雑を避けるため、原則としてこれらは翻訳しなかった。何れにしても、本書の他の部分と同様に、［　］に囲まれた語句は、編注と付記があるか否かにかかわらず編訳者による注記であり、原文には存在しないものであるから、原文との混同がないように取り扱うことが必要である。

バレト私注

　天下の孤本として英国図書館に収蔵されている合綴本には、その巻末に手書きの難語句解がとじ込まれている。原本は表題がなく、森田武（1976）によって「天草版平家物語難語句解」と命名された。この著者の筆跡は、1951 年土井忠生によるマノエル・バレト神父の他の自筆写本との校合の結果、同神父のものであることが確認された。バレトは、1564 年頃の生まれで、1592 年には天草学林でラテン語の教師を務めていたとされる。その後キリシタン情勢の緊迫化の中、彼は 1620 年長崎で歿した。

　この難語句解は、飽くまでも（優秀な）日本語学習者による手控えのようなものであり、言葉の和らげのように識者により編集されたものではないので、本書では「バレト私注」と呼ぶこととした。バレト私注は、言葉の和らげの後にそれと同じ体裁で追加されものだが、第一文字によりアルファベット順に分けられてはいるものの、第一文字以外はその語句の採録順序によるので統一性がない。そのため、本書では言葉の和らげと同じ編集を

加えるとともに、アルファベット順に組み替えた。

　バレト私注は、言葉の和らげと比較すると表記の厳密性を欠くように見える他、例えば、ツを tcu に加えて ccu とするなど写音法が異なることもある。本書ではこれを統一することは試みなかった。また、ポルトガル語の綴りが現代と異なる場合には、記録を残してこれを現代ポルトガル語の綴りに訂正した。

『エソポのハブラス』正誤表

頁・行	原 文	翻 字
412.9	yêǒmonǒ	様も無う
416.23	cotayetegaozaruto	答えてござると
424.10	goqizzugkai	御気遣い
426.12	mǒoxi mǒoxi	もし申し
427.22	quanbunno ［不明］	過分 ［くわんぶん］ の
432.3/4	rêǒ- / nhacu nannho	老 / 若男女
432.11	tagaini	互いに
432.11	fuxinvno	不審の
432.20	auogaresaxerarureba	仰がれさせらるれば
435.6	vǒguiðeôuo	王業を
435.7	nazzurucotoua	撫づることは
437.4	vôxerararureba	仰せらるれば
439.1	atani naraǒzu	仇にならうず
442.6/7	nezzumito / nezzumino	ネズミと / ネズミの
448.14	vodoroeeocaxeraruruna	驚かせらるるな
451.1	tçuininiua	ついには
454.8	neganuacuua	願わくは
455.13	tobito yǔ ua ［衍字］	トビと云う
456.16	todomarunimo	止まるにも
459.8	cananuanu	叶わぬ
460.12	facěôda	運うだ
465.2	vasuraerarejito	忘れられじと
467.23	miðeôyacuga	妙薬が
468.16	sanzanzanni	散々に
470.2	［niuatori］ nuo	［ニワトリ］ を
471.6	qeôiǒcô	向後 ［きゃうこう］
473.1	arumajij zoto	あるまじいぞと
475.1	made gia?.	までぢゃ。
487.8	［yuru-］ sarezuua	［許］ されずは
487.24	voxiyesaxaerarei	教えさせられい
490.24	riêǒjǒ	領掌 ［りゃうじゃう］
492.10	cocceamo	国家も
494.22	［touoredo-］ domo	［通れど］ も
497.12	fitçujidonmo	ヒツジども
500.12	reêiǒgueto	霊気 ［りゃうげ］ と

第三節　安土桃山時代の文法と本語

　安土桃山時代には、体言では、独立の文の主格として「ガ」が位置するようになり、用言では、普通の文の終止が連体形で表され、終止形が消滅するという大変革が起こったが、これは現代の我々から見れば言葉遣いが現代に近づいたということで、特に通読に困ることはない。また、動詞活用に二段型が残っているが、これは古典文法の延長線上で対応可能であろう。ここでは、この時代に特徴的で現代の我々に馴染みの少ない、一部の動詞・助動詞と動詞の音便形を取り上げたい。

ぢゃ［＜　であ　＜　である］（体言、活用語の連体形について）断定の意を表す。…だ。…である。例、「このことは浅からぬ不審ぢゃ程に、思案をして答ようずる」［このことはよく分からない疑問だから、考えて答えよう］（426.1）。「であ」の例（475.11）もある。

おぢゃる［＜　お出である］①「あり」の丁寧語。ございます。②（用言の連用形や助詞「て」「で」について）丁寧の意を表す。…（で）あります。例、①「その里に名をば Esopo と云うて、異形不思議な仁体がおぢゃったが」［変わった姿の奇怪な人柄がおりましたが］（409.9）、②「ツルは無益の辛労をして立ち去っておぢゃる」［立ち去りました］（447.16）。「おぢゃる」は「おりゃる」［＜　お入りある］の交替形で、敬度としては「ござ（あ）る」より低いとされる。

うず［＜　むず　＜　むとす］（活用語の未然形について）①推量、②意志、③適当・当然、④仮定・婉曲などの意を表す。例、①「またこの後には喜びも来（こ）うず」［来るだろう］（488.20）、②「我この難儀を遁れさせられうずることを教えまらせうず」［お教えしよう］（418.10）、③「老いてこそなお丁寧をば尽くされうずることなれ」［なさるのがよい］（486.4）、④「この難儀を遁れさせられうずることを」［この難儀をお逃れになるようなことを］（418.10）。

なんだ［＜　ぬ　＋　たり（語形の形成は不詳）］（活用語の未然形
　について）過去における否定的な状態を表す。…なかった。
　例、「Esopo もまた官・位に進むることも斜めならなんだ」［尋
　常でなかった］（432.21）。「なんだ」は中世から用いられ、連
　用形「なんで」や終止形・連体形「なんだ」は、主として西
　日本において現代にまで継承されている。

動詞の音便形
　動詞の音便形は、四段活用の連用形において現れ、次のように
分類される。現代と異なるのは②④⑤で、現在の関東地方では②
は音便化せず、④は促音便となるが、西日本では現代にまで②④
の音便形が継承されている。

①　カ・ガ行のイ音便（置いた、嗅いだ）
②　サ行のイ音便（濁らいて）
③　タ・ラ行の促音便（持って、知って）
④　ハ行のウ音便（云うて）
⑤　バ・マ行のウ音便・撥音便

　⑤のバ・マ行のウ音便・撥音便は、大塚光信（1971）による
と［一部修正］、例えば、
　　qizamita → qizŏda［刻うだ］（419.4）
　　saqebite → saqeôde［叫うで］（499.22）
　　ayaximite → ayaxŭde［怪しうで］（413.17）
　　tanomitemo → tanôdemo［頼うでも］（422.2）
のように、ビ・ミの直前の母音が a, e, i, o である場合は長音便、
　　nusumite → nusunde［盗んで］（410.23）
のように u である時は撥音便となる。但し、語幹が一音節の語
の時には、何れの場合にも撥音便にとどまることが多いという
のが、この当時の一般的な傾向で、ハブラスの実情もそのとおり
であったという。
　現代の関東地方では、直前の母音にかかわらず、全て撥音便と
なるので、読み替えが必要となる。

本語（外来語）

　キリシタン文献における本語は、ラテン語・ポルトガル語などに起源をもつ外国語相当のもので、既述の翻字規則には従わないので、その音価も正確には分からない。本語の本来の趣旨は、理解の難しい概念・教義を正確に伝えるためのものだが、ハブラスの用例では概念に係る一般名詞は少なく、主に国名・人名などの固有名詞が中心となっている。固有名詞であれば、国字本のように翻字（音訳）することも可能であったはずが、そうしなかったのは、そこには少なからぬ抵抗があったからであろう。

　本書では、本語が用いられた趣旨を尊重して、翻字においてもこれをそのまま存置した。本語の意味、基礎となるラテン語および国字本における表記については、次ページの「『エソポのハブラス』本語一覧表」を参照して頂きたい。

『エソポのハブラス』本語一覧表

本語	意味	ラテン語	国字本表記
Amonia	アモニア	Ammonium	アモウニヤ
Athenas	アテネ	Athenae	アテエナス
Babilonia	バビロニア	Babylonia	ハヒラウニア
collegio	学林	collegium	–
companhia	会	–	–
Cresso	クロイソス	Croesus	ケレソ
Delphos	デルポイ	Delphi	テルホス
Egypto	エジプト	Egyptus	エシット
Enno	エンヌス	Ennus	エウヌス
Ermippo	エルミッポス	Ermippus	ユリミホ
Esopo	アイソポス	Aesopus	イソホ
fabulas	寓話	fabulae	–
finis	終わり	finis	–
gentio	異教徒	gentio	–
Grecia	ギリシア	Graecia	ゲレシヤ
Grego	ギリシアの	Graecus	–
gripho	グリフォン	gryps	キリホ
Ie(s)us	イエズス	Iesus	–
Latin	ラテン語	Latine	–
Lidia	リュディア	Lydia	リイヒヤ
Lycero	リクルグス	Lycurgus	リク（ウ）ルス
Maximo Planude	マキシムス・プラヌデス	Maximus Planudes	–
morte	死	mors, mortis	–
natura	自然	natura	–
Nectenabo	ネクテナボ	Nectenabo	ネテナヲ
pan	パン	panis	–
pastor	牧人	pastor	ハストル
Phrigia	プリュギア	Phrygia	ヒリシヤ
Samo	サモス	Samos	サン
superiores	長老達	superiores	–
Troia	トロイ	Troia	トロヤ
Xanto	クサントス	Xantus	シヤント

付録 1『エソポのハブラス』の内の分別しにくき

言葉の和らげ

A

Accô. ［悪口］Fitouo axŭ yŭ coto. (444.08)

Acuguiacu. ［悪逆］Varui coto. (441.19)

Acumiŏ. ［悪名］Varui voboye. *l.* qicoye. (441.23)

Amano inochi. ［天の命］Abunai inochi. (452.09)

Anagachi. ［強ち］Xiqirini. *l.* tçuyô. (456.15)

Ando suru. ［安堵する］Motono chiguiŏni cayeru coto. *l.* qizzucai-no noita coto. *i. Descançar dalgun trabalho.* ［ある苦労から休む］(432.04, 464.16)

Anpu. ［安否］Yoxi axino cocoro. *l.* maqe cachino catanimo toru. *i. Cousa que esta en risco de grande perda, ou ganho.* ［大きな損失または利益の危険のあること］(416.08, 470.23)

Anracu. ［安楽］Yasŭ tanoximu. *i. Contentamento & quietaçaó.* ［満足と平安］(487.20)

Anvŏ. ［安穏］Yasŭ vodayacana. *i. Descanço & quietaçaó.* ［休息と平安］(442.17)

Appare. ［あっぱれ］Vodoroite satemoto yŭ cocoro. *i. O de espanto.* ［感嘆のああ］(482.13, 499.02)

Atauo musubu. ［仇を結ぶ］Atauo nasu. (500.16)

Atoxiqi. ［跡式］Xinda fitono zaifô chiguiŏ. *i. Erança.* ［遺産］(433.20, 501.09)

Azamuqi, qu. ［欺く］Fitouo anadoru coto. (500.09)

B

Baqemono. ［化け物］Qitçune na doga fitoni naru taguy. (412.09, 479.18)

Bexxin uo cuuatatçuru. ［別心を企つる］Mufonuo cuuatatçuru cocoro. (461.23, 502.14)

Bibut. ［美物］Yoi sacana. (448.15)

Biŏdô. ［平等］Tairacani vonajiyŏna coto. *Igual, l. igualdade.* ［同じ、等しさ］(438.03)

Biŏxŏ. ［病症］Yamaino xiruxi. (467.08)

Birei.［美麗］Vtçucuxiŭ vruuaxij. (493.08)

Birô.［尾籠］Rŏjeqino cocoro (458.04)

Bongueno mono.［凡下の者］Iyaxij mono. (438.20)

Bonnin.［凡人］Idem. [= Bongueno mono. Iyaxij mono.] (439.02, cf. 475.10)

Bôqeiuo fucumu.［謀計を含む］Varui facaricotouo tacumu. (487.10)

Bôxo.［謀書］Itçuuatta fumi. *Carta falsa.*［偽りの手紙］(433.04)

Bugacuuo sŏsuru.［舞楽を奏する］Mŏtçu vtŏtçu, narimono de fayasu coto. (431.18)

Buqiriŏna mono.［不器量な者］Sucuyacani nai mono. *l.* minicui mono. (451.16)

Butŏjin.［無道人］Murina mono. (455.14, 463.10, cf. 441.19)

Busŏ.［無双］Narabimo nai. (409.16)

Buyenrio.［無遠慮］Xianmo nai. (438.19)

C

Caiyeqi.［改易］Aratamuru. (454.23)

Caqin.［瑕瑾］Meiyouo qegasu qizu. (441.23)

Canbiŏ.［看病］Biŏjauo toriatcucŏ coto. (474.11)

Cappato.［かっぱと］Corobu tei. (459.14)

Carai inochi.［辛い命］Nanguina inochi. (448.11, 467.03, 472.19, 494.23)

Catçuni noru.［勝つに乗る］Cattecara xite vogoru. (482.22)

Cayerichŭ.［返り忠］Teqini vragayeru coto. (498 03)

Chibun.［知分、智分］Chiyeno fodorai. (417.15)

Chiriacu.［知略］Chiyeno facari coto. (432.18, 434.22)

Chinbut.［珍物］Mezzuraxij mono. (415.24, 416.05, 420.23, 421.24, 442.08, 442.23, 448.15)

Chinsui suru.［沈酔する］Yoi xizzumu. (417.17)

Chôai.［寵愛］Fitouo aisurucoto (422.12, 432.09)

Chocugiŏ.［勅諚］Teivŏno vôxe. (428.02, 428.13)

Chocumei.［勅命］Idem. [= Chocugiŏ. Teivŏno vôxe.] (427.19)

Chocusat.［勅札］Teivŏno fumi. (432.01, 432.11, 435.17)

Chocuxi.［勅使］Teivŏno tçucai. (428.19, 429.14)

Chŭbat.［誅罰］Xeibai suru coto. (433.19, 458.05, 474.20)

Chŭguen.［忠言］Chŭxetno cotoba. (465.09, 468.20)

Chǔya.［昼夜］Yoru firu. (440.18)

Cobamu.［拒む］Tatezzuqu cocoro. (478.04)

Cobocu.［枯木］Careta qi. (454.13, cf. 462.15)

Cocca.［国家］Cuni iye. (416.08, 440.06, 462.06)

Cocuvŏ.［国王］Teivŏ. (429.17, 430.20, 432.01, 433.07, 435.14, 436.03)

Cŏgue.［高下］Tacai ficui. (480.07)

Conbŏ.［懇望］Tçuyô monouo nozomu coto. (463.24)

Conjŏbone.［根性骨］Cocorono xŏ. (501.04)

Conriôno guioy.［衰竜の御衣］Teivŏno mesu curoi yxŏ. (cf. conreô, 450.11)

Cŏqe.［高家］Iye*aca. (449.05, 452.23)

Coqiacu suru.［沽却する］Vru coto. (472.13)

Cŏsacu.［耕作］Tauo tçucuru. (497.13)

Cŏxŏ.［高声］Tacai coye. (427.15, 476.08, 481.22, 482.11)

Cŏza.［高座］Tacai za. *Pulpito*［教会の説教壇］nadono cocoro. (418.16, 426.21)

Cozoru.［こぞる］Atçumaru. (417.08)

Cǔ den rôcacu.［宮殿楼閣］Qeccôna iye. (434.04)

Cunxi.［君子］Qimitaru fito. *i. senhor, l. homen perfeito nas virtudes.*［殿様、徳の完璧な人］(426.23)

Cutçǔ fippacu.［苦痛逼迫］Nanguiuo suru coto. (487.21)

D

Daifôye.［大法会］Vôqina fôji. (425.15, 425.21)

Daigaran.［大伽藍］Vôqina dŏ. (440.08)

Daivonjŏ.［大音声］Vôqina coye. (427.13, 450.14, 450.16)

Denbacu.［田畠］Ta fataqe. (410.01, 410.03, 460.06)

Denbu yajin.［田夫野人］Iyaxijmono. (415.07)

Dôvon.［同音］Vonaji coye. (428. 03)

F

Fabicoru.［蔓延る］Xigueru. (476.18)

Fachiuo farŏ.［鉢を払う］Chittomo dôxin xenu coto. (427.09)

Faifocu suru.［敗北する］Ginga cuzzurete niguru. (461. 20)

Faigun.［敗軍］Icusano yabururu coto. (461.06)

Faiquai suru.［徘徊する］Asoco coco aruqu coto. (430.20, 451.21, 462.03, 481.17)

Fanebichitaite yorocobu. ［跳ねびちたいて喜ぶ］Vodottçu, fanetçusuru coto. (491.02)

Fanjǒ. ［繁昌］Couo vmu coto. (415.02)

Fanji, zuru. ［判ずる］Yume nadouo so**u coto. (419.22)

Faxitanai. ［はしたない］Qitçui, l. isogaxij. (cf. 457.18)

Feian. ［平安］Tairacani yasui. (taifeini, 430.16)

Feininoru. ［弊に乗る］Teqino youaiuo micaqete vǒ yǒna coto. (500.05)

Feicô suru. ［閉口する］Cuchiuo togite monouo iuanu. (471.18)

Feiyǔ suru. ［平癒する］Iyuru coto. (467.12)

Fibunno gaini vǒ. ［非分の害に遇う］Murini corosaruru coto. (480.22)

Figacoto. ［僻事］Idem [= Fidǒ. Murina coto.] (423.16)

Finracu. ［貧楽］Finni xite cocoroyasui coto. (449.07)

Fiǒgui. ［評議］Dancǒ. (461.17, 463.19, 492.13)

Fiǒrǒ, ［兵糧］Tçuuamonono cate. (412.22)

Fiqen. ［披見］Firaqi miru. (435.18)

Fiqiocu. ［秘曲］*Musicas de vozes.* ［声の楽曲］(465.20)

Firô suru. ［披露する］Monouo iy arauasu coto. (433.01)

Firui nai. ［比類ない］Taguymo nai. (431.08)

Fiximeqi, qu. ［ひしめく］Torimidaite isogaxij tei. (491.16)

Fogami. ［小腹］Fozo yori sucoxi xitano fara. (474.08)

Foinai coto. ［本意ないこと］Nocoriuouoi. (430.04, 433.16)

Fomurauo moyasu. ［炎を燃やす］Farauo tatçuru. (423.07)

Fonyuo somuqu. ［本意を背く］Xôzuru cotouo xenu coto. (502.18)

Fotofototo. ［ほとほとと］Tonadouo tataqu voto. (496.13)

Fubin. ［不便、不憫］Cauaij. (451.05, 485.05, 497.19)

Fucacujin. ［不覚人］Xianmo nai fitono cocoro. (498.11)

Fucqi. ［富貴］Tomi tattoi. (438.07, 438.08, 487.20)

Fucuyǔ. ［福有］Tomeru coto. (432.19)

Fudai. ［譜代］Daidai tçutauaru vchinomono. (419.15, 420.14, 420.17, 427.06)

Fudanjǒgiǔ. ［不断常住］Itçumo. (496.07)

Fugiǒ. ［不定］Sadamaranu. (445.22)

Fujei. ［風情］Yǒdai. (455.11, 463.12)

Fuqeô. ［払暁］Yoaqegata. (470.01, 470.03)

Fuxǒnagara.［不肖ながら］Meiuacu nagara. (439.18, 457.17)

Fuuani naru.［不和になる］Nacano varui coto. (456.19, 460.18, 491.15, 492.10)

G

Gaiuo nasu.［害をなす］Corosu. (429.09, 429.13, 434.18, 468.23, 470.22, 472.02, 474.23, 477.15, 480.23, 502.14-15)

Ganjeqi.［岩石］Iuauo. (484.12)

Guanrai.［元来］Motocara. (411.05)

Guejun.［下旬］Ximo tôca. (499.16)

Guenga nai.［験がない］Xiruxino nai coto. (456.08, 474.10)

Guenin.［下人］Vchinomono. (412.15, 427.03, 453.24, 463.11, 491.19, 497.15)

Guerǒ.［下臈］Iyaxijmono. (464.04)

Guexen no butǒjin.［下賤の不当人］Iyaxij murina mono. (cf. 455.14, 463.10)

Giochǔ.［女中］Nhôbǒxu. (421.09, 422.05, 422.16)

Giǔdai.［重代］Xenzocara tçutauatta mono. (495.21)

Giǔzai.［重罪］Vomoi tçumi. (462.01, 475.10)

Guifei.［義兵］yumiyani voyobu coto. (428.15, 461.20)

Guigiǒ.［議定］Sadamuru coto. (428.03, 463.14)

Guinqiocu.［吟曲］Tori nadono sayezzuru coyeno qiocu. *i. Melodia.*［旋律］(465.16)

Guiǒbu.［行歩］Ayomu coto. (500.11)

Guioy.［御衣］Teivǒno vonyxǒ. (450.11)

Guisuru.［議する］Dancǒde sadamuru. (441.21, 492.13)

Goccan.［極寒］Tottono samui fuyu. (497.02)

Gococu.［五穀］Mugui, comeno taguy. *i. cinco legumes.*［五穀］(415.20, 430.05)

Gonca.［言下］Cotobano xita *i. No mesmo instante en que hun fala.*［話すと同じ瞬間に］(480.01)

Gongo xindai.［言語進退］Cotoba, mimochi. (457.11)

Gosan.［御産］Couo vmu. *i. Parto.*［出産］(456. 08-09)

Gǒteqi.［強敵］Tçuyoi teqi. (482.22, 498.01)

Guxi, suru.［具する］Tçururu. (436.14)

I

Iccô riǒjet, ［一口両舌］To iy cǒ iy, sadamaranu coto. (499.08)

Iendai mimon. ［前代未聞］Imamade qicanu coto. (461.24, 476.05)

Ienxei. ［全盛］Sacayuru coto. (500.15)

Iico. ［自己］Vonore. (454.22)

Iidai. ［時代］*Edade.* ［時代］(409.09)

Iigô jimet. ［自業自滅］Vareto foroburu. (455.21)

Iiman. ［自慢］Mizzucara vogoru. *i. Vana gloria.* ［空虚な虚栄心］(462.16)

Iippu. ［実否］Macotoya inaya. (411.18, 433.08)

Iita. ［自他］Vare fito. (477.20)

Iitai. ［辞退］Xinxacu suru coto. (456.15)

Iixxi. ［実子］Macotono co. (415.18)

Iiyoni conjenu. ［自余に混ぜぬ］yoni majiuaranu coto. (470.17)

Imaximeuo cǒmuru. ［縛めを蒙る］Xibararuru yǒna coto. (cf. 433.14)

Inuo qizamu. ［印を刻む］jnbanuo foru coto. *l.* famano xirasuni torino axiatouo tçuquru tei. (472.07)

Iǒgiǔ. ［常住］Tçuneni. (496.07)

Iǒgouana. ［情強な］Cocorono cataimono. (495.16)

Iǒri. ［城裏］Xirono vchi. (409.07)

Iǒrǒ. ［上臈］Nhôbǒ. (464.04)

Iqidôriuo sanzru. ［憤りを散ずる］*i.* ycon uo sanzuru. (470.13)

Isǒna coto. ［異相なこと］Fitoni cauatta coto. (483.21)

Itçuzoya. ［いつぞや］Itçuyara. (460.08)

Ito taqeuo xiraburu. ［糸竹を調ぶる］Quǎguenno dǒguuo coxirayuru. (431.18)

Iuccon. ［入魂］Chijn suru coto. (453.12, 495.11)

M

Magai. mǒ. ［紛い］Maguiruru. (411.09)

Mainai. ［賂］Vairo. (417.23)

Mefajiqisuru. ［目弾する］Mevo motte tagaini xiruxiuo suru coto. (410.18)

Meidô suru. ［鳴動する］Nari vgoqu. (471.19)

Meiuo somuqu. ［命を背く］Xǔno guioyuo somuqu. (429.19)

Meixu. ［明珠］Sugureta tama. (488.01)

Meiyacu. ［名薬］Sugureta cusuri. (468.07)

Menbocu. ［面目］voboye. (458.20)

Micado. ［帝］Teivǒ. (431.11)

Michirenai. ［みちれない］Samǒxijcoto. *i. cousa de condiçaó baixa.* ［身分の低いこと］(411.02)

Micuzzu. ［水屑］Mocuzzu. *i. Ervas do mar.* ［海の草］(442.16)

Minasuso. ［水裾］Cauano suso. (443.17)

Miǒqua. ［猛火］Araqenai fi. (453.17)

Miǒyacu. ［妙薬］Yoi cusuri. (467.23)

Mixǒ yjen. ［未生以前］Vmarenu saqi. (444.01)

Mǒacujin. ［猛悪人］Acunin. (442.19)

Modaye, uru. ［悶ゆる］Qimouo iru. *i. Afligirse.* ［苦しむ］(478.22)

Monouy. ［物憂い］Canaxij. (472.10)

Monjin suru. ［問訊する］Dǒrini tçumerare guenimoto yǔ coto. (418.21)

Mudaini. ［無体に］Musato. (mitaini 446.16)

Mujunni voyobu. ［矛盾に及ぶ］Yumiyauo toru. (499.17)

Munetono mono. ［宗徒の者］Cucqiǒno mono. (431.18-19)

Munô. ［無能］Nômo nai mono. (464.04)

Muxa. ［武者］Buxi. (荒武者, 460.24)

N

Nagoyacana. ［和やかな］Vodayacana. *i. queto.* ［穏やかな］(472.06)

Nanomenarazu. ［斜ならず］Vôqina. *l. couʒa rara.* ［稀なこと］(410.07, 431.12, 432.21, 441.14)

Narenarexij coto. ［馴れ馴れしいこと］Tôcãnǒ naruru. (451.08)

Negoreni naru. ［根ごれになる］Necara corobu. (471.24)

Neijin. ［佞人］Fetçurǒ mono. l. tçuixô nadouo yǔ mono. (465.07)

Nettǒ. ［妬たう］Munenya! (cf. 421.21)

Nixiqi. ［錦］Carano vorimonono taguy. (450.11)

Nôguei. ［能芸］Gueinô. *i. artes liberales, l, Ofiçios mecanicos.* ［自由七科、工芸］(413.12)

Nôgu. ［農具］Tafataqeuo tagayasu dǒgu. (410.01, 472.14)

Nonoxiru. ［罵る］Caxxennadono toqini teqiuo anadori iyaximete tacǒ vamequ coto. (460.03, 461.11, 476.08, 491.05)

Nôxa. 〔能者〕Nôno aru mono. (464.05)

Q

Quagon. 〔過言〕*Roncas.* 〔虚勢〕(460.09-10)

Quaixen. 〔廻船〕yuqiqino aqinaibune. (472.06)

Quaixo. 〔会所〕Fitono atçumaru tocoro. (426.09)

Quannin. 〔官人〕Teivŏni tçucayuru votoco. (432.23)

Qeccô. 〔結構〕i. Vtçucuxij coto. l. cuuatate. (431.17, 459.22)

Qeigono buxi. 〔警固の武士〕Ban suru buxi. (475.21)

Qeiqini jôsuru. 〔景気に乗する〕Qeiuo vomoxirogaru coto. (472.08)

Qeiriacu. 〔計略〕Facaricoto. (418.08, 501.02)

Qendan. 〔検断〕Tocorono tçucasa. l. tadaxite. (444.19, 445.05)

Qendon fŏit. 〔慳貪放逸〕Dôyocuna mono. *i. Homen cruel.* 〔残忍
な人〕(438.06, 476.09, 497.21)

Qenjin. 〔賢人〕Caxicoi fito. *l. Virtuoso.* 〔有徳の士〕(cf. 494.17)

Qenjit. 〔兼日〕Caneteno fi. (456.08, 471.22)

Qenmon fororoni iynasu. 〔けんもほろろにいい放す〕Chittomo
dôxin xenu tei. (424.02)

Qenmon. 〔検問〕Tadaxite. (444.22)

Qenpei. 〔権柄〕yxei suru mono. (444.14, 445.10)

Qenqua côron. 〔喧嘩口論〕*Brigas.* 〔喧嘩〕(491.15)

Qenqua tôjŏ. 〔喧嘩闘争〕Arasoi tatacŏ. (500.04)

Qensai. 〔賢才〕Caxicoi saicacu. (477.14, 493.10)

Qenvŏ. 〔賢王〕Caxicoi vŏ. (434.18)

Qeôcô. 〔向後〕Ima yori nochi, yuquye. (471.06)

Qeôcun suru. 〔教訓する〕yqen suru. (437.11, 471.05)

Qeôgattamono. 〔興がった者〕Ina mono. (414.07, 414.13)

Qeôman. 〔驕慢〕Manqi. (449.14, 456.22)

Qeôuo samasu. 〔興をさます〕Qimouo tçubusu, vomoxirosano
nuquru coto. (425.21)

Qexicaranu coto. 〔けしからぬこと〕Cotono focano coto. (424.17)

Qiacuxin. 〔隔心〕Cocorouo voqu coto. i. *Naõ cõ fiar doutro.* 〔他を
信頼しない〕(502.13)

Qimeô fuxigui. 〔奇妙不思議〕Qidocuna coto. (450.12, 468.04)

Qinchǔ. 〔禁中〕Dairi. (439.17)

Qinsu. 〔金子〕Cogane. (478.13, 479.03)

Qiogiŭ.［居住］Sumu coto, *i. morar.*［住む］(428.17, 428.20)

Qiuo nomi, Coyeuo nomu.［気を飲み声を飲む］Qizzucaiuo suru coto. (460.20)

Qiŭxenni tazzusauaru.［弓箭にたづさわる］Yumiyauo toru yacuuo suru coto (460.19)

Qizacai.［気逆］Qini auanu. (423.06)

Quǒguen.［広言］*Roncas.*［虚勢］(458.15)

R

Raifaisuru.［礼拝する］*i.* Vogamu. (436.12, rajfai 460.01)

Reichǒ.［霊長］Tçucasa. (437.19)

Riǒjǒsuru.［領掌する］Vqegǒ. *i. Consentir.*［同意する］(reŏjǒ 417 20, riôjǒ 490.24)

Riôxi.［猟師］Cariŭdo. (464.17, 464.21, 494.19, 494.21, 495.01)

Ricô.［利口］Monouo yôyŭ coto. (471.22)

Rifi jen acu.［理非善悪］Dŏri muri. yoi, varui. (441.20)

Ringocu.［隣国］Tonarino cuni. (433.22)

Riôgi suru.［療治する］Yamaiuo tçucurô. (reôgi, 459.09)

Riuo maguru.［理を枉ぐる］Dŏriuo vosayete. (423.24)

Rŏdô.［郎党］Vchinomono. (426.10)

Ron.［論］Arasoi. (415.12, 433.20, 471.17, 491.15, 500.05)

Roxi.［路次］Michi. (416.17, 430.02, 442.01)

Rŏyacu.［良薬］Yoi cusuri. (439.02, 468.01)

S

Saichi.［才智］Chiye saicacu. (437.07, 492.16)

Saicô.［再興］Futatabi vocosu. *i. Reformar alguã cousa.*［何かを再建する］(435.06)

Saisocu.［催促］Moyouoxi, susumuru *l.* monouo côni araqenǒ tçucaiuo tçuquru coto. (444.17)

Sancouo fisomuru.［三戸を鎮むる］Nariuo xizzumuru coto. (xizzumesaxe, 427.15-16)

Sandai suru.［参内する］Dairiye mairu coto. (435.11)

Sango sanjen.［産後産前］Couo vmu maye, nochi. (sãgo, sanjen, 456.11)

Sanjǒ.［山上］Yamano vye. (442.03)

Sanya.［山野］Noyama. (472.10, 497.02)

Saru.［さる］sayŏna. (412.20)

Sasugani. ［さすがに］Macotoua. Nanito yŭtemo. Macotoni. *i. Todauia.* ［とはいえ］(478.03)

Saximo. ［さしも］Sorefodo. *i. Entanto pera encarecer.* ［強調して その時］(459.12)

Sŏ. ［双］Riŏbŏ. (500.05, 409.16)

Socot. ［粗忽］Sosŏna. (489.07)

Socutai, tŏ. ［束帯う］Xŏzocuuo qite detatçu coto. (435.16)

Somabito. ［杣人］Yamani itte zaimocuuo tçucuru fito. (486.23, 486.24, 487.04, 505.07)

Sŏmocu. ［草木］Cusaqi. (415.01, 415.17, 430.05)

Sômonsuru. ［奏聞する］Teivŏni monouo mŏsu coto. (433.03, 433.19, 439.14, 441.13, 454.13)

Sonxit. ［損失］Son. *i. dano, ou perda.* ［損害または損失］ (451.01)

Soreniua. ［それには］*i.* Sonataua. (502.09)

Soxei. ［蘇生］Yomigayeru. (435.10)

Sossuru. ［率する］Fiqimoyouosu. (soxxite, 443.06)

Subete. ［すべて］Auaxete, *l.* sôjite. (cf. 479.22)

Suqiuo nerŏ. ［隙を狙う］Fimauo vcagŏ. (489.09)

T

Tabane, uru. ［束ぬる］Xibanadouo fitotocoroye yoxete yŭ coto. (491.20)

Taguiŏ. ［他行］Yosoye yuqu. (483.03)

Taimen. ［対面］Vŏ coto. (460.08, 477.06)

Tanen. ［多年］Toxi fisaxŭ. (481.20)

Tannu suru. ［足んぬする］Manzocu suru. (423.08)

Taxô. ［多少］Vouoi sucunai. (416.17)

Taxo tagŏ. ［他所他郷］Yono tocoro, yono zaixo. (500.05)

Tenbat. ［天罰］Tentŏno bachi. (495.08)

Tenca taifei. ［天下太平］Tencano vosamaru coto. (430.15-16)

Tenma fajun. ［天魔波旬］Tengu. (temma fajun 434.17)

Tenovani mauaru. ［手の輪に廻る］*i. Vir acair nas maõs alguã pessoa. l. animal que trabalhaua por escapar.* (498.08)

Tenxi xŏgun. ［天子将軍］Cubŏ, teivŏ. (457.19)

Teuo munaxŭ suru. ［手を空しうする］*Ficar. l. tornar con as maõs vazias.* ［空の手である、戻る］(489.01)

Tocai.〔渡海〕Vmiuo vataru. (431.15, 472.16)

Tǒmot, vayacu.〔唐物和薬〕Taitǒ Nipponno cusuri. (467.09)

Tôtô.〔疾う疾う〕Fayǒ. (456.12)

Tǒua.〔答話〕Fenji. (414.13, 439.09, 440.04)

Tôzai.〔東西〕Nixi figaxi. (461.19)

Tçucuzzucu.〔つくづく〕*Attentamente.*〔丁寧に〕(421.21)

Tçurenai coto.〔つれないこと〕Nasaqenai coto. (471.09)

Tçutçuga nai.〔恙無い〕Bujini nanigotomo nai coto. (471.21, 490.19)

V

Vayacujin.〔枉惑人〕Murina mono. (492.24)

Vǒfen suru.〔往返する〕Yuqi cayeru. (440.03)

Vonguiocu.〔音曲〕Coyeno qiocu. (482.02)

Vonxǒ.〔恩賞〕*Merces, beneficios.*〔恩賞〕(419.14, 431.23, 469.10)

Vǒriǒ suru.〔押領する〕Vosayete. tçucasadoru coto. (427.19, 501.09)

Vǒy.〔王位〕Vǒno curai. (446.08)

Vsoamai mono.〔薄甘いもの〕Coamai mono. (412.07)

Vtçutçu.〔現〕*Meio dormindo.*〔半眠の〕(422.18)

Vtocu.〔有徳〕Bugenna〔分限な〕coto. (449.13)

X

Xabafusague.〔娑婆塞げ〕Yacunimo tatanu mono. (495.19)

Xacujǒ.〔借状〕*Conhecimento.*〔証券〕(441.02)

Xacumot.〔借物〕Carimono. (445.03)

Xacuyô.〔借用〕Caru. (473.11)

Xagicuuo nagasu.〔車軸を流す〕Ameno xitataca furu coto. (474.03)

Xasuru.〔瀉する〕Farano cudaru coto. (474.09)

Xeibiǒ.〔精兵〕Yoi tçuuamono. (461.18)

Xeigiǒsuru.〔成長する〕Qinadono vôqini naru coto. (415.19, 453.07)

Xeiqio.〔逝去〕Xinuru coto. (433.24)

Xeisuru.〔制する〕Imaximuru. (472.03)

Xenji.〔宣旨〕Teivǒno vôxe. (435.02)

Xengiǒ.〔戦場〕Yumiyano ba. (461.08)

Xennen. ［先年］ Mayeno toxi. (452.16)

Xicchin manbô. ［七珍万宝］ Iroirona tacara. (mãbô, 448.04)

Xijenno toqi. ［自然の時］ Yôno arǒ toqiua. (cf. 449.01)

Xippô. ［七宝］ Dairino tacara. (cf. 448.04)

Xiraburu. ［調ぶる］ Biua coto nadono neuo totonoyuru coto. *i. temperar.* ［調律する］ (431.18)

Xirio. ［思慮］ Xianno coto. (438.23)

Xison. ［子孫］ Magoco. (432.22, 453.14)

Xixi roccon. ［四肢六根］ *Membro.* ［肢］ (463.22)

Xo. ［書］ fumi. (431.11, 443.04)

Xochô. ［諸鳥］ Yorozzuno tori. (427.18, 450.09, 453.01, 453.05, 453.10, 461.12, 492.13, 492.16, 503.17)

Xôco. ［証拠］ *Testimunho.* ［証拠］ (444.20, 421.13)

Xococu. ［諸国］ Yorozzuno cuni. (432.07, 432.11, 432.14, 441.15)

Xǒdaisuru. ［招待する］ Fitouo yobivquru coto. (420.21)

Xǒgai. ［生害］ Corosu. (429.13)

Xôji. ［生死］ Vmare xisuru. (470.23)

Xôin suru. ［承引する］ Dôxinsuru. (424.01, 480.10, 480.22)

Xǒjǒ xexe. ［生々世々］ Conjǒ goxǒ. (447.06)

Xojū uo cayerimiru. ［所従を顧みる］ Vchino monouo fagocumu. (cf. 414.20)

Xorǒ. ［所労］ Vazzuraiqe. (501.03)

Xoxen. ［所詮］ *Finalmente.* ［最後に］ (414.13, 420.03, 433.16, 444.10, 459.01, 463.13, 495.18)

Xoxocu. ［諸職］ Moromorono yacu. (473.03)

Xǒzocu. ［装束］ Qirumono. (450.12)

Xoy. ［所為］ Nasu tocoro, vaza. (429.18)

Xoychinen. ［初一念］ Fajimeni curu nen. (470.13)

Xucun. ［主君］ Aruji qimi. (427.03, 455.01, 463.12)

Xucu. ［宿］ *Lugar d terminado de hũa jornada.* ［ある日の終わりの所］ (439.13)

Xugo. ［守護］ Mamori, ru. (cf. 425.18, 427.09, 427.17, 432.03, 475.18)

Xǔtan. ［愁嘆］ Canaximi. (453.08)

Xutgin. ［出陣］ Ginye tatçu coto. (474.24)

Xutrai. ［出来］ Ideqitaru. (438.01)

Xuyen.［酒宴］Saqe sacamori. (448.06)

Y

Yachŭ.［夜中］Yono vchi. (470.08)

Yamagatçu.［山賤］Iyaxij yamabito. (501.15)

Yasucarazu vomô.［安からず思う］Munenni vomô. (457.03)

Yayamosureba.［ややもすれば］Saisaino cocoro. *i. Naõ faz se naõ fazer, falaz &c.*［なりもせずしもしない、偽りの等］(491.15, 499.13)

Yayoi.［弥生］Sanguachi. (499.16)

Yebucururu.［餌脹るる］Monouo vouô cute fucurete yru coto. (500.23)

Yeican.［叡感］Teivŏ yori canjisaxeraruru coto. (431.12)

Yeiran.［叡覧］Teivŏno gorŏjeraruru coto. (yeirã, 429.17)

Yeirio.［叡慮］Teivŏno cocoro. (429.20, 439.14)

Yenrio.［遠慮］Touoi vomonbacari. (453.16, 470.12, 491.08)

Yetari caxicoxi.［得たり賢し］Yoi saiuaiuo yetato yorocobu. (464.22)

Ycca.［一家］Fitotçuno iye. (ycqe 417.23)

Ychigo.［一期］Yxxe. (487.01)

Ychimon.［一門］Ycca. (457.04, 458.11, 461.09, 480.07)

Ychimot.［逸物］Sugureta tori qedamonouo yŭ. (485.16)

Ychirui.［一類］Fitotçuno taguy. (454.19, 483.21, 492.14)

Ychizocu.［一族］Ychimon. (442.17, 457.03, 461.05, 462.06)

Ycqet.［一決］Fitotçu sadamuru. *i. Racugiacu suru.*［落着する］(445.06)

Ycqiocu.［一曲］Fitotçuno qiocu. (450.17, 450.19, 477.03, 481.21)

Ydŏ.［医道］Cusuxino michi. (459.04)

Yguiŏ fuxigui.［異形不思議］Ina narina mono. (409.09, 414.15)

Yquan.［衣冠］Yxŏ, camuri. (435.13, 435.15)

Yttan.［一旦］Sottono aida. (462.07, 483.24, 488.09)

Yxxeqi.［一跡］Motta fodono tacara. (472.13, 478.12)

Yxxi.［一紙］Cami ychimai. (440.24)

Yxxo.［一所］Fitotocoro. (492.13, 491.18)

Yocobari, ru.［横ばる］Yoconi fatacaru.［横に叩かる］*i. Estenderse pera a ilharga.*［横に広がる］(409.14)

Yŏji.［養子］Yaxinaigo. (433.21, 503.05)

Yonayona.〔夜な夜な〕Yogotoni, *i. Todis a noites.*〔毎夜〕
(455.02)

Youameno riǒgue.〔弱目の霊気〕Youai mononiua tengu nadomo
samataguru coto. (reôgue, 500.12)

Youaiuo tamotçu.〔齢を保つ〕Iquru. (485.22)

Yôxô.〔幼少〕Itoqenai. (476.11)

Yǒicu.〔養育〕Yaxinai sodatçuru. (415.03, 415.19, 483.09)

Yǔqi.〔勇気〕Qenaguena qixocu. (493.05, 500.08)

Yǔran.〔遊覧〕Asobi. (414.23)

Yuyuxijcoto.〔ゆゆしいこと〕Medetai, yoi. (460.03)

Z

Zaiquani voconǒ.〔罪科に行う〕Xeibai suru. (433.13)

Zaiqiǒ suru.〔在京する〕Miyaconi yru. (448.15)

Zanguen.〔讒言〕Vttayuru coto. (468.21, cf. 465.08)

Zǒgon.〔雑言〕Varǔ yǔ coto. (444.07)

Zǒyacu.〔草駅〕Mevma. (439.06, 439.08, 440.01)

Zǒyei.〔造営〕Tçucuri itonamu. *i. Edificar.*〔建設する〕(435.20,
436.08, 437.03)

Zuijin.〔随人〕Tomo. (477.09)

Zzugijǒ.〔頭上〕Atamano itadaqi. (457.22)

FINIS.

付録 2 『天草版平家物語難語句解の研究』より

バレト私注

A

Ameuo uyuru,［雨を飢ゆる］*o ter fome da chuiva,*［雨に飢え
る］*i,* qizzucai. (472.11)　［編注：ハブラスの用例では「雨を
植ゆる」意］

Asafara,［朝腹］*en Jeijum.*［断食中の］(411.18)

Atouo curomuru,［後を黒むる］*dar costas, ajudar na guerra.*［戦
いで後を守る、援助する］(461.11)

B

Banaca de,［場中で］*no meiẏo da multidão,* zaxiqi &t.［大勢、座
敷などの中に］(457.6)

Binxen,［便船］fune *passageira a oultro reino.*［他国へ通う船］
binxen uo yuru.［得る］*enbarcar se, achar a* fune *doutro em que
se embarca sem paga.*［支払いなしに乗れる他人の船に乗
る、見つける］(472.16)

Bonnin,［犯人、凡人］toga uo uocasu mono. *l,* iẏaxij mono; *então
aletra de,* bon, *heoutra.*［その場合、bon の文字が異なる］
(439.2, 475.10)

Bŏqiacu,［忘却］*i,* uasururu, *esquecer.*［忘れる］(447.7)

Bŏqiacu,［忘却］uasururu, *esquecerse.*［忘れる］(452.10)

Bufenxa < Bŭbenxa,［武辺者］ccuuamono *destro nas armas.*
［武器に巧みな強者］(455.6)

Bugu,［武具］buxino dogu. *armas.*［武器］(499.18)

C

Cachi doqi,［勝鬨］*sinal de vietoria com grita.*［叫びを伴う勝利
の合図］(484.13)

Caganmi, ru,［鑑（かがん）みる］*anima*［霊魂］no manaco uo
motte miru. (437.17)

Caifuqi,［貝吹き］*trõbeteiro,*［喇叭手］cai uo fuqu mono, *o quem
tãge a cornetta.*［喇叭を吹く者］(474.18)

Caixǒ,［海上］umi no uẏe. (472.21)

Canade, zuru < Cãade, zuru,［奏づる］*cantar.*［歌う］(481.21)

Canarazuximo,〔必ずしも〕*i,* canarazu. (482.23)

Canji, zuru,〔感ずる〕*louvar, ou ouvir cõ gosto.*〔ほめる、また
は喜んで聞く〕(430.21, 431.9)

Caqin,〔瑕瑾〕qizzu, *tacha, defeito.*〔傷、欠点〕(441.23)

Cataccuburi,〔カタツブリ〕*caracol,*〔カタツムリ〕*uza se no*
Maico, ccuburame, *no* ximo.〔Maico ではこれを、ximo では
ccuburame を使う〕(449.6)

Caxicodate uo suru,〔賢だてをする〕*i,* caxicoi xiruxiuo arauasu.
(494.17)

Caxirano ytaicoto,〔頭の痛いこと〕*cousas que me dão pena.*〔私
に苦痛を与えること〕(495.19)

Caxxi, suru,〔渇する〕*ter sede.*〔渇きがある〕(490.14)

Cayerichǔ suru,〔返り忠する〕*passando se ao inimigo servilo.*
〔敵の兵役に移る〕(498.3)

Caẏfen,〔海辺〕umino fata, *na praẏia.*〔浜で〕(472.5)

Cayônoreôqenuo uaqimayenu〔斯様の料簡を弁えぬ〕*por quem
não sabia as bens da mercâcia.*〔商売で富を得ることを知らな
いから〕(472.12)

Chicaramo ccuqi yumino,〔力も尽き（槻）弓の〕*i,* chicaraga
ccuqite. (458.8)

Chichigo,〔父御〕*i, Snôr pai.*〔父上様〕(493.12)

Chicuxǒna mono,〔畜生な者〕*i,* iẏaxij mono. (411.1)

Chisô fonsô uo suru,〔馳走奔走をする〕motenasu, *agazzalhar
com mimos.*〔真心をもってもてなす〕(431.17)

Chôgui,〔調儀〕*aparelho, l, industria, ardil,*〔準備または狡猾、
計略〕fiǒgui.〔評議〕(461.16)

Chôriacu,〔調略〕tacumi, *ardil,*〔計略〕choriacu uo meguracasu.
(465.1)

Chǔquen,〔忠言〕taixet no cotoba. (465.9)

Cobami, u,〔拒む〕fuxegui, u, *reseistir,*〔抵抗する〕teqiuo
cobamu. (478.4)

Cobami, u,〔拒む〕teqito suru, teqini cobamu. (478.4)

Cocudo,〔国土〕cuni, ccuchi, *reinos e terras.*〔国と地〕(430.16)

Côji, zuru < Coji, zuru,〔昂ずる〕casanaru, yamai ga casanaru,
adoença vai crescendo,〔病気が漸増する〕riga cozuru,
~~a~~re~~razão se fortifica mais.~~〔道理が更に強くなる〕(480.21)

334

Cǒmori,［カウモリ］*morcego.*［コウモリ］(460.20, 461.6, 461.24)

Conbǒ suru,［懇望（こんばう）する］uoabi coto suru;［お侘び言する］tanomu. (463.24)

Conjǒbone,［根性骨］*i, condiçõ.*［性格］(501.4)

Cǒrô,［高楼］tacaẏ yagura, iye. (436.13)

Côron,［口論］*briga, discordia.*［口論、不和］(491.15)

Côron,［口論］cuchide caracaẏ. (491.15)

Cǒsacu,［耕作］tageyexi ccucuru, *agricultura,*［農耕］cǒsacunin, *lavrador.*［耕作者］(497.13)

Cǒsan, suru,［降参する］*renderse.*［降伏する］(460.12)

Cǒxen,［高賤］cami ximo, taccay iẏaxij. (492.17)

Cǒxen,［高賤］tacaẏ iẏaxij, qixen, cami ximo. (492.17)

Cǒxeqi,［行跡］uocono coto, *obras.*［仕事］(502.25)

Coẏe,［肥］fun,［糞］*esterco.*［糞便］(460.5)

Coẏeuo nomu,［声を呑む］*i,* nangui ni oẏobu. (460.20)

Cozzotte,［挙って］accumatte. (417.8)

Cucccǔ fippacu,［苦痛逼迫］curuximi ytamu, xemari, u, *tormẽto.*［苦痛］(487.21)

Cucqiono suqi,［究竟の隙］sugureta xiauase, *bõa ocasião.*［よい機会］(483.4)

Cucuri uo caquru,［括りを掛くる］*armar laço.*［罠を掛ける］(498.10)

Cufǔ,［工夫］xian. (419.7)

Cunju,［群集（くんじゅ）］mura gari accumaru. *Ajũtarse em pinha.*［密集して集まる］(417.10, 493.5)

Cuqiǒ,［究竟（くきゃう）］daiji, *aderradrᵃ,*［究極？］cuqiǒ no jibun,［究竟の時分］*boa cõijũção*［よい機会］(464.18)

Curome, ru ＜ Curᵤome, ru,［黒むる］maccuro ni nasu. (461.11)

Curume, ru,　［黒むる］*fazar preto,*［黒くする］atouo curomuru, *dar costas na guerra.*［戦いで後を守る］(461.11)

Cusumi, u,［くすむ］*estar muịito grave sem se rir &t.*［笑わずにひどく真面目であるなど］(422.7)

Cuuaẏe, ru,［銜ゆる］*levar a travessada alquã cousano boca.*［口で何かを横に持つ］(447.10)

335

D

Dai caẏ,［大海］*grande mar.*［大きな海］(472.4, 472.22)

Denquǒ,［電光］ycazuchi, *relampadgo,*［稲妻］ra.［？］(446.11)

Dôdǒ,［同道］uonaji michi, *hir em companhia.*［同伴する］
(481.1)

Dôxin suru,［同心する］*acompanhar, l, consentir,*［同行する、ま
たは同意する］tomo uo suru, soregaxi sonatato ccuredate mairǒ,
acǒpanharuosei.［あなたと同道する］(481.5)

F

Facari ni uomequ,［限りに喚く］*gritar con grande vox.*［大きな
声（（羅）vox）で叫ぶ］(489.22)

Fataraqi,［働き］*combate;*［戦闘］l, xiyo.［仕様］*modo de
fazer.*［仕方］(478.3)

Faxibaxi < Faxi faxi,［端々］*as bordas.*［縁に］(452.17)

Faxxi, fassuru,［破する］*ser botado fora,*［外に放り出される］
ut［（羅）次の如く］ẏchimon uo fassu, ru, i, ychimon no naca
yori uoẏ ydasaruru, *He dos uverbos neutros que querẽ accusativo.*
［これは対格を要求する中性動詞の一つである］(462.2)

Faẏe, ru,［生ゆる］cusaga faẏeta, uẏeta.［生えた？］(415.9)

Feijei,［平生］yccu mo, *semper.*［（羅）常に］(456.19)

Feiyu suru,［平癒する］Iyuru, s*ararse a ferida.*［負傷から治る］
(467.12)

Fenji, zuru,［変ずる］chigaẏe, ru, *discrepare.*［異なる］(447.11)

Figi uo faru,［肱を張る］*arcar os braços; i, mostrar fãtezasia.*［腕
を張る、即ち空威張りする（森田）］(471.23)

Finicu,［皮肉］*todo o corpo.*［全身］(467.11)

Fiô,［豹］qedamono no na. *leopardo,*［豹］tora ni nita mono.
(446.3)

Fiǒgui,［評議］*ardil, l,* dãco.［計略または談合］(461.17)

Fiqitate, ccuru,［引き立つる］*aleuãtar aliguẽ do chão.*［誰かを地
面から起こす］(458.8)

Fisǒ,［秘蔵］cacuxi, su, *aestimar.*［尊重する］(497.12)

Fitamono,［ひたもの］fitasurua, i, yccumo, *sẽ intervalo,*［絶え間
なく］*dizquerer hũ acabar a couza,*［何かを仕上げるように努
める］fitamono caxxẽ［合戦］uo suru &t.(466.15)

Fito canade,［一奏］*hũ cãtiga,*［歌一曲］canãade, zzuru, *cantar.*

336

［歌う］(481.21)

Fitomi,［瞳］*mienina do olho.*［瞳］(409.12)

Fizauo uori, u,［膝を折る］*por se de iioelhos,*［膝まづく］fizauo taccuru. (487.2)

Fodo de,［程で］*enquãto,*［する間に］arǒ fodo de, *enquanto ouuer.*［ある間は］(461.5)

Fon ỹ,［本意］*moto cocoro; o proprio, o que convem.*［自身の、相応しいこと］(502.18)

Fôye,［法会］foji, *officios, cereimonias,*［祭礼、儀式］guixiqi, *idem.*［同上］(425.21)

Fucure, ruru,［膨るる］*inchar o pão no forno, a barriga do animal.*［炉の中でパンを、動物の腹を膨らませる］yebucurete, *fartandose &t*［飽食してなど］ỹe, xocu̱ yebucuro, *papo da galinha &t.*［雌鶏などの胃袋］(500.23)

Fucacu de,［不覚で］xiyo uaruy,［仕様悪い］*por falta de consideraçao.*［思慮不足のために］(426.13)

Fujǒ,［不浄］naỹ, qireisa, i, *cousa suja.*［汚れたもの］(467.20)

Fuqeô,［払暁］fare, ruru, acaccuqi, *pola menhã s̱cedo.*［朝早く］(470.3)

Furi cataguru,［振り担ぐる］*levar alguã couza cõ facilidade as costas.*［何かを容易に肩に持ち上げる］furi, *he* tenifa.［furi は tenifa（テニハ）である］(496.11)

Fuunnamono,［不運な者］buquafôna mono, *deẕsauy̱eturado.*［不運の］(464.11)

Fuxi cusa,［伏草］*estar deitado na eruua, i, silada.*［草の中に横たわる、即ち伏兵］fuxi cusa uo suru. (499.19)

Fuxô xigocuna coto, fito &t,［不肖至極なこと、人など］*miseravel, coitado &t.*［哀れな、不幸ななど］(457.17)

G

Gai suru,［害する］corosu, *matar.*［殺す］(434.18)

Gaman,［我慢］preẕsunção.［傲慢］(500.3)

Gigue,［地下］sono cacari, sono murano xu; *l,* fataqse no cocoro. (425.22, 453.22, 460.5)

Gintô.［陣頭］*soldadesca.*［兵士の］(474.18)

Gotaỹ,［五体］yccuccu taỹ, *todo o corpo.*［全身］(478.22)

Guanraỹ,［元来］*i,* motoyori qitaru,［元より来たる］*principium,*

Guei. [芸] *Arte,* [芸能] nôquei. [能芸] (482.5)

Guejun, [下旬] - *10. dias do mez,* chujun - *os 20,* jŏjun, - *os 30.*
   [ひと月の内の 10 日、chujun は 20 日、jŏjun は 30 日
   （編注：後ろから見て）] (499.16)

Gueôsan ni, [業山に] *i, uoquni, gueo gueoxij coto.* (499.23)

Guequan, [下巻] *ultima p^e do livro.* chuquã *a 2,* joquã *a 3^a, quãdo o
   livro naõ tẽ mais que 3 p^es. se tẽ mujtas p^es. côtase* daẏ ychiquã *&t.*
   [本に三つより多い部がない時に、本の最後の部、第二は
   chuquã、（編注：後ろから見て）第三は joquã。もし沢山の
   部があれば、daẏ ychiquã などと数える] (469.19)

Guiŏten, [仰天] *ten ni aogu, espantarse.* [驚く] (487.22)

Guixiqi, [儀式] *officios, ceremonias.* [儀式、式典] (425.21)

I

Ibŏ < Ibay, o, [いばう] *rinchar,* [嘶く] Ibŏ. *hinnitus, rincho.*
   [（羅）嘶くこと、（ポ）嘶き] (439.7, 440.2)

Ichiuo nasu, [市をなす] *accumaru, fazer feira.* [市を開く]
   (418.14)

Icusani fanauo chirasu, [軍に花を散らす] *fazer marauvilhas na
   guerra; derramar rozas.* [戦いで見事な才能で際立つ、バラの
   花を散らす] (461.16)

In uo qizamu, [印を刻む] *fazer cereimonias cõ a mão como
   yamabuxi, l, brĭcar as gaẏivotas enm cima do mar.* [山伏のよう
   に手で儀式をする、またはカモメが海の上で遊ぶ] (472.7)
   [編注：ハブラスの用例は後者（鳥の足跡）の意、前者は
   「印を結ぶ」が一般的]

Inago, [イナゴ] *gaufanhoto.* [イナゴ] (430.1)

Inguinni, [慇懃に] *cõ mujitos comprimẽtos,* [多くの辞儀をもっ
   て] côtoni. [叩頭に？] (464.14)

Iqitoxi iqeru mono < Iqitexi qeru mono, [生きとし生けるも
   の] *todo o vivente.* [全ての生きるもの] (485.20)

Ixibai, [石灰] *cal;* [石灰] xirobai, [白灰] *chunambo.* [貝殻を
   焼いて得た石灰（森田）] (483.17)

Ixxeqi, [一跡] *motta fodono tacara. tudo o que tinha.* [持つもの全
   て] (472.13, 478.12)

J

338

Jentaẏ,［全体］*todo o corpo.*［全身］(467.13, 468.8)

Jinbut,［人物］*personaĵgem. bom apessoado.*［著名人、風采のよい］(456.22)

Jinen,［自然］faccaraẏ, tentǒ［天道］no jinen &t. (415.5)

Jixet,［時節］fi toqi,［日、時］*hora. tẽpo determinado &t.*［時、定まった時など］(470.7)

Jǒjǒno,［上々の］suguretea. (410.4)

Jǒju,［成就］fatasu, *aperfeiçoar.*［完成する］(434.7)

Jǒrǒ,［上臈］yoẏ nhobǒ, saburaẏ. (464.4)

Jǔmen uo ccucuru,［渋面を作る］*fazer desrostos, i, fazer biocos, caretas.*［悪い顔をする、即ち猫かぶり、しかめっ面をする］Men, *mascara.*［仮面］(479.16)

M

Manji, zuru,［慢ずる］manqijin［慢気人］to naru. *superbire.*［（羅）傲慢である］(463.2)

Maẏ naẏ nǒ,［賂無う］*sine premio,*［褒賞なく］fuchi naquxite.［扶持なくして］(417.23)

Mayu,［眉］*sobranselha.*［まゆ毛］maẏu uo firaqu, qiet［喜悦］no maẏu uo firaqu, amarini yorocobite naru. (432.4)

Mei ẏ,［名医］suguretea ẏxa. (467.7)

Meôto yssacaẏ,［夫婦諍い］fufu tagaẏ ni caracay, ǫǒ. (424.20)

Meto meto mi auasuru,［目と目と見合わする］*Veren se dous con os olhos fitas.*［二人がお互いを凝視する］(498.2)

Midori,［緑］*o raminho tenrꝛo.*［柔らかい小枝］umino midori, *quãdo o mar estar brando, etẽ esta cor verde e feꝛormosa.*［海が穏やかな時、それは緑色で美しい］(472.5)

Miraẏ,［未来］igono coto, *futuro.*［未来］(456.2)

Mizzucassa,［水嵩］mizzuga casanaru, *enchente.*［大水］(497.5)

Mocusan monǒ,［目算も無う］zǫǒsamonǫǒ, taẏasǔ; chatto,［ちゃっと］*l,* jin gui monǒ.［辞儀も無う］*sẽ cõprimentos.*［辞儀なく］(440.19)

Mocusan monǒǒ,［目算も無う］*i,* zǫǒsamo nǒ, yasǔǔ. (440.19)

Mono caua &t,［物かは］*he pouco o que padeciamos no tempo do galo, em comparação do quem agora sofremos,*［今我々が苦しんでいることに比べれば、雄鶏の時に苦しんだことは大したことではなかった］monocaua, sucoxi. (470.9)

Mucui, ［報い］ *retribuição, fado, castigo.* ［返報、宿命、処罰］ (498.18)

Munagui, ［棟木］ iẏeno dogu, uẏe no muneni aru qui. (440.10, 440,17)

Munô na mono, ［無能な者］ nanimo xiranu, yacuni tatanu, mu, naẏ, nô, *arte,* ［mu は naẏ、nô は能芸のこと］ *homẽ rustico.* ［礼儀知らずの人］ (464.4)

Muxosani, ［無所作に］ ẏtazzurani. (500.25)

N

Nacauo uomezu, ［中を怖（お）めず］ *i,* fabacarazu. (426.19)

Nagoyacana, ［和やかな］ *i,* nodoyacana, *disse do mar quãto esta quieto &t.* ［静かな時の海をいうなど］ (472.5)

Nangan, ［難堪］ nangui, *cousa difficultosa de sofrer,* ［耐え難いこと］ coraẏe gataẏ. (437.22)

Nani uomo cauomo uo mairi are, ［何をもかをもお参りあれ］ *comei tudo,* ［全て食べなさい］ nani mo camo, nani tomo ca tomo, *tudo &t.* ［全てなど］ (448.16)

Nare nare xij coto, ［馴々しいこと］ *i* nareta coto, *couza ac~~u~~ostumada, familiar,* ［慣れた、親しいこと］ nare nare x~~u~~ǔ gozaru. (451.8)

Nimot, ［荷物］ ni, *carga.* ［荷］ (412.15)

Nodobuẏe, ［喉笛］ *gorgomila, a f~~r~~lauta da garganta.* ［喉、喉の笛］ (499.21)

Nôja, ［能者］ *homẽ que sabe alguã arte,* ［ある芸能を心得ている人］ nôjano taccu, *valet arte.* ［（羅）彼は芸能に力がある］ (464.5)

Noqiba, ［軒端］ *l,* noqi, *beiras do telhado.* ［屋根の縁］ (498.23)

Nuqiaxi suru, ［躡する］ *andar pe ante pe,* ［足音を忍ばせて歩く］ soro soroto ayumu. (437.18)

Q

Qenmo fororoni iẏ fanasu, ［けんもほろろに言い放す］ suge naẏfuri uo arauaite iẏ qiru: *cantando como* qiji *bater as a~~z~~sas cõ agastamẽto &t, disse dos irados.* ［怒りなどで qiji（雉）が鳴きながら羽ばたきするように、怒ってる人をいう］ (424.1)

Qenyacu, ［兼約］ canete no ẏacusocu. (425.17)

Qetacaẏ, ［気高い、家高い］ tacaẏ iẏe, *i, excellens,* ［（羅）秀で

た］qetacaẏ yosouoi, *exterior grave*.［威厳のある外見］
(479.19)

Qexicaranu coto,［怪しからぬこと］ccune nai coto, *res inusitata*,
［（羅）普通でないこと］qexicaranu sacana,［＝］
mezzuraxij. (424.17)

Qexxi saxerare naãda,［決しさせられなんだ］i, sadame saxerare
nanda. (433.8)

Qinguin,［金銀］qingane, xirocane, *ouro e prata*.［金と銀］
(479.10)

Qinin,［貴人］tattoi fito, *homẽ poderozo, rico*.［有力な、富んだ
人］(426.23, 446.20)

Qiocu uo suru,［曲をする］*gargantear*.［抑揚を付けて歌う］
(420.18, 421.22)

Qiogon,［虚言］munaxij cotoba. *Mentira*.［嘘］(490.2)

Qixen,［貴賤］Cami ximo. (418.14, 436.16)

Qiyô,［器用］*gintileza*.［優雅さ］(492.21, 493.3)

Qiẏocu mo naẏ coto,［曲もないこと］*couza sem remedio, l, couza
que da pezar*.［仕方がないこと、または悲しみを与えるこ
と］Qiocu mo naẏ fito, *dezarrezoado*.［無道な人］(421.22)

Quabocu,［花木］fanano ẏenda, *ramos derozas*.［花の枝］*Nas
fabulas se ha de ler* côobocu, careta qi no ẏenda.［ハブラスでは
coboku, careta qi no ẏenda　と読むべきである］(462.15)

Quafô imiji,［果報いみじ］*bem a venturado, ditoᶎᶎo*.［幸運な、
豊かな］(457.16)

Quaixen,［廻船］aqinai bune. fune *de mercador*.［商人の　fune］
(472.6)

R

Reôgi,［療治］nauosu, cususu,［薬す］reôgi suru, *curar*.［治療す
る］(459.9)

Reôji uo mŏxita ＜ Riôgi uo moxita,［聊爾を申した］quãtaẏ
itaita.［緩怠致いた］(418.22)

Reôrixa ＜ Riôrixa,［料理者］*cozinheiro*.［料理人］(482.2)

Ri,［利］intereᶒᶒe,［利益］sucoxi no ri ni yotte *&t, por hũ
piᶒqueno intereᶒᶒe*.［わずかな利益のために］yeco,［依怙］
proprio proveito, tocu.［自身の利益、toku（得）］(485.12)

Rifujini,［理不尽に］murini, *sẽ reᶎão*.［道理なく］(430.9)

Rino côzuru, ［理の昂ずる］ coji, zuru, ［＝］ ccuyomari, u, *fortalecerse ~arerazão~.* ［道理が強くなる］ (480.21)

Rino côzuruua fino ychibaẏ to yǔ, ［理の昂ずるは非の一倍と言う］ *se ~arerazão~ cresce, e sem reazão muito mais.* ［道理が昂ずれば、道理のないことが更に多い］ (480.21)

Rinxi, ［綸旨］ teiuǒ no uoxe, ［仰せ］ *mandado do rei.* ［王の命令］ (431.13)

Riǒbǒ, ［両方］ ~dambas as partes.~ ［双方の部分］ (483.21)

Riǒjetna mono, ［両舌な者］ homẽ de duas bocas, linguas. ［二つの口、舌の人］ (499.8)

Riqen, ［利剣］ surudona qen, togatta qen, *espada aguda.* ［鋭い剣］ (462.15)

Riun, l, Vn, ［利運または運］ *vietoria,* ［勝利］ riun uo firacu, *alcãçar vietoria.* ［勝利を得る］ (484.17)

Rôcacu, ［楼閣］ sugureta iẏe. (431.21)

Roccon, ［六根］ sentidos, ［感官］ xixi roccon, ［四肢六根］ *membros, e sentidos.* ［手足と感官］ (463.8)

Rǒnin, ［牢人］ runin, ［流人］ *desterrado,* ［国外追放された人］ nagasu fito. (483.22)

S

Sanchu, ［山中］ yama no uchi. (446.4)

Soitccu me, ［其奴め］ *a quelle trãpa, desprezando~o~.* ［あのガラクタ、軽蔑して］ (499.6)

Somabito, ［杣人］ qui uo qiru mono, *homẽ que corta lenha.* ［薪を切る人］ (486.23/24, 487.3)

Sǒnǒ, ［左右無う］ socot ni, ［粗忽に］ *apressada atabolhodamente.* ［急いでいる、急いで］ (458.24)

Sôqiǒ ＜ Sǒqiô, ［崇敬］ uyamaẏ, uẏamaẏ, ~oǒ.~ (426.12)

Sora toboqe xite, ［空とぼけして］ damatte afona yoni xite, *fazer se parvo.* ［馬鹿を装う］ (421.7)

Sorajini uo suru, ［虚死をする］ *fazerse morto, não o sendo.* ［死んでいないのに死んだふりをする］ (470.20)

Sôxi, suru, ［奏する］ *falar a pessoa alta.* ［地位が高い人にいう］ (428.14)

Soxxi, suru, ［率する］ *levar consigo.* ［一緒に連れて行く］ (443.6)

Soẏe goẏe ni,［添え声に］*ajuntar os vozes, cãtar, gritar 2 juntos.*［声を合わせる、二人一緒に歌う、叫ぶ］(481.21)

Soye goẏeuo suru,［添え声をする］*ajudar ao quem canta.*［歌う人を助ける］(481.21)

Sube, ru,［すぶる］*encolher,*［縮める］uouo suburu, *encolher o rabo cõ medo,*［恐れで尾を縮める］uchi taruru. (479.22, 498.5)

Succarito < ꟻSuccarito.［すっかりと］*adverbio.* (493.14)

Succarito,［すっかりと］*adverbio, dis ser a cousa magra hirta, e tẽza.*［副詞。痩せ、堅く、張っていることをいう］(493.14)［編注：ハブラスの用例では「すらりと」の意］

Sugi naẏ mono,［筋ない者］*sen sangue, vil, baixo.*［血統のない、価値のない、下級の人］(462.9)［編注：ハブラスの用例では「道理に合わない者」の意］

Suguet,［数月］*fodo fisaxŭ, mujito tempo.*［長い歳月］(435.11)

Suguosugoto,［すごすごと］*adverbio. envergonhadamẽte, cõ enfadamento,*［副詞。恥じ入って、嫌気がさして］sugo sugo, *idẽ como quãdo hũ pedẽ alguã couza, e lha negão.*［同上。何かを求めるが拒絶された時のように］(446.17)

Suifen,［水辺］mizzu no fotori. (462.13)

Suiqio suru,［酔狂する］*i,* sageni yoẏcurŭ. (422.17)

Suisat suru < Suẏ sat suru,［推察する］suireŏ suru.［推量する］(459.6)

Sumi taqi,［炭焚］*idem.*［同上（Sumiyaqi）］(473.8)

Sumiẏacani,［速やかに］faẏeŏ, sumiyacani touotta, *passou depressa,*［急いで通った］sŏsocu,［早速］seŏsocu ni maitta *Veẏo depressa.*［急いで来た］(427.13)［編注：ハブラスの用例では「澄みやかに」の意］

Sumiyaqi,［炭焼］*carvoeiro.*［炭焼き男］(473.9)

T

Tabun,［多分］uocata. (494.17)

Tacabe, ru［高ぶる］< Tacube, ru, *alevãtarse,*［興奮する］uogori, ru.［驕る］(472.2)

Taicocu,［大国］uoqina cuni, *l, a China.*［あのシナ］(432.8)

Taifei,［太平］uoqina, tairacana, *tranquillitas.*［（羅）平安］taifeini, *tranquilliter.*［（羅）平穏に］(430.15)

Taigun,［大軍］*grãde exercito.*［大きな軍隊］(428.22)

Taiteqi,［大敵］*grãde inimigo.*［大敵］(478.3)

Taixut,［退出］xirizoqu, izuru, *hirse, tornarse.*［行く、帰る］(462.4)

Tame, ru,［溜むる］reter o vaƶƶo ageua,［器が水を保つ］fito axiuo tameide,［一足を溜めいで］*não se detẽdo nada,*［何も留まることなく］nigueta, *fugieu.*［彼は逃げた］(482.15)

Tani coto ni,［他に異に］i, yoni cauatte.［余に変わって］(432.18)

Taqei,［猛い］araqenaẏ.［荒けない］(459.13)

Tatari,［祟り］bat,［罰］Camiga tatatta, *deu castigo.*［彼は罰を与えた］cusurigua tatatta, l, attatta. (410.20)

Tauo xei suru,［他を制する］sitagayuru, ccucasadoru. (472.3)

Tcu cusumi, u,［つっくすむ］*estar mujito grave, sẽ se rir.*［とても重々しい、笑わない］Tcu, i, *muito.*［とても］(422.7)

Tcucane,［束ね］*feixe.*［束］(491.20)

Tcuccuximi, u,［謹む］*reverẽciar cõ temor.*［恐れをもって敬う］(437.18, 502.16)

Tcuchi botoqe no mizzu,［土仏の水］i, ccuchi de ccucutta fotoqe, i, *cousa danoso.*［損じ易いこと］(486.21)

Tcugui ni suru［次にする］< Ccugui ni suru, *post habeo.*［（羅）後で扱う］(451.21)

Tcuixô,［追従］liƶƶõja.［へつらい］(450.23, 465.8, 474.15)

Tcujicaje,［旋風］yadono mauari ni fuqu caje, l, ccuji, *outeiro, i, parte assi chamada do rumo.*［または ccuji、丘、即ちそのように呼ばれる方向］(471.9)［編注：ccuji の記述は不詳］

Tcumazzucu,［躓く］*topar.*［躓く］(417.13)

Tcunde, ccumi, u,［積んで］*ajũtar,*［集結させる］tacara no ẏama uo ccumu. jen uo ccumu. (479.10)

Tcura tcura< Ccura ccura,［つらつら］*attente.*［（羅）注意深く］(457.15)

Tcure,［連れ］laẏia,［種類］cono ccureno fito ua uouoẏ. (461.6)

Teinei,［丁寧］*mimos.*［細かい心遣い］(486.4)

Ten ma fajun,［天魔波旬］tẽno inu,［天の狗］*diabo.*［悪魔］(434.17)

Tenni xecugumari,［天に跼り］*abaixar as costas ao Ceeu, temer a Deus.*［天に背を屈める、神を畏れる］(437.18)

Tentŏ,〔天道〕tenno michi, *D<u>eu</u>s*.〔神〕(415.5, 430.21, 437.17, 447.19)

Teqifŏ,〔敵方〕*os da <u>parte</u> dos inimigos*.〔敵の側の人々〕(462.7)

Teqini ccuqu,〔敵に付く〕*botarse rumos inimigos*.〔敵の方に飛び込む〕(461.8)

Teuo caẏuru,〔手を変ゆる〕*hirse pera os inimigos*.〔敵方に付く〕(460.21, 461.4)

Toboxij,〔乏しい〕*penuria, falta*.〔貧困、不足〕(448.5)

V

Vaguetamaru,〔縮げ溜まる〕*enroscarse a cobra*.〔蛇がとぐろを巻く〕(495.22)

Vayo,〔和与〕*i*, uadã,〔和談〕*tregoas, pazes*.〔休戦、和平〕(461.21)

Vma uoy,〔馬追い〕*o que tange o cavalo*.〔馬を追い立てる人〕Vmacata. (480.13)

Vonagadori,〔オナガドリ〕tori no na. (492.12)

Votdo,〔越度〕ayamari. (434.23)

Vŏy,〔王位〕teivŏ no curaẏ. (446.8)

Voyoboxi, su,〔及ぼす〕*i*, uoyobi, u. (454.20)

X

Xabauo fusagu mono,〔娑婆を塞ぐ者〕*ocupa o mundo, i, des necessario*.〔世間を占める者、即ち無用の者〕(495.19)

Xeiriqi,〔精力〕xei, chicara. (470.20)

Xejŏ,〔世上〕yono uẏe, *mundo*.〔世間〕(457.16)

Xenban,〔千万〕mãman, fucaẏ. (463.13)

Xenchu,〔船中〕funeno uchi. (472.18)

Xendacunin,〔洗濯人〕*lavandeiro*.〔洗濯男〕(473.8, 473.9)

Xendo,〔先途〕moppara, dai ichi. (436.19)

Xennẽ, mãnẽ,〔千年万年〕*milhares, e milhares de anos*.〔何千年も〕(486.16)

Xibito,〔死人〕xĩda fito. (470.21)

Xicŏ suru,〔伺候する〕mairu. (429.17, 467.6)

Xindai,〔進退〕ychimei.〔一命〕(452.12)

Xinxet,〔深切〕*i*, fucai taixet.〔深い大切〕(502.12)

Xinxet,〔親切〕fucai qizu,〔切〕*i, amor*.〔愛情〕(502.12)

Xiqi, u,〔如く〕*dominar a outro*.〔他に優る（森田）〕(429.7,

434.7, 449.7, 472.14)

Xirubeni,〔標に〕*i, xiruxini.* (481.24)

Xisocu,〔四足〕*yoccu no axi, 4 pez.*〔四つの足〕(446.6)

Xisugue, ru〔為箍ぐる〕＜ Sugue, ru,〔挿ぐる〕*vono no ye uo xi suguru, encaixar o pao no ferro do machado.*〔斧の鉄に柄を嵌め込む〕(487.4)

Xitosuru,〔師とする〕*tomar alquẽ por mestre.*〔ある人を先生とする〕(437.9)

Xixi,〔四肢〕*mẽbros,*〔手足〕*xixi cotxet,*〔四肢骨節〕*mẽbros, ossos, e nervos.*〔手足、骨、腱〕(463.8)

Xobocu,〔諸木〕*moro moro no qui.* (487.5)

Xŏco,〔上古〕*mucaxý.* (419.9)

Xojǔ,〔所従、初終〕*qeẽzocu,*〔眷属〕*familia,*〔家族〕*l, fajime, uoari.* (414.20)

Xomǒ,〔所望〕*noszomi.* (412.3)

Xŏquǎ,〔賞翫〕*mochijru, Agrãdeçer, estimar.*〔大きく思う、尊重する〕(410.7, 411.2)

Xŏsocu suru,〔消息する〕*exagerar.*〔誇張する〕(502.9)〔編注：ハブラスの用例では「手紙を書く」意〕

Xôteqi,〔小敵〕*piequeno inimigo.*〔小さな敵〕(478.4)

Xoxidai,〔所司代〕*governador.*〔知事〕(448.3)

Xucurǒ,〔宿老〕*tocoro no toxiyori.* (416.18, 425.22)

Xuro,〔棕櫚〕*arvore como palmeira.*〔椰子のような木〕(471.11)

Xusocu,〔手足〕*te axi, mãos, e pes.*〔手足〕(463.9)

Y

Y,〔網〕*ami, iÿe.* (484.15)

Yajen,〔夜前〕*mayeno yo, noite passada.*〔昨夜〕(439.18)

Yajin,〔野人〕*yama no fito, lavrador.*〔耕作者〕(472.4)

Yamauji,〔山牛〕*touro, boi bravo.*〔牡牛、野牛〕(500.12)

Yamome,〔寡〕*i, viuva, ou viuvo.*〔寡夫または寡婦〕(438.24)〔編注：ハブラスの用例では「病目」の意〕

Yasucaranu coto,〔安からぬこと〕*qini auanu.* (478.2)

Ýaxin,〔野心〕*i, mufon, bexxin, treaição.*〔裏切り〕(461.24)

Ycqiocu,〔一曲〕*hũa gargãteadura.*〔一度抑揚を付けて歌うこと〕(450.17)

Ye,〔餌〕*pasto dos animalis.*〔動物の飼料〕(500.22)

Yebucure, ruru,［餌膨るる］*estar o passaro murcho triste*［小鳥が元気なく沈んでいる］(500.23)［編注：ハブラスの用例では「満腹する」意］

Yeco,［依怙］tocu.［徳、得］(459.19)

Yeco,［依怙］uaga tocu.［我が徳、得］(459.19)

Yemono,［得物］ychi no chosa.［一の所作？］(482.3, 498.21)［編注：ハブラスの用例では「獲物」の意］

Yenrivǒ,［遠慮］*bõ juizo.*［良い分別］(453.16)

Yenten,［炎天］*calma.*［暑熱］(468.14)

Yeqi naẏ,［益ない］cai naẏ,［効ない］*couza sem remedio.*［仕方がないこと］(468.1)

Yetari caxicoto uomoy &t,［得たり賢と思い］yoẏ xiauaxeto zōji.(464.22)

Yocu xin,［欲心］*coração avarento.*［貪欲な心］(500.3)

Yǒǒmonǒ,［様も無う］tayasu, *facile.*［容易に］(412.9)

Ẏǒǒyacu,［漸く］ẏǒǒyǒǒ, l, taigaẏ, i, veǒcata.［大方］(485.1)

Yoqi,［斧］*machado.*［斧］Vono.(481.6)

Yǒsǒ,［異相］fenzuru catachi, yǒsǒjin,［異相人］*homem que toma muitas figuras transfigurandose.*［自らを変えて色々な姿をする人］(483.21)

Youameno riǒgue,［弱目の霊気］*sẽpre, a corda quebra połło mais fraco. proverbio.*［いつでも綱は一番弱いところから切れる。諺］(500.11)

Yqueǒ,［威光］*poder, magestade.*［権力、威厳］(452.20)

Yǔusan,［遊山］asobu yama, *folgar no campo &t.*［野原などで遊ぶ］(497.24)

Yuẏuxigue ni,［由々しげに］*audacter.*［（羅）大胆に］(460.3)

Z

Zanxa,［讒者］*o que alevanta falso testemunho, avizo.*［偽りの証言、通告を行う人］(468.23)

Zaxxo,［雑餉］Inxin,［音信］miyague *de couzas de comer.*［食べ物の miyague］(421.8, 421.10, 422.12)

Zaẏfǒ,［財宝］tacara, *riquezas.*［財産］(417.23)

Zonjǒ,［存生］Zōjji, yquru, ẽ vida.［生きている間］(495.23)

Zuuaẏ uo tabanete,［楚を束ねて］Zuuai, *vergontas,*［枝］tabane, ru, accumuru.(491.19)

Heinrich Steinhöwel, ed. *Aesopus*. Ulm (ca 1476)［本書の底本は、米国議会図書館蔵本 *Vita et Fabulae*. Augusburg (ca 1479)］

Maarten van Dorp, ed. *Aesopi Phrygis et aliorum fabulae*. Ludguni (Lyon) (1536)［本書の底本は、Parisiis (Paris) (1544)］

Esopono Fabvlas. (1593)［新村出翻字『天草本伊曾保物語』岩波文庫（1939）、福島邦道解説『天草版イソポ物語〜大英図書館本影印』勉誠出版（1976）］

Vocabulario da Lingoa de Iapan com a declaração em Portugues. (1603)［土井忠生・森田武・長南実編訳『邦訳日葡辞書』岩波書店（1980）］

Émile Chambry, ed. *Ésope, Fables*. Paris (1927)［山本光雄訳『イソップ寓話集』岩波文庫（1942）、渡辺和雄訳『イソップ寓話集1、2』小学館（1982）、渡辺訳はG本イソップの生涯付］

Ben Edwin Perry, ed. *Aesopica, Vol. I*. University of Illinois Press, Urbana (1952)［中務哲郎訳『イソップ寓話集』岩波文庫（1999）、ギリシア語 471 話のみ、ラテン語 254 話を欠く］

新村出・柊源一校註「イソポのハブラス」『吉利支丹文学集下』朝日新聞社日本古典全書（1960）［復刊、『吉利支丹文学集 2』平凡社東洋文庫（1993）］

Ben Edwin Perry, ed. *Babrius and Phaedrus*. Loeb Classical Library, Harvard University Press, Cambridge (1965)

森田武校注「伊曾保物語」『仮名草子集』岩波書店日本古典文学大系（1965）

大塚光信校注『キリシタン版エソポ物語〜付古活字本伊曾保物語』角川文庫（1971）

森田武『天草版平家物語難語句解の研究』清文堂出版（1976）

小堀桂一郎『イソップ寓話〜その伝承と変容』中公新書（1978）［復刊、講談社学術文庫（2001）Kindle 版］

遠藤潤一『邦訳二種伊曾保物語の原典的研究〜正編、続編、総説』風間書房（1983, 1984, 1987）

Laura Gibbs, ed. *Aesop's Fables*. Oxford World's Classics, (2002)

小鹿原敏夫「『エソポのハブラス』とペリー番号について」『京都大学國文學論叢 39』（2018）

兵頭俊樹「『伊曽保物語』の翻訳底本から文語祖本説の再検討へ」『和歌山大学クロスカル教育機構研究紀要第 2 巻』（2021）

おわりに

　わが国を訪れたバテレンの中で、『エソポのハブラス』の招来という観点からは、アレッサンドロ・ヴァリニャーノ（1539〜1606）が重要である。彼はナポリ王国の貴族の出で、名門パドヴァ大学で法学を学んだ後、時の教皇たちの知遇を得て聖職者となることを決意し、1566 年にイエズス会に入会した。1573 年には、東洋地域を管轄する東インド管区の巡察師に抜擢され、翌年にはインド西岸のゴアに赴任した。その後マラッカ、マカオを経て、1579 年に肥前国口之津（現在の南島原市）に到着した。

　彼は巡察師として大友宗麟、高山右近、織田信長らと謁見するとともに、天正遣欧少年使節の派遣を企画し、1582 年にインドのゴアまで同使節に同行した。彼らは 1590 年に帰国するが、1587 年には豊臣秀吉のバテレン追放令が発出されていたので、彼はゴアからインド副王の使節として同道再来日した。この時、『ハブラス』を初めとする多数のキリシタン版が刊行されることとなる活版印刷機を初めてわが国に導入したのである。

　ヴァリニャーノは、1603 年に日本を去り、3 年後にマカオでその生涯を閉じた。やがてキリシタン版の刊行は弾圧により不可能となったが、彼が重視した日本人への西洋文化の紹介と外国人への日本語手引きの提供という野心的な試みは、この約 20年間という極めて短い「機会の窓」window of opportunity を見事に捉えて大きく開花した。信じる宗教の如何に拘わらず、このような文献が後世に残されたことに、我々はある種の僥倖を感じるのであって、そのことに深く感謝しなければならない。

　16 世紀の文献を典拠とする本書には現在では不適切と見られる表現が散見されるが、時代の反映としてそれらを存置した。本書の編訳に当たっては、原文の複製・翻字・翻訳に細心の注意を払ったが、それでも誤謬が残るのを恐れる。東京図書出版さんには主に和文全体の校正をして頂いた。ここに深く謝意を表したい。もちろん文責は全て編訳者にある。

原澤　隆三郎（はらさわ　りゅうさぶろう）

1951年東京都に生まれる。74年慶應義塾大学経済学部
卒業、三菱銀行入行。78年米国マサチューセッツ工科
大学スローン経営大学院経営科学修士。元三菱東京
UFJ銀行専務取締役。訳書に、オプソポイウス『飲み
の技法』（きんざい、2021）がある。

ラテン語原典訳付
イソポ物語
—『エソポのハブラス』—

2024年3月9日　初版第1刷発行

編 訳 者　原澤隆三郎
発 行 者　中田典昭
発 行 所　東京図書出版
発行発売　株式会社 リフレ出版
　　　　　〒112-0001　東京都文京区白山 5-4-1-2F
　　　　　電話 (03)6772-7906　FAX 0120-41-8080
印　　刷　株式会社 ブレイン

© Ryusaburo Harasawa
ISBN978-4-86641-741-7 C3298
Printed in Japan 2024